Eufemia von Adlersfeld-Ballestrem

Weiße Tauben
(Historischer Kriminalroman)

e-artnow 2018

Eufemia von Adlersfeld-Ballestrem
Palazzo Iran (Historischer Krimi): Venezianische Geheimnisse

Eufemia von Adlersfeld-Ballestrem
Detektiv Dr. Windmüller-Krimis: Weiße Tauben, Die Erbin von Lohberg, Das Rosazimmer, Die Fliege im Bernstein & Povera Farfalla - Armer Schmetterling

Eufemia von Adlersfeld-Ballestrem
Tragödie im Palazzo Pavonazetti (Historischer Krimi): Gespensterjagd in den Straßen Roms

Alexander von Ungern-Sternberg
Gesammelte Werke: Historische Romane, Seesagen, Märchen & Biografien

Jodocus Temme
Gesammelte Werke: Historische Romane, Krimis, Sagen & Erzählungen (Über 470 Titel in einem Buch): Der Domherr, Ein tragisches End, ...Westphälische Sagen und Geschichten...

Eufemia von Adlersfeld-Ballestrem

Weiße Tauben (Historischer Kriminalroman)

Ein Venedig-Krimi

e-artnow, 2018
Kontakt: info@e-artnow.org

ISBN 978-80-273-1226-9

Doktor Franz Xaver Windmüller atmete tief und befriedigt auf, als er nach einer langen und heißen Fahrt mit dem Expreß Wien-Rom endlich in Venedig in der Gondel saß, die ihn in sein Hotel am Canale Grande bringen sollte. Er pries seinen schnellen Entschluß, der ihn statt in seiner Villa am Janiculus in Rom zu einer kurzen Erholung hier haltmachen ließ. Denn in Rom erwarteten ihn augenblicklich keine großen Aufgaben, und die, die er eben in Wien gelöst hatte, bedeuteten solch eine Summe von geistiger Arbeit, physischer Anstrengung und persönlicher Gefahr, daß er sich schon gönnen konnte auszuruhen, auf den unsichtbaren – dem großen Publikum unsichtbaren – Lorbeeren, aus denen allerdings hin und wieder sichtbare Blüten in Gestalt von buntbebänderten Orden entsprossen. Mit einem solchen in der Reisetasche, saß Doktor Franz Xaver Windmüller auch jetzt in der Gondel, und obgleich die seltene Dekoration großartig aussah, war sie doch nur eine kleine Anerkennung für seine Arbeit, die den Frieden zwischen zwei Großmächten retten half. Denn wenn ein gewisses Dokument, das Windmüller an sich zu bringen verstanden hatte, in die Hände der einen jener beiden Mächte gefallen wäre, hätte es die Kriegsfackel unfehlbar entzündet. Zwar sind das Dinge, die sich alle Tage in der hohen Diplomatie ereignen, doch hier hatte der Fall so scheinbar hoffnungslos gelegen, daß nur einer noch helfen konnte: Der stille Raritätensammler in der kleinen Villa am Janiculus in Rom, der es sich zur Lebensaufgabe gemacht hatte, das Verbrechen zu entlarven und Rätsel zu lösen, die sonst keiner lösen konnte. Jetzt da er älter geworden war, und sich erworben hatte, was er zu einem behaglichen Leben und zu seiner Leidenschaft fürs Raritätensammeln brauchte, öffneten sich überall die Türen exklusivster Kreise nicht dem Detektiv, sondern dem feingebildeten, liebenswürdigen Gentleman. Nun war er freilich wählerischer geworden, und »Fälle«, die ihn nicht interessierten, nahm er nicht mehr an, besonders seit die Lösungen diplomatischer Probleme ihn mehr und mehr fesselten.

Wie er so mit seinem feinen, charakteristischen Moltkeprofil in der Gondel saß, hätte man ihn wohl für einen Gelehrten oder für einen Diplomaten, sicherlich aber nicht für den »Bluthund« halten können, der er nach der Ansicht der Leute sein mußte, die sich unter einem »Detektiv« nichts anderes vorstellen konnten, und es wahrscheinlich gar nicht für möglich hielten, daß dieser Mann den alten Palästen der ehemaligen Beherrscherin der Meere solch tiefes Interesse entgegenbringen konnte.

Doktor Franz Xaver Windmüller liebte Venedig, weil er es kannte und studiert hatte, weil er die wunderbare Stadt begriff und ihr ins Herz gedrungen war. Nur einer, der ihre Geschichte kennt, und sie mit offenen Augen sieht, nur einer, der ihr mehr Zeit widmet, als der Durchschnittstourist, wird dazu kommen, Venedig so sehr zu lieben.

Man muß es sehen mit den Augen des Malers und des Archäologen, und man wird in der »Meereskönigin« mehr finden, als in jeder andern Stadt.

Vielleicht liebte Doktor Windmüller, der mit all diesen Augen sah, Venedig um so mehr, als sein *Beruf* ihn seltsamerweise noch nie dahin geführt hatte, sondern immer nur stets die reine Freude an diesem einzigen Städtejuwel. Venedig war in der Chronik seiner »Fälle« ein ganz unbeschriebenes Blatt, blütenrein, ungetrübt durch Erinnerungen, die geeignet sind, den Glauben an die Menschheit für immer zu begraben. Merkwürdigerweise war Doktor Windmüller dieser Glaube aber nie abhanden gekommen, dank seines Idealismus, den nichts in ihm hatte töten können. Er wollte helfen, weil das die ideale Seite seines Lebensberufes war, und gerade wo er nicht nur aus Interesse sondern aus Menschenliebe half, feierte sein Menschenglaube auch meist einen jener Triumphe, die ihm mehr galten, als seine Berufserfolge, trotzdem er diese in keiner Weise verachtete: ja, die vielen bunten Bändchen in seinem Knopfloch machten ihm sogar kindischen Spaß.

Doktor Windmüller kam also nach Venedig, um sich auszuruhen – eine Woche oder länger, wenn's ging; er kam, um sich an den Kunst- und archäologischen Schätzen zu erfreuen, um er selbst zu sein, in einem Hotel abzusteigen wie andere Reisende, denn kein »Fall« rief ihn hierher, und er hatte nicht nötig, sich in einem Privatlogis unter erborgtem Namen einzumieten, damit die »Herren Verbrecher« nicht wußten, wer ihnen auf der Spur war. Selbstverständlich hatte er für diese Inkognitos die gesetzliche Lizenz und die Behörden wurden darüber verständigt.

Damit verschwand auch das charakteristische Moltkeprofil unter einer der vielen Masken, die ihm je nach Bedarf zu Gebote standen.

Für dieses Mal aber durfte er, wie gesagt, er selbst sein, und mit diesem schönen Bewußtsein setzte er sich nach der langen Fahrt im Hotel an den Schreibtisch mit der schönen Aussicht auf den Canale Grande und die vielgeschmähte und doch so unendlich malerische Kirche Santa Maria della Salute, um den schon bereitliegenden Meldezettel auszufüllen, den der Portier ihm sogleich nachgetragen hatte und alsbald wieder abzuholen versprach.

Und Doktor Franz Xaver Windmüller aus Rom, für dessen Beruf die leiseste Zerstreutheit oder nur Gedankenabirrung verhängnisvoll werden konnte, ließ sich im schönen Gefühl, augenblicklich ganz frei und unverantwortlich zu sein, dazu hinreißen – – Doktor Müller aus Wien auf den Meldezettel zu schreiben. Als er's nochmals überlas wie alles, was er schrieb, fiel ihm erst auf, was seine Hand hingezeichnet hatte, ungewollt, überflüssigerweise, als hätte es ein anderer für ihn getan, und gedankenverloren sah er auf den Zettel herab, bis der Portier kam, ihn zu holen. Denn es darf nicht verschwiegen werden, daß der Mann, der die furchtbarste Realistik, die Verfolgung und Heimsuchung des Verbrechers zu seinem Beruf gemacht hatte, metaphysischen Einflüssen zugänglich war.

»Ist das nun ein Wink, daß ich besser hier als Windmüller aus Rom nicht bekannt werde, oder – einfach die Macht der Gewohnheit des Maskierens? »fragte er sich mit dem Blick auf den Zettel. »Nun, wenn ein Mensch anfängt, sich von seinen Gewohnheiten beherrschen zu lassen, dann darf er getrost daheim bleiben. Franz Xaver, solltest du alt werden? Hm, eigentlich habe ich eben noch in Wien bewiesen, daß ich kein Jubelgreis bin. Mit fünfzig Jahren schon – – das wäre noch schöner. Also bliebe der ›Wink‹. Es gibt solche Winke. Aber wir wollen sie nicht beachten und, wenn der Herr Portier kommt, ihn wegen ›Verschreibens‹ um einen neuen Zettel bemühen. Herein!«

Darf ich um den Meldezettel bitten?« schob der so prompt Zitierte sich zur Tür herein mit sehr höflichem Tonfall, denn der neue Fremde sah entschieden wohlhabend aus. Im nächsten Moment hatte er den Zettel in der Hand. »Küss' die Hand, Herr Doktor«, sagte er mit einem Blick darauf auf gut wienerisch und war im zweitnächsten Moment schon wieder draußen.

»Es *muß* ein Wink sein – ich wollte dem Kerl den Wisch ja gar nicht geben!« setzte Doktor Windmüller sein Selbstgespräch fort. »Oder aber – ich bin so müde von der Aufregung und der physischen Anstrengung der letzten Tage, daß ich schon nicht mehr weiß, was ich will oder was ich tue. Ruhen wir also vor allen Dingen aus: man wird mich schon – über Rom – finden, wenn man mich braucht.«

Aber die Ruhe des großen Mannes blieb ungestört, und auch später fand er unter seinen postlagernden Briefen keinen, der ihn nach irgendeinem fernen Land gerufen hätte. Ein telephonisches Gespräch mit seiner braven schlesischen Haushälterin in Rom belehrte ihn zudem noch, »daß nischt nich los wäre und niemand nich nach ihm gefragt hätte«.

Ungestört lauschte Doktor Windmüller am Abend den Klängen der Serenata auf dem unvergleichlichen Markusplatz. Er lehnte voll Behagen in seiner Gondel und folgte dem Spiel des Mondlichtes, das auf die dunkeln Wasser Millionen von Goldflittern warf. Am nächsten Tag streifte er umher, brachte der »Assunta« von Tizian seine Huldigung dar, und in den Sälen der Academia war es denn auch, wo er den Namen hörte, den er nicht unterbringen konnte.

»Palazzo Favaro« sagte jemand hinter ihm.

In dem gerade sehr vollen Saal war es schwer festzustellen, wer den Namen genannt hatte, denn die Leute drängten sich, als Doktor Windmüller sich umdrehte, gerade so um den Ausgang, daß ein einzelner gar nicht herauszufinden war. Übrigens kam es darauf auch gar nicht an, stellte Doktor Windmüller fest, sondern nur um die Unterbringung des Namens. Favaro! Favaro! Wo hatte er diesen Namen nur schon unter besonderen Beziehungen und Umständen gehört! Natürlich wußte er, daß es einen Dogen dieses Geschlechtes gegeben hatte, der einen Riesenpalast am Canale Grande besaß, welcher jetzt städtischer Besitz war, aber diese Kenntnis konnte es nicht sein, die ihm den Namen so aufdringlich in den Ohren klingen ließ; doch soviel er auch suchte, er fand die Beziehung nicht, und das verleidete ihm fast den Rest des Tages, an dem es ihn, wo er auch ging, stand und sah, förmlich verfolgte mit dem ewigen: Favaro! Favaro!

Nachts, als er gerade einschlafen wollte, nachdem er sich gezwungen hatte, an andere Dinge zu denken, kam natürlich die Erleuchtung, wie es zu gehen pflegt, wenn dem Willen die Ausschaltung eines hartnäckigen Gedankens gelungen ist. Wie er nur hatte vergessen können, daß ja das einzige Kind des letzten Favaro, des italienischen Botschafters in London, die Gattin des deutschen Botschaftsrats von Verden war – einfach nicht zu glauben! Nachdem er diesem Diplomaten erst vor sieben Jahren die Sache mit dem verschwundenen Brief des Königs von – hm! – in Ordnung gebracht hatte, die seiner Karriere einen schweren Stoß zu geben drohte, und er zu diesem Zweck fast vierzehn Tage lang sein Gast gewesen war!

»Franz Xaver, was ist denn mit dir los?« fragte er sich im Bett aufsitzend. »Überarbeitung«, gab er sich selbst zur Antwort. Und dann kam ihm die ganze Sache zurück ins Gedächtnis samt den dazugehörigen Personen. Vor allem natürlich Frau von Verden, die schlanke, elegante und aparte venezianische Patrizierin. Sie hatte ihm erzählt, daß ihr Vater, der alte Herzog Favaro, der sich eben hatte pensionieren lassen, das alte Stammhaus ihres Geschlechtes in Venedig bewohnte, nicht aber den Palazzo am Canale Grande, der sich in einer jüngeren, weiblichen Linie vererbt hatte, die nun erloschen war. Der monumentale Bau, den der Doge Favaro vor zweihundertfünfzig Jahren errichtet hatte, war als Schenkung der Stadt übergeben worden.

»Mein Vater wünscht, daß mein Mann seinen Namen annimmt«, hatte sie hinzugefügt, »aber was hat es für einen Zweck? Wir haben ja nur eine Tochter, mit der der Name doch erlischt.«

Die Tochter war ein langer, wilder Schlaks, der sich überall unnötig machte, in den schönsten Lümmeljahren ihres Geschlechtes, mit zwei Händen und zwei Füßen zuviel, aber mit ein Paar intelligenten, beredten und klaren rostbraunen Augen von wunderbarer Schönheit, – Augen, die es ganz unmöglich machten, dem Mädel böse zu sein, wenn es sein Mütchen an jedermann im Hause ohne Unterschied von Alter, Würde und Geschlecht kühlte. Doktor Windmüller erinnerte sich ganz genau, daß er eine Schwäche für diese Augen hatte, und ihrer Besitzerin noch später mal eine Schachtel Bonbons schickte, für die er einen so charakteristischen Dankesbrief erhielt, daß er den für verständnislose Seelen nichts wie entsetzlich geschmierten Wisch schmunzelnd unter seinen Briefschätzen aufbewahrte. Solch eine Auszeichnung pflegte Doktor Windmüller nicht an Unwürdige zu verschwenden und zeugte außer für seine Sympathie in diesem besonderen Fall noch für das fast unfehlbare Urteil dieses großen Menschenkenners. Er wußte, daß sich die klaren und reinen Tiefen dieser Kinderaugen durch den Hauch der Welt nicht trüben würden und sah viele glänzende und seltene Möglichkeiten des noch ungeformten Charakters dieses jungen Wesens voraus. Schon die Rassenmischung in der kleinen Verden hatte ihn höchlich interessiert und ihm die Frage vorgelegt: Wer wird den Sieg in ihr davontragen: Der Vater, der echte, rechte, kraftvolle, deutsche Krautjunker, den Gott in seinem Zorn zum Diplomaten gemacht haben mußte, oder die venezianische Mutter, die einem langreihigen Diplomatengeschlecht entstammte, dessen Hyperkultur seine Glieder in vielfältigen Facetten erglänzen ließ, bis in die Tage der Neuzeit, in der das sterbende Venedig wieder auflebte und gesundete. Mochte man die Geschichte der Länder nachschlagen wo immer man wollte im Lauf der letzten vierhundert Jahre – wieder und wieder tauchte der Name Favaro auf unter den Gesandten der venezianischen Republik, immer wieder war es ein Favaro, der die schwierigsten diplomatischen Fragen zugunsten Venedigs zu lösen verstanden hatte, und auch die Generäle dieses Geschlechtes waren zugleich Diplomaten, die ihre ruhmreichsten Schlachten mit dem Kopfe schlugen. Der größte von ihnen trug am Ende seines Lebens auch die Mitra eines Bischofs, und seiner gleichzeitigen Eigenschaft als Mäzen der Kunst verdanken wir heute noch eine von Tizians unvergleichlichen Schöpfungen . . .

Der berühmteste der Favaro trug den »Corno«, die Krone des Dogen von Venedig. Er hatte als Gesandter der Republik in Wien, Paris, London und Madrid die schwierigsten diplomatischen Fragen zugunsten seiner Heimat glänzend gelöst, er hatte durch seinen persönlichen Einfluß im Senat Venedig vor einem schmählichen Frieden mit den Türken bewahrt. Diesen glänzenden und einflußreichen Geist stellte die Republik zum Danke kalt dadurch, daß sie ihn zum Dogen erwählte: »Rex in purpura, Senator in curia, in urbe Captivus.« Im Purpur König, im Rate Senator, in der Stadt Gefangener. Ein knappes Jahr nur trug Giovanni Favaro den »corno«; der Rat der Zehn gestattete ihm, in den Purpur gehüllt ins Grab zu steigen und unter dem pompösesten Monument den jüngsten Tag zu erwarten. Denn man hatte ja aus der Geschichte der Dogen gelernt – auf beiden Seiten. Ein Marino Falieri war nicht mehr wiedergekehrt und das Schicksal des gefährlich gewordenen, aber unangreifbaren Francesco Foscari hatte zu viel Murren erregt, um noch einmal wiederholt zu werden. Man wählte und krönte also den zu klugen, zu einflußreichen Mann, man gab ihm nach einer sorglich abgewogenen Frist des Glanzes einen Trunk, der ihm nicht bekam, und begrub den Gefürchteten mit einem Gepränge, das die Augen blendete und die Mäuler stopfte. Die letzte, direkte Nachkommin dieses Dogen von vor zweihundertfünfzig Jahren hatte den jungen deutschen Diplomaten geheiratet, den sie in Berlin kennenlernte, wo ihr Vater damals Botschafter war. Nicht eben sehr zu des letzteren Erbauung, denn so sehr er die moralischen Eigenschaften des mit Gewalt zur Diplomatie gepreßten jungen Mannes schätzte, so gut er begriff, daß seine Tochter ihr Herz an dieses Prachtexemplar eines germanischen Recken verlieren konnte, so genau erkannte er auch die Grenzen der Befähigung seines Schwiegersohnes, aber er liebte seine Tochter zu sehr, um sich ernstlich ihrem Glück entgegenzustellen. Und so wurde denn Giovanna Favaro Frau von Verden, und wenn sie selbst sich auch in ihrem Glück nicht getäuscht sah, so enttäuschte sie ihren Vater zum zweitenmal dadurch, daß sie ihm den erwarteten Enkel, auf den der große alte Name übertragen werden sollte, nicht bescherte, denn sie hatte »nur« eine Tochter, die wie ihre Mutter Giovanna hieß, zum Unterschied von dieser aber nicht mit der beliebten Abkürzung »Vanna«, sondern »Gio« gerufen wurde.

»Richtig, – Gio! Gio von Verden«, schloß Doktor Windmüller beruhigt seine Reminiszenzen über den halbvergessenen Namen Favaro. Der alte Herzog, dessen Vater von Österreich nebst andern Patriziern mit einem Titel für das bedeutungslos gewordene Patriziat entschädigt worden war, mußte nach Doktor Windmüllers Wissen schon fast acht Jahre pensioniert und gewiß schon drei bis vier Jahre tot sein. Auch daß Hans von Verden wenige Jahre vor seinem Schwiegervater gestorben war, wußte Windmüller; was aber war aus der Witwe und deren Tochter geworden? Waren sie in Deutschland geblieben? Waren sie in Venedig? Palazzo Favaro – der Riesenpalast dieses Namens am Canale Grande, war jetzt Eigentum des Staates, aber es war ja nicht ausgeschlossen, daß es noch einen zweiten Palast dieses Namens gab, einen älteren, denn das Geschlecht war ja schon zu Beginn des dreizehnten Jahrhunderts nach Venedig gekommen und in dem »Goldenen Buche« der Republik eingetragen worden.

Doktor Windmüller, der nun fand, daß ihm der Name Favaro genug seines kostbaren Schlafes geraubt hatte, faßte noch den Entschluß, morgen Erkundigungen einzuziehen, legte sich auf die andere Seite und holte nach, was er versäumt hatte.

Und in der Nacht träumte ihm so lebhaft von – weißen Tauben, daß er beim Erwachen am andern Morgen noch ganz erfüllt davon war.

»Was man doch gleich für sanfte Träume hat, wenn man einmal ›blau‹ macht«, schmunzelte Doktor Windmüller vor sich hin, als er sich zum Frühstück setzte. »Von Tauben – nicht doch, von *weißen* Tauben zu träumen! Wenn ich nur wüßte, in welchem Zusammenhang! Was hat mich denn ausgerechnet auf Tauben gebracht? Ja und – was wollte ich doch gleich heute früh tun? Richtig, mich nach den Favaros erkundigen. Werde nachher mal bei dem Manager anklopfen . . . Er ist Venezianer; vielleicht weiß er etwas über den Verbleib der letzten Favaro.«

Der vielbeschäftigte Allwisser der großen Karawanserei aber war heute früh nicht zu sprechen, denn er war damit beschäftigt, sich, figürlich geredet, die Haare auszuraufen, als Doktor Windmüller vor seinem Bureau stand: einer im Hotel wohnenden Multimillionärin aus Chikago waren während der Nacht ihre ganzen Brillanten gestohlen worden. Aus dem verschlossenen Zimmer, aus dem Nachttisch neben ihrem Bett! Der unglückliche Manager war nahe daran, in den Kanal zu springen, denn die Beraubte zeterte mit einem Organ, das man vom Lido bis Santa Chiara hören konnte, und denunzierte das Hotel als eine »Räuberhöhle« in einer Sprache, die stark an die Fabrikhöfe erinnerte, während ihr Gatte unter allerlei Drohungen fortwährend ausspuckte. Wenn nun, hörbar für alle Gäste, das erste Hotel der Stadt eine Räuberhöhle und ein »dreckiges Loch von einem Gasthof« genannt wird, aus dem man »das gestohlene Gut schon herausquetschen würde«, so hat der unglückliche Direktor des besagten Hauses schon das Recht, für andere Gäste unsprechbar zu sein, und Doktor Windmüller sah das auch ohne weiteres ein. Heroisch den Instinkt in sich unterdrückend, der ihn zwingen wollte, dem Brillantendieb sofort auf die Spur zu kommen, verließ er schleunigst das Hotel, um den kleinen, flinken Dampfer zu besteigen, der ein so angenehmes und amüsantes Beförderungsmittel ist. Doch zunächst trat er in die stille, kleine Kirche der Zobenigo und Barbaro ein, um den Gemälden von Tizian, Tintoretto und Rubens eine vom gewöhnlichen Reisepöbel ganz unbehelligte halbe Stunde kunstfrohen Schauens zu widmen.

Als er wieder auf den kleinen Campo hinaustrat, sah er für einen Moment unschlüssig nach dem Zugang zur Dampferhaltestelle hin und wandte sich dann nach rechts, Santa Maurizio zu, weil er gelesen hatte, daß diese Kirche schöne Skulpturen von Domenico Fadiga enthalten sollte. Doch die Pforten waren geschlossen, und Doktor Windmüller wollte über den großen palastumsäumten Campo Morosini zur Academia gehen. Aber ein Schwarm von Tauben, der über seinen Kopf wegflog und sich vor der Pforte des schönen Doms von San Stefano niederließ, lenkte ihn nach der entgegengesetzten Richtung.

»Die Tauben von San Marco«, dachte er und beobachtete die gierig pickende Schar. Alle ganz gleich: grau mit schillernden Flügeln, unverändert seit Hunderten von Jahren. Natürlich, es gibt ja gar keine andere Rasse hier, keine weißen Tauben, von denen ich geträumt habe. Nun trat er in die Kirche ein und nach einem Rundgang auch in den ehemaligen Klosterhof mit den grotesken Resten der Fresken des Pordenone. Gerade als Doktor Windmüller aus der Kirchentür trat, kam von der entgegengesetzten Seite vom Campo San Angelo eine weißgekleidete Dame, begleitet von einer älteren Person in dem charakteristischen, schwarzen, langbefransten Umschlagetuch der venezianischen Frauen und Mädchen aus dem Volk, den wohlfrisierten Kopf unbedeckt, wie es die alte Sitte will, die zum Glück noch keine »Mode« verdrängen konnte. Doch nicht von ihr wurde Doktor Windmüllers Blick gefesselt, sondern von ihrer »Dame«, die eine junge Dame war, groß, schlank, elegant und doch sehr einfach und mit einem Gesicht, das schon in der Entfernung Doktor Windmüllers Adlerauge bekannt schien und doch auch wieder fremd war: ein zartes, aber sehr charakteristisches Gesicht durch die kurze, schmale und kühn gebogene Nase, den schönen, festen und doch lieblichen Mund und die großen, etwas tiefliegenden Augen unter den geraden, schmalen Brauen. Und unter dem großen, schwarzen Hut rostbraunes Haar, das ganz golden schimmerte, wo es die hellsten Lichter fing.

Links um den Kreuzgang biegend, kam sie Doktor Windmüller gerade entgegen, stutzte sichtlich, als sie ihn sah, machte einen Schritt vorwärts, stutzte wieder und lief ihm dann mit ausgestreckten Händen entgegen.

»Onkel Windmüller!« rief sie halb lachend, halb zögernd. »Ja, ist es denn menschenmöglich, sind Sie es wirklich?«

»Ich bin's, schwelle vor Stolz über den Onkeltitel, der mir zwar unverdient, aber glatt und angenehm heruntergeht«, versicherte er schmunzelnd. »Aber Sie, meine Gnädigste, Sie sind – – ja – nein – Sie sind doch nicht die kleine Gio Verden?«

»Na, hören Sie mal, Onkel Windmüller, ›klein‹ haben Sie mich eigentlich nie gekannt«, begann sie entrüstet.

»Nein, es ist wahr«, unterbrach er sie lachend. »Sie fielen mir heut nacht ein und ich nannte Sie in Gedanken einen ›langen – hm – langen Schlaks‹, mit Ihrer gütigen Erlaubnis!«

»Die haben Sie«, rief sie hell auflachend. »Gottlob, es ist wieder einer da, der Deutsch reden kann!« setzte sie inbrünstig hinzu.

»Und folglich bezog ›klein‹ sich nur auf Ihre damalige größere Jugend«, vollendete Doktor Windmüller erläuternd und bewunderte mit wachsendem Wohlgefallen die äußerst pikant wirkende Mischung der lateinischen und der teutonischen Rasse in dem blühenden, jungen Gesicht, aus dem die rostbraunen Augen mit den goldenen Lichtern ihn mit demselben freien, furchtlosen und reinen Ausdruck ansahen, wie vor sechs Jahren.

»Alter!« machte sie befriedigt und war dabei ganz Italienerin. »Also, Sie haben heut nacht an mich gedacht, Onkel Windmüller?« fuhr sie lebhaft fort. »Wußten Sie denn, daß ich jetzt hier lebe – wenigstens fürs erste?«

»Nein, das wußte ich nicht«, erwiderte er überrascht. »Ich weiß überhaupt nichts mehr von Ihnen allen. Es nannte gestern jemand den Namen Favaro und dieser brachte Sie meinem Gedächtnis zurück, und ich bin eigentlich heut ausgegangen, um mich zu erkundigen, ob etwa Ihre Frau Mutter noch gelegentlich hierherkommt.«

»Meine Mutter liegt seit fast einem Jahr neben Großpapa in der Familiengruft da –«, sie deutete auf die Kirche hinter Doktor Windmüller, der erschrocken und bewegt ihre Hand ergriff und herzlich drückte.

»Und ich habe keine Ahnung davon gehabt!« sagte er statt aller Gemeinplätze einfach und doch so voll inniger Teilnahme, daß ein Mehr – weniger gewesen wäre. »Kam es sehr überraschend für Sie?« fragte er dann.

»Ganz überraschend«, sagte Gio Verden leise. »Sie starb hier in Venedig, während ich in Deutschland zu Besuch bei Verwandten war, vergnügt, glücklich, ahnungslos. Sie müssen wissen, Onkel Windmüller, daß wir, Mama und ich, nach Vaters Tod ganz zu Großpapa nach Venedig übersiedelten, in die alte Ca' Favaro, das Stammhaus da drüben – Sie können es vom Campo San Angelo über alle andern Paläste herüberragen sehen. Großpapa hatte zwar, um nicht allein zu sein, eine Kusine von meiner Mutter auf unbestimmte Zeit mit ihrem Mann zu sich eingeladen – sie sind noch da –, aber das Haus ist ja groß genug für ein Dutzend Familien! Ja, und Mama starb so plötzlich, so unerwartet! Ein Herzschlag, sagte der Arzt. Niemand hat gewußt, daß sie herzkrank war, sie selbst sicher nicht. Und nun bin ich natürlich hiergeblieben und habe das große Haus – –«

Sie stockte; ein herber Zug legte sich um ihren lieblichen Mund und ihre Augen sahen Doktor Windmüller mit einem eigenen Ausdruck an. »Rita«, sagte sie dann, und wandte sich ihrer Begleiterin zu, welche den Fremden mit ein Paar sehr mißtrauischen Augen beobachtete, die in dem pergamentartig braunen und mageren Gesicht wie schwarze Kirschen aussahen, »Rita, Sie können wieder heimgehen. Ich habe einen alten Freund meines Vaters getroffen, der die Güte haben wird, mich zu begleiten.«

Die Person murmelte etwas vor sich hin, zuckte mit den Achseln, machte unentschlossen einen Schritt rückwärts und blieb dann stehen.

»Was wird Donna Onesta sagen?« kam es halb herausfordernd, halb furchtsam über ihre schmalen Lippen.

»Das müssen wir Donna Onesta überlassen«, erwiderte Gio von Verden scheinbar ganz gelassen. »Es kann Ihnen übrigens gleichgültig sein, was sie sagen wird, Rita, da *ich* ja die Herrin der Ca' Favaro bin, nicht?«

»Freilich!« murmelte die Person mit sichtlich sehr geteilten Gefühlen. »Aber Donna Onesta ist – war – hat so lange in der Ca' Favaro zu befehlen gehabt – – und ist Ihre Tante, Donna Giovanna.«

»Sie ist die Kusine meiner Mutter, Rita«, verbesserte Gio ebenso gelassen wie vorher. »Sie ist aber nicht meine Herrin, sondern mein Gast. Nicht wahr, Sie verstehen den Unterschied?«

»Sicher! Sicher!« beeilte sich die Dienerin zu sagen, und der Ausdruck ihrer Augen bewies, daß sie wirklich den feinen Unterschied begriffen hatte. »Donna Onesta hat dann auch mir nichts zu befehlen »«, setzte sie fragend hinzu.

»Nun, wenn sie einen Dienst von Ihnen erbittet, so versteht es sich von selbst, daß Sie ihn einem Gast der Ca' Favaro nicht verweigern werden«, erwiderte Gio mit Nachdruck.

»Freilich! Natürlich! Donna Giovanna!« Damit wandte sich die Person um und verschwand alsbald durch die Pforte zur Kirche.

»Verzeihen Sie die Lektion, Onkel Windmüller«, wandte sich Gio nun an ihren Begleiter. »Es mußte aber einmal doch gesagt werden und die Gelegenheit war so wundervoll günstig. Übrigens sind Sie ja in Italien so zu Hause, daß es Sie nicht wundern wird, solche Angelegenheit mit den Dienstboten disputiert zu hören.«

»Wer ist denn diese Donna Onesta, gegen die Sie Ihre Rechte zu verteidigen haben?« fragte Doktor Windmüller interessiert.

»Donna Onesta Favaro ist die Kusine meiner Mutter, die Tochter von Großpapas jüngerem Bruder«, erklärte Gio mit eigentümlich trockenem Ton. »Er lud sie ein, ihm den Haushalt zu führen und die fehlende Dame des Hauses zu ersetzen, als er nach seiner Pensionierung nach Venedig zurückkehrte. Natürlich kam ihr Gatte mit ihr . . . Er ist Amerikaner und heißt Tom Morgan. Sie hat ihn beim amerikanischen Botschafter in Rom kennengelernt und er soll aus guter oder sogar bester Familie sein. Er ist gewiß zehn Jahre jünger als Donna Onesta, die ein Jahr älter ist als meine Mutter. Ja, und als meine Mutter Witwe wurde und Großpapa wünschte, daß wir zu ihm kämen, da war er natürlich zu höflich, um den Morgans zu bedeuten, daß er ihrer nicht mehr bedurfte . . . Mr. Morgan war aber gewissermaßen Großpapas Privatsekretär und Verwalter geworden und schien anzunehmen, daß er dadurch für die genossene Gastfreundschaft ein Äquivalent bot – kurz, sie blieben, und auch nachdem Großpapa gestorben war, sprach niemand mehr davon, daß sie gingen oder gehen könnten. Es ist ja wahr, daß Mr. Morgan meiner Mutter in jeder Hinsicht sehr nützlich war, als sie nun ganz allein zurückblieb, und mir auch, als ich in dieselbe Lage kam. Aber ich habe mich dann selbst in alles hineingearbeitet, denn ich hasse die Abhängigkeit. Selbst ist der Mann und heutzutage auch die Frau«, schloß sie mit einer sie gut kleidenden Miene von Selbstbewußtsein, das Doktor Windmüller ihr ohne weiteres zutraute.

»Mr. Morgan scheint danach keinen Beruf zu haben«, meinte er mit einem Interesse, daß er selbst nicht gerechtfertigt fand.

»Nein – 's scheint wirklich nicht der Fall zu sein«, gab Gio trocken zu, so trocken für ihre Jugend, daß Doktor Windmüller aufhorchte. »Aber unheimlich klug ist er«, setzte sie hinzu.

»So so! Nun, manche Leute betrachten es als genügenden Beruf, Privatier zu sein«, bemerkte Doktor Windmüller, ohne auf den Zusatz zu achten.

»Oder von anderer Leute Renten zu leben«, ergänzte Gio noch trockener. Und dann wandte sie sich plötzlich ihrem Begleiter voll zu. »Wissen Sie was, Onkel Windmüller? Ich habe eine herrliche Idee – wenigstens wäre ihre Ausführung herrlich für mich. Kommen Sie und seien Sie mein lieber und verehrter Gast in der Ca' Favaro. Das heißt natürlich, wenn Sie gerad' Zeit haben . . . Sie wollten ja immer einmal einen echten, venezianischen Palast kennenlernen . . . Erinnern Sie sich noch, wie Sie damals davon sprachen, als Sie bei uns waren, um – wie ich's jetzt weiß – Vaters Ehre und Karriere zu retten? Nein, Sie brauchen nicht abzuwehren, ich weiß ja, daß Sie's taten und den Verdacht von Vater nahmen, ein Landesverräter zu sein. Und den richtigen Dieb des Briefes oder Dokuments, für das Vater verantwortlich war, fanden – – ach ja, ich habe das alles verstehen gelernt und gelernt, Ihnen dankbar zu sein . . .«

Sie hatte rapid gesprochen, die Worte überstürzend, »wie es nur eine Italienerin kann«, dachte Doktor Windmüller und drückte die schmale Hand, die sie ihm reichte.

Das ist ja mein schönster Lohn in meinem so viel Häßliches enthüllenden Beruf, wenn er mir neue Freunde erwirbt«, sagte er und sah dem jungen Mädchen forschend in die Augen. »Es war ein Glück für mich, daß ich den Dieb damals in Ihres Vaters Hause zu vermuten Ursache hatte, denn das führte mich als Gast dort ein und ich durfte damit auch Ihre liebe, schöne Mutter kennenlernen. Und Sie selbst, Fräulein von Verden, trotzdem ich schon gestehen muß, daß Sie mir das Vergnügen Ihrer Bekanntschaft oft recht sauer machten . . .«

»Ich wußte doch nicht, warum Sie bei uns waren, – selbst Mama wußte es nicht – sonst hätte ich Sie ja nicht mit meinen dummen Streichen, Fragen und was weiß ich, geplagt!« verteidigte sie sich, indem es unwiderstehlich um ihren Mund zuckte – ein Beweis, daß ihre Reue darüber jedenfalls nicht in Sack und Asche ging. »Ich hatte Sie nämlich gleich tief in mein Herz geschlossen, Herr Doktor– nun ja, wenn Sie mich ›Fräulein‹ titulieren! – also, Onkel Windmüller!«

»Erlauben Sie – war es denn durchaus nötig, mir saure Gurken ins Bett zu legen?« unterbrach er sie, herzlich lachend.

»Nötig nicht, aber irgendwie muß man's doch zeigen, wenn man jemand seiner Beachtung für würdig hält«, erwiderte Gio von Verden im gleichen Ton. »Ach, wenn Sie wüßten, wie oft ich an Sie gedacht und Sie herbeigesehnt habe! – Glauben Sie mir's oder glauben Sie mir's nicht: ich hab' mir aber jahrelang einen von den Bonbons zum Andenken aufgehoben, die Sie mir von Rom aus schickten!«

»Das war wohl eine Sorte, die Sie nicht besonders gern aßen?« erkundigte sich Doktor Windmüller neckend und setzte im gleichen Ton hinzu: »Aber ich halte Sie wirklich nicht für so egoistisch, sich nur wegen der bevorzugten Sorte nach mir gesehnt zu haben. ›Gesehnt!‹ wie schön das klingt – für mein Ohr! Im übrigen haben Sie aber recht: erst gestern, als ich vor dem Holzmodell des nie vollendeten Palazzo Valier im Museum stand, dachte ich mir, wie gern ich einmal einen *alten* venezianischen Patrizierpalast sehen und studieren möchte. Die Ca' Favaro ist wohl wesentlich älter als der Palazzo am Canale Grande?«

»Sie ist aus dem zwölften Jahrhundert«, rief Gio Verden, aus deren Augen mit einem Schlag das Lachen verschwand, das noch auf ihren Lippen lag. »Sie müssen das Haus sehen«, fuhr sie eindringlich fort, »es ist zwar düster, weil es so eingekeilt liegt, aber es ist interessant. Und dann habe ich doch auch Großpapas Antiquitätensammlung – wunderbare Sachen! Und alte Bilder und Waffen – o kommen Sie, ja? Aber nicht nur für einen kurzen Besuch, sondern für Tage, Wochen – solange Sie wollen, bis – – bis Sie alles gesehen und studiert haben.«

Windmüller kämpfte einen kleinen Kampf mit sich; er liebte die Unabhängigkeit, die er im Hotel hatte und die man als Logierbesuch in einem Privathaus zweifellos aufgibt, man mag's drehen und wenden, wie man will. Er überlegte, daß er ja alle Tage, solange er hier war, in die Ca' Favaro gehen und dann wieder in die Unabhängigkeit seines Hotels zurückkehren konnte, aber er sah die beiden wunderbaren rostbraunen Augen mit den schönen, goldenen Lichtern darin auf sich geheftet mit einem Ausdruck, der ihn genau so unbewußt zwang, nachzugeben und zuzusagen, wie er vorgestern unter einem Einfluß, den er sich nicht erklären konnte, den Zettel mit seinem abgekürzten Namen dem Hotelportier wider seinen Willen gegeben hatte.

»Wenn Sie mich haben wollen, Gio, so komme ich gern«, hörte er sich bedächtig sagen. »Mein Koffer im Hotel ist rasch wieder gepackt –«

»Und die Gondel bringt Sie in einer Viertelstunde zur Ca' Favaro«, fiel Gio mit einem tiefen Atemzug ein. »Ich danke Ihnen tausendmal für dieses Opfer, das Sie mir bringen – oh, ich weiß, es ist ein Opfer für Sie, das Opfer Ihrer paar Erholungstage. Das einzige, was mich dabei tröstet, ist, daß Sie vielleicht – wahrscheinlich später, nicht bereuen werden, das Opfer gebracht zu haben. Und wann darf ich Sie erwarten? Schon zu unserem italienischen Gabelfrühstück um ein Uhr?«

»Ja«, erwiderte er, ohne die Augen von ihr zu wenden. »Ich werde bald nach zwölf Uhr bei Ihnen sein.«

Wieder atmete sie tief auf.

»Nochmals Dank, vielen, vielen Dank. Und gleichzeitig ›auf Wiedersehen‹, denn ich muß zurück ins Haus, Ihr Zimmer zurechtmachen zu lassen. Und – und darf ich noch eine große Bitte aussprechen, eine ganz furchtbar große, ja?«

»Steht es in meiner Macht, sie zu erfüllen?«

Gio nickte bejahend, zögerte, sah sich um . . . es war keine Seele zu sehen in dem stillen Klosterhofe, nur ein paar Katzen sonnten sich auf dem erhöhten Rasen an der längst verschlossenen Zisterne, dennoch aber war ihre Stimme zum Flüstern gedämpft, als sie hastig sagte:

»Ich möchte Sie – unter einem andern Namen in der Ca' Favaro einführen.«

Vor Windmüllers geistigem Auge zerriß plötzlich ein Schleier: er sah Licht, und zwar ein Licht, das ihn für den Augenblick so blendete, daß Gio Verden hastig und leise fortfahren konnte:

»Sehen Sie, Onkel Windmüller, Ihr Name ist so berühmt – in gewissen Kreisen, wie Vater sagte und Großvater auch, denn woher sollte ich es sonst wissen? ›Vor dem Namen zieht die Schnecke ihre Hörner ein‹, hat Vater gesagt. Es – es könnte ja Schnecken in der Ca' Favaro geben, sehen Sie, die zu erschrecken es mir leid wäre. Nicht wahr, ich darf Sie unter anderm Namen einführen bei – meinen Verwandten und überhaupt. Ganz einzig und allein überhaupt –«

Windmüller fand, daß vor dem plötzlich enthüllten Licht eine dichte Milchglasscheibe stand und war entschlossen, diese im Notfall zu zerschlagen.

»Nein, das geht nicht«, sagte er leise und sehr deutlich. »Sie werden das selbst einsehen, Gio, daß ich ohne Grund, ohne einen zwingenden Grund nicht unter einem Decknamen in Ihr Haus kommen kann. Überlegen Sie es und Sie werden mir recht geben. Aber Sie haben einen zwingenden Grund; so viel kann ich mir aus einzelnen Ihrer hingeworfenen Worte zusammenreimen: Sie haben ihn oder glauben ihn zu haben. Wie dem auch sei, ich muß wissen, warum ich in ihrem Hause meine Identität verstecken soll, oder – ich kann überhaupt Ihr Gast nicht werden.«

Gio war blaß geworden. Sie preßte ihren lieblichen Mund fest zusammen und schüttelte den Kopf.

»Ich weiß nichts – ich kann nichts sagen«, murmelte sie mit abgewendetem Blick.

»Dann also vermuten Sie etwas, das Ihnen meine Gegenwart in Ihrem Hause erwünscht macht«, forschte Windmüller sehr freundlich, und als er sah, wie schwer sie mit sich kämpfte, nahm er ihre schlaff herabhängende Rechte in seine beiden Hände: »Gio, wie kann ich Ihnen denn helfen, wenn Sie kein Vertrauen zu mir haben?«

»Kein Vertrauen! Ich, die ich Häuser auf Sie baue, die ich Sie herbeigesehnt habe, wie – wie –«

»Nun also! Aber gar nicht oder ganz. Weshalb wollen Sie, daß ich zu Ihnen komme?«

Sie sah zu ihm auf mit ein Paar Augen, aus denen alle goldenen Lichter verschwunden waren.

»Oh, ich sehe ein, daß es töricht war, es zu wollen – in dieser Meinung«, erwiderte sie klar und ruhig. »Vergessen Sie also meine dumme Bitte und kommen Sie ohne Inkognito, ja?«

»Nein, Gio, das möchte ich jetzt nicht mehr«, sagte Windmüller sehr bestimmt. »Damit würde ich sicherlich das in eine andere Bahn lenken, was zu enthüllen Sie mich – und mit Ihren eigenen Worten zu reden – *herbeigesehnt* haben. Ich bin nach meinen Erfahrungen gar nicht sicher, ob diese andern Bahnen die richtigen und für Sie gefahrlosen sind. Gio, Sie sind doch ein vernünftiges Wesen und konnten nicht erwarten, daß ich ohne weiteres und ohne nach dem Warum zu fragen, unter einem Decknamen in Ihr Haus kommen würde. Ich besitze ja eine gewisse Beobachtungsgabe und würde auch mit einem unbestimmten Verdacht vielleicht herausbekommen, was in Ihren Gedanken ist, aber erstens brauche ich dazu mehr Zeit, als ich aufwenden darf, und dann kann ich mich doch auch in Irrwegen verlieren. Das ist menschlich und ist auch mir schon passiert. Also – heraus mit der Katze aus dem Sack: Was soll ich in der Ca' Favaro? Was beunruhigt Sie dort?«

»Gut!« rief Gio Verden entschlossen. »Gut, Sie sollen es mit zwei Worten erfahren und mich dann gründlich auslachen: ein Traum! Das heißt, ich vermute, daß es ein Traum ist. Was sollte es anders sein? Aber ob es etwas anderes ist, das eben sollten Sie herauskriegen.«

»Ohne daß Sie mir den ›Traum‹ erzählen? Ich bin doch kein Hexenmeister!« sagte Windmüller mit wachsendem Interesse.

»Das muß ich wohl angenommen haben, als ich Ihnen meine strohdumme Bitte vorplapperte«, gab Gio ohne weiteres zu. Aber warum lachen Sie mich denn nicht aus?« fuhr sie heftig auf.

»Ich? Nun, weil ich doch nicht zu den Philistern gehöre, die sich jedes Ding zwischen Himmel und Erden ›ganz leicht‹ erklären können«, verwahrte Doktor Windmüller sich. Träume, auch Tagesträume, das heißt, mit offenen Augen, gehören zu den unerforschten Gebieten, hinter deren Geheimnisse wohl hienieden keiner kommen wird. Man hat versucht, aber man hat keine annehmbare wissenschaftliche Erklärung dafür geben können. Nein, ich lache gar nicht über Ihren Traum, den ich natürlich aber erst erfahren müßte, weil ich ja nur Dingen auf den Grund gehen kann, die ich kenne.

In Gios Augen war während dieser Worte das Licht zurückgekehrt und eine Reihe widerstreitender Gefühle malten sich auf ihrem intelligenten Gesicht.

»Gut«, sagte sie nach kurzem Kampfe. »Da Sie mich nicht auslachen, so will ich Ihnen den Traum erzählen. Aber wo? Hier? Freilich, hier kann ja niemand zuhören. Also – nicht wahr, ich sagte Ihnen schon, daß ich verreist war, als Mama starb? Ich kam, vor ihrer Beisetzung in der

Gruft der Favaro, zurück nach Venedig und habe sie noch im Sarge sehen können. Sie war ja auch im Tod noch sehr schön, aber es war doch in ihrem Gesicht etwas mir Fremdes, das ich mir nicht erklären konnte . . . Und an ihrer Hand trug sie einen Ring, den ich nie zuvor bei ihr gesehen hatte: einen goldenen Spiralring in Form einer Schlange mit Rubinenaugen und einem wunderfeinen, goldenen Krönchen auf dem Kopf! Donna Onesta behauptete, Mama hätte diesen Ring schon so lange gehabt, als sie sie gekannt hätte, und wollte mich ihn nicht abziehen lassen – man dürfe den Toten nichts fortnehmen. Ich halte das für Aberglauben, aber ich hab' nachgegeben, denn es war ja schließlich ganz egal. Ich kann aber schwören, daß ich diesen Ring nie an Mamas Hand, nie in ihrem Besitz gesehen habe, obgleich ich doch hundertmal in ihren Sachen, in ihren Juwelen kramen durfte! Freilich muß ich zugeben, daß ich damit nicht alles gesehen zu haben brauche, was Mama besaß, wie Mr. Tom Morgan ganz richtig bemerkte. . . . Man kommt nämlich nie gegen Mr. Tom Morgan auf, und wenn unser Herrgott alles weiß, so weiß Mr. Tom Morgan sicherlich alles besser . . . Doch das gehört ja nicht hierher; die Zeit vergeht und ich vertrödle sie ausgerechnet mit Tom Morgan! Ich sagte Ihnen schon, daß Mama ohne vorhergehende Krankheit oder auch nur Unwohlsein mitten am Tage starb – sie fiel plötzlich um, als sie nach Tisch mit Donna Onesta und deren Mann in einem der Zimmer Kaffee trank, in dem Großpapa seine Sammlungen aufbewahrte. Es ist ein hübsches Zimmer, mit bequemen Möbeln; die Sammelkästen stehen in hübschen Schränken an den Wänden, und auch die Tische sind als Sammelkästen eingerichtet mit darüberliegender, dicker Glasplatte. Ich habe mir ausgebeten, dieses Zimmer zum erstenmal nach Mamas Tode allein betreten zu dürfen: Donna Onesta wollte mir zwar ›beistehen‹, aber ich wollte allein sein, und Sie werden mich darin vielleicht besser verstehen . . . Das ist eine deutsche Eigentümlichkeit, deutsches Empfinden, nicht wahr? Nun gut, ich betrat das Zimmer allein und setzte mich auf einen Sessel dicht neben der Tür und da hatte ich zum erstenmal den Traum. Er fing damit an, daß ich eine Gegenwart fühlte, die mich beunruhigte und beeinflußte und mich gewissermaßen lähmte, daß ich mich nicht bewegen konnte und meine Sinne abstarben für meine Umgebung. Und dann sah ich – das heißt, ich träumte es natürlich – meine Mutter, Donna Onesta und Tom Morgan. Auf dem Tisch nahe dem Fenster stand das Kaffeeservice, eine Schublade war herausgezogen, und Donna Onesta beugte sich über ihren Inhalt, der zierlich geordnet und numeriert auf dem roten Damastpolster der Lade lag, meist waren es Schmuckgegenstände. Sie beugte sich darüber, aber sie sah nicht hinein, sondern beobachtete mit vorgestrecktem Halse und gierigen Augen Mama, die ihr halb den Rücken kehrte, und ihren Mann, der Mamas linke Hand in der seinen hielt und – einen Ring auf ihren vierten Finger schob. Er lachte dabei, Mama lächelte, aber Donna Onesta war ernst. Und – ja, das ist alles. Absolut alles, mit Ausnahme dessen, daß ich dieses Bild so oft sehe, als ich in das Zimmer gehe und mich neben die Tür hinsetze. Manchmal deutlicher, manchmal wie durch einen Schleier – immer aber fühle ich vorher das Absterben für meine Umgebung und das Vorempfinden dessen, was ich dann sehe – pardon träume. Und dann, wenn das Bild erblaßt ist, dann kommt das Entsetzen vor dem – was nicht zu sehen war. Aber an dem ganzen Bild, das so deutlich vor mir erscheint, daß ich jede Falte in den Kleidern sehe, ist doch gar nichts Entsetzliches, gar nichts. Es sieht wie ein Genrebild aus: das Zimmer mit den Spitzbogenfenstern, mit den seegrünen, seidenen Damasttapeten, den vergoldeten, geschnitzten Möbeln, den dreieckigen, venezianischen Spiegeln, und vor dem Tisch mit dem Kaffeeservice auf der Glasplatte meine schöne Mutter, der Tom Morgan einen Ring an die Hand steckt – und beide lachen. So, nun wissen Sie alles, Onkel Windmüller, wirklich alles, alles. Ich halte nichts zurück!«

Windmüller hatte sehr aufmerksam zugehört, ohne die Augen von der Erzählerin zu lassen.

»Haben Sie Donna Onesta oder Mr. Morgan oder sonst jemand diesen Traum erzählt?« fragte er nach einer kleinen Pause.

»Niemand habe ich davon erzählt. Sie sind der erste und einzige, der ihn erfahren hat und – wird.«

»Ja, aber es lag doch so nahe, Donna Onesta zu erzählen, was Sie sicher sehr beschäftigt hat«, meinte Windmüller.

»Gerade weil's so nahe lag, hab' ich's nicht getan«, erklärte Gio das für ein junges Mädchen mindestens ungewöhnliche Faktum. »Ich – wollte abwarten, ob ich mehr sehen würde, aber ich sah niemals mehr, als was Sie wissen. Nur gefühlt habe ich hinterher mehr oder weniger stark das Entsetzen über das, was ich nicht mehr sah! Offen gesagt: ich hatte mehr als einmal Lust, Donna Onesta meinen – Traum zu erzählen, weil ich gern wissen möchte, warum sie darin so gespannt und gierig zugesehen hatte, aber ich dachte mir: dann erfährst du's nie! Ich habe sie darauf beobachtet, lange, scharf . . . aber das Rätsel bleibt ungelöst.«

»Hm – wer weiß!« Windmüller strich mit dem Zeigefinger seiner rechten Hand langsam über den Rücken seiner Moltkenase, was bei ihm das sicherste Zeichen eines stark erwachten Interesses war. »Wer weiß! – Hm – ja – und da packen Sie mich an meiner schwachen Seite: Der Passion fürs Rätselraten! Eine Frage, Gio, müssen Sie mir aber doch noch beantworten, ehe ich mich entscheide, und zwar müssen Sie mit nichts dabei zurückhalten. Also hören Sie: Ist Ihnen ein Motiv bekannt oder haben Sie einen Verdacht, der die Annahme rechtfertigen könnte, Donna Onesta oder Mr. Morgan hätten Ihrer Mutter nicht wohlwollend gegenübergestanden?«

Gio Verden zog scharf den Atem ein.

»Ich wußte ja, daß Sie verstehen würden«, murmelte sie kopfnickend. »Großpapa sagte einmal von Ihnen: Man braucht diesem merkwürdigen Menschen gar nicht zu sagen, was man selbst zu denken nicht wagt, und er errät es doch . . . Nein, Onkel Windmüller, es fehlt jegliches Motiv für ein mangelndes Wohlwollen, jegliches von beiden Seiten. Denn Onesta ist keine leichtzunehmende Person, aber meine Mutter war sehr verträglich und verstand es trefflich, mit ihr umzugehen. Ich habe nie einen Mißklang zwischen den beiden Kusinen wahrgenommen. Und von Mr. Morgan war meine Mutter entzückt – es bestand ein ständiges Neckverhältnis zwischen beiden. Sie, die vollendete Dame, er der perfekte Gentleman! Beide Morgans hatten ferner, von der realistischen Seite betrachtet, allen Grund, nicht nur Mamas Gunst, sondern auch ihr Leben zu erhalten, denn die Ca' Favaro ist doch ein ganz sicherer Hafen, ein ganz behagliches Nest und sehr den billigen ›möblierten Zimmern‹ vorzuziehen, in denen sie vorher gelebt haben . . . Nein, nein, es fehlt jegliches Motiv für ein Übelwollen von Mr. Morgan und seiner Frau gegen meine Mutter!«

Doktor Windmüller ließ mit halbgeschlossenen Augen seinen Zeigefinger wieder die feine Linie seiner Nase nach ziehen, und Gio hätte wirklich nicht sagen können, ob ihre Gegenwart noch bemerkbar für ihn war, so lange dauerte es, bis er wieder sprach. Gespannt sah sie ihn an, weil sie das Gefühl hatte, daß er in ihren Augen lesen wollte.

»Ja«, begann er nach einer Weile in einem Ton, der sie aufhorchen ließ, »es trifft sich gut, daß Doktor Müller, der – hm – bekannte Professor der Kunstgeschichte aus – hm aus Wien, Ihres Vaters Vetter im Grandhotel abgestiegen ist und Sie ihm gerade begegnen mußten. Er war auf dem Weg zu Ihnen und weil er so schrecklich begierig auf die Sammlung Ihres Großvaters war, so haben Sie ihn eingeladen. Soweit die Personalien. Zur Charakteristik können Sie mir die bekannte deutsche Professorenzerstreutheit anhängen: mein Geist weilt dermaßen in der Vergangenheit, daß die Gegenwart mich nur soweit interessiert, als sie Antiquitäten aufstöbert, aufbewahrt oder vernichtet. Bei letzterem werde ich fuchsteufelswild, aber in den Angelegenheiten, die mich, meine Umgebung – hören Sie wohl! *meine Umgebung* und die Welt im allgemeinen betreffen, sehe ich nicht weiter, als meine Nase lang ist. Und meine Nase ist kurz. Ich werde sie übrigens etwas verändern, also wundern Sie sich nicht, wenn Sie mich wiedersehen. Und nennen Sie mich nicht Windmüller, sondern Onkel Müller kurzweg, Gio! Es liegt viel daran, daß Sie sich nicht versprechen. Haben Sie mich verstanden?«

»Ich denke schon«, erwiderte Gio mit solch ruhiger Zuversicht, daß Windmüller befriedigt nickte. Er kannte seine Leute und sah aus den klaren, jungen Augen Zuverlässigkeit hervorblicken, daneben aber auch das Verständnis für Unausgesprochenes und die hochgradige Intelligenz der alten Diplomatenrasse der Favaro, die zwar einmal auf dem Dogenthrone Venedigs kaltgestellt worden war, sich aber sonst siegreich im Großen Rat, im Rate der Zehn und im Rate der furchtbaren Drei behauptet hatte. Eine Rasse, die in ihrem letzten Sprossen der weiblichen

Deszendenz aber durch urgermanisches Blut zu einem, wie es dem großen Menschenkenner Windmüller scheinen wollte, sehr glücklichen Resultat temperiert worden war.

Sie machten beide weiter keine Worte mehr; der reife Mann und das junge Mädchen verstanden sich unausgesprochen.

»Also werde ich jetzt heimgehen und Ihren Empfang vorbereiten«, sagte sie nach einer kleinen Pause, indem alle goldenen Lichter in ihre Augen zurückkehrten mit dem Lächeln um ihren lieblichen Mund. »Und da ist auch Rita wieder«, setzte sie hinzu und deutete auf die Kirchenpforte, durch welche die übrigens sehr respektabel aussehende Dienerin eben in den Klosterhof trat. »Nein, sie hat nicht aufgepaßt, denn sie trägt die Blumen, die wir zusammen besorgen wollten – –«

»Man wird alt«, unterbrach Windmüller sie schmerzlich. »Ich hatte auf Rita vergessen –«

»Ah – sie versteht kein Deutsch!« fiel Gio schnell ein.

»Das steht auf einem andern Blatt«, murmelte Windmüller. »Aber Rita hat mich vorhin sehr scharf gemustert – ich werde also meine werte Nase so lassen müssen, wie sie ist. Es ist immer ein Risiko ohne Maske, aber es ist ja andere Male auch geglückt . . .«

»Gut, Rita, daß Sie kommen!« rief Gio der Dienerin entgegen, die in der Ca’ Favaro geboren und aufgewachsen war. »Der Signor hier – er ist übrigens ein Onkel von mir – hat versprochen, mir einen langen Besuch in der Ca’ Favaro zu machen und will Mittag mit seinen Sachen aus dem Hotel bei uns sein. Wir müssen also eilen, daß wir heimkommen, um seine Zimmer zu richten.

»Sie sind gerichtet bis auf die frischen Überzüge des Bettes«, fiel Rita ein, indem sie dem Gast eine tadellose Verbeugung machte, denn sie wußte, was sich schickte, gleichviel ob der Gast ihr persönlich recht war oder nicht.

»Nun, um so besser, wenn es keine Umstände macht«, sagte Windmüller freundlich auf italienisch, und setzte plötzlich, an die Dienerin gewendet, deutsch hinzu: »Rita, wie spät ist es?«

Der Trick versagte aber, denn mit einem erstaunten »Commanda, Signor«, sah Rita den Frager verständnislos an, den aber sein Fehlschlag zu befriedigen schien.

»Nein, sie versteht wirklich kein Deutsch«, sagte Gio lachend, »nur ein paar Brocken Englisch hat sie von Großpapas englischem Kammerdiener aufgeschnappt, den er von London mitgebracht hat. Aber die andern verstehen Deutsch; sie etwas, genug, um deutsche Bücher zu lesen, er natürlich perfekt. Er kann alles perfekt!«

»So? Nun, ich bin selbst kein ganz schlechter Fechter, und es macht mir Spaß, mit guten zu fechten«, erklärte Windmüller verständnisvoll, und dann gingen die beiden vom sogenannten »Zufall« Zusammengeführten ihre für jetzt noch entgegengesetzten Wege.

Windmüller machte der von ihm gewünschten Charakteristik als »zerstreuter Professor« schon im voraus alle Ehre, denn er ging so tief in seine Gedanken versunken dahin, daß er mehrmals an andere anrannte. Es waren zu meist leichte Zusammenstöße, die sich mit einem flüchtig gemurmelten »Verzeihung« ausgleichen ließen; aber einmal rief ein »fliegender« Fruchthändler, dem bei dem Anprall einige Pfirsiche zu Boden rollten, Liebesnamen hinter dem Zerstreuten her, der noch beim Passieren der letzten Ecke mit einem jungen Mann zusammenrannte, daß beiden gleichzeitig der Hut vom Kopfe flog.

»Donnerwetter!« rief Windmüller, der auf diese Weise zu sich kam.

»Potz Blitz!« schimpfte der Angerempelte wütend. »Können Sie nicht Obacht geben?« Damit raffte er seinen Hut vom Boden auf und ging weiter. Windmüller tat dasselbe, blieb aber stehen und schaute der schlanken, tadellos gekleideten Gestalt nach.

»Eine Figur, um einem Bildhauer zum Modell zu dienen, ein prächtiger Kopf, und ein Temperament, das unter Umständen gewiß prähistorisch werden kann.«

Dieses Temperament hatte Windmüller aber entschieden aufgeweckt und in die Wirklichkeit zurückgebracht. Ohne weiteren Zwischenfall langte er in seinem Hotel wieder an, bat um seine Rechnung und in einer Stunde um eine Gondel, hörte mit verstecktem Interesse, daß die Brillanten der Chikagoer Millionärin von ihr selbst unter dem Keilkissen in ihrem Bett wiedergefunden worden waren, und begab sich dann in sein Zimmer, um seine Sachen zu packen.

Er war damit längst fertig, ehe die Stunde verstrichen war, und zündete sich eine Zigarre an, um seinen Vormittag zu überdenken.

»Wenn das die heilige Hermandad wüßte – für verrückt würden diese braven Leute mich erklären«, lachte er leise vor sich hin. »Und sie haben vielleicht nicht einmal Unrecht. Ich habe einen ›Fall‹ übernommen – es ist angesichts der Tatsache einer erborgten Persönlichkeit nicht mehr zu leugnen, daß es ein ›Fall‹ ist – ein Fall, den ich in den Augen eines jungen Mädchens gelesen habe. Diese Augen gehören zu den seltenen ihrer Art, die Dinge sehen können – und gesehen haben – welche andern unsichtbar bleiben. Ich zweifle nicht einen Augenblick, daß sie gesehen hat, was man mir erzählte. Und sie fürchtet Unausgesprochenes, das hinter ihrem Seherblick liegt. Aber sie bekennt ehrlich und rückhaltlos, daß jedes Motiv für das Unausgesprochene fehlt. Der unbekannte Ring am Finger ihrer Mutter, an den sich die Vision in dem Zimmer, wo sie starb, eng anschließt, könnte einen Fremden zu der Annahme verführen, daß zwischen Frau von Verden und dem Gatten ihrer Kusine – wie heißt er doch? – ah, Morgan – ein Einverständnis bestanden hat, um es ganz diskret auszudrücken. Aber mich verführt diese naheliegende Lösung des Rätsels nicht, denn Vanna von Verden war nicht von jener Art, die über dem geschlossenen Grab ihre Liebe vergißt und ihre Augen begehrlich auf die verbotene Frucht richtet. Und in dem geschauten Bild, das sich wie ein Verlöbnis den Augen der Tochter zeigte, war noch eine dritte Person, die nicht etwa eifersüchtig oder schmerzlich, sondern ›gierig‹ zusah: die Gattin des Mannes, der seiner Gastfreundin den Ring an den Finger steckte. Denselben Ring, den Gio an der Hand der Toten sah. Den die Frau als einen alten Besitz erklärte. Hm – warum sollte Vanna von Verden nicht Dinge besessen haben, die ihre Tochter nicht kannte. Es reizt mich, der Geschichte dieses Ringes auf die Spur zu kommen – und dem Unausgesprochenen im Blick von Gio von Verden. Dann, was sie einen Traum in Ermangelung eines besseren Ausdrucks nennt! Als ob man am hellen Tage träumte, wenn man sich auf einen Stuhl neben die Tür setzt . . . Natürlich, die Neunmalweisen würden Gio Verden als ›hysterisches Frauenzimmer‹ wissenschaftlich abtun. Ich nicht. Denn erstens macht sie nicht im mindesten den Eindruck eines hysterischen Frauenzimmers, und zweitens muß man zugeben, daß es diese Art von Erscheinungen, Visionen, Gedankenübertragungen oder wie man es nennen will, gibt.

Warum aber sieht nun Gio Verden eine Szene, die nichts Entsetzliches oder Aufregendes hat, und warum hat sie nachher nur das Gefühl von etwas Furchtbarem, das sie nicht sehen kann? Ich muß mir die Angelegenheit rekonstruieren, obgleich ich mir der schwachen Seiten jeder Rekonstruktion bewußt bin. Wer also von den drei Personen der Szene in der ›Vision‹ Gios von Verden war so furchtbar erregt, daß seine entfesselten, geheimen Kräfte es vermochten, die scheinbar so malerische und hübsche Szene dermaßen dem Raum einzuprägen, daß die offenbar sympathetisch veranlagte Gio sie deutlich und wiederholt vor sich sehen kann? Die zuschauende Kusine? Ihr Mann? Jene schaut ›gierig‹ zu, dieser lacht. Leute, die nie tiefer gesehen haben, würden sagen: also die Kusine. Ich aber, ich weiß, daß es Mörder gibt und gegeben hat, die da lachten, während sie mordeten. Und in Gios ›Vision‹ lacht auch ihre Mutter. Aber ich habe sie gekannt und möchte darauf schwören, daß ihr Lachen sich dem Zimmer nicht in einem solchen Grade vermöge der damit entfesselten geheimen Kräfte einprägen konnte. Das Furchtbare, das Gio nach dieser Vision fühlt, geschah also so schnell und unerwartet, daß die verborgenen Kräfte des Opfers sich nur teilweise dem Raum einprägen konnten, daß für die Sinne der Vorgang äußerlich nicht mehr wahrnehmbar ist. Das ist logisch, dächte ich. Die Rekonstruktion steht aber auf tönernen Füßen, wegen der Abwesenheit jeglichen Motivs. Das heißt: Gio kann keines finden. Doch liegt genug Unausgesprochenes hinter ihrer Einladung meiner Person unter erborgtem Namen. Sicher erwartet und hofft sie von mir, daß ich das Motiv finde.

Aber Doktor Windmüller mußte sich beeilen; die bestellte Gondel lag bereit.

Der Manager des Hotels hielt es für angemessen, dem Gast das Geleit bis zur Gondel zu geben; es lag etwas Zwingendes in der großen, mageren Gestalt mit dem scharfen Profil.

»Wohin?« fragte der Portier beflissen, denn das Trinkgeld war gut ausgefallen.

»Oh – nach der alten Ca' Favaro am Canale de Sacco«, sagte Windmüller im Einsteigen.

»Ah – Herr Doktor kennen die Besitzerin, die junge, deutsche Baronesse, des alten Duca Enkelin und Erbin?« rief der Manager neugierig.

»Sie nennt mich Onkel und ich gehe zu Besuch zu ihr«, erwiderte Windmüller, dem aus wohlerwogenen Gründen diese Antwort gelegen kam.

»So so!« machte der Manager interessiert. »Es hat allgemeines Bedauern erregt, daß die junge Dame durch den plötzlichen Tod ihrer Mutter so gänzlich verwaiste. Ein Glück noch, daß Donna Onesta Favaro – ich meine Donna Onesta Morgan, anwesend war und noch ist. Ein großer Trost für die junge Baronesse. Man hatte gedacht, sie würde den Namen und Titel von ihrem Großvater, dem Duca, erben . . .

»So? Hat man das gedacht?« fragte Windmüller. »Ja, ja, die Leute machen sich gleich immer über alles ihre Gedanken. Adieu!«

Damit winkte er dem Gondolier abzustoßen und fuhr den Canale Grande entlang davon.

Es gehörte zu seinem Beruf, nichts unbeachtet zu lassen, nebensächlich wie es auch sein mochte, und so war ihm das Aufleuchten der Augen des Gondoliers bei Nennung der Ca' Favaro nicht entgangen. Der Mann war nicht mehr jung, aber kräftig; er stammte also noch aus der Zeit, in der die Gondoliere Interesse hatten für die alten Familien und oft besser Bescheid über deren Angelegenheiten wußten, als mancher ihnen Näherstehende. Es gibt ja auch heute noch jüngere Gondoliers, die wissen, wem der oder jener Palast gehört, und die natürliche und naive Neugierde der Italiener hält sie an sich schon auf dem laufenden, aber im allgemeinen hat das Aufblühen Venedigs das Interesse abgeschwächt. »Sie wissen doch, wo die alte Ca' Favaro liegt?« fragte Windmüller nach einer kleinen Pause.

»Ja, Herr«, erwiderte der Mann höflich. Dann spuckte er aus, was immer eine unfehlbare Einleitung zu einem Gespräch ist, und setzte hinzu: »Die alte Ca' Favaro kenne ich wohl, denn ich habe mir meine Frau daraus geholt. Sie ist die Tochter des damaligen Kustode und die Tante des jetzigen. Und das erste Zimmermädchen, die Rita, ist ihre Schwester. Also kann der Herr ganz ruhig darüber sein, daß ich weiß, wo die Ca' Favaro liegt! Der selige Duca hat auf meiner Hochzeit getanzt, wie's damals die schöne Sitte war, und auch jetzt noch ist bei den Patriziern, die etwas auf ihre Dienerschaft halten. Im vorigen Jahr habe ich mir ausgebeten, den Sarg der armen Donna Vanna tragen zu helfen. Das ist Ehrensache und wie's mir die junge Baronesse gedankt hat, Herr, das zeigte am besten, daß sie im Blut eine Favaro ist, trotz dem deutschen Namen. Verdén – es klingt aber ganz venezianisch!«

»Vollkommen venezianisch«, gab Windmüller bereitwilligst zu. »Und wenn's Gio populär macht, warum sollte es anders ausgesprochen werden?« setzte er in Gedanken hinzu, um dann laut fortzufahren: »Es freut mich, daß Sie die junge Baronesse gern haben, denn ich habe sie auch sehr lieb.«

»Sicher! Sicher!« rief der Gondolier enthusiastisch. Sie ist die echte Enkelin des alten Duca und hat das Blut der Favaro in sich. Gutes Blut, Signor, sehr gutes Blut, großmütig und edel und wohltemperiert, aber wenn's aufgebracht wird – mein Gott. Dann kann der, der's zum Kochen gebracht hat, schon machen, daß er weiterkommt. Der alte Duca schrie, daß die Wände zitterten: Donna Vanna brach helles Feuer aus den Augen, aber sie sagte nichts, rein nichts. Es war schlimmer, als wenn der Duca wetterte, meinte Rita, meine Schwägerin.«

»Hm – ja. Und dann wäre noch Donna Onesta Favaro –«

»Sie beißt, Herr, beißt mit der Zunge, wenn das Favaroblut in ihr wach wird«, sagte der Gondolier. »Sie ätzt wie Scheidewasser – sagt die Rita. Kommt oft vor, sagt die Rita. Sie beklagt sich nicht etwa, die Schwägerin; 's ist ja natürlich, daß eine Frau gewissermaßen ins Gereizte hineinkommt, wenn sie immerzu in der Furcht lebt, jeden Tag älter zu werden . . . wegen ihrem Fremden. Ich sage nichts gegen die Fremden; sie bringen Geld ins Land und geben unsereins manchmal noch etwas zu verdienen. Was ich gegen sie habe, ist ja nur, daß sie einen ehrlichen Mann nicht von einem unterscheiden können, der seinen Profit aus ihnen ziehen will. Die meisten verstehen nicht, was wir sagen. Warum lernen die Fremden nicht unsere Sprache? Sollen wir alle ihre lernen?«

»Sie haben ganz recht, lieber Freund«, nickte Windmüller lächelnd. »Und nun wegen der Fremden in der Ca' Favaro –«

»Ah – ich sage nichts gegen Herrn Verdén, den Gemahl der Donna Vanna«, fing der Gondolier sofort seinen verlorenen Faden wieder auf. »Das war ein vornehmer Mann. Und richtig seine zehn Jahre älter, als Donna Vanna . . . Ist ja ein bißchen viel, aber es macht nichts, weil es auf der *rechten* Waagschale liegt. Doch es tut nicht gut, wenn der Mann jünger ist, sogar viel jünger, wie der Amerikaner der Donna Onesta. Natürlich paßt dann die Frau auf wie ein Luchs, ob dem Herrn Gemahl nicht etwa Jüngere besser gefallen. Solche Ehen sind unnatürlich, sage ich!«

»Aber der Gemahl der Donna Onesta ist doch sonst beliebt, nicht wahr?« fragte Windmüller unschuldig.

»So, so!« brummte der Gondolier, spuckte aus, machte den Mund zum Sprechen auf, besann sich aber, daß er den Fremden ja in die alte Ca' Favaro ruderte, und sagte nur ganz sachlich: »Schön wie Luzifer.«

Windmüller fragte natürlich nicht weiter. Das »so, so«, das der Italiener so vielsagend gebraucht hatte, ließ eine ganze Menge erraten, mehr noch das plötzliche Schweigen des redseligen Gondoliers.

Als der Kanonenschuß von San Giorgio gerade den Mittag verkündete und die Glocken von allen Kirchen zu läuten begannen, bog die Gondel rechts in den schmalen Kanal zwischen zwei Cinquecentopalästen ein, schoß unter einer hochgewölbten Brücke durch und legte links vor der fünfstöckigen, düstern, mit fast schwarzer Patina überzogenen Ca' Favaro an, einem Paladialbau aus dem zwölften Jahrhundert, den Windmüller sich nicht erinnerte je gesehen zu haben, wennschon er das höchste Geschoß vom Canale Grande aus, gewahr geworden war. Und dieser Koloß von einem Bau lag eingekeilt rückwärts an dem engen Kanal, an beiden Seiten an kaum zwei Meter breiten Gassen, die Front auf ein ganz kleines Plätzchen mit einem Brunnen gerichtet, das durch die umschließenden Gebäude noch kleiner erschien, als es in Wahrheit war.

Die Ca' Favaro in dem eigenartig venetianisch-gotischen Stil mit den eleganten Spitzbogenfenstern, gehört sicher zu den schönsten Baudenkmälern der Stadt. Ihre Balkone zeigen reichste Skulpturen, die Marmorsäulen, welche die Spitzbogen der Loggien tragen, haben köstliche Kapitäle, die Spitzbogen selbst wunderbare Aufsätze in Form von schlanken Blumenvasen, die Eckpilaster der mit Marmor belegten Front sowie der Rahmen des rechteckigen Hauptportals zeigen Bildhauerarbeit von unübertrefflicher Eleganz.

Auf den Zuruf des Gondoliers öffnete sich alsbald die erste der beiden Wasserpforten und ein sehr korrekt aussehender Kustode, hinter dem ein noch korrekter aussehender Diener in der dunkelblauen, diskret mit Gold betreßten Livree des Hauses folgte, erschienen auf der Schwelle, dem Gast zu helfen und sein Gepäck in Empfang zu nehmen. Doch ehe dieser noch die Gondel verlassen hatte, ertönte von oben eine frische Stimme: »Willkommen in der Ca' Favaro!« Aufblickend sah Windmüller ein reizendes Bild: Gio Verdens weißgekleidete, schlanke Gestalt lehnte sich über die Brüstung einer der kleinen Balkons im zweiten Stockwerk, umflattert von einer Schar von weißen Tauben, die sich auf ihren Schultern und Armen, auf der weißen Marmorbalustrade und den sie krönenden, sitzenden, kleinen Löwen niederließen, um gleich wieder mit lautem Flügelschlage aufzufliegen und den jungen Kopf mit dem rostbraunen Haar zu umschwärmen, – weiße Tauben von besonderer Art, mit zierlichen, krönchenartigen Büscheln auf den Köpfen und fächerartig aufgestellten Schwänzen, mit roten Schnäbeln und roten Füßen.

Es war wie eine Vision, als Windmüller von der Gondel aus aufsah, denn Gio war im selben Moment auch schon verschwunden und die weißen Tauben flatterten zu den oberen Geschossen empor.

Unwillkürlich mußte Windmüller an seinen Traum der letzten Nacht denken.

»Also waren's wohl gute Auguren, da ich sie in dieser Gesellschaft wiedersehe«, lächelte er vor sich hin, indem er die Schwelle der Ca' Favaro überschritt, und sich in der enormen Halle befand, die die ganze Tiefe des Palastes von fast achtunddreißig Metern einnimmt. Im Verhältnis nicht breit, aber von keiner stützenden Säule unterbrochen, nur getragen von den kolossalen, schwarzen Balken der Decke, die ein Muster von goldenen Sternen zeigt, empfängt diese Halle ihr Licht außer durch die Portale durch drei Loggienbögen, die auf den Innenhof hinausgehen, in dem der schön in Stein gemeißelte Brunnen steht. Große Lichtspender waren diese drei Loggienbögen für diese Riesenhalle nicht, in deren vier Ecken tiefe Schatten lagen, und nur vereinzelte Schlaglichter funkelten auf den darin stehenden Rüstungen, auf den Waffentrophäen an den Wänden, und in den drei riesenhaften, vom Plafond herabhängenden Laternen von vergoldetem Schmiedeeisen.

Mit einem prüfenden, alles umfassenden Blick folgte Doktor Windmüller dem mit der Reisetasche voranschreitenden Diener nach einer ihm bisher noch nicht sichtbaren Innentreppe; doch da teilte sich schon der alte, schwere Wandteppich, und auf der dadurch enthüllten Treppe, deren ziemlich steile und schmale Steinstufen mit dicken Läufern belegt waren, erschien Gio Verden, dem Gast beide Hände mit einem reizenden Lächeln entgegenstreckend.

»Gehen Sie uns voran, Tonio, ich führe den Herrn Dok – Professor schon selbst in seine Zimmer«, beschied sie dann den wartenden Diener, und als er verschwunden war, sagte sie schnell: »Ich habe in *seinen* Augen Mißtrauen über Ihren Besuch gelesen. Sie müssen das entkräftigen. Ich habe gar keine Charakteristik über Sie gegeben, nur daß Sie ein großer Archäologe und gräßlich zerstreut sind.«

»So ist's recht«, sagte Windmüller befriedigt. »Jetzt müßten wir eben die Probe aufs Exempel machen, ob ›er‹ mich in Rom nicht gesehen hat – doch das ist nicht anzunehmen. In welchem Jahre war ›er‹ in Rom?«

»Er hat meine Tante vor fünf Jahren dort kennengelernt und geheiratet.«

Doktor Windmüller machte einen raschen, geistigen Rückblick. »Wann war das? Ich meine, in welcher Jahreszeit?«

»Im Winter«, erwiderte Gio prompt. »Sie lernten sich im Sommer kennen und heirateten gleich nach Ostern –«

»Und ich war von der Neujahrswoche bis zum Mai von Rom abwesend«, fiel Windmüller befriedigt ein. »Die Chance, daß ›er‹ mich vorher nicht gesehen hat, ist groß, denn ich war vor meiner Abreise sehr beschäftigt und ging wenig aus. Hm. Es ist schade, daß ich Sie vorhin nicht allein traf, Gio, denn dann hätte ich mein Äußeres etwas verändern können . . .«

»Ja«, erwiderte Gio.« Ich denke, es tut nichts. Rita ist *mir* treu ergeben, nur hat sie zu lange unter der Herrschaft meiner Tante gelebt, als daß sie die ›Furcht des Herrn‹ ganz überwinden kann. Meine Mutter war zu gut, sie hat hier als Herrin unter dem Dach ihrer Kusine gelebt, – aber ich habe nicht die Absicht, das zu tun . . . Nicht, daß ich meiner Tante ihren Aufenthalt hier mißgönnte – Gott bewahre! Sie ist eine Favaro, und dies Dach hat mehr Platz, als sie einnehmen kann. Aber ich bin legal die Herrin hier und will's auch in der Tat sein. Übrigens ist ›er‹ vor etwa einer Viertelstunde ausgegangen.«

Damit hatten sie langsam die Treppe erstiegen und kamen zu dem oberen, zweiten Geschoß, das immer die Wohnräume enthält, während im ersten Stockwerk, sich nur die Gesellschaftsräume eines Palazzo befinden. Je höher die Wohnzimmer in Venedig liegen, desto gesünder sind sie, darum auch fand es Windmüller ganz natürlich, daß Gio ihn einlud, ihr nach oben zu folgen.

»Sie haben die sogenannten Florentiner Zimmer, Onkelchen«, sagte sie im leichtesten Plauderton, »so benannt, weil Bianca Capello als Großherzogin von Toskana bei ihrem ersten Besuch nach ihrer Flucht aus Venedig die Ca' Favaro mit ihrer Gegenwart für einige Zeit beehrte. Bianca soll manchmal in diesen Zimmern zu sehen sein auf ihren Irrfahrten der Verlorenen – sagen Sie mir genau, wie sie ausgesehen hat, falls sie Ihnen begegnet, ja? Dicht an Ihre Zimmer stoßen die von meiner Tante und ihrem Gatten. Genau darüber liegen meine. Ich wohne im Olymp, denn da sehe ich über die Dächer hinweg auf den Canale Grande und kann Luft schöpfen . . . Wenn ich oben in meinem Wohnzimmer klopfe, können Sie's hier hören. Ich müßte nur tüchtig klopfen, weil die Böden sehr dick sind. Aber ich habe eine andere Idee . . . Nun, sehen Sie hier: das ist das Vorzimmer. Und hier ist das Schlafzimmer. Am Fußende des Bettes die schmale Tür, die sich deutlich in der Damasttapete abzeichnet, ist jetzt verschlossen, denn die schmale Garderobe, in die sie führt, hat meine Tante sich angeeignet, weil sie so bequem an ihr Schlafzimmer stößt . . . Man kann diese Tür innen nicht verschließen, aber wie Sie sehen, hat man hier diese Truhe davorgerückt und ein Bild so genau darübergehängt, daß man von der Tür nichts sieht und man gar nicht weiß, daß es eine ist, wenn's einem nicht gesagt wird. Tante hat auf der anderen Seite der Tür einen Korb mit allerlei Garderobegegenständen stehen – einen ganz leichten Korb, dessen Deckel gräßlich quietscht, wie bei allen Körben, wenn sie sehr trocken geworden sind . . .

So, und nun ich Sie in Ihr Reich eingeführt habe, Onkel, überlasse ich Sie Ihrem Gepäck, das Tonio hoffentlich bequem für Sie deponiert hat. Das Eßzimmer ist unten, Tonio wird Sie abholen, um Ihnen den Weg zu zeigen. Auf Wiedersehen.«

Und mit einem Kopfnicken schoß sie zur Tür hinaus.

Windmüller hatte ihr zugehört, ohne sie zu unterbrechen, – er sah ihr noch eine Weile nach, nachdem die Tür sich längst hinter ihr geschlossen hatte. Und dann lächelte er.

»Sie hat viel von ihrem Großvater«, murmelte er vor sich hin. »Das heißt von seinem Geist. Und gerade genug von seiner Subtilität, die ihn zu einem hervorragenden Diplomaten machte. Er verschoß sein Pulver auch nicht auf kugelsichere Panzer, sondern nur auf empfindliche Häute. Es war fein, wie sie das gesagt hat mit der Tür – jemand, der dahinter zuhörte und etwas Deutsch versteht, wie zum Beispiel Donna Onesta, konnte nichts daraus hören als eine ganz harmlose Plauderei . . . Vielleicht hätte Gio diese nicht hier riskiert, wenn ›er‹ nicht ausgegangen wäre. Ich muß gestehen, daß ich sehr neugierig auf ›ihn‹ bin!«

Da nach zwanzig Minuten Tonio erschien, um den Gast ins Eßzimmer zu führen, wurde diese Neugierde sehr bald befriedigt.

Gio Verden stand an einem der offenen Fenster und in einem tiefen Sessel zurückgelehnt eine Dame von blendender Schönheit: schlank, zart, fast zerbrechlich von Figur, in dem von schimmernden rotem Haar wie von einer Aureole umrahmten, schmalen, blassen Gesicht mit dem brennendroten Mund ein Paar große, schwarze, schwärmerische Augen, deren Pupille so groß war, daß man fast nichts Weißes sah, und dabei so samtdunkel ohne jede Spur von jenen glänzenden Lichtern, die solchen Augen leicht etwas Hartes geben. Und über diesen Augen zogen schmale, schwarze Brauen einen leichten Bogen und schlossen sich über der Wurzel der schmalen Nase so dicht zusammen, daß sie wie in einer Linie gezogen erschienen, und schwere, schwarze Wimpern konnten diese übergroßen Augen ganz verschleiern.

»Willkommen, Onkel!« rief Gio ihrem Gast zu, indem sie ihm in ihrer charakteristischen, lebhaft-energischen Weise entgegenkam. »Erlauben Sie mir, Sie meiner Tante, Donna Onesta Favaro, Mrs. Morgan, vorzustellen. »Tante, das ist Doktor Müller, von dem ich dir schon erzählte, daß er so ein großer Archäologe ist.«

»Oh, nur ein Liebhaber der Archäologie«, lächelte Windmüller bescheiden und rieb sich verlegen die Hände, was Gio Verden fast zu einem unwiderstehlichen Heiterkeitsausbruch verleitet hätte, denn diese harmlose und ganz natürliche Bewegung veränderte die Persönlichkeit des ganzen Menschen so völlig und so entschieden nach der lächerlichen Seite, daß es sie fast aus dem Gleichgewicht gebracht hätte.

Donna Onesta grüßte, ohne sich zu erheben, streckte aber dem Gast ihre Hand, eine lilienschlanke, lilienweiße, von Juwelen schimmernde Rechte gnädig entgegen.

»Nun, Sie werden dann in der Ca' Favaro viel Interessantes finden«, sagte sie mit einem wundervollen Augenaufschlag. »Es ist lange her, daß jemand der Sammlungen wegen das Haus besucht hat. Ich war immer dafür, daß man sie an einem Tag der Woche dem Publikum zugänglich macht, aber mein Onkel, der selige Duca, wollte nichts davon wissen. Die ›Gaffer‹ oder der ›Reisepöbel‹, wie er immer zu sagen pflegte, irritierten ihn . . .«

»Ich habe daran noch gar nicht gedacht, die Sammlungen dem Publikum zu öffnen«, fiel Gio ein, »aber der Gedanke ist nicht schlecht. Nur, weil die meisten Leute doch aus Neugierde kommen, dürfte man ein Eintrittsgeld – zum Besten der Armen vielleicht, verlangen!«

»Eine gute Idee, liebe Gio«, applaudierte Donna Onesta lebhaft. »Wir wollen nicht vergessen, meines Mannes Rat darüber einzuholen!«

»Wozu denn?« fuhr Gio auf. »Es kann doch Mr. Morgan ganz gleichgültig sein –«

»Was kann mir ganz gleichgültig sein?« fiel eine frische, junge, knabenhafte Stimme mit einem Lachen ein, das Doktor Windmüller als nicht natürlich berührte. Er wandte sich danach um und stand vor dem jungen Phöbus, mit dem er vor ein paar Stunden erst zusammengerannt war: schlank und blond, die Verkörperung strahlender, männlicher Jugend. Eine sieghafte Erscheinung in dem tadellosen, hypereleganten Anzug von weißem Flanell nach dem neuesten Schnitt. Aber jung, lächerlich jung sah er aus, – zwanzig Jahre und nicht mehr hätte man ihm selbst in nächster Nähe nur gegeben. Ein scharfer Beobachter freilich, wie Doktor Windmüller, der in dem Gesicht von Donna Onesta die mit Puder raffiniert verhüllten Krähenfüße dennoch gesehen hatte, entdeckte in dem jungen Gesicht dieses Phöbus um die tiefliegenden, etwas flackernden Augen Linien, die verrieten, daß wohl schon dreißig Jahre über dieses sonnenblonde, klassische Haupt dahingezogen waren.

»Mr. Thomas Morgan – Professor Müller«, stellte Gio vor.

»Oh, wir haben schon Bekanntschaft miteinander gemacht«, lachte Mr. Morgan. »Denn Sie sind doch der Herr, der mich heut fast umgerannt hat, daß mir der Hut vom Kopfe flog? Natürlich sind Sie es. Sterne – alle Sterne vom Banner der Vereinigten Staaten habe ich bei dem Anprall vor den Augen gesehen und fürchte, ich hab' dabei meine Höflichkeit etwas vergessen. Wenn Sie das begreiflich finden, Professor, dann reichen Sie mir die Hand.«

Damit hielt er Windmüller seine Hand hin, die dieser mit einer vorzüglich gemimten, nervösen Verlegenheit so drückte, daß Mr. Morgan zusammenzuckte.

»Sie sind sehr gütig«, sagte der Gast liebenswürdig. »Wir haben dieses Zusammenstoßes wegen einander nichts vorzuwerfen. Wenn Sie etwas laut sagten, so habe ich mir das ›Pendant‹ dazu gedacht.«

Mr. Morgan lachte sichtlich erheitert über dieses naive Zugeständnis und trotzdem schien Windmüller auch dieses Mal das Lachen nicht ganz natürlich – es war ein harscher, forcierter Klang darin, wennschon die Augen mitlachten.

»Sollten wir uns nicht schon irgendwo anders begegnet sein, Herr Professor?« unterbrach Mr. Morgan seine Heiterkeit, – das Lachen oder doch der Widerschein des Lachens verschwand aus seinen Augen und machte einem scharfen, mißtrauischen Blicke Platz.

»Begegnet schwerlich, denn dann würde ich mich Ihrer erinnern, schon weil Sie der Hauptfigur in einem Bild gleichen«, erwiderte Windmüller kopfschüttelnd. »Doch es kann schon sein, daß Sie mich gesehen haben. Waren Sie jemals in Wien?«

»Nur vorübergehend. Dennoch aber möchte ich Gift darauf nehmen, daß ich Sie schon gesehen habe –«

»Ah –«, fiel Windmüller mit bescheidenem Augenniederschlag ein, »Schmeichler wollen durchaus finden, daß ich – namentlich im Profil – dem großen Schlachtenlenker Moltke in etwas gleichen soll –«

»Alle Wetter – wahrhaftig!« rief Mr. Morgan überrascht aus. »Darum also war mir's doch, als ob – – nein, man hat mir auch in Rom einen Herrn gezeigt, der diese Ähnlichkeit hatte. Ich kann mich nur nicht mehr erinnern, wer es war.«

»Vielleicht war ich es«, sagte Windmüller unschuldig. »Ich war vor nun genau zehn Jahren zum letztenmal in Rom.«

»Und ich kam vor fünf Jahren zum erstenmal dorthin«, fiel Mr. Morgan ein. »Danach scheint der große Stratege mehr als einen Doppelgänger besessen zu haben«, erledigte er das Thema mit zweifelloser Endgültigkeit, und indem er ein Paar blitzende Augen auf Gio Verden richtete, sagte er mit einer Lustigkeit, in die sich eine sehr scharfe Note von Befehl mischte: »Und nun, bitte: was kann mir gleichgültig sein?«

»Was ich in meinem Hause tue«, erklärte Gio, die dem begrüßenden Gespräch ihres Gastes mit dem Amerikaner gespannt zugehört hatte, in etwas herausforderndem Ton.

»Was dieses Mädchen für Ideen hat!« wunderte sich Donna Onesta mit einem Blick gen Himmel.

»Ideen von wunderbarer Präzision, Logik und unleugbarer Richtigkeit!« rief Mr. Morgan lebhaft, indem er sich lächelnd vor Gio verbeugte. »Nur ist der Ausdruck ›gleichgültig‹ nicht richtig oder aus Höflichkeit als Umschreibung für das korrektere: ›es geht ihn nichts an‹ gewählt worden. Gestatten Sie mir, Donna Gio, die Sache dahin richtigzustellen, daß es mich in der Tat nichts angeht und ich mir auch dessen ganz bewußt bin. Hingegen darf mir Ihr Tun nie gleichgültig sein – aus pflichtschuldigem, rein menschlichem und verwandtschaftlichem Interesse!«

»Bravo, Tom, bravo!« rief Donna Onesta, begeistert, Gio aber zuckte die Achseln.

»Das könnte ich mir denken, daß Sie eine großartige Silbenstecherei vom Stapel lassen würden«, sagte sie in einem Ton, der notgedrungen reizen mußte.

»Wieso Silbenstecherei?« nahm Windmüller das Wort. »Mr. Morgan hat meines Erachtens Ihnen, liebe Gio, eine sehr feine Erläuterung gegeben.«

Gio sah ihren Gast einen Moment starr an, weil er dem Amerikaner offen gegen sie, seine Wirtin, recht gab; aber Windmüller hatte sich nicht verrechnet, daß sie ihres Großvaters Enkelin war, denn sie sah ihm in die Augen und – begriff.

»Ich verstehe!« rief sie heiter. »Ich nehme also die Silbenstecherei feierlich zurück, Tom, und anerkenne, daß Sie recht haben!«

»Na, Gott sei Dank, daß doch einmal jemand gekommen ist, der mich Ihnen in der rechten Beleuchtung zeigt!« erwiderte Morgan. »Ich werde dafür zu Ihrem Denkmal beitragen, Herr Professor, aus purer Dankbarkeit, denn was immer ich sage oder tue – unsere liebe Gio hat stets daran etwas am Zeug zu flicken. Das Zeugnis meiner Frau zu meinen Gunsten hat daran ebensowenig zu ändern vermocht, als das Zureden ihrer lieben Mutter –«

»Bitte, lassen wir meine Mutter aus dem Spiel, ja?« unterbrach ihn Gio mit einem Ton und einem Blick, vor dem sowohl Donna Onesta, als auch Tom Morgan die Augen senkten, und der scheinbar ganz unbeteiligt dabeistehende Windmüller, zu dessen Metier es freilich gehörte, alles zu sehen, nahm das zur Notiz und noch einiges mehr; zum Beispiel das plötzliche nervöse Zittern von Donna Onestas schönen, wohlgepflegten Händen und ein flüchtiges Erblassen des schönen Tom Morgan, das sich wie ein aschgrauer Schleier über sein jugendfrisches Gesicht zog und eine merkwürdige Widerspiegelung in dem Gesicht seiner Frau unter dem feinen Puder fand, der es bedeckte und sich selbst für einen Moment auf ihren giftbeerenroten Lippen zeigte.

Doch das kam und ging sehr rasch, Gio selbst hatte es kaum bewußt bemerkt – denn dazu gehörte die Schulung für die seelischen Kundgebungen, die einer gar nicht gewahr wird, der nicht ständig und instinktiv eine Spur sucht.

»Man weiß nie, womit man bei unsrer lieben Gio ein noli me tangere berührt«, sagte Tom Morgan, ohne daß scheinbar eine Pause entstanden war, mit dem heiteren Gleichmut der Gewöhnung und der unbeirrbaren Nachsicht des Nahestehenden. »Man wandelt immer auf einem Vulkan an ihrer Seite – sie ist wie eine Dynamitpatrone, die explodiert, ohne daß man sie bewußt berührt hat.

»Jetzt mußte Gio lachen.

»Wenn Sie nach dieser Schilderung noch Lust haben, mein Gast zu bleiben, Onkel, dann haben Sie aber, wie man bei uns sagt, ›e Kurrasch‹!« rief sie heiter.

»Oh, ich danke, – es reicht«, erwiderte Windmüller schmunzelnd. »Die Dynamitpatrone scheint trotz ihrer Explosionen Mr. Morgan noch keinen wesentlichen Schaden zugefügt zu haben – soweit man es äußerlich beurteilen kann.«

»Das ist es ja eben«, jammerte der Amerikaner mit komischem Ringen der Hände. »Kein Mensch sieht einem an, was innerlich alles in einem auseinandergesprengt worden ist. Aus purem Mißverstehen meiner friedfertigen Absichten und unschuldvollsten Worte.«

»Mein armer Tom!« murmelte Donna Onesta mit einem Seitenblick auf Gio, die mit den Händen auf dem Rücken dastand und mit einem eigenen Licht in den Augen ihre Verwandten musterte.

Der Diener, welcher zu melden kam, daß das Mittagessen serviert sei, verschob das Bild sofort, denn nun wurde Gio zur liebenswürdigen Wirtin, die zu ihrer Tafel lud.

Das Eßzimmer war natürlich dem Gebäude entsprechend ein Saal von jenen Dimensionen, die man nur in alten italienischen Palästen findet. Über dem Kamin hing ein riesiges Bild des Dogen Alviso Favaro, des Ahnherrn Gios. Das Fresko auf der Decke war von Tiepolo gemalt.

»Ich finde es köstlich!« sagte Windmüller, die Augen nach dem Plafond gerichtet. »Das hat ihm keiner nachgemacht, diese Vortäuschung des Lichtes; dieses Herbeizaubern des Lichtes, besser gesagt. Der Saal an sich ist nicht hell – im Gegenteil, denn er geht nach dem verhältnismäßig engen Hof hinaus, und die Galerie von den zwar hohen, aber schmalen Fenstern zwingt ihm ein Dämmerlicht auf, das eine stilgerechte Einrichtung zur Dunkelheit vertiefen würde. Da malt Tiepolo auf die Decke sonnenlichtdurchglühte Wolken, in denen Amoretten in köstlichen Fleischtönen sich mit farbenleuchtenden Schmetterlingen jagen, Rosenkränze flechten und geradezu echt schimmernde Perlenschnüre reihen – und siehe da, man glaubt an den Widerschein dieser leuchtenden Farben und fühlt sich angesteckt von der unwiderstehlichen Heiterkeit dieses köstlichen Amorettenvolkes, und muß mit dem Schelm da oben zum Beispiel lachen, der mit dem süßesten Spitzbubengesicht von der Welt eine ganz extra große Perle einem der unten Sitzenden an den Kopf werfen wird. Wem? Das ist's ja eben – er sucht sich sein Opfer aus und jeder duckt sich unwillkürlich vor dem Geschoß!«

Donna Onesta lachte.

»Wie poetisch Sie das alles auffassen, Herr Professor«, sagte sie ein klein wenig spöttisch. »Ich habe diesen Plafond hundertmal gesehen, ich habe ihn immer mit Vergnügen gesehen, aber Sie machen, daß man ihn in einem andern Licht sieht. Ich wußte nicht, daß Archäologen so poetisch sein können. Sie sind doch Archäologe, nicht?«

Windmüller verbeugte sich und sah Donna Onesta tief in die samtdunkeln Augen, indem er sich fragte, ob diese Augen »gierig« blicken könnten.

»Die Fähigkeit zu poetischen Stimmungen ist ganz unabhängig vom Beruf«, sagte er dabei. »Denken Sie zum Beispiel an Gneisenau, der aus seinen poetischen Erhebungen heraus unvergeßliche Schlachten schlug. Und wenn Sie meinen, daß Bismarck keine Poesie besaß, so lesen Sie seine Briefe, und Sie werden eines anderen belehrt.«

»Wie denn auch höchste Kunst höchste Poesie ist«, fiel Mr. Morgan ein. »Das leuchtet ohne weiteres ein, wennschon ich sagen muß, daß ich Ihren Feldherrn schwer verstehe. Die Gegensätze sind zu schroff.«

»Gerade darum berühren sie sich so innig«, meinte Windmüller. »Leute, die sich begeistern können, sind sicher poetisch empfängliche Naturen, selbst wenn sie nie ein ›Gedicht‹ geschrieben haben. Nur aus dieser poesiegeborenen Begeisterung heraus können unsterbliche Taten geschehen. Doch verzeihen Sie mir altem Schwätzer, dem die Zunge durchgegangen ist – wie immer in einem kongenialen Kreise«, schloß er mit einer Verbeugung gegen die Tafelrunde.

»Ich wollte, die Zunge ginge Ihnen öfter durch«, sagte Gio freundlich. »Meine, wenn sie mal dazu kommt, läuft immer nach der falschen Richtung davon, und Mr. Morgan hat seine so scharf unter der Kandare, daß man nie seines Geistes wahren Hauch verspürt.«

»Halten Sie, die Diplomatentochter und Diplomatenenkelin, das für einen Fehler?« fragte Mr. Morgan lachend.

»O bewahre! Bei Ihnen ist alles vollkommen«, erwiderte Gio leicht. »Großpapa pflegte freilich zu sagen, daß Tugenden sich auch zu regelrechten Fehlern auswachsen können – er meinte damit vorzugsweise meines Vaters unverbesserliche Offenheit, mit der er nicht hätte Diplomat werden sollen. Ihre Zugeknöpftheit, Tom Morgan, ist vielleicht auch solch eine Tugend.«

»Als ob Tom zugeknöpft wäre!« rief Donna Onesta empört. »Er ist nur zurückhaltend. Das ist eine nationale Eigentümlichkeit, die der unseren, also der italienischen, diametral gegenübersteht. Ihr Deutschen aber tragt euer Herz immer auf der Zunge!«

»Immer ist ein bißchen viel gesagt«, lachte Mr. Morgan mit einem Blick auf Gio – das Thema schien ihn sehr zu amüsieren. Ehe er es aber weiter verfolgen konnte, erschien der Diener mit der Mittagspost auf silbernem Servierteller, den er Gio zuerst reichte, was Windmüller Gelegenheit gab, ein Zusammenziehen der feinen Brauen und festeres Schließen des Mundes Donna Onestas zur Notiz zu nehmen. Das gehörte zu seinem Beruf; denn große Zeichen springen in die Augen, kleine wollen beobachtet sein. Auf Mr. Morgans schönem Gesicht bewegte sich kein Muskel. Gelassen steckte er die zwei Briefe, die er erhalten hatte, in die Brusttasche seines eleganten, weißen Flanelljacketts und fuhr fort, die Traube zu essen, mit welcher er gerade beschäftigt gewesen war.

»Aber so etwas!« rief Gio und sah hilflos auf den großen, uneleganten, grauen Briefumschlag in ihrer Hand herab. »Tante Nickels entsetzliche Handschrift und mit dem Poststempel Verona! Ja, um alles in der Welt, was tut denn Tante Nickel in Italien, nachdem sie doch erklärt hat, keine zehn Pferde brächten sie mehr von ihrer Scholle fort!«

»Vielleicht, wenn Sie den Brief öffneten, würde Ihnen der Inhalt das nötige Licht spenden«, schlug Mr. Morgan lachend vor. Dies jugendfrische, knabenhafte Lachen kleidete ihn und gab ihm einen besonderen Charme.

»Aber er weiß das auch ganz genau«, entschied Windmüller inwendig darüber.

Gio zerriß den Briefumschlag mit einem zornigen Blick auf den Amerikaner.

»Nein, wenn Sie doch nicht immer so unheimlich klug wären!« rief sie ungeduldig, um sich dann in den Brief zu versenken. »Na, das ist eine schöne Geschichte!« sagte sie, indem sie auf Doktor Windmüller ein Paar vor Entsetzen ganz runde Augen heftete. »Eine schöne Geschichte!« wiederholte sie. »Tante Nickel ist richtig in Verona und kommt morgen hierher – hier ins Haus zu Besuch!«

Windmüller lächelte leis. Er konnte nicht anders, da er Gios Gesicht sah, auf dem – ein Erbteil ihres Vaters – alles zu lesen stand, was andere nicht wissen sollten.

»Ist denn Tante Nickel solch ein Oger?« fragte er mit lächelndem Kopfschütteln, und Gio fand sofort ihre Fassung wieder, denn sie begriff, daß sie sich fast »vergaloppiert« hatte und daß ja Windmüller gar keinen Schimmer davon haben konnte, wer Tante Nickel überhaupt war.

»Hm – Oger ist ein bissel viel gesagt, aber – reichlich komisch ist sie schon«, murmelte sie, um sich dann sofort mit rascher Fassung an Mr. Morgan zu wenden. »Ja so – Sie wissen ja gar nicht, wer das ist! Tante Nickel ist eine angeheiratete Kusine meines Vaters, Frau von Verden, mit Vornamen Veronika, den ihre Verwandtschaft glücklich in ›Nickel‹ umzugestalten, beziehungsweise zu korrumpieren verstanden hat. Ich habe sie eigentlich sehr gerne, denn sie ist ein grundanständiger Mensch und hat auch nie verlangt, daß man um sie tanzt, wie ums goldene Kalb, bloß weil man sie ›Tante‹ nennen muß. Aber sie ist mitunter doch so originell, daß man die Leute wirklich erst auf sie vorbereiten muß. Das muß man – namentlich Ausländer, die über diesen Typ einfach auf den Rücken fallen könnten, nicht wahr, Onkel – Müller?«

»Ja – nun, so ungefähr könnte es schon stimmen«, bestätigte Windmüller ernsthaft, trotzdem er eben zum erstenmal etwas von der Existenz der besprochenen Dame erfuhr.

»Ich werde den Brief vorlesen – ich muß mir Tante Nickels Briefe immer laut lesen, ehe ich sie ganz kapiere«, erklärte Gio. »Sie schreibt zwar Deutsch, aber wenn ich's langsam lese, wirst du es schon verstehen, Tante! Also:

»Liebes Kälbel! (Das bin ich nämlich – na, sie muß ja am besten wissen, von wem oder von was ihre Verwandtschaft abstammt!) Siehste, da bin ich glücklich in Verona, wo's mir sonst ganz gut gefällt. Besonders der Cangrande, der einen so dreckig anfixt. Ich habe mir eine Photographie von ihm gekauft und werd' ihn in meiner Stube aufhängen. Mit dem Mann hat sich gewiß ein kräftiges Wort reden lassen. Daß ich im übrigen freiwillig meine Bude verlassen hätte, kann ich nicht gerade behaupten, denn das Reisen ist doch eigentlich ein niederträchtiges sogenanntes Vergnügen, und mir wird auf der Eisenbahn immer übel, ich mag essen soviel ich will. Na, aber die Anne-Marie Falkenberg hat mir durch eine ganz gemeine List, durch Überrumpelung eine Reise nach Venedig aus der Tasche gelockt – ich dachte, sie wollte 'ne goldene Uhr als Patengeschenk zu ihrem einundzwanzigsten Geburtstag haben! Ja, Kuchen! Nachdem ich ihr aber die ›Erfüllung ihres heißesten Wunsches‹, dumme Pute, die ich war, versprochen hatte, wollte ich mich nicht lumpen lassen und auch mein Versprechen nicht zurückziehen – na und da reisten wir denn los. In München habe ich sie abgeholt und kam gestern übern Brenner mit ihr hier an. Und weil Du, mein Kälbel, Platz genug hast in Deinem Kasten von Haus, so sage ich mich und die Anne-Marie bei Dir an, denn ins Hotel bringen mich keine zehn Pferde, das ist mir zu ungemütlich. Ich muß schon sagen, daß die Anne-Marie behauptet, sie könnte Dich nicht belästigen, Du hättest sie noch nie eingeladen, Dich zu besuchen, und im Hotel Danieli wäre es sehr gut und schön – woher sie das nur wissen will, frag' ich? – aber darin bleibe ich fest. Ich komme zu Dir, Gio – Kindel. Du würdest mir's ja auch nie verzeihen, wenn ich ins Gasthaus ginge, gelt? Na also, übermorgen rücken wir bei dir ein, mittags kommt der Zug an und, Herzel, nicht wahr, ich brauch' nicht überallhin mitzupreschen, wenn Du der Anne-Marie den Bärenführer machst. Venedig hat so lange gestanden, ohne daß ich's gesehen habe, und es wird nicht gleich einfallen, wenn ich meine alte Nase nicht in jeden Winkel hineinstecke. Telegraphiere mir aber, ob Du diesen Brief gekriegt hast, und ob Du etwa länger brauchst, um die Betten überziehen zu lassen.

So, und nun laß Dir 'n tüchtigen Kuß geben von Deiner alten Tante
Gio sah sich nach beendeter Lesung im Kreise um.

»Warum zieht denn Anne-Marie auf einmal eine Reise nach Venedig einer goldenen Uhr vor?« fragte sie perplex. »Und woher weiß sie denn etwas übers Hotel Danieli?«

»Und wer ist denn diese Anne-Marie überhaupt?« fragte Mr. Morgan, während seine Frau, die nur die Hälfte verstanden hatte, mit den Achseln zuckte.

»Anne-Marie Falkenberg ist Tante Nickels Patenkind und meine Jugendfreundin«, erklärte Gio mechanisch. »Wir haben als Kinder miteinander gespielt, sind zusammen in die Schule gegangen, haben Tanzstunden miteinander gehabt – aber sonst hatten wir wenig miteinander gemein. Ja, und wir waren zusammen zu Gast bei Tante Nickel, ehe meine Mutter starb. Ihr Vater lebt als General a. D. in München. Nein, es ist wahr, ich habe Anne-Marie noch nie zu mir eingeladen – damals hatte ich noch nicht das Recht dazu, weil Mama doch erst gefragt werden mußte, und dann – – Leute in Trauer sind nichts für Anne-Marie Falkenberg. Sie wollte ja auch eigentlich lieber ins Hotel Danieli.«

»Vielleicht hoffte sie dort jemand zu treffen«, warf Windmüller ein, und zu seiner innern Freude sah er am Aufleuchten der Augen seiner jungen Wirtin, daß sie das hingeworfene Wort aufgefangen hatte; zu seinem innern Vergnügen aber sah er sie nach der aufgehobenen Mahlzeit in dem Zimmer, in welchem man sich vorher versammelt hatte, von einem Tisch, auf welchem die Tageszeitungen und etliche illustrierte Journale lagen, das vom Verkehrsbureau herausgegebene Fremdenblatt heraussuchen, das zwar in der Hauptsache den Badegästen des Lido gilt, doch auch die Fremdenlisten der großen venezianischen Hotels enthält. Mit Donna Onesta plaudernd, beobachtete er Gio, wie sie ihre Augen über das Blatt fliegen ließ und – wie auf einmal ihre Augen dunkel wurden, ganz dunkel und geradeaus vor sich hinsahen und ihre Finger das Blatt falteten, bis es das möglichst kleinste Format angenommen hatte. Worauf es in ihrer Kleidertasche verschwand.

»Aha«, dachte Windmüller. »Jetzt weiß sie, warum dieses Fräulein Anne-Marie ins Hotel Danieli wollte, und es tut ihr weh. Vielleicht wäre es besser gewesen, ich hätte sie nicht darauf gebracht, nachzusehen. Aber, wer weiß –!«

»Nun, Onkel, sind Sie bereit, oder zu müde durch Ihren Umzug hierher, einen Rundgang durch das Haus zu machen?« fragte Gio dann.

»Das Licht ist jetzt gerade in den Südzimmern gut, solange die Sonne noch hoch steht!« Windmüller erklärte sich durchaus bereit, Donna Onesta aber entschuldigte sich mit ihrer gewohnten Siesta, und Mr. Morgan wollte seine Frau erst hinaufführen, ehe er sich gewissermaßen als kunsthistorischer Cicerone dem Gang anschloß.

»Ich habe ihn ja gar nicht gebeten mitzugehen«, sagte Gio fast finster, als sie mit ihrem Gast allein war.

»Lassen Sie ihn nur, – je mehr ich von ihm sehe, desto lieber ist's mir«, erklärte Windmüller. »Fast hätten Sie mir das Spiel verdorben, als ich ihm recht gab gegen Sie«, setzte er lächelnd hinzu.

»Aber zum Glück nur fast. Ich will mir den Mann zum Freund machen – verstehen Sie, warum?«

»Doch, ich verstehe – jetzt. Zuerst freilich war ich etwas erstaunt. Ich fürchte nur, Sie werden wenig erreichen; der Mensch ist, was seine Person betrifft, verschlossen wie das Grab – und aalglatt.«

»Das zu wissen gibt mir einen Vorteil über ihn. Es wird gut sein, wenn Sie mich mit ihm allein lassen und die Gelegenheit dazu bieten.«

»Gewiß – gern will ich alles tun, was Sie für gut befinden. Aber nun dieser unerwartete Besuch –«

»Ich bedaure die Vergrößerung des Kreises nicht. Sie ist mir sogar ganz willkommen.«

»Ja, aber – um des Himmels willen, glauben Sie denn, Tante Nickel wird Sie als ›Onkel Müller‹ ohne Sang und Klang einfach so hinnehmen?« eiferte sich Gio. »Sie kennt doch alle unsere Verwandten! Und wenn Tom Morgan erst auf den Verdacht gebracht wird, daß Sie – – oh, die Sache ist unhaltbar geworden!«

»Das ist sie nicht«, opponierte Windmüller mit Seelenruhe. »Ich war schon öfter in solchen Lagen. Ist Ihre Tante klug oder beschränkt?«

»Ich weiß nicht«, sagte Gio perplex. »Tante Nickel hat zwei Seiten – drei, wenn man das sagen darf. Auf der einen Seite hört sie das Gras wachsen und auf der andern Seite kann ihr einer, dem sie vertraut, daraufhin ein X für ein U machen –«

»Vertraut sie Ihnen?«

»Ich denke schon. Ich habe sie nie hinters Licht geführt.«

»Ah – das ist ja vortrefflich. Sie werden also eventuell diesen Prozeß mit ihr vornehmen müssen.«

»Ungern.«

»Darauf kommt es nicht an, Gio! Es gibt Fälle, in denen wir unsere ganze Natur verleugnen müssen. Also, schwer von Begriffen ist Frau von Verden nicht?«

»Im allgemeinen nicht, aber sie bringt's im Speziellen schon fertig. Und dann: sie ist eine grundvornehme Natur und verbirgt diese mit oft geradezu verblüffendem Erfolg unter einer Redeweise, die – ach, halten Sie mich nicht für schlecht, daß ich's sage, die an ein – Hökerweib erinnert. Sie haben ja ihren Brief gehört!«

Windmüller lachte.

»Der Brief hat mich mit Bewunderung erfüllt. Nun, hören Sie wohl, Gio! Sie werden die Damen ja wohl von der Bahn abholen, nicht? Wohlan – Sie sagen dabei nichts von meiner Anwesenheit, sondern stellen mich ihr vor dem Lunch einfach als ›Onkel Müller‹ vor –«

»Richtig! Damit die Bombe gleich vor den Morgans platzt!«

»Überlassen Sie mir die Behandlung der Explosion – tun Sie ganz unschuldig. Beruhigt sich die gute Dame dabei nicht, dann geben Sie ihr ein Zeichen und raunen ihr zu, daß Sie ihr ›alles erklären würden‹ ».

»Den Erfolg des ›Zuraunens‹ kann ich mir bei Tante Nickel lebhaft vorstellen. Sie wird so lange ›Hä‹ fragen, bis ich's so laut wiederholen muß, daß man's auf dem Markusplatz hören kann«, erwiderte Gio resigniert. »Und dann – gesetzt, daß sie's gleich kapiert, was ich bezweifle–«

»Dann teilen Sie ihr vertraulich mit, daß Ihnen hier etwas gestohlen worden ist und ich dazu da bin, es zu suchen, daß Donna Onesta zur Schonung ihrer Nerven und der ihres Gatten mich nur als Gast hier kennen. Wenn Ihre Tante nur imstande ist, reinen Mund zu halten –«

»Ja, wenn! Tante Nickel ist kein wasserdichtes Futteral für Geheimnisse.«

»Sie müssen sich eben damit an die vornehme Seite ihrer Natur wenden. Wir haben übrigens noch Zeit zum Überlegen. Vorläufig werden Sie ihr wohl das verlangte Telegramm schicken müssen.«

Gio wandte sich auf diese Mahnung sofort nach dem breiten, eleganten Schreibtisch um, an dem sie gerade standen, warf mit ein paar Worten das Telegramm auf ein Depeschenformular, klingelte und gab dem Diener die Depesche zum Besorgen.

»Nun kommen Sie«, sagte sie zu Windmüller, »ich möchte Ihnen gern das bewußte Zimmer zeigen, ehe ›er‹ kommt.«

Nachdem sie einen eleganten Salon durchschritten hatten, langten sie zunächst in einem riesengroßen Ballsaal an, und Windmüller konnte nicht umhin, die Dimensionen dieses wahrhaft fürstlichen Raumes zu bewundern. Besonders erregten die sechs, nur durch Säulen voneinander getrennten, loggienähnlichen Fenster, deren Spitzbogen oben durch wunderbare, spitzenähnliche Marmorskulpturen gefüllt wurden, seine Aufmerksamkeit. Sie waren eigentlich Türen, da sie sich bis zum Boden öffneten und auf den schmalen Balkon hinausgingen, dessen Eckpfeiler reichen Skulpturschmuck und als Krönung zierliche, sitzende Löwen trugen. Auf der weißen Marmorbalustrade des Balkons aber saßen aneinandergereiht fünf oder sechs der schneeweißen, schönen, fremdartigen Tauben, die Windmüller schon auf der andern Seite des Palastes aufgefallen waren. Sie erhoben, als sie Gios ansichtig wurden, gleich die Flügel, aber das junge Mädchen trat zurück in den Saal.

»Jetzt nicht«, machte sie abwehrend. »Man wird euch nicht mehr los! Audienz wird nur in meinem Zimmer erteilt, verstanden?«

»Sie sind auffallend hübsch und – ungewöhnlich in Venedig, wo man nur die grauen Markustauben gewöhnt ist zu sehen«, meinte Windmüller.

»Sie stammen von Malta«, erklärte Gio. »Ich hab' sie mir kommen lassen – statt eines Hundes. Sie haben sich so gut eingewöhnt und sind gleich so zahm geworden und so zutraulich – ja sie nehmen ungeniert sogar auf dem Rücken meines großen Katers Colombo Platz, dessen Bekanntschaft Sie noch machen müssen, Onkel! Überhaupt müssen Sie mein Idyll oben im Olymp kennenlernen. Ich hatte zwölf Tauben – leider sind mir zwei davon eingegangen und eine dritte kränkelt seit heut –«

»Meine liebe Gio – es ist das Klima!« unterbrach sie die frische Stimme Tom Morgans, der unbemerkt dazugetreten war.« Ich sagte Ihnen gleich, daß Sie sich auf einige Opfer bei diesem Import gefaßt machen müssen! Dabei haben wir jetzt noch nicht einmal Herbst – wenn erst die Nebel in Venedig kommen, dann fürchte ich, wird es Ihren armen Tauben schlechter gehen! Die Rasse, die hier gedeiht, ist eben seit Jahrhunderten akklimatisiert.«

»Der Händler, der mir die Tauben besorgt hat, meinte, gerade diese Rasse würde sich hier gut eingewöhnen«, sagte Gio, die nur schwer eine Bewegung der Ungeduld über das Erscheinen des Amerikaners unterdrückt hatte.

»Vielleicht – wahrscheinlich werden es einige von ihnen tun. Von importierten Pflanzen einer Gattung gehen auch oft einige ein, andere kommen auf und gedeihen, und den Menschen geht's gerade so«, erklärte Mr. Morgan.

Windmüller konnte ihm – ohne Nebengedanken – nur recht geben.

»Vielleicht sind die zwei fehlenden Tauben, ihrer Seltenheit wegen, weggefangen worden! Vielleicht haben sie den Flug in ihre Heimat zurück versucht«, sagte er tröstend.

»Nein«, erwiderte Gio mit umflorten Augen. »Sie sind beide in meinem Zimmer tot umgefallen.«

»Dann müssen sie etwas gefressen haben, was ihnen nicht bekommen ist«, meinte Mr. Morgan. »Die Leute stellen hier sicher vergiftete Nahrungsmittel auf gegen die vielen Ratten und Wassermäuse!«

»Gott bewahre – dagegen halten sie sich Katzen, die sie sicher nicht in diese Gefahr bringen würden, denn jeder gute Venezianer, ja jeder gute Italiener hält etwas auf seine Katze«, widersprach Gio.

»Sie sind doch nun lange genug hier, um das wissen zu können, daß in Italien die Katzen eine Sonderstellung einnehmen! Lieber läßt der Venezianer die Ratten und Mäuse tun, was sie wollen, ehe er seine Katze der Gefahr aussetzte, an dem Mäusegift Schaden zu nehmen. Stellt man in den Kirchen Gift auf? Nein, man hält in ihnen durch Erlaß des Patriarchen privilegierte Katzen. Haben Sie noch nie den großen Kater in San Stefano gesehen? Und hier droben in der Kirche den großen ›Rosso‹, meines ›Colombo‹ erklärten Widersacher? Na also! Nein, meine Tauben sind an etwas anderem gestorben. Ja, vielleicht am Klima – vielleicht auch am Heimweh!«

»Auch das ist möglich«, gab Mr. Morgan zu, indem ein Zucken über sein Gesicht flog. »Diesem Gefühle sind ja alle Lebewesen unterworfen.«

»Sie auch?« fragte Gio so ehrlich erstaunt, daß dem Ausruf dadurch eigentlich das Verletzende genommen wurde – für den unbeteiligten Zuhörer. Aber über Mr. Morgans Gesicht flog eine glühende Röte und aus seinen tiefliegenden Augen schoß ein böser Blitz.

»Sie trauen mir nicht einmal die gewöhnlichsten menschlichen Regungen zu«, sagte er hart. »Mehr noch – man kann sich über nichts mit Ihnen unterhalten, ohne daß Sie gleich persönlich werden. Aber einerlei. – Ein prachtvoller Raum, dieser Saal, Herr Professor, nicht wahr?«

Windmüller ging sofort mit Enthusiasmus auf das angeregte Thema ein, während Gio mit zornrotem Gesicht die Tür zum nächsten Saal aufmachte.

Es war eine glänzende Flucht von saalartigen Zimmern, die sich auf der Südseite dem Ballsaal entlang anreihte, eine dem Empfang von Gästen bestimmte Zimmerflucht, wie sie in diesem Glanz und diesem Umfang nur ein italienischer Palast aufweist, speziell aber den venezianischen Patrizierhäusern eigen ist, bei denen trotz der eigentümlichen Bauart auf Rosten von Lärchenpfählen an Raum nicht gespart wurde. Windmüller, der neben seinem selbstgewählten Beruf noch mit besonderer Leidenschaft das Steckenpferd des Kunstsammlers tummelte und durch seine immensen Erfolge in dem ersteren der letzteren auch frönen konnte, war so interessiert und begeistert von den Gemälden und Kunstgegenständen, die sich im Lauf der Jahrhunderte in diesen Räumen angesammelt hatten, daß er länger dabei verweilte, als sich mit Gio Verdens Ungeduld vereinbaren ließ. Er fand in Tom Morgan einen sehr verständnisvollen Cicerone, der immer das Bessere von dem Guten hervorzuheben verstand und dabei eine tiefe universelle Bildung verriet.

Und damit kamen sie, fast am Ende der langen, südlichen Flucht, in ein kleineres, mit seidener Damasttapete von dem tiefen, satten Purpurrot vergangener Tage ausgeschlagenes Zimmer, dessen Wände mit hohen, geschnitzten und vergoldeten Sammelschränken mit vielteiligen Glastüren zur größeren Hälfte bedeckt waren, dessen Tische unter dicken Glasplatten als Raritätenkästen dienten. Bequeme, mit Purpursamt bezogene, vergoldete Sessel in dem Barockstil der Schränke luden zum ruhigen Beschauen ein, und während die andern Räume den Charakter der sogenannten »kalten«, das heißt unbewohnten Pracht trugen, war diesem immer das Intime des Sammlers vorbehalten, in dem sich's wohl beschauen, träumen, sinnen und studieren ließ.

Gio war rasch vorangesprungen, und, indem sie die Hand auf einen der beiden Tische mit ihren schöngeschwungenen, reichgeschnitzten Füßen legte, sagte sie mit leis schwankender Stimme:

»Hier – das war Großvaters Tuskulum, in das nur Bevorzugte Zutritt hatten, und hier ist meine liebe Mutter so plötzlich gestorben.«

»Meine liebe Gio!« murmelte Windmüller teilnahmsvoll, aber sein Auge suchte Tom Morgan. Doch dieser war rasch an den Schrank der Tür zunächst getreten und hatte eine Schublade unter dem Glasaufsatz herausgezogen.

»Hier, Herr Professor«, sagte er, auf einen starken Quartband in blauem Aktendeckel deutend, »hier ist der Katalog dieser Sammlung – oder vielmehr das Manuskript dazu, das der Duca selbst verfaßt hat und drucken lassen wollte. Sie werden sich damit leicht zurechtfinden, wennschon der alte Herr viel darin herumkorrigiert hat. Die Sammlung selbst, in der sich Hochinteressantes neben Minderwertigem findet, besteht aus speziell venezianischen Stücken, ist also ein kleines vaterländisches Museum der letzten Jahrhunderte. Es ist alles in dem Katalog sehr genau beschrieben. – Und nun erlaube ich mir, mich den Herrschaften zu empfehlen. Falls Sie, liebe Gio, nicht anders disponiert haben, werde ich mit meiner Frau eine Spazierfahrt machen.«

Windmüllers Blick, der sich mit dem des jungen Mädchens begegnete, hielt eine rasche Antwort auf ihren Lippen zurück, aber die sie gab, war vielleicht noch weniger weise.

»Sie fliehen aus diesem Zimmer immer, so rasch Sie nur können«, sagte sie mit unterdrückter Leidenschaft.

»Dieses Zimmer hat sehr – *sehr* schmerzliche Erinnerungen für mich«, erwiderte Mr. Morgan mit gesenktem Blick.

»Ja, meinen Sie denn, daß es für mich frohe hat?« rief Gio empört.

»Nein, das kann ich gar nicht meinen«, entgegnete Morgan mit ruhiger Beherrschung, als wenn er mit einem Kind redete. »Sie mißverstehen mich – wie immer. Doch nein, Sie wissen, was ich meine, Gio! Sehen Sie, ich war hier, *ich war dabei*, als es geschah. Sie aber waren fern.

Das ist ein großer Unterschied. Ein himmelweiter Unterschied. Sie sagten –? Oh, nichts? Also, auf Wiedersehen heut abend. Ihr Diener, Herr Professor!«

Und damit ging er, und sein leichter, rascher Schritt verhallte in der Flucht der Zimmer, die er, ohne sich umzudrehen, durchmaß.

»Es leidet ihn nicht in diesem Zimmer! Es leidet ihn nicht darin! Er hat meiner Mutter etwas getan!« rief Gio mit gedämpfter Stimme, als die jugendschöne, schlanke Gestalt verschwunden war.

Und Sie waren genau darauf und daran, es ihm zu sagen«, fiel Windmüller ein. »Zum Glück haben Sie meinen zweiten, warnenden Blick besser verstanden. Aber Kind, wenn Sie einen solchen Verdacht haben und sind bis heut imstande gewesen, ihm keine Worte zu geben, warum wollen Sie mir, den Sie hierhergerufen haben, damit ich Licht in diese Sache bringe, in der ersten Stunde meines Hierseins schon die ganze Arbeit verderben?«

»Ich weiß nicht, was über mich gekommen ist«, sagte sie reuig. »Vielleicht ist's Ihre beruhigende Gegenwart, die mich alle Vorsicht vergessen ließ und herausprudeln wollte, was mir so entsetzlich schwer auf dem Herzen drückt. Es wird nicht wieder vorkommen, gewiß nicht!«

»Hoffen wir's, Gio«, meinte Windmüller trocken. »Ich finde Ihre Behandlung Mr. Morgans schon reichlich – hm – na, reden wir nur ehrlich – reichlich unhöflich, als Wirtin ihrem Gast gegenüber. Offen gesprochen, Gio, und nichts für ungut! Er läßt sich diese Behandlung mit bewundernswerter Geduld gefallen.«

»Er kann ja gehen, wenn's ihm nicht paßt«, erwiderte Gio trotzig.

»Richtig, das kann er. Warum tut er's aber nicht? Wahrscheinlich hat er seine Gründe dafür.«

»Natürlich hat er seine Gründe. In der Ca' Favaro ist er mein Gast und anderswo hat er für seinen und seiner Frau Unterhalt zu sorgen.«

»Das wären freilich sehr triftige Gründe«, gab Windmüller ohne weiteres zu. »Ist er denn mittellos?«

»Doch nicht, – er hat seine Schönheit«, erwiderte Gio. »Nicht mein Genre, aber darum handelt es sich auch nicht! –«

»Dürfte aber unbestritten durchgehen, liebe Gio! Ein Modell zu einem Sonnengott ist der ganze Kerl. Und ein liebenswürdiger, gebildeter Mensch obendrein! Entweder: Sie tun ihm bitteres Unrecht oder – er ist ein routinierter Schauspieler!«

»Darauf dürfen Sie ruhig Gift nehmen«, sagte Gio mit Überzeugung und ohne Bitterkeit, ganz objektiv.

Windmüller sah sie prüfend an.

»Begründen Sie das«, bat er interessiert.

»Ja, das ist nicht so einfach, dazu muß man Zug um Zug zusammentragen«, erwiderte Gio nachdenklich. »Aber vielleicht genügt die Geschichte seiner Ehe. Tante Onesta ist – nein, war eine Schönheit, denn sie ist älter als Mama. Diese wäre heute zweiundvierzig Jahre – ihre Kusine ist fünfundvierzig. Und Mr. Morgan ist dreißig. Man sieht es ihm nicht an, nicht wahr? Er sieht aus wie zwanzig. Gut. Vor fünf Jahren also muß Tante Onesta vierzig Jahr gewesen sein, davon ist nichts abzuhandeln. Sie war aber noch sehr heiratslustig und verliebte sich in Mr. Morgan. Mr. Morgan hat sich natürlich geschmeichelt gefühlt und – ob er's nun mißverstanden hat, was man ihm sagte, oder ob Tante Onesta selbst – – nun, jedenfalls heiratete Mr. Morgan Donna Onesta Favaro in dem guten Glauben, daß sie die Erbin des Herzogs Favaro, Patriziers von Venedig, sei! Wie das möglich war? Ja, wer dahinterkommen könnte! Aber was auch Mr. Morgan dabei gefühlt hat: er spielte die Rolle des Anbeters von Donna Onesta Favaro unentwegt weiter. Und diese besitzt tatsächlich auch nichts anderes, als ihre Schönheit.«

»Ja, *ist* es eine Rolle, die er spielt?« fragte Windmüller langsam.

»Aber Onkel! Er ist dreißig und sie fünfundvierzig!« rief Gio mit der ganzen souveränen Überlegenheit ihrer eigenen einundzwanzig Jahre.

»Das ist ein Grund, braucht aber keiner zu sein«, gab Windmüller mit einem leisen Lächeln zurück. »Ich kenne analoge Fälle, in denen der Mann seine um soviel ältere Frau wirklich treu und zärtlich geliebt hat. Aber ich gebe zu, daß immer eine gewisse Unnatur in solchen ungleichen Ehen liegt; das Plus der Jahre steht dem Manne zu, nicht der Frau. Wo's umgekehrt ist, da sind die Entgleisungen fast unvermeidlich. Fast. Haben Sie je von einer Entgleisung Mr. Morgans etwas gehört?«

»Nie«, bekannte Gio energisch. »Mama, die Tom Morgan überhaupt über den grünen Klee lobte, pries besonders ›seine hingebende, ritterliche Treue‹ zu seiner Frau. Ich habe aber einmal einen Blick von ihm aufgefangen, mit dem er seine ›angebetete Gattin‹ gemustert hat, ich! Und seitdem weiß ich's, daß er Komödie spielt.«

Windmüller dachte unwillkürlich daran, daß er Mr. Morgans Temperament, als er heut früh mit ihm zusammengerannt war, als »prähistorisch« empfunden hatte. Es konnte auch ein »Aus-der-Rolle-Fallen« gewesen sein. Gio aber, die ihrer Mutter Bewunderung für den Gatten ihrer Kusine ersichtlich nicht zu teilen schien, konnte sich getäuscht haben, da sie ja nicht vorurteilsfrei war.

»Sie sind sicher, daß *jegliches* Motiv für Ihren Verdacht gegen diesen Mann fehlt?« begann Windmüller nach einer Pause des Nachdenkens.

»Ganz sicher. Ich kann mir den Kopf zerbrechen soviel ich will – es fällt mir keins ein. Ich sage es ganz ohne jeden Hintergedanken!«

»Also werde ich es suchen«, dachte Windmüller. Es war ja trotz allem immerhin möglich, daß das Auge der Tochter nicht gesehen haben konnte, was – andere vielleicht gesehen und vermutet hatten.

»Haben Sie etwa in den hinterlassenen Papieren Ihrer Mutter etwas – mit oder ohne Bezug auf die Morgans – gefunden, was Ihnen, sagen wir, aufgefallen ist?« forschte er weiter.

»Das kann ich nicht sagen, denn ich habe es noch nicht über mich gebracht, in diesen Papieren zu kramen oder gar sie zu lesen, denn sie sind nicht für mich bestimmt gewesen«, erwiderte Gio einfach.

Windmüller warf ihr einen freundlichen Blick zu.

»Das kann ich verstehen«, sagte er. »Dennoch aber wird es jetzt nötig werden, die Durchsicht der Papiere nachzuholen. Es ist dieses traurige Geschäft immer eine gewisse Notwendigkeit, die viele vorziehen, von fremden Augen vornehmen zu lassen. Aber ich möchte doch meinen, daß diese Erbschaft nur die nächsten Angehörigen allein angeht.«

»Ja – sicherlich«, erwiderte Gio. »Ich werde tun, wie Sie wünschen. Es ist übrigens nicht viel. Ein Paket Briefe meines Vaters an meine Mutter; ein kleines Paket, denn sie waren nur selten getrennt. Dann die Briefe meiner Mutter an meinen Vater – mit einem rosa Band umbunden! Ferner Rechnungen und ein verschnürtes Päckchen – wahrscheinlich auch Korrespondenzen. Ich werde heut noch alles durchsehen.«

»Ja, tun Sie das. Beispielsweise besonders etwaige Briefe Ihrer Mutter an Ihren Vater aus Venedig; Beobachtungen usw. Und dann möchte ich einige Adressen von Ihnen erbitten. Zum Beispiel die des Arztes, der jedenfalls gerufen wurde, als Ihre Mutter von ihrer letzten Krankheit befallen wurde –«

»Doktor Salmini. Er hat auch meinen Großvater behandelt.«

Windmüller notierte sich die Adresse.

»Ferner der Vollstrecker des letzten Willens Ihres Großvaters. Ich nehme an, daß er zugleich der Sachwalter Ihrer Mutter war . . .«

»Ja, natürlich. Großvater war sehr befreundet mit ihm – er heißt Doktor Attilio Castelfranco.«

Windmüller schrieb auch die Adresse in sein Notizbuch. »Eine Krankenpflegerin wurde nicht bei Ihrer Mutter beschäftigt«, fragte er dabei.

»O nein! Meine Mutter war ja wohl zart, aber dabei doch anscheinend so gesund. Und dann starb sie – hier in diesem Zimmer – ganz plötzlich, während sie nach dem Diner den Kaffee mit den Morgans trank. Das heißt, sie hatte ihren Kaffee noch nicht berührt . . .«

Gio hielt ein, wie erstickt von ihrer Bewegung.

»Und wer war ihre persönliche Bedienung?« fragte Windmüller ruhig weiter.

»Oh, das war das Zimmermädchen, das sie schon hatte, als Großpapa Botschafter in Deutschland war und seine Tochter zu sich nahm, nachdem ihre Erziehung im Kloster Sacro Cuore zu Rom beendet war. Assunta Zanin ist die Tochter von Großvaters altem Verwalter und mit meiner Mutter aufgewachsen – sie war ihr mehr Freundin als Dienerin!«

»Und sie ist nicht bei Ihnen geblieben?« fragte Windmüller interessiert.

»Leider nicht!« brach Gio leidenschaftlich aus.

»Assunta sagte, sie müßte, nun sie meiner Mutter nicht mehr dienen könne, zu ihrem Bruder gehen, der Priester ist, um ihm die Wirtschaft zu führen, ihn zu pflegen. Aber Sandro Zanin ist wenig älter als Assunta, frisch und kräftig und eine Verwandte hat ihn ganz gut versorgt. Sie ging, weil sie sich von Donna Onesta nicht befehlen lassen wollte! Ich hab's ihr auf den Kopf zugesagt, und daß *ich* die Herrin hier sei, daß sie das schönste Zimmer und ihre eigene Bedienung haben sollte, aber es war alles umsonst! Was ich junges Ding gegen Donna Onesta ausrichten wollte! Die wäre eine Favaro und ich – nur eine halbe! Ich hab' ihr gesagt, das wäre Fahnenflucht, mich, die Tochter ihrer Donna Vanna, allein zu lassen – aber es half nichts, sie ging!«

»Und wo ist sie jetzt?« fragte Windmüller, der den Namen Assunta Zanin schon notiert und gespannt zugehört hatte.

»Bei ihrem Bruder Don Sandro Zanin, Pfarrer von San Zulian in Chioggio«, erwiderte Gio, die in ihrer Erregung über die »Fahnenflucht« der alten Dienerin gar nicht bemerkte, daß Windmüller auch diese Adresse sorgfältig notierte. »Und«, fuhr sie fort, »in diesem Zimmer also war es, wo sie starb, wo ich wiederholt schon das – ja, wie soll ich's nennen? – den Traum oder das Gesicht hatte, das ich Ihnen schon beschrieb –«

»Ja, ja«, unterbrach Windmüller sie, »Sie sollen mir das alles noch einmal ganz genau erzählen! Vorher aber sagen Sie mir eins: ehe Sie zum erstenmal dieses ›Gesicht‹ hatten – ich meine, diese Bezeichnung ist besser als ›Traum‹ – haben Sie da schon die Idee, den Verdacht gehabt, daß Ihrer Mutter ein Leid geschehen wäre?«

»Nein«, erwiderte Gio ohne Zögern. »Wie hätte mir solch ein Gedanke kommen können? Es hätte ja kein Mensch einen Vorteil davon gehabt! Und im größten Interesse der Morgans lag es doch, meine Mutter sich zu erhalten –«

»Freilich! Denn Thronwechsel ziehen immer andere Wechsel mit sich«, murmelte Windmüller.

»Das sage ich mir alle Tage vor«, bestätigte Gio. »Auch, oder vielmehr besonders seit ich das ›Gesicht‹ hatte. Aber es drängt sich zwischen alle Vernunftsgründe herein, der Schatten läßt sich nicht bezwingen. Da hab' ich an Sie gedacht – vorgestern war's, daß ich Sie mir besonders herbeigesehnt habe, und heute früh hat das Schicksal Sie mir entgegengeführt. Sie werden mir das Licht bringen, nicht wahr?«

Windmüller dachte unwillkürlich des Impulses, der ihn nach Venedig geführt und ihm hier – gegen seinen eigentlichen Willen – ein Inkognito aufgedrängt hatte. Laut aber sagte er:

»Meine liebe Gio – noch kann ich Ihnen nichts versprechen, denn ich sehe selbst noch kein Licht. Aber vielleicht kommt es noch, wenn Sie mich gewähren lassen und willig und ohne lange Fragen tun, was ich Ihnen sagen werde. Ich verstehe sehr gut, daß Ihr Herz einen Ausweg aus diesen Zweifeln sucht, die im guten Sinne zu zerstreuen mir eine wahre Herzensfreude sein würde. Wie aber, wenn ich dabei Dinge an das Licht bringe, die – die –«

»Sie sind ein Diener der Gerechtigkeit und der irdischen Vergeltung – – ich werde ihr hindernd nicht in den Weg treten«, fiel Gio ihm in das Wort und sah dabei aus, als meinte sie, was sie sagte.

Windmüller aber, der etwas ganz anderes gemeint hatte, ließ es dabei.

Schritte, die sich durch die Zimmerflucht hörbar näherten, unterbrachen zunächst eine Fortsetzung des Gespräches; es war Tonio, welcher eine Visitenkarte auf einem silbernen Tablettchen trug und dieses Gio präsentierte.

»Der Herr fragt, ob er seinen Besuch machen darf«, sagte er mit dem diskreten Tonfall des geschulten Dieners eines »großen« Hauses.

Gio nahm die Karte von dem Präsentierbrettchen, warf einen Blick darauf, stutzte, und dann ergoß sich eine rosige Röte über ihr ganzes, junges Gesicht, das darunter wie mit Morgenrot überhaucht von wunderbarstem Liebreiz verklärt wurde. Tonio konnte das nicht recht sehen, denn seine Herrin drehte dem Licht den Rücken, Windmüller aber sah sehr genau diesen jähen Wechsel von der Rachegöttin zum Menschentum – zum Mädchentum und – wunderte sich.

»Oh«, hörte er Gio mit schwankender Stimme sagen.

»Ich – ich weiß nicht – Donna Onesta, die mit mir die Besuche empfängt, ist ausgefahren –« Da fiel ihr Blick auf Windmüller, und derselbe Mund, der eben noch die irdische Vergeltung angerufen hatte, lachte fröhlich und doch auch wieder befangen auf. »Aber Sie sind zum Glück da, Onkel, und vollkommen zur ›Gardedame‹ geeignet. Sie werden mir diesen Dienst erweisen, nicht wahr? Führen Sie den Herrn in das Goldene Zimmer, Tonio!«

Tonio verschwand mit einem diskreten Lächeln und Gio hing sich in Windmüllers Arm, der seine Bereitwilligkeit zur Übernahme des »Ehrendrachen«-Postens sofort erklärt hatte.

»Wer ist der Besucher?« fragte er mit einem Blick anerkennenden Stolzes auf seine sehr liebliche Dame.

»Woher wissen Sie, daß es ein ›Er‹ ist?« lächelte Gio.

»Als ob Sie für Damenbesuch eines ›Schutzes‹ bedürften!« verwahrte er sich gegen diese Voraussetzung einer außergewöhnlichen Begriffsstutzigkeit. »Ich fühle mich geschmeichelt und gehoben durch diese neue, von mir bisher noch nicht geübte Rolle. Ist der Besuch ein ›ladykiller‹ oder harmloser Natur?«

Gio reichte ihm die Karte, die sie noch in der Hand hielt.

»Wolfgang Freiherr von Wettersbach, Legationssekretär bei der deutschen Botschaft in X.«, las Windmüller. »Hm – sollt' ich den Namen nicht kennen?« fragte er sich. »Nach der Morgenröte, die er auf Gios Gesicht gezaubert hatte, sollte man meinen – nun, es wird sich alles schon historisch entwickeln. Ich bliebe dazu freilich lieber hinter den Kulissen, doch darf ich jetzt wohl dies liebliche Menschenkind nicht mehr schnöde sitzenlassen.«

Aber Gio schien es gar nicht so eilig zu haben. Sie hielt ihren Begleiter ersichtlich zurück und zögerte, bis sie Schritte im Saal hörte und eine Tür geöffnet und geschlossen wurde, dann erst ging sie lebhafter vorwärts, und Windmüllers scharf beobachtendes Auge sah, daß die Hand, die sie auf die Türklinke zum Goldenen Zimmer legte, leis zitterte. Nun war sie zwar ganz selbstbeherrscht, als sie dem dort ihrer wartenden Besuch mit der Sicherheit der Herrin dieses Hauses entgegentrat, aber die Morgenröte konnte sie trotzdem nicht verhindern, ihr auf einmal sehr blaß gewordenes Gesicht von neuem zu überfluten, als sie ihm die Hand reichte und dazu sagte:

»Welche Überraschung! Willkommen in Venedig, Herr von Wettersbach! Gestatten Sie mir, Sie meinem Onkel, Herrn Professor Müller, vorzustellen!«

Der Besucher, eine hochgewachsene, schlanke und elegante Erscheinung mit zwar nicht schönem, aber rassigem Charakterkopf, beugte sich herab, die ihm gereichte Hand an seine Lippen zu führen.

»Wie ich mich darauf gefreut habe, diesen Gruß von Ihnen zu hören!« sagte er mit einem tiefen Atemzug, und den Rest sagten seine Augen, die sich nur schwer von Gios Anblick trennten und dann auf ihrem Begleiter mit dem Ausdruck grenzenlosen Staunens haftenblieben.

Windmüller legte aber hinter Gios Rücken den Finger auf die Lippen.

»Haben wir uns nicht schon in – in Dingsda gesehen?« fragte er dann.

»Wie? Die Herren kennen sich?« fragte Gio, ihrerseits nicht eben sehr angenehm berührt.

»Natürlich kennen wir uns«, bestätigte Windmüller lachend, »kennen uns so gut, daß Herr von Wettersbach nicht einmal überrascht wäre, mich hier in der Rolle des Dogen von Venedig vorzufinden, geschweige denn in der eines als Ehrendame verwendeten Onkels.«

»Der ›Doge‹ hätte mich weniger auf den Pfropfen gesetzt«, gestand der Legationssekretär unumwunden ein, indem er Windmüller die Hand reichte. »Der ›Onkel‹ ging Ihnen aber ganz flott über die Lippen, gnädiges Fräulein«, setzte er ein wenig vorwurfsvoll hinzu.

»Ja – wie konnte ich denn ahnen, daß Sie sich kennen?« verteidigte Gio sich, purpurrot im Gesicht, Tränen der Bestürzung in den Augen. »Was soll ich denn nun sagen?« wandte sie sich an den Doktor.

»Gar nichts, liebe Gio. Wenn Herr von Wettersbach mich in einer ›Rolle‹ trifft, so wird er sich den Rest schon ganz allein sagen können«, erwiderte Windmüller. »Schließlich – warum sollte ich nicht Ihr Onkel sein? Nur der Name und der Titel konnten selbst einen Diplomaten für den Moment ›auf den Pfropfen‹ setzen, aber nur für einen Moment, nicht wahr, Herr von Wettersbach?«

»Sie haben recht«, versicherte der Diplomat. »Man sieht daraus, daß ich in meinem Berufe noch zu lernen habe; selbst der Anblick des Medusenhauptes darf uns eigentlich nicht mit den Wimpern zucken lassen. Doch habe ich einiges, das zu meiner Entschuldigung spricht: Dieses Haus, in dem ich an Fräulein von Verdens Seite den – Herrn Professor Müller nicht erwarten konnte, selbst mit der kühnsten Phantasie nicht. Indes – ich freue mich, Sie wohl aussehend zu finden, Fräulein von Verden!«

Es lag so viel persönliche Wärme in den banalen Worten, mit denen Wettersbach den Zwischenfall abtat, daß sie Gio über ihre Befangenheit hinweghalfen. Sie bat die Herren, Platz zu nehmen, und ließ dann ihrerseits einen Gemeinplatz vom Stapel:

»Sind Sie schon lange in Venedig, Herr von Wettersbach?«

»Seit gestern abend. Man sagte mir, die Visitenstunde wäre hier am Nachmittag – sonst wäre ich schon heut vormittag gekommen«, war die resolute Antwort, bei der Windmüller ein leises Schmunzeln nicht unterdrücken konnte, denn er hatte gelernt, diesem jungen Diplomaten bei einer sehr ernsten Sache eine besondere Wertschätzung zu schenken, und hatte nichts dagegen, ihn mit dieser Offenheit reden zu hören. Deshalb horchte er auf, als Gio trocken bemerkte:

»Sie kommen immer noch zu früh – Anne-Marie Falkenberg ist noch nicht da. Sie kommt erst morgen.«

»Sooo? Kommt sie?« fragte Wettersbach gedehnt. Und dann lachte er, was ihm gut stand, denn es war ein gutmütiges Lachen. »Ja, meinen Sie denn, gnädiges Fräulein, daß dieses Faktum einen Einfluß auf meinen Besuch hat?«

Gio wurde wieder rot – sie war wütend auf sich, daß sie sich zu diesen taktlosen Worten hatte hinreißen lassen. Sie wußte auch, daß ein paar andere sie leicht wiedergutgemacht hätten, doch der Mensch, welcher diese Gelegenheit sofort ergreift, muß erst weiter sein in der Schule des Lebens, als es die Jugend ist. Aber sie machte es wenigstens halb wieder gut, indem sie freundlicher erwiderte:

»Nein, das glaube ich nicht, schon weil Sie ja gar nicht wissen können, daß Anne-Marie zu mir kommt. Sie reist mit Tante Nickel!«

»Ach herrje!« entschlüpfte es wieder sehr undiplomatisch den Lippen Wetterbachs. »Das heißt«, beeilte er sich hinzuzusetzen, »ich schätze Frau von Verden sehr; einmal als Ihre Tante, gnädiges Fräulein, und dann – überhaupt. Aber ob sie gerade in Venedig nicht etwas außerhalb ihres Rahmens stehen wird, ist die Frage, und eine Reise in ihrer werten Gesellschaft entbehrt sicher nicht der Anregung des Ungewöhnlichen.«

Gio lachte jetzt¹ hell heraus.

»Das haben Sie kostbar ausgedrückt«, rief sie. »Dabeisein möchte ich nicht gerade, aber ein Mäuschen, um hören zu können, wie sie mit Mitreisenden, Bahn- und Hotelpersonal umspringt. Ich muß schon sagen, daß ich Anne-Marie das Vergnügen gönne.«

»Was gönnt man nicht alles seinen ›besten Freunden‹, speziell aber der besten ›Freundin‹, warf Windmüller ein.

»Anne-Marie Falkenberg war meine Spiel- und Schulgefährtin – sonst nichts«, feuerte Gio auf, indem sie den Kopf zurückwarf. »Ich habe nur eine Freundin gehabt, und das war meine Mutter. Zu einer Freundschaft gehört doch, daß man sich versteht und dieselben Interessen hat, nicht? Nun, meine laufen mit denen von Anne-Marie auseinander, das heißt, um gerecht zu sein, – Schlagrahm und saure Drops haben wir beide immer sehr gern gegessen.«

»Na, wenn das nicht ein Freundschaftszement ist!« lachte Wettersbach mit dem vollen Behagen eines Menschen, der sich so leicht nicht beirren läßt. »Schlagrahm war auch meine Gymnasiastenleidenschaft – er reizt mich auch heut noch, besonders mit geriebenem Pumpernickel und eingemachten sauren Kirschen.«

»O Himmel!« stöhnte Windmüller, aber Gio machte »Mm!« und sagte dann: »Das werd' ich mir merken – das sollen Sie haben, wenn Sie uns und sooft Sie uns besuchen kommen –«

»Also ich *darf* kommen?« fiel Wettersbach mit aufleuchtenden Augen ein.

»Ja freilich«, erwiderte Gio wieder wesentlich steifer. »Wie lange bleiben Sie hier?«

»Ich habe sechs Wochen Urlaub –«

»Der Durchschnittsreisende bleibt zwei bis drei Tage in Venedig, sieht flüchtig die Markuskirche, den Dogenpalast und die Akademie, vertrödelt die schönste Zeit im Café auf dem Lido und beim Glasblasen in Murano und behauptet dann, alles gesehen zu haben und Venedig zu kennen«, fiel Gio ein.

»Ich bin aber kein Durchschnittsreisender«, verteidigte Wettersbach sich gutmütig. »Ich will überall den Dingen auf den Grund gehen und habe mich vorher gründlich in der Geschichte Venedigs umgeschaut. Also denke ich, werden sechs Wochen in Venedig – abzüglich der Reisetage – mir doch ein Bild von dem geben, was ich hier zu finden hoffe.«

Er sah bei diesen Worten Gio fest in die Augen und sie wurde ein wenig blaß.

»Man – das heißt einer, der das Interesse dafür hat, wird in Venedig eine unerschöpfliche Fundgrube entdecken, je länger er hier ist«, bemerkte Windmüller. »Es steht eben einzig da in der ganzen Welt.«

»Was ich bisher davon sah, hat mich begeistert«, sagte Wettersbach. »Es war ja natürlich nur das, was man auf so vielen Bildern schon staunend bewundert hat: Der Canale Grande und der königliche Markusplatz und San Giorgio Maggiore von der Piazetta aus, und darüber die silberne Luft und der blaue Himmel. Haben alle Paläste annähernd die Dimensionen der Ca' Favaro? Ich glaubte in ein Haus zu treten und befinde mich in einem Königspalast!«

»Ja, Platz haben wir hier drin«, lachte Gio amüsiert. »Wenn man's mit unseren Mietwohnungen vergleicht, kann's einem schon auffallen. Und doch ist der andere Palazzo Favaro, der jetzt der Stadt gehört, noch größer, als dieses älteste Stammhaus der Familie meiner Mutter.«

»Man sagte, Sie würden den im Mannesstamm erloschenen Namen und Titel annehmen«, warf der Legationssekretär ein.

»Wer sagt das?« fragte Gio erstaunt.

»O – erstens redete man in unsern Kreisen schon früher von der Möglichkeit, – als Tatsache teilte es mir der Direktor meines Hotels mit, den ich fragte, wie man am besten die Ca' Favaro erreicht«, gestand Wettersbach offen seine Quelle ein.

»So, – also das redet man in Venedig!« lachte Gio achselzuckend. »Mein Großvater hatte allerdings den Gedanken, Namen und Titel auf mich übergehen zu lassen, aber meinem Vater war er nicht sympathisch, denn schließlich sind wir Verden ja auch ein guter, alter Stamm, auf den mein Vater viel hielt – und ich auch. Als mein Vater starb, war meine Mutter dem Gedanken eher geneigt, doch ehe Großvater noch die Sache eigentlich in die Wege geleitet hatte, starb er, und mit meiner Mutter hab' ich den Plan endgültig begraben. Als Fräulein von Verden bin ich, was ich bin – als Duchessa de Favaro würde ich doch nur Halbblut sein, ein kleiner Gernegroß unter dem historischen Adel Italiens. Hab' ich nicht recht?«

»Sie haben mehr als recht – Sie sind verständig«, rief Wettersbach herzlich. »Wenn ich mir erlauben darf, das zu sagen«, setzte er korrekt hinzu. »Ich gehöre zu den Leuten, die Titel im allgemeinen für einen Ballast halten, an dem namentlich unser deutscher Adel eine oft sehr lästige, wenn nicht unerträgliche Bürde zu schleppen hat. Die französische, englische und italienische Sitte, nach der nur der Älteste, der Stammhalter, den Titel führt, ist die wesentlich vernünftigere. Nehmen Sie so einen armen, deutschen Grafen, dessen zehn Kinder auch alle ›Grafen‹ sind, denen ist ihr inhaltloser Titel die Kanonenkugel am Fuße des Sträflings – er hindert sie ›aus Standesrücksichten‹ an mancher ehrlichen Arbeit, mit der ein anderer sich redlich durchs Leben schlagen könnte. Und was manch einem dummen, unreifen Bengel sein Titel für

Raupen in den Kopf setzt, das ist gerade schon ekelhaft. Als ob der Adel vom Titel abhängig wäre! Aber das ist auch eins der unausrottbaren Vorurteile unserer lieben Deutschen! Nun, es ist nicht das einzige . . .«

»Ja, und das lernt man erst einsehen, wenn man eine Zeitlang in einem anderen Lande wohnt«, meinte Gio lachend. »Sie wohnen im Hotel Danieli?« setzte sie fragend hinzu.

»Ja. Woher wissen Sie das?«

»Ich hab's erraten. Und dann fand ich Ihren Namen in der Fremdenliste.«

»Was? Schon? Und ich bin erst seit gestern abend hier!« wunderte sich Wettersbach. Dann erhob er sich, murmelte etwas von »nicht länger stören wollen« und sah Gio dabei erwartungsvoll an. Nach kurzem Zögern lud sie ihn ein, morgen abend mit ihnen zu essen.

»Lassen Sie mir Ihre Karten für meine Tante und – und deren Mann da, dann brauchen Sie diese Zeremonie nicht noch nachzuholen«, schlug sie vor, und Wettersbach kam bereitwillig dem Winke nach, trotzdem er keine Ahnung hatte, *wer* die Tante war, deren Berechtigung er aber dabei doch anerkennen mußte, weil die »Sitte« ja für eine junge Dame von Stellung eine Ehrendame heischt, von der ein *armes*, alleinstehendes Mädchen ohne weiteres dispensiert ist.

Windmüller fragte den jungen Diplomaten, ob er zu Fuß oder mit der Gondel gekommen sei, und als er hörte, daß die letztere unten auf ihn wartete, bat er sich einen Platz darin bis zur Riva aus – er hätte dort Geschäfte.

Als die Herren aus dem schmalen Kanal in den Canale Grande eingebogen waren, sah Windmüller seinen Gefährten lächelnd an. »Mein lieber Wettersbach«, sagte er, »ich gedenke noch mit dankbarer Anerkennung Ihres tatkräftigen und intelligenten Beistandes, den Sie mir vor drei Jahren bei jener kleinen Affäre in London zuteil werden ließen. Dafür bin ich Ihnen noch einen Gegendienst schuldig – vielleicht die Beantwortung einer Frage. Ich lese auf Ihrem viel zu ausdrucksvollen Gesichte ein ganzes Dutzend.«

Wettersbach lachte. »I nein – das Fragen muß man sich in meinem Berufe zu versagen trachten«, meinte er. »Aber ich muß schon gestehen, daß Ihre Gegenwart in der Ca' Favaro unter einem Inkognito mich befangen gemacht hat.

»Das war ohne weiteres zu sehen«, erwiderte Windmüller behaglich. »Und darum bin ich auch hauptsächlich mit Ihnen gekommen, um Sie zu bitten, dieses Inkognito nicht zu lüften, vor allem aber niemand – *niemand* in der Ca' Favaro darüber aufzuklären oder andeutungsweise wissen zu lassen, daß mein Name nur ein halber ist und noch eine andere erste Hälfte hat. Müller ist ein ganz gewöhnlicher Name, aber ein Windmüller ist schon mehr spezialisiert.«

»Dieses Appells, mein lieber Doktor, hätte es kaum bedurft«, entgegnete der Diplomat etwas pikiert. »Ich habe ja die Ehre, Sie zu kennen, und kann mir denken, daß Sie nicht ohne besonderen Zweck Ihre Identität verbergen wollen.«

»Ich bin auf Gio Verdens Einladung in der Ca' Favaro, um ein kleines Rätsel für sie zu lösen, das sie beunruhigt«, erklärte Windmüller, ohne des andern leichte Gereiztheit zu beachten. »Es soll außer ihr selbst niemand wissen, daß ich etwas anderes bin, als ein Professor der Archäologie aus Wien, der einen der ältesten venezianischen Paläste studieren will – im übrigen ein harmloser, alter Onkel von ihres Vaters Seite her. Ich bin erst seit heute mittag in der Ca' Favaro.«

Wettersbach schwieg eine Weile, dann fragte er in gänzlich verändertem, ja fast bittendem Ton: »Kann ich Ihnen behilflich sein, lieber Doktor? Verfügen Sie *ganz* über mich . . . Wo Sie gerufen werden, da kann ja das Rätsel keins von der leichten Sorte sein, das die heilige Hermandad bei einigem Kopfzerbrechen nicht auch lösen könnte. Arme Gio Verden, daß sie solche Sorgen hat – – aber sie kann froh sein, Ihre Hilfe gewonnen zu haben!«

»Wer weiß, ob ich Sie nicht beim Worte nehmen werde«, erwiderte Windmüller sinnend. »Fürs erste muß ich selbst im dunkeln tappen und nach einem Lichtschimmer suchen. Es ist sehr leicht möglich, daß die ganze Sache sich in Wohlgefallen auflöst – aber ich glaube daran nicht ganz, sonst wäre ich nicht mit Sack und Pack in die Ca' Favaro übergesiedelt. Nun, Sie können mir insofern helfen, als Sie mein Inkognito bei den Persönlichkeiten unterstützen, die eventuell vorlaute und unbequeme Fragen stellen.

Zum Beispiel bei der morgen ankommenden Tante, welche die Verdensche Verwandtschaft besser kennen dürfte, als mir, dem Onkel Müller, angenehm ist. Ferner nicht minder bei den Verwandten im Hause –«

»Ja, wer ist denn das? Ich habe keine Ahnung von der Existenz einer Tante in der Ca' Favaro!« unterbrach ihn Wettersbach. »Ich hätte mich wohl eigentlich bei ihr *und* Fräulein von Verden melden lassen müssen. Und bei dem Onkel. Sagte sie nicht, daß auch ein Onkel da ist?«

»Nein. Gio Verden hat nur von dem ›Mann ihrer Tante‹ gesprochen«, berichtigte Windmüller trocken.

»Aha! Ich verstehe«, machte Wettersbach.

»Nun, ob Fräulein von Verden sich mit Recht oder Unrecht diesen Verwandten auf Armeslänge entfernt, kann ich noch nicht entscheiden. Recht ist ja bekanntlich immer ›hüben so wie drüben‹, wie ich denn die junge Herrin in der Ca' Favaro überhaupt für starker Sympathien und Antipathien fähig halte. Die Mischung nördlichen und südlichen Blutes in ihr muß sich ja in ihren Empfindungen geltend machen. Also die bewußte Tante ist eine Favaro, eine ältere Kusine ihrer Mutter, die mit einem Amerikaner namens Morgan verheiratet ist.«

»Der Name Morgan ist drüben nicht gerade ungewöhnlich – er kommt in allen Ständen vor. Es gibt zum Beispiel in Washington, wo ich als Attaché bei der Gesandtschaft war, eine sehr gute, alte Senatorenfamilie dieses Namens, in der ein Sohn, Thomas oder Tom Morgan, eine Rolle in der Gesellschaft spielte –«

»Der Gatte der Donna Onesta Favaro heißt ›Tom‹ mit Vornamen – sie hat ihn beim amerikanischen Gesandten in Rom kennengelernt«, fiel Windmüller ein.

»Doch nicht beim alten Sam Black, der vor fünf Jahren etwa Gesandter war?« rief Wettersbach lebhaft interessiert. »Das war nämlich ein Verwandter des Tom Morgan, den ich meine.«

»Die Zeit dürfte stimmen. Die Morgans sind seit etwa fünf Jahren verheiratet.«

»Da wird er's schon sein«, nickte Wettersbach. »Aber«, setzte er hinzu, »es ist doch nicht möglich, denn der Morgan, den ich meine, kann höchstens dreißig Jahre alt sein –«

»Seine Frau ist fünfzehn Jahre älter als er«, bestätigte Windmüller.

Wettersbach schlug vor Erstaunen die Hände zusammen.

»Daß dich das Mäuslein beißt!« rief er lachend. »Tom Morgan gefiel sich immer im Exzentrischen, aber daß er so weit darin gehen sollte – – sagen Sie mir: ist es ein großer, wie ein Knabe jung aussehender, eigentlich bildschöner Kerl, blond, ein bißchen tiefliegende Augen –«

»Das dürfte sein Steckbrief sein. Mr. Tom Morgan würde einem Sonnengott zum Modell dienen können.«

»'s ist die Möglichkeit!« meinte der Diplomat kopfschüttelnd. »Dieser Morgan wurde damals, Grünhorn das er noch war, von den Damen unserer Kreise in unerhörter Weise verwöhnt. Alles durfte der Lümmel sich herausnehmen – aber er tat's mit einer gewissen Grazie, das muß ihm der Neid lassen. Plötzlich aber verschwand er von der Bildfläche; er ging ›auf Reisen‹ und über die Ursache wurde viel gemunkelt, ohne daß man so recht auf die Wahrheit kam . . . auf alle Fälle war ihm der Boden in Washington auf die eine oder andere Weise zu heiß geworden, aber das weiß man ja längst, daß man von dem, ›was die Leute sich erzählen‹, nur die Hälfte glauben darf. Immerhin – nun, wir werden ja sehen, wie Tom Morgan – wenn es der ist, den ich meine – sich bei unserer Begegnung benehmen wird. Ich habe jedenfalls nicht im Sinn, mir seinetwegen die Ca' Favaro verbieten zu lassen.«

»Ah – es war also doch wohl so eine Art von Boykott über ihn verhängt«, meinte Windmüller mit einem scharfen Blick auf seinen Nachbarn.

»Sie kennen ja die Art von Leuten, die die Ehrenfragen immer gleich auf die Spitze treiben und aus Gerüchten einen ›Fall‹ zusammenkleistern«, erwiderte Wettersbach achselzuckend. »Tom Morgan war nichts als ein unerhört verwöhnter Grünschnabel, den nur seine unleugbare Klugheit daran verhinderte, sich unerträglich zu machen. Bemächtigt sich dann das Gericht eines solchen Menschen, so muß man ihm Gelegenheit geben, sich zu rechtfertigen. Ich wurde bald darauf versetzt und weiß nicht, was aus der Sache geworden ist. Ich weiß nur, daß die Morgans bei irgendeinem Krach ihr Vermögen verloren haben und damit natürlich aus der ›Gesellschaft‹ verschwunden sind. Ist Donna – wie heißt sie? – Favaro reich?«

»Nein – im Gegenteil. Ich glaube auch nicht, daß Gio Verden mit dem Palaste Reichtümer von ihrem Großvater geerbt hat; der alte Duca galt für keinen Krösus. Aber der italienische Nobile trennt sich von seiner Burg oder seinem Palaste nicht so leicht – solange er genug hat, ihn zu unterhalten und seine eigenen frugalen Bedürfnisse zu befriedigen, solange geht sein Haus nicht an den Meistbietenden fort. Der Deutsche hält sich nicht so lange in seinen vier Pfählen. Nun hat ja Gio freilich noch ihr väterliches Erbteil, aber viel wird das auch nicht sein, denn ihr Vater war kein Finanzgenie und ihre Mutter – eine italienische große Dame.«

»Nein, ich glaube auch nicht, daß Fräulein von Verden eine reiche Erbin im modernen Sinn ist«, erwiderte Wettersbach so seelenruhig, daß Windmüller ihn ohne weiteres von der Gilde der Goldfischangler trennte. Als er ihm bald darauf, an der Piazetta, für den Platz in der Gondel dankte und dem Markusplatz zuschlenderte, beglückwünschte er sich zu dem Impuls, der ihm ein Gespräch mit dem Diplomaten wünschenswert erscheinen ließ, um ihn so weit aufzuklären, als zur Vermeidung von Mißdeutungen über seine Anwesenheit im Inkognito notwendig erschien. Er hatte dabei ganz unerwartet eine Spur von Mr. Morgan erhalten – vorausgesetzt natürlich, daß dieser mit jenem identisch war, woran er aber wegen der zutreffenden Personalbeschreibung kaum einen Zweifel hegte.

Sein Gehirn arbeitete unablässig weiter an der Aufgabe, die er aus reiner Sympathie für Gio Verdens Person, übernommen hatte – was dabei herauskommen konnte, hielt er – vorausgesetzt, daß überhaupt etwas dabei herauskam – für Gios Ruhe nicht für wünschenswert. Aber vielleicht konnte er doch etwas für sie tun. Vielleicht sie von Parasiten befreien, wennschon nichts anderes in dieser Sache zu tun war, und dazu brauchte sie einen Helfer seines Schlages. Er trat in das Postamt hinter dem Markusplatz ein, schrieb dort an seinen Agenten in Washington eine Depesche in Chiffren, gab sie auf und schlenderte dann über den Campo Morosini zu Fuß zurück nach der Ca’ Favaro, um dort in seinem Zimmer die Zeit bis zum Abendessen abzuwarten. Der Tür neben seinem Bett widmete er dabei einige Aufmerksamkeit, das heißt, er lupfte das darüberhängende Bild und stellte fest, daß es leicht herabzunehmen war. Die Truhe vor der Tür bot auch keine Schwierigkeiten, denn sie war leer.

Der »quietschende« Reisekorb auf der andern Seite der Tür war jedenfalls das bedeutendere Hindernis, unbemerkt die Garderobe zu betreten, falls das nötig wurde, aber es war gut, zu wissen, daß dies Hindernis bestand. Den »Horcher an der Wand« zu spielen, war eine jener Notwendigkeiten seines Berufes, an die er sich am schwersten gewöhnt hatte, aber da selbst dem geübtesten Gedankenleser Grenzen gesteckt sind, so muß er sich schon dieses in jedem andern Falle verächtlichen Mittels bedienen, das der Zweck nicht nur heiligt, sondern sogar gebietet.

»Der Wettersbach, der wäre eigentlich der Richtige für Gio«, dachte Windmüller, als er seinen Smoking anzog. »Aber mir scheint, so weit wären wir noch nicht hier. Und dann diese Anne-Marie, die ins Hotel Danieli wollte – hm! Aber, das geht dich nichts an, Franz Xaver.«

Unten in dem an das Goldene Zimmer anstoßenden Salon hörte Windmüller Musik, und da die Tür nur angelehnt war, trat er leise ein.

Am Flügel saß Donna Onesta und begleitete das Geigenspiel ihres Gatten, der im Abendanzug entschieden distinguiert aussah.

Windmüller kannte das Musikstück nicht, das gespielt wurde; dem Charakter nach hielt er es für slawischen Ursprungs. Über eine leidenschaftlich vibrierende Begleitung erhob die Geige ihre Stimme wie zu einer Hymne, die, zeitweise erlöschend und übertönt, sich immer höher und höher emporrang aus den dumpfer und drohender brausenden Wogen, die dann wieder dämonisch zu locken und zu wispern verstanden.

Es war ein originelles und packendes Tonbild und wurde über jedes Dilettantenmaß emporragend vorgetragen. Mr. Morgan war ein fast virtuoser Geiger mit großem, vollem Ton, aber Windmüller, der ein feiner Hörer war, vermißte das Überzeugende darin – ihn fesselte die Klavierspielerin in weit höherem Maße.

Beim ersten Sehen hatte er Donna Onestas Äußeres zwar genau aufgenommen – ihrer Persönlichkeit aber doch kein Studium widmen können. Sein summierendes Urteil über sie war das: Verblühte Schönheit, die das Verlorene durch die Kunst zu ersetzen sucht, um neben dem so viel jüngeren Mann, der fast ihr Sohn sein konnte, bestehen zu können. Hauptgedanke, Toiletten und Kosmetik, im übrigen aber beschränkt.

Das Spiel Donna Onestas belehrte ihn, wenn auch nicht eines Besseren, so doch eines anderen. Erstens verriet es einen Vulkan von Leidenschaften, dessen Feuer übrigens auf ihren giftbeerenroten Lippen brannte, die dem Seelenkenner verrieten, was die samtdunkeln Augen verschwiegen, ohne daß der festgeschlossene, schöngeformte Mund zu reden brauchte. Aber dafür sprachen die Finger auf den Tasten des Klaviers, die den Gedanken des Komponisten eine eigene Meinung unterlegten, ihnen einen düsteren Hintergrund gaben. Das »leis knisternde Feuer«, das nach des Dichters Wort des Geigers Hand – des Auserwählten – entströmt, das auf dem Flügel aber so selten ist, hier glimmte und flimmerte es auf den Elfenbeintasten wie Irrlicht und züngelte verzehrend zu seiner Urheberin empor.

Doktor Franz Xaver Windmüller fand zur Stunde Donna Onesta viel interessanter als ihren Gatten.

Eine leise Bewegung neben ihm unterbrach sein Studium der Klavierspielerin – als er zur Seite blickte, sah er Gio neben sich sitzen. Sie nickte ihm zu und beugte sich an sein Ohr:

»Wenn ›er‹ geigt, dann ist er einem fast sympathisch. Er sieht dabei wirklich hübsch aus und nicht so empörend klug. Er hat wirklich einen schönen Ton, nicht?«

Windmüller nickte. »Donna Onesta ist eine – sehr begabte Musikerin«, flüsterte er zurück.

»Ich wundere mich nur, wo sie das Feuer hernimmt«, meinte Gio mit erstauntem Blick. »Es kann einem fast unheimlich werden, wenn sie so loslegt –«

Mit einer goldreinen, jauchzenden und dann wie in weiter Ferne ersterbenden Kadenz der Geige schloß das sinfonische Musikstück. Eine kurze Minute vielleicht stand Mr. Morgan mit gesenktem Bogen unbeweglich, dann legte er die Geige auf den Flügel und machte seinen Zuhörern eine seiner tadellosen Verbeugungen.

»Guten Abend, Gio, – Guten Abend, Herr Professor«, sagte er in seiner knabenhaften Art. »Das ist ein hübsches Werk, nicht wahr? Und eine gute, gehaltvolle Komposition. Etwas Tschaikowskij nachempfunden, aber doch voll eigener Gedanken –«

»Ich habe leider nicht alles gehört, aber was ich hörte, hat mich lebhaft interessiert«, stimmte Windmüller mit Überzeugung ein.« Ich hatte nicht erwartet, auch Künstler in diesem interessanten Hause zu finden«, setzte er mit einer Verbeugung gegen Donna Onesta hinzu, die das Kompliment mit einem liebenswürdigen Lächeln ihrer roten Lippen quittierte.

»Nun – was mich betrifft, so sagen Sie nur ruhig: besserer Dilettant«, meinte Mr. Morgan ohne falsche Bescheidenheit. »Ja, man hätte etwas erreichen können, wenn – – aber ich bin nicht der einzige, der seine Fähigkeiten liegengelassen hat, um nach andern Dingen zu haschen. Meiner Frau verdanke ich's, daß meine Geige nicht ganz verstaubte – *sie* ist die Künstlerin von uns beiden und eine geradezu ideale Begleiterin obendrein, – denn das geht *nicht* immer zusammen. Ich kenne große Pianisten, die nicht das kleinste Lied begleiten können.«

»Das ist wahr«, fiel Gio ein. »Tante Onesta trägt, wenn sie begleitet – sie reißt fort, und man erfährt aus ihrer Begleitung oft – nein, immer – Dinge, die man in dem Lied selbst vorher nicht gefunden hat!«

»Das ist nicht mein Verdienst. Wir Favaro sind ja alle geborene Musikanten«, lächelte Donna Onesta, auch ohne jede Ziererei. »Die Musik liegt uns im Blut, darum geht uns auch ins Blut, was ein Musikant geschaffen hat. Das ist Telepathie, die durch die Notenschrift vermittelt wird.«

»Es ist einer von den seltenen Fällen, in denen der Ausübende die Meinung des Komponisten voll und ganz fühlt und erfaßt«, bemerkte Windmüller. »In den meisten Fällen aber legt der erstere doch sein eigenes Wesen in den Vortrag und vermittelt durch ihn *sein* ureigenstes Ich, seine Gedanken und Gefühle, *seine* eigenen Wünsche, Hoffnungen, Leidenschaften, seelischen Erhebungen und – Erniedrigungen. Denn der verschwiegenste Mensch braucht einen Ausdruck für das, was in ihm vorgeht. Da ist dann für die dazu Befähigten die Musik die schönste Aussprache, denn der durchschnittliche Zuhörer schreibt, was an sein Ohr klingt, doch nur auf das Konto des Komponisten.«

»Das habe ich nicht ganz verstanden«, sagte Donna Onesta. »Es wird sich doch jeder Musiker Mühe geben, den Intentionen des Komponisten zu folgen.«

»Seiner Meinung nach. Aber so viel Selbstverleugnung wird selten einer besitzen, daß er nicht auch mehr oder minder sein eigenes Ich hineinlegte«, erwiderte Windmüller.

»Danach wäre ja die Musik ein ganz gefährlicher Verräter«, meinte Morgan lachend, aber mit ungläubigem Kopfschütteln.

»Sie ist's. Aber das Gute dabei ist auch, daß nur ein äußerst sensitives Ohr den Verräter verstehen kann«, erwiderte Windmüller. »Solche Ohren sind sehr selten und müssen auch darauf geübt werden.«

»Vermutlich gehören Sie zu der Sorte, die immer mehr hören oder zu hören glauben, als was gesagt worden ist«, sagte Morgan mit einem Blick auf Gio. »Man hat bei gewissen Leuten das Pech, daß sie immer eine andere Meinung hinter dem heraushören, was man in aller Unschuld daherredet.«

»Ja, ja«, nahm Gio den Handschuh sofort auf. »Man ist eben ein armer, mißverkannter Märtyrer, ein Lämmlein, weiß wie Schnee, ein –«

»O Himmel!« stöhnte Morgan, »haben Sie Erbarmen! Sagen Sie mir, Herr Professor, ist es charakteristisch für *alle* Deutschen, daß sie bei *jedem* Vergleich die Zoologie heranziehen und zitieren müssen? Ich bin schon zu dem Schluß gekommen, daß für die germanische Rasse die Zoologie nur das Mittel zu dem Zweck ist, Vergleiche für ihre Nebenmenschen zu finden.«

»Mein Vater pflegte zu sagen, daß nur die intime Kenntnis des Tierreiches den Umgang mit den Menschen erleichtert«, erklärte Gio lachend. »Vergleichende Zoologie soll die außerordentlich ermüdende Tätigkeit der Höflichkeit seelisch wesentlich ausgleichen helfen. Warten Sie mal erst auf Tante Nickel, – da können Sie ein blaues Wunder erleben – die kennt den großen Brehm auswendig!«

»Eine kleine Probe hat sie ja in dem von Ihnen heut mittag zum besten gegebenen Brief abgelegt«, murmelte Morgan mit einem Blick gen Himmel.

»In welcher Weise schaffen Sie Ihrem Herzen Luft, wenn ein Mensch Sie zum Beispiel anrennt, wie ich heute früh?« fragte Windmüller scherzend.« Ich wette, Sie haben mir mindestens einen ›dummen alten Esel‹ nachgerufen!«

Tom Morgan gab unumwunden zu, daß er das wirklich getan hatte, und zwar mit solch liebenswürdiger, harmloser Art, daß Windmüller immer mehr den Charme dieses Menschen begriff, gegen den Gio eine solche Antipathie hegte. Windmüller aber traute viel mehr den Instinkten der jungen Seele, als dem gewinnenden Schein, den genau auf seinen Wert zu prüfen er ja hier war.

Das Abendessen, die feierliche Mahlzeit des Tages, verlief im Kreise der vier Personen angenehm, ja sogar recht heiter. Gebildete Menschen, namentlich wenn sie gelernt haben, die »Konversation« nie versiegen zu lassen, werden aus jeder Situation das Beste zu schöpfen wissen. Mr. Morgan strahlte von Liebenswürdigkeit und zeigte in jeder Hinsicht, daß er nicht nur ein vielseitig gebildeter, sondern auch ein Mann »von Welt« war. Donna Onesta legte ihre anfängliche Reserve beiseite, sie erwies sich als sehr belesen und ließ durchblicken, daß sie in der römischen Gesellschaft als Schöngeist eine Rolle gespielt hatte. Windmüller fand, daß sie überhaupt geneigt war, eine Rolle zu spielen – sie war ihm wirklich sehr interessant geworden. Er selbst gab sich als der, der er war, hütete sich aber, unter dem Deckmantel einer gewissen linkischen Weltfremdheit seine gesellige und überlegene Gewandtheit zu zeigen, die einem Mann wie Mr. Morgan die Frage: »Welche Rolle spielt dieser Mensch im Leben?« nur allzu nahegelegt hätte. Den feinsinnigen Gelehrten, der zwar kompetent in seinem Urteil über archäologische Fragen, aber harmlos wie ein Wickelkind den Menschen gegenüber war, zu betonen, gelang ihm vortrefflich, denn wenn er hier etwas erreichen wollte, so durfte es nicht geahnt werden, daß die Augen des »Herrn Professors« den Leuten Herz und Nieren zu durchdringen pflegten.

Übrigens zogen die Morgans sich bald nach dem Abend essen zurück. Ehe sie sich verabschiedeten, lud Gio Windmüller vor ihren Ohren ein, am nächsten Morgen das Frühstück bei ihr einzunehmen, »um ihm ihr Reich und ihre Menagerie vorzustellen«, was er natürlich gern annahm, da er sehr wohl verstand, daß sie damit dem etwaigen Verdacht einer geheimen Zusammenkunft von vornherein jeden Grund nehmen wollte. Windmüller hatte vergeblich gehofft, Morgan zu einem kleinen, gemeinsamen Abendausgang zu bewegen, aber da sie bei sich einen Besuch erwarteten, fiel diese Gelegenheit, dem Mann näherzukommen, ins Wasser. Da Gio vor ihren Verwandten auch behauptete, »furchtbar müde« zu sein und zeitig zu Bett gehen zu wollen, so beschloß Windmüller allein einen »Bummel« auf den Markusplatz, um dem bewegten Leben und Treiben zuzuschauen, das sich dort bis spät in die Nacht um die treffliche Musikkapelle, ausdehnt; doch änderte er diese Absicht, als Gio ihm einen Zettel in die Hand drückte, auf dem er die Worte las: »Lieber Onkel, ich habe Ihnen die bewußten Papiere allesamt in die Truhe in Ihrem Schlafzimmer gelegt. Ich kann mich nicht entschließen, darin zu stöbern; wirklich, ich kann es nicht – es kommt mir so pietätlos vor. Für Sie ist es etwas anderes, und Ihnen vertraue ich sie an. Wenn Sie unter dem vorspringenden Deckel der Truhe auf die Hebel drücken, geht sie auf. Ihre Gio Verden.«

Windmüller dachte nicht mehr daran auszugehen. Seine Zeit war kostbar, und daß Gio die Papiere ihrer Mutter ihm zur Durchsicht übergab, war das beste, was sie tun konnte. Ihr Inhalt gab vielleicht auch Auskunft darüber, ob es wirklich alle ihre Papiere waren, denn Gio war nicht in Venedig, als ihre Mutter starb, also konnte, bis sie zurückkam, verschwunden sein, was vielleicht jemand genehm war.

Windmüller machte es sich bequem, öffnete die Truhe und nahm daraus drei wenig umfangreiche, in Papier gewickelte und verschnürte Pakete.

»Diese Lektüre wird die Nacht nicht kosten«, dachte Windmüller, die Päckchen wiegend. Dann las er die Aufschriften: »Briefe von meiner Frau. Hans von Verden.« Dann: »Briefe meines Mannes. Vanna von Verden.« Und drittens: »Verschiedene Briefe. V. v. V.« Dieses Paket war das umfangreichste, aber auch nicht gerade groß; also entweder hatte Frau von Verden überhaupt keine umfangreiche Korrespondenz, oder sie hatte davon nur aufgehoben, was ihr diese Mühe wert war, oder – andere hatten daraus entfernt, was ihnen beliebte, nicht in Gios Hände fallen zu lassen. Die Lektüre mußte zeigen, ob letzteres in Betracht zu ziehen war.

Windmüller öffnete zuerst das Paket mit den Briefen von Frau von Verden an ihren Gatten. Sie waren italienisch in kleiner, klarer, aber sehr charakteristischer Handschrift geschrieben, die auch einem Nicht-Graphologen einen angenehmen Eindruck gemacht hätte, da sie auf einen festen und zuverlässigen Charakter deutete.

Da waren zuerst ein paar Briefe aus London aus der Zeit, da der Herzog Favaro Botschafter dort war und den Besuch seiner erst kurz verheirateten Tochter erhalten hatte. Sie waren ein schönes Zeugnis für das Herz der jungen Frau und strömten über von Liebe und Sehnsucht nach dem Gatten, enthielten aber nichts oder doch nur wenig für Windmüllers Interesse. »Papa spricht oft davon, vom Amte zurückzutreten, das seiner Gesundheit schadet und ihm manches andere verleidet.« – »Papa freut sich eigentlich darauf, sich in der Ca' Favaro zur Ruhe zu setzen. Er will dann meine Kusine Onesta zu sich nehmen, die seinem Haushalt vorstehen und ihm repräsentieren helfen soll. Das würde sie sicherlich gut machen; sie brennt darauf, eine Rolle zu spielen.«

Da der Herzog Favaro aber noch viele Jahre auf seinem Posten aushielt, so hatte Donna Onesta zu warten, wie Windmüller aus dem Datum des Briefes ersah. In einem viel späteren Brief ohne Belang fand er dann die Notiz: »Meine Kusine Onesta ist in Rom bei den Minellis, die mit ihr verwandt sind. Die alte Contessa, ihre Tante, interessiert sich sehr für sie und findet in ihr eine Stütze für ihren schöngeistigen Salon, in dem Onesta sehr bewundert wird. Mit Recht, denn sie ist doch eine sehr aparte Erscheinung und in vieler Augen eine Schönheit, sie ist klug und gebildet. Ich habe aber immer das Gefühl, daß sie alles aus Berechnung tut, nicht aus Liebe und Freude zur Sache.«

Mehrere folgende Briefe enthielten keine irgendwie für Windmüllers Forschung belangreichen Mitteilungen; erst ein Brief aus Venedig, nachdem der Herzog Favaro sich endgültig vom diplomatischen Dienst zurückgezogen hatte und dort den Besuch seiner Tochter und Enkelin erhielt, brachte einige interessante Mitteilungen.

»Papa, der erst so außer sich war über Onestas Heirat, hat sich ganz damit ausgesöhnt. Er konnte Onesta ohne ihren Gatten natürlich nicht zu sich nehmen, das ist begreiflich, und da er keine andere Dame für sein Hauswesen wollte und fand, so bot er Mr. Morgan schließlich an, mit seiner Frau nach Venedig überzusiedeln, was auf keine Schwierigkeiten stieß, da das Paar in möblierten Zimmern in Rom lebte, wovon weiß kein Mensch, denn Papa gab Onesta in seinem Unwillen nichts. Vermutlich hat die alte Contessa Minelli geholfen, denn Onesta hat nichts als ihr bißchen mütterliches Erbteil, das ja kaum für ihre Toiletten langte, und Mr. Morgan soll durch die plötzliche Verarmung seiner Familie ganz mittellos sein! Nun hat Papa aber in ihm einen so angenehmen Gesellschafter und Teilnehmer an seinen Liebhabereien gefunden, daß er, wie gesagt, ganz ausgesöhnt mit dieser törichten Heirat ist. Onesta sieht wirklich ganz brillant aus, trotzdem sie älter ist als ich, aber der Mann neben ihr könnte ja ihr Sohn sein! Er sieht aus wie achtzehn bis zwanzig Jahre! Mein Wiedersehen mit Onesta hier bei Papa war anfangs etwas peinlich, weil ich ihr in seinem Auftrag vor ihrer Verheiratung hatte schreiben müssen, wie er darüber dachte. Solche Aufträge nehmen leicht etwas Persönliches an, oder werden dafür angesehen, wie ihre Antwort bewies, und wenn ich sie auch darüber aufgeklärt habe, daß ich selbst mir keine Kritik über ihren Schritt erlaubt hätte, so war die Situation doch gespannt. Aber sie fand sich bald in den alten Ton zurück und ihr Mann ist wirklich ein sehr liebenswürdiger und angenehmer Mensch von den besten Formen. Merkwürdigerweise hat Gio sofort eine solche Antipathie gegen ihn und Onesta gefaßt, daß ich sie schon tüchtig schelten mußte über diese Unvernunft, die sie sich obendrein noch merken ließ! Dabei hat Mr. Morgan sie nicht etwa durch Neckereien gereizt, sondern sie als junge Dame behandelt, ohne einen onkelhaften Ton anzunehmen! Seit ich ernsthaft mit ihr gesprochen habe und Papa ihr auch einmal ein paar Worte gesagt hat, nimmt sie sich zusammen, und ich hoffe, diese unvernünftige Antipathie wird sich geben, denn unsere Gio ist ja sonst ein so gerechter und harmloser Charakter wie Du, meine Giovannino! Papa ist entzückt von ihr, von ihrer physischen, moralischen und geistigen Entwicklung und wird nicht müde, mir das zu sagen, was mein Mutterherz natürlich mit stolzer Freude erfüllt! Aus solchem Mund hat es auch doppelten Wert. Und Gio hängt an ihm mit dem ganzen Enthusiasmus der Jugend, sie hat aus ihrem Großvater ein Idol gemacht, an dem sie nur seine Vorliebe für Mr. Morgan nicht begreifen kann! Wie mag nur in solch einer jungen Seele eine so große Abneigung entstehen?«

Windmüller las diesen Brief sehr aufmerksam zweimal durch und zog daraus ein nicht unwichtiges Fazit: »Daß Donna Onesta eine heimliche Feindschaft gegen ihre Kusine hatte, die freilich anscheinend beglichen worden war, wie das unter wohlerzogenen Menschen äußerlich und bei versöhnlichen Naturen auch innerlich stattzuhaben pflegt. Aber *war* Donna Onesta eine versöhnliche Natur? Der nächste und letzte Brief brachte auf diese Frage eine freilich auch nur halbe Antwort, die aber doch schon mehr Licht gab.

»Du weißt, mein Liebster«, schrieb Frau von Verden ihrem Gatten wenige Tage nach dem anderen Brief, »daß ich halb geflickte Risse für schlechter halte, als gar nicht geflickte. Ich habe darum mit Onesta über den unglückseligen Brief gesprochen und ihr auf mein Wort versichert, daß ich ihn einzig und allein auf Papas Wunsch geschrieben habe, der damals gerade eine verstauchte Hand hatte und seinem Sekretär solch intime Familienangelegenheiten nicht diktieren wollte. Ich gab ihr die heilige Versicherung, daß dieser Auftrag mir schrecklich peinlich war, um so mehr, als ich jedem das Recht persönlicher Freiheit zugestände und ich auch selbst ganz nach meinem Herzen und gegen Papas Willen gewählt hätte. Ich weiß, daß Du, Liebster, gegen solche Aussprachen bist, aber Onestas Verhalten hat *mir* in diesem Fall recht gegeben. Sie sagte mir auf den Kopf zu, daß Papa mich *niemals* beauftragt hätte, ihr diesen Brief zu schreiben; sein jetziges Verhalten sei der Beweis dafür! Ich habe Onesta nie heftig gesehen – berechnende Menschen sind es selten –, sie war es auch nicht, als sie mir das sagte, aber dann fügte sie noch

Redensarten hinzu, die zeigten, daß sie den Kopf verloren hatte, und vor mir, als Verwandte und Tochter des Hauses, dessen Gast sie ist, unangebracht waren. Ich erwiderte ihr so ruhig, als ich es fertigbrachte, ›daß ich mit meinem Wissen und Willen noch nie eine Unwahrheit gesagt hätte; wenn sie mir nicht glauben wollte, dann möchte sie doch meinen Vater selbst befragen.‹ Auf das andere, was sie mir noch vorgeworfen hatte, mochte ich lieber nichts erwidern. Es war eine Kritik Gios, meiner Erziehung und der Anmaßungen, die ich dem Mädchen in den Kopf setzte! Ich weiß nicht, was sie damit gemeint hat und habe auch nicht danach gefragt. Eine Stunde später kam sie zu mir, fiel mir um den Hals und sagte mir lauter schöne Sachen –: Sie wäre ein Ungeheuer, weil sie mir nicht hätte glauben wollen, aber nun wäre ihr die Binde von den Augen gefallen und sie sähe ein, wie tief sie im Unrecht vor mir wäre! Ich bin nur froh, daß die Einsicht ihr gekommen und dieser Schatten zwischen uns geschwunden ist.«

Was Windmüller in diesen Briefen gefunden hatte, warf Schlaglichter auf die handelnden Personen, aber das Dunkel lüfteten sie nicht.

Die Briefe Verdens an seine Frau enthielten nichts, was von Belang war auf ihre Beziehungen zu den Morgans. Er kommentierte den Bericht seiner Frau über deren Unterredung mit ihrer Kusine nur mit den Worten: »Daß Du Dich mit Onesta ausgesprochen hast, war ja in diesem Fall ganz gut. Den Schubs, Dir um den Hals zu fliegen, wird ihr wohl Tom Morgan gegeben haben.« Windmüller konnte dieser Vermutung nur beistimmen, weil die Wandlung so schnell eingetreten war.

Das dritte Paket enthielt in der Hauptsache einige besonders hübsch stilisierte und durch schöne Wendungen bemerkenswerte Glückwunschbriefe zu Gios Geburt, die Frau von Verden des Aufbewahrens für wert erachtet hatte als eine liebe Erinnerung, mehrere Briefe ihres Vaters in einigen wichtigen Angelegenheiten, die aber nichts mit dem zu tun hatten, was Windmüller suchte, endlich Briefe von Freunden, die für die Empfängerin interessanten Gedankenaustausch enthielten, und als letzter in der Reihe einen mit »Ottavia Minelli« unterzeichneten, fünf Jahre alten, langen Brief aus Rom. Windmüller mußte sich geduldig durch acht Seiten römischen Gesellschaftsklatsch durcharbeiten, dessen Aufbewahrung ihm bei einer Frau wie Gios Mutter unverständlich gewesen wäre, hätte er nicht einen Brennpunkt darin vermutet. Der war im Postskriptum zu finden, bei dem er eigentlich hätte anfangen sollen, wie er sich mit Recht vorwarf.

»Eure Bemühungen, liebe Vanna, meine Nichte Onesta von ihrer Verbindung mit Mr. Morgan abzubringen, sind völlig überflüssig gewesen und haben sie nur in ihrem Entschluß bestärkt. Ich habe mir die größte Mühe gegeben, ihr das Törichte dieser Heirat klarzumachen – es war alles umsonst. Wenn altes Holz Feuer fängt, dann gibt's kein Löschen mehr – das ist eine alte Wahrheit! Ich will nicht leugnen, daß ich sie begreife – Mr. Morgan ist ein so schöner und interessanter Mensch, von bester amerikanischer Familie und mit tadellosen Manieren. Aber die Leute lachen, weil er so schrecklich jung aussieht und auch noch ist, und man Onesta ihr Alter auf Jahr und Tag nachrechnen kann. Daß seine Familie durch den Krach ihres Bankhauses verarmt ist, wußten wir anfangs nicht – für Onesta war es in ihrer leidenschaftlichen Liebe für den jungen Mann belanglos. Ich hoffe nur, daß bei ihm dasselbe Motiv für diese Heirat vorhanden ist; es scheint trotz Onestas äußeren und inneren Vorzügen unnatürlich, ist aber doch möglich. Man hat andere Beispiele dafür. Merkwürdig ist jedenfalls, *daß er Onesta für die Erbin Deines Vaters gehalten hat!!!* Wo ihm doch jedermann sagen konnte und ihm doch auch gesagt haben *muß*, daß der Duca Favaro eine Tochter hat! Er deutete das bei einer Unterredung mit mir an, als ich ihm sagte, daß ich Onesta als der Tochter meiner Schwester natürlich ein Nadelgeld aussetzen und für ihre Aussteuer sorgen würde. Viele von meinen Freunden hatten mir auch zu verstehen gegeben, daß Mr. Morgan Onesta *für Dich*, liebe Vanna, gehalten haben muß! Es gereicht ihm aber zur Ehre, daß er nicht zurückgetreten ist, als er über diesen Irrtum aufgeklärt wurde, also muß er Onesta doch wirklich sehr lieben! Donna Livia Trastevere, die Onesta ihre geselligen Triumphe nicht gönnt und ihr Gift und Galle nachredet, hatte die unerhörte Dreistigkeit, mir anzudeuten, daß Onesta doch wohl selbst dieses Märchen ihrem Verehrer aufgebunden haben könnte, um damit endlich einen Mann zu angeln!!! Nein, was man sich über seine guten Freunde ärgern muß! Donna Livia behauptete sogar, auf einem Ball *gehört* zu haben, daß meine

Nichte sich Mr. Morgan gegenüber ›eine venezianische Erbin‹ genannt hätte. Ich habe Onesta geradeaus darüber gefragt, aber sie hat bloß über die dumme Gans gelacht, die nur mit einem Ohr gehört und das andere zugefabelt hätte. Sie habe nur gesagt, sie *hätte* eine venezianische Erbin sein können, wenn der Duca Favaro ihr Vater wäre, statt ihr Onkel! So reimen sich die bösen Zungen ihre Klatschereien zusammen! Ich schreibe Dir das nur, für den Fall Du das dumme Gerede auch hören solltest.

Die Trauung Onestas mit Mr. Morgan findet nächsten Mittwoch in meiner Hauskapelle statt – im engsten Kreise. Das war meine Bedingung, damit die lieben Leute doch um ihre Hoffnung betrogen werden, bei der Brautschau ihre freundlichen Bemerkungen zu machen. Onesta hat ein Brautkleid von weißer indischer Seide, mit meinen alten Duchessespitzen garniert, die ich ihr geschenkt habe – es ist ein *Traum* von einem Kleid! Sie werden ihren Honigmond auf unserem Kastell in der Campagna verleben.«

»Vier Seiten Postskriptum mit dem wichtigsten, dem eigentlichen Zweck des Briefes!« stöhnte Windmüller und legte nach beendeter Lesung die Hand auf die Epistel. »Nach acht Seiten Quatsch vier Seiten Postskriptum! Das bringt doch nur ein Frauenzimmer zuwege!

Windmüller verfiel in tiefes Sinnen, aus dem ihn erst das diskrete Geräusch der sich entfernenden Gäste der Morgans aufblicken ließ, denn er besaß eine der unerläßlichen Eigenschaften seines Berufes: das Gehör des Luchses. Und dann wurde die tiefe Stille der Nacht höchstens noch durch Schritte auf der Straße unter seinen Fenstern unterbrochen.

Am nächsten Morgen um halb acht Uhr früh stieg Windmüller, wie verabredet, das nächste Stockwerk empor, um bei Gio zu frühstücken. Es war ein reizendes Bild, das ihn da begrüßte: ein großes, luftiges, von vier durch Säulen getrennten Spitzbogenfenstern hell erleuchtetes Zimmer, dessen Wände eine zartgestreifte, rosige Tapete mit breitem Rosenfries bespannte, auf der schöne, stimmungsvolle Landschaftsbilder und einige Porträts in Pastell sich wirkungsvoll abhoben. Alte kostbare Empiremöbel von dunklem Mahagoniholz mit hellem Seidenstoff bezogen, machten den großen Raum behaglich. Auf dem runden, blumengeschmückten Tisch war das Frühstück schon gerichtet. An den Fenstern, die sich vor durchbrochenen Steinbalustraden bis zum Boden öffneten, stand Gio im weißen Kleid, wie der verkörperte Frühling, auf den Achseln und den ausgestreckten Armen ihre weißen Tauben, die um die Fenster und ins Zimmer schwärmten und den schönen Kopf ihrer jungen Herrin umflogen, wie ein Heer von guten Geistern.

Windmüller, dem sein Beruf nicht das poetische Empfinden zu nehmen vermocht hatte, war überrascht von dem Eindruck dieses reizenden Bildes, und das Herz wurde ihm warm durch die Art, wie Gio ihn begrüßte.

»Oh, ich freue mich, daß Sie kommen, daß ich Sie allein habe und Ihnen sagen und zeigen kann, wie mir's ums Herz ist«, rief sie mit dem schönen und reinen Blick ihrer wundervollen, rostbraunen Augen. »Die unten sollen's nie wissen, was Sie mir sind: Der Retter der Ehre meines Vaters –«

»Schlagen Sie den kleinen Dienst nicht zu hoch an«, wehrte er ab. »Es war eine einfache Berufsarbeit. Daß ich meinen Auftraggeber dabei schätzen und seinen Wildfang von einem Mädel lieben lernte – das steht auf einem andern Blatt.«

»Onkelchen!« rief Gio gerührt. »Ach, aber nun werden Sie mich gewiß für eigennützig halten, weil meine Bitte, in die Ca' Favaro zu ziehen, nicht ganz rein und selbstlos war. Ich meine, weil Sie nicht nur als lieber, hochverehrter Gast bei mir sind, sondern . . .«

»Sondern, um Ihnen zu helfen, Geister zu beschwören, die Sie beunruhigen«, fiel Windmüller ein. »Liebe Gio, dieses Motiv ehrt mich mehr, als eine bloße Einladung, denn Ihr »Fall« ist nicht geeignet für den Berufsmenschen, sondern für einen, in den man volles Vertrauen setzt. Wie nun, wenn nichts, gar nichts herauskommt bei meinen Nachforschungen? Ich bin nicht allwissend, und auch kein Don Quijote, der Windmühlen angreift – was auch ganz gegen das Interesse des Windmüllers wäre. Ich stehe vor einer ganz neuen Aufgabe, die ich für einen Fremden kaum übernommen hätte, vor einem Schatten, vor einem – vor Ihrem Traum, wie Sie das Gesicht nennen, das Sie unten im Zimmer hatten. Jeder andere würde Ihnen sagen: Die ganze Sache ist eine Einbildung, Träume kommen aus dem Magen oder aus einem durch Haß oder Grübelei überspannten Gehirn –«

»Natürlich würde das jeder andere sagen«, fiel Gio ruhig ein. »Aber Sie sind nicht ›jeder andere‹, und Sie sagen es nicht.«

»Woher wissen Sie, daß ich es nicht denke?«

»Weil ich Ihren Blick sah, als ich Ihnen erzählte, erzählen *mußte*, was noch keine Seele sonst von mir erfahren hat«, erwiderte Gio mit einem Ausdruck der Überzeugung und Wahrhaftigkeit, daß Windmüller ihr spontan die Hand reichte.

»Nun, auf alle Fälle: hier bin ich«, sagte er nach einer Pause. »Welch reizendes Nestlein haben Sie sich hier auf dem höchsten Gipfel dieses Hauses gebaut!«

»Nicht wahr«, ging sie sofort auf den andern Ton ein. »Es ist der schönste Raum im ganzen Hause, den Mama mir noch auf meine Bitten eingerichtet hat. Hier habe ich Licht und Luft und über die Dächer herüber sieht man das andere Ufer des Canale Grande mit dem Turm von San Silvestro. Ich muß ja tüchtig klettern, bis ich hier oben bei mir bin, aber das macht mir nichts . . . Großpapa sprach immer davon, einen Personenaufzug anlegen zu lassen, aber es waren, glaube ich, technische Hindernisse, die das Haus ›verschandelt‹ hätten. Es ist schade, daß es so eingepfercht liegt; als es gebaut wurde, legte man wohl nicht so viel Wert auf Licht und Luft wie heutzutage. Sie müßten einmal alles besichtigen – es sind wundervolle Winkel und Geheimkammern darin, vermutlich für Verstecke und – Schlimmeres. Tom Morgan kennt alles, wir wollen uns von ihm führen lassen. Er hat einen Plan des Hauses gezeichnet und alles dazu vorher vermessen; Großpapa war sehr entzückt darüber.«

»Das muß auch eine tüchtige Arbeit gewesen sein«, bemerkte Windmüller.

»Na, er hat ja sonst nichts zu tun«, machte Gio trocken. »Und nun bewundern Sie auch meine schönen, weißen Tauben! Sind sie nicht reizend? Und so zahm – viel zutraulicher noch, als die von San Marco. Aber ebenso unersättlich und ebenso unverträglich und voll Brotneid, wie alle Tauben! Warum man sie zum Symbol der Sanftmut gemacht hat, verstehe ein anderer! Falsch sind sie ja nicht, denn sie treiben alle Streitigkeiten ganz offenkundig und ohne jede Scham, ganz als ob das zur Sache gehörte. Aber ich hab' sie doch lieb, die Schwefelbande! Und nun verneigen Sie sich mal recht tief, Onkel, denn jetzt werde ich Sie in aller Form Seiner Hoheit, dem Herrn Colombo vorstellen!«

Damit deutete sie auf einen tiefen Lehnsessel, in welchem hingegossen ein riesiger, schneeweißer Kater mit atlasglänzendem Fell lag und schläfrig mit ein Paar smaragdgrünen Augen auf seine Herrin blinzelte und mit behaglichem Schnurren alle viere von sich streckte. Und auf seinem Rücken saß eine der weißen Tauben, wogegen er anscheinend nicht das geringste einzuwenden hatte.

»Famos!« rief Windmüller bewundernd. »Und zeigt dieses Prachtexemplar von einem Kater nie Jagdgelüste auf einen gelegentlichen Taubenbraten?«

»Nie!« versicherte Gio im Brustton der Überzeugung. »Nur zwingt er sie manchmal stillzuhalten, um sie gehörig, aber immer hübsch mit dem Strich, zu waschen, was ihnen augenscheinlich wenig Vergnügen macht.«

»Das ist ja eine reizende Freundschaft. Aber die Taube, die Colombo eben als Wärmflasche benützt, ist krank, Gio! Wenigstens, soviel ich von Tauben verstehe, scheinen mir ihre aufgerichteten Federn und der gesenkte Kopf, die halbgeschlossenen Augen darauf zu deuten.«

»So ist sie schon seit ein paar Tagen – so waren die andern beiden, ehe sie eingingen«, erwiderte Gio traurig.

»Glauben Sie auch, daß sie das Klima nicht vertragen?«

Windmüller schüttelte den Kopf.

»Das käme doch erst in Betracht, wenn die Winterzeit mit ihren Stürmen und Nebeln einsetzt. Aber dieses schöne, warme Sommerwetter, das wir noch haben, kann damit nichts zu tun haben. Womit füttern Sie denn?«

»Oh, mit dem gewöhnlichen Taubenfutter«, erwiderte Gio. »Wenn ich frühstücke, holen sie sich ihre besonderen Leckerbissen bei mir, Brocken von Weißbrot, auch lieben sie besonders süßes Anisbrot – ach!« unterbrach sie sich schmerzlich. »Da – nun ist sie auch dahin – das ist nun schon die dritte!«

Die Taube schien sich dem Kater ins Fell gekrallt zu haben, denn er sprang plötzlich auf und krümmte den Buckel, wobei der Vogel herab und zu Boden fiel. Dort zuckte er noch ein paarmal, sperrte den Schnabel auf und verendete.

Gio nahm das leblose Geschöpf in die Hände und streichelte leis über das blendende Gefieder. Mit zuckendem Mund drängte sie tapfer die Tränen zurück, die das Mitleid mit der Kreatur ihr heiß in die Augen aufsteigen ließ, und Windmüller achtete den kindlichen Schmerz.

Während sie noch so stand, trat Rita, das Zimmermädchen, mit dem Frühstück ein und nahm nach italienischer Art teil an dem Ereignis, ehe sie noch die schwere Platte auf den schon gedeckten Tisch setzte.

»Ach, armes Tier!« rief sie eins ums andere Mal. »Und Colombo hat sich erschreckt – man sieht es ihm an. Trösten Sie lieber den Colombo, Donna Gio – er hat ja noch ganz wilde Augen! Da sieht man, was solch ein Kater für ein kluges Geschöpf ist – während die andern Tauben sich den Teufel darum scheren, ob eine von ihnen draufgeht oder nicht!«

Colombo schien zwar seine klassische Ruhe wiedergefunden zu haben, aber Gio befolgte den Rat und »tröstete« ihn, indem sie seinen Kopf streichelte. Nachdem Rita ihr Tablett niedergesetzt hatte, nahm sie die tote Taube, um sie fortzutragen.

»Oh«, rief Gio, die inzwischen mit Windmüller an den Frühstückstisch getreten war, »Rita, gibt es heut kein Anisbrot?«

»Der Koch macht frisches, Signorina! Donna Onesta wünschte heut welches und hat das letzte genommen –«

»Ah – gut«, machte Gio, und Rita entfernte sich.

»Da haben Sie's«, fuhr sie fort, als sie mit Windmüller allein war. »Donna Onesta wünscht und Donna Onesta hat's – mir vom Mund weg, gerad' als ob *ich* hier nichts zu wünschen hätte! Die hat sich die Leute gut gezogen in der Zeit, wo sie hier Alleinherrscherin aller Reußen war! Es kommt ja nicht auf das dumme Anisbrot an, sondern aufs Prinzip. Mama hat sich zuviel gefallen lassen um des lieben Friedens willen, und da geht's halt so hübsch weiter. Soll man nun einmal einen Krach machen oder nicht?«

»Lassen Sie's mal zunächst laufen – solange ich hier bin«, erwiderte Windmüller. »Und übrigens – besten Dank für die Papiere, vielmehr für das Vertrauen, das Sie mir damit erwiesen haben. Ich habe sie durchgesehen und nur einiges darin gefunden in bezug auf Donna Onestas Heirat. Ich kann noch nicht sagen, ob diese Notizen die Wurzel alles Übels sind . . . Hat Ihre Mutter Ihnen von dem Mißverständnis erzählt, das zwischen ihr und Donna Onesta obgewaltet hat?«

»Ein Mißverständnis? Nicht, daß ich wüßte«, erwiderte Gio erstaunt. »Steht etwas davon in den Papieren?«

»Ja. Nun, wenn sie Ihnen davon nichts gesagt hat, so geschah es jedenfalls, um Sie, liebe Gio, nicht gegen Mrs. Morgan einzunehmen.

»Ja – vermutlich. Wissen Sie, Mama wäre froh gewesen, wenn sich die beiden nach Großpapas Tod verzogen hätten, aber da sie keine Miene machten, es zu tun, so durfte man ja kaum atmen, damit sie nur nicht denken konnten, daß man sie damit herausblasen wollte. Außerdem sind Verwandte im Hause eine geheiligte italienische Institution. Aber, ach! Mir liegt jetzt Tante Nickel eigentlich mehr im Magen. »Ich fürchte mich vor dem Kreuzfeuer ihrer Fragen.«

»I bewahre – schließlich überlassen Sie sie mir«, meinte Windmüller seelenruhig. »Sie haben übrigens auch Zeit, denn ich werde jetzt fortgehen und komme erst zum Abendessen wieder.«

»Sie kommen erst zum Abendessen wieder?« fragte Gio ganz entsetzt. »Ja, aber, dann –«

»Dann werde ich wahrscheinlich um vieles weiser sein«, fiel Windmüller ein. »Sie müssen mich machen lassen und nicht fragen, Gio. Ich spreche nie von dem, was ich vorhabe – wenn ich einen ›Fall‹ übernehme und damit meine Wege gehe.«

Gio begriff sofort. Sie legte den Finger auf die Lippen und – bot Windmüller eine neue Tasse Tee an.

»So ist's recht«, lobte er. »Sie können den andern sagen, daß ich nach Padua gefahren bin, das ja für den Archäologen eine unerschöpfliche Fundgrube ist. Auf die tausend Fragen in Ihren Augen schweige ich mich aus, so schwer mir's fällt.«

»Ich werde meine Augen von jetzt ab immer vor Ihnen niederschlagen«, murmelte Gio.

»Um alles in der Welt nicht, Gio! Ich sehe Ihnen so gern in die Augen. Na, so ein alter Onkel, wie ich, darf das schon aussprechen. Und warum soll ich's Ihnen verhehlen, daß Ihre Augen es waren, die mich bestimmten, in die Ca' Favaro überzusiedeln.«

»Und Sie damit in lauter Patschen zu locken«, jammerte sie. »Muß Tante Nickel auch gerade jetzt kommen, die Sie nicht kennt, und Herr von Wettersbach, der Sie kennt? Was haben Sie ihm denn nur gesagt?«

»Um chronologisch auf Ihre Fragen an das Schicksal zu antworten. Ihrer Tante Nickel werden wir schon – mit vereinten Kräften – ein X für ein U vormachen; das lassen Sie schließlich meine Sorge sein. Bleiben Sie nur hübsch fest bei meiner Onkelschaft stehen, bis ich komme. Dem Herrn von Wettersbach, der viel zu klug ist, um hinter meinem Inkognito nicht Lunte zu wittern, habe ich gesagt, daß ich für Sie eine kleine Angelegenheit zu ordnen hätte. Der hält dicht, darum keine Sorge. Ein Mensch, den ich sehr schätze. Sie auch?«

»Ja«, erwiderte Gio ohne Zögern, einfach und fest.

Windmüller nickte befriedigt. Dies einfache Ja bedeutete für sein Ohr viel mehr, als eine ganze Epistel voll Lobpreisungen.

Bald darauf erhob er sich, dankte Gio für die angenehme Mahlzeit in ihrem ureigensten Reich, und zehn Minuten später verließ er den Palast auf der Landseite, ging zur Dampferstation San Angelo neben dem schönen, eleganten Palast Corner-Spinelli am Canale Grande und fuhr bis zur Riva, wo er ausstieg, um sogleich das Kursschiff nach Chioggia zu betreten, das nach kurzer Wartezeit abging.

Venedig lag in Sonne gebadet auf dem Hintergrund eines intensiv blauen Himmels, dessen Horizont nach Norden die vielzackigen Bergriesen der Alpen, nach Westen die Kette des Euganeischen Gebirges begrenzte, und Windmüller fand, daß er durch diese Fahrt das Angenehme mit dem Nützlichen, das er im Sinne führte, verband.

Das Schiff bog in den Canale Orfano – Kanal der Waisen – ein – der breiten Wasserstraße für die großen Fahrzeuge, in welcher in den Tagen der Republik, als das furchtbare Polizeigericht des Rates der Drei die Bevölkerung Venedigs in Angst und Schrecken hielt, die Körper der heimlich Gerichteten versenkt wurden. Ein Gesetz aus diesen Schreckenstagen verbot »bei Lebensstrafe, in diesem Kanal zu fischen und zu tauchen« und erleichterte damit den Verbrechern, sich der Körper der Gemordeten zu entledigen. Der schlammige Grund hat längst aufgesogen und verschlungen, was diesem Friedhof ohne Sang und Klang übergeben wurde, und der Canale Orfano wird seine Geheimnisse bis zum Tag des jüngsten Gerichtes hüten.

Erst nach zweistündiger Fahrt erreicht das Schiff die alte Fischerstadt Chioggia, die scheinbar nur aus einer sehr breiten Straße und aus einem breiten Kanal besteht und durch die roten, gelben, purpurnen und orangefarbigen Segel der Fischerbarken eine wahre Farbenorgie bildet.

Als Windmüller die Landungsbrücke überschritt, läuteten die Glocken von Chioggia eben die Mittagsstunde ein: die Zeit wäre also schlecht gewählt gewesen, um das ehemalige Zimmermädchen, die Milchschwester von Frau von Verden, aufzusuchen. Damit hatte Windmüller aber im voraus gerechnet: er ging daher ins Gasthaus am Landungsplatz, setzte sich in die offene Veranda und bestellte sich sein Mittagessen, trank dann seinen Kaffee, rauchte langsam seine Zigarre dazu, dann erhob er sich und trat auf die im Sonnenbrand brodelnde Straße hinaus. Sofort war er umringt von Barkenschiffern, die sich unterboten, ihn zu rudern, und von einem Heer schmutziger Buben, die ihn »führen« wollten, er suchte sich aber unter den letzteren nur einen heraus, den er für genügend erachtete, ihm den Weg zum Hause Don Zanins, des Pfarrers, zu zeigen.

Nach fünf Minuten schon stand Windmüller vor dem Torgatter eines kleinen Gartens, der ein altes, schmuckloses, rotgetünchtes Haus umgab, das in der Sonne inmitten des Grüns leuchtete. Zwei hohe, schlanke Zypressen standen vor der Flucht steinerner Stufen, die zu der offenen

Haustür führten, und gaben dem Gebäude das Malerische italienischer Häuser. Blütenweiße Vorhänge hingen hinter den Fenstern und Blumen blühten in bunter Mannigfaltigkeit in zierlichen Beeten vor der Front des Hauses. Unter den Blumen aber stand der Pfarrer selbst und jätete mit aufgestreiften Ärmeln, einen großen, groben Strohhut auf dem Kopf, fleißig das Unkraut aus. Er war ein großer, schlanker Mann in den besten Jahren mit einem ausdrucksvollen, freundlichen Gesicht. Er dankte höflich für den Gruß des Fremden, der sich ihm mit der Frage nahte, ob er wohl die Signorina Zanin sprechen könnte, – er käme aus der Ca' Favaro.

»Aus der Ca' Favaro!« wiederholte der Geistliche freundlich, »da wird meine Schwester eine Freude haben. Assunta! Assunta!« rief er ins Haus hinein.

»Gleich!« antwortete drin eine tiefe Altstimme. »Was ist los?«

»Ein Besuch für dich! Beeile dich!« antwortete der Priester, und allsogleich erschien im Rahmen der Tür, sauber und fast zierlich gekleidet, Assunta Zanin.

Windmüller erkannte sie sofort wieder; die klug aussehende, schlanke Italienerin mit dem schön frisierten, krausen, grauen Haar war ihm schon im Hause Verdens vor Jahren aufgefallen, sie war wohl älter geworden, seitdem er sie gesehen hatte, aber sie sah noch gut aus, weil sie sich gut hielt und auf ihr Äußeres etwas gab.

»Ich weiß nicht, ob Sie mich noch kennen, Signorina«, sagte Windmüller. »Ich bin ein alter Freund des Herrn von Verden und zur Zeit zu Besuch in der Ca' Favaro.«

Assunta Zanin musterte ihn einen Moment scharf, dann flog ein freundliches Lächeln um ihren herben, aber nicht unschönen Mund.

»Ich weiß! Ich weiß!« rief sie erfreut. »Donna Vanna hat mir erzählt, was Sie damals für unsern lieben Herrn getan haben! Und Sie kommen, mich zu besuchen! Mich! Man denke nur! Aber wollen Sie nicht näher treten, Signor? Mein Bruder wird auch gleich –«

»Ich möchte gern allein mit Ihnen reden, Signorina«, unterbrach Windmüller sie. »Etwas über Fräulein von Verden«, setzte er schnell hinzu, weil er Befremden, ja einen Schimmer von Mißtrauen in ihren Augen sah.

»Ah –« machte sie, aber es lag Zurückhaltung in ihrem Ton; doch die italienische, angeborene Höflichkeit siegte. »Gern«, sagte sie mit einer einladenden Handbewegung und führte ihren Besuch in den »Salon«.

»Ist Donna Gio mit Ihnen hier, Signor?« fragte Assunta Zanin, nachdem sie ihrem Besuch gegenüber Platz genommen hatte.

»Nein – sie weiß überhaupt nicht, daß ich nach Chioggia gefahren bin«, erklärte Windmüller mit der gewinnenden Offenheit, die ihm Personen gegenüber zu Gebote stand, von denen er, wie von seinem Gegenüber, sicher war, eher und schneller zum Ziele zu gelangen, als durch subtiles Herauslocken dessen, was er wissen wollte. »Wir sprachen gestern von Ihnen, Signorina, wobei ich erfuhr, daß Fräulein von Verden Ihren Fortgang aus der Ca' Favaro so bald nach dem Tod ihrer Mutter sehr schmerzlich empfunden hat. Und weil ich mich nun zu den wirklichen Freunden der jungen Dame zähle und mir ihr Wohl und Wehe sehr am Herzen liegt, so faßte ich den Entschluß, Sie aufzusuchen, um mit Ihnen darüber zu reden. Gio steht recht einsam in der Ca' Favaro, Signorina, und ein gewisser mütterlicher Beistand, wie der Ihrige, wäre doch sehr wünschenswert für sie, über die eigentlich kein treues Auge in dem ganzen, großen Hause wacht. Sie sehen, ich rede ganz rückhaltlos mit Ihnen, die ihrer Mutter mehr Freundin als Dienerin war. Ist es ganz unmöglich für Sie, wieder in die Ca' Favaro zurückzukehren?«

In Assunta Zanins ausdrucksvollen, aber beherrschten Zügen hatte es gezuckt und gearbeitet, während Windmüller sprach und ein Flor legte sich über ihre Augen. Aber es kam zu keiner »Heulerei«, auf die Doktor Windmüller gefaßt war.

»Signor, mein Bruder, hat jetzt den ersten Anspruch auf meine Hilfe«, sagte sie dann ausweichend. »Ich meine, nachdem der Tod mich von meiner geliebten Herrin getrennt hat, die ich im Leben sicher nicht verlassen hätte. Mein Bruder würde das Behagen, das ich ihm bereiten kann, sehr vermissen, denn obgleich er einfach und anspruchslos ist – eine gedungene Haushälterin tut doch nur, was sie muß – und das zur Not.«

»Ach ja, das schon, und Sie haben damit auch ganz recht«, fiel Windmüller ein. »Nichts für ungut, liebe Signorina! Ich verstehe Sie und Sie verstehen mich aber auch, wie ich denke. Es wird Ihnen ja nicht entgangen sein, wie Fräulein von Verden mit ihren Verwandten im Hause steht; vielmehr, daß sie ihr nicht sympathisch sind – eine alte Geschichte, die noch aus den Lebzeiten des Herzogs Favaro stammt und eigentlich Frau von Verden rechte Sorge gemacht hat – –«

Windmüller hielt inne, aber Assunta Zanin nickte nur und schloß den Mund noch fester, und er sah ein, daß er noch mehr »Zucker« zu geben hatte –

»Nun, Sie haben den kleinen Kampf ja miterlebt«, fuhr er vertraulich fort.« Ich erzähle Ihnen damit nichts Neues. Frau von Verden konnte die Antipathie ihrer Tochter gegen Herrn Morgan nicht teilen, aber es gab doch auch Mißverständnisse mit Donna Onesta, die durch ihre Güte nicht aus der Welt geschafft wurden; es fragt sich, ob Donna Onesta diese nicht nachgetragen hat –«

Wieder hielt er »einladend« inne und nach kurzer Pause sagte Assunta mit rauher Stimme:

»Donna Onesta vergißt und vergibt keinen Mückenstich, und wenn sie die Mücke nicht zermalmen kann, dann wünscht sie ihr wenigstens Tod und Teufel auf den Hals.«

»Hm! Hm! Hm! Ein böses Temperament das, Signorina«, machte Windmüller kopfschüttelnd. »Fräulein von Verden ist noch sehr jung und hat natürlich noch nicht die engelgleiche Geduld ihrer lieben, seligen Mutter – – ich fürchte sehr, ihr Temperament könnte einmal mit ihr durchgehen, und es ist immer eine häßliche Sache um solche Verwandtenstreitereien – – schließlich braucht die junge Dame auch eine sogenannte Ehrendame. Sie kann nicht gut allein bleiben, und für solch einen Posten ist eine nahe Verwandte immer die geeignete Person. Wenn Sie aber bei Gio Verden wären, ihr mit Rat und Tat beistünden –«

»Sie jagte die ganze Sippschaft lieber heute als morgen zum Hause heraus«, fiel Assunta heftig ein, und Windmüller atmete auf, denn das Eis schien zu schmelzen.

»Signorina«, sagte er halblaut, indem er dem ehemaligen Zimmermädchen vertraulich etwas näher rückte. »Sie sprechen da aus, was ich nicht sagen wollte – es bleibt aber ganz unter uns, denn ich dürfte meiner lieben, jungen Freundin einen solchen Rat nicht geben, weil sie sich vor der Welt damit ins Unrecht setzen würde. Das muß unter allen Umständen vermieden werden. Andererseits ist es aber begreiflich, wenn sie sich nach einer Änderung sehnt, denn es ärgert und kränkt die *Herrin* der Ca' Favaro, daß Donna Onesta ihre ehemalige Rolle als solche unter dem seligen Duca nicht vergessen kann – –«

»Gut, Signor, – da Sie so viel wissen, so will ich Ihnen sagen, was selbst Donna Gio nicht von mir erfahren hat«, unterbrach ihn Assunta Zanin, die ihre Zurückhaltung vergessen hatte. »Ich hätte sie nie verlassen, das Herzblatt meiner Donna Vanna, nie! Aber sie war noch keine vierundzwanzig Stunden tot, da hat Donna Onesta mich fortgejagt! So wahr ich hier sitze, das hat sie getan.«

Windmüller schlug die Hände zusammen.

»Aber wie ist das denn möglich!« rief er mit einem Erstaunen, das nicht ganz gespielt war. »Wie kann denn Donna Onesta – – sie ist doch nicht die Erbin der Ca' Favaro, sondern Fräulein von Verden. Oh, Signorina – Sie müssen sich verhört haben!«

»Verhört? Ich danke! Die Ohren klingen mir noch davon!« erwiderte Assunta mit fliegendem Atem. »Oh, sie sagte mir erst ganz zuckersüß, und mit Krokodilstränen, ›daß, nun ihre liebe, teure Kusine hingegangen wäre, manches sich in der Ca' Favaro ändern müsse und meine Dienste daher auch nicht mehr gebraucht würden, daß mir mein Lohn voll ausgezahlt werden würde – – . Jawohl, ich dachte, ich hörte nicht recht und erlaubte mir zu bemerken, daß doch wohl Donna Gio darüber zu entscheiden haben würde, das arme Lamm, das mit seinem Jammer im Eisenbahnzug saß und dem Haus der Trauer den weiten Weg entgegenfuhr! Aber Donna Onesta beschied mich dahin, daß Donna Gio *nichts* zu entscheiden hätte, denn sie wäre minderjährig, und sie, Donna Onesta, ihre natürliche Vormünderin, die nunmehr von ihr abhinge, und *sie* wünsche, daß ich ginge, und damit genug! Ich habe die arme Gio in ihrem ersten Schmerz nicht auch noch damit beunruhigen wollen, daß ich ihr's sagte, wie man mit ihr umsprang, und vorgeschützt, ich müßte nun zu meinem Bruder gehen. So war's und nicht anders, und ich hab's Ihnen erzählt, Signor, damit Sie nicht denken, ich hätte meinen Posten treulos verlassen!«

»Das habe ich nie von Ihnen gedacht«, versicherte Windmüller, die Hand Assuntas ergreifend. »Aber das ist mir ganz neu, daß Donna Onesta die Vormünderin ihrer Nichte ist! Ich dachte, Fräulein von Verden wäre volljährig.«

»In Deutschland wäre sie's seit einem halben Jahr – in Italien ist sie's noch nicht«, erklärte Assunta und setzte feierlich hinzu: »Signor – das war auch nur ein bloßer Vorwand. Sie wollte mich aus dem Hause haben, weil ich zu scharf sah. Ich war ihr unbequem geworden . . . Und da ging ich. Sie hätte mich ja doch herausgebracht, und wenn ich mich hinter Donna Gio gesteckt hätte, denn was wollte das arme Kind gegen sie ausrichten, wenn *sie* einmal die Herrschaft hatte? Um Ehre und Ruf hätte mich Donna Onesta gebracht, wenn ich mich ihrem Willen widersetzt hätte. Ich kenne sie. Was will unsereins gegen eine so große Dame machen?«

»Hm! Hm!« machte Windmüller wieder und fragte dann so naiv, wie nur er es bei solchen Anlässen konnte: »Aber um alles in der Welt, warum hätten Sie, gerade Sie mit Ihrer hingebenden Treue für die junge Waise, Donna Onesta unbequem werden sollen? Man möchte doch eher das Gegenteil denken!«

»Ja, man möchte, aber Donna Onesta wird schon wissen, warum sie mich los sein wollte«, nickte Assunta bedeutungsvoll.

Windmüller rückte noch ein Stückchen näher an sie heran.

»Und Sie wissen es auch?« fragte er leise, fast schmeichelnd.

»Nein. Ich *weiß* es nicht, aber man hat so seine Gedanken«, erwiderte sie jetzt ganz ruhig. »Mein Bruder sagt, es sei unrecht, Gedanken und Vorstellungen zu hegen. Aber wer kann dafür? Unrecht wär's nur, sie auszusprechen, und meine Zunge wird sie nicht über meine Lippen lassen, denn man darf seinem Nächsten nichts Übles nachreden, wenn man keine Beweise dafür hat.«

»Aber aus einem Verdacht lassen sich oft Beweise finden«, meinte Windmüller zuredend.

»Und was käme dabei heraus? Jammer und Elend für die Unschuldigen«, erwiderte Assunta mit einer schlichten Größe, vor der Windmüller zunächst die Segel strich. Aber er war noch nicht fertig mit Assunta Zanin.

»Gott bewahre – davor möchte ich Fräulein von Verden und Sie um jeden Preis schützen«, sagte er zunächst aus aufrichtigem Herzen. »Sie hat mit ihren beiden Eltern schon zu viel verloren in ihren jungen Jahren. Es käme nur noch darauf an, zu prüfen, was man für sie tun kann, ohne ihre Harmlosigkeit zu trüben, oder besser gesagt, um das, was ihre Seele beunruhigt, – denn sie *ist* beunruhigt, Signorina, – zu entkräften und zur Ruhe zu bringen. Das wäre wohl der größte Liebesdienst, den wir, Sie und ich, ihr tun könnten.«

Assunta neigte sich etwas vor und sah ihrem Besuch gerade in die Augen.

»So ist es und so sei es. Amen«, war alles, was sie dann mit einem tiefen Atemzug entgegnete.

»Es ist ja nichts Greifbares, was sie beunruhigt«, fuhr Windmüller fort. »Sie hat – Träume, in denen sie ihre Mutter sieht –«

»Ja. Auch ich träume oft von ihr«, unterbrach ihn Assunta lebhaft. »Und immer ist es dasselbe. Sie kommt dann zu mir, umgeben von einer Schar weißer Tauben, und bittet mich, sie ihrem Kind zu bringen, eh' die andern alle tot sind. Ich habe mich schon oft gefragt, was dieser Traum wohl zu bedeuten hat, denn das glaube ich steif und fest, daß solche Träume einem von Gott geschickt sind. Wo soll ich denn weiße Tauben hernehmen? In Venedig und hier gibt's nur die grauen San-Marco-Tauben!«

»Nicht doch – Gio Verden hat einen ganzen Flug weißer Tauben«, bemerkte Windmüller ruhig. »Wußten Sie das nicht?«

»Ah –!« rief Assunta mit großen Augen. »Nein, das wußte ich nicht . . . ob ihr's wohl auch geträumt hat von den Tauben?«

»Das weiß ich nicht«, antwortete Windmüller wahrheitsgetreu. »Sie hat die Tiere angeschafft zu ihrer Belustigung – und sie sind sehr gut Freund mit Colombo, dem großen, weißen Kater –«

»Ich kenne ihn«, rief Assunta lebhaft und ein Lächeln flog über ihr Gesicht. »Liebes Tier, er hat Menschenverstand, der Colombo.«

»Aber den Tauben scheint die Luft nicht zu bekommen – es sind schon drei aus dem Flug der zwölf verendet«, fuhr Windmüller fort.

»Und meine Donna Vanna kommt im Traum zu mir und will, daß ich ihr Tauben bringe, weiße Tauben, ehe die andern alle tot sind!« murmelte Assunta. Sie war ganz blaß geworden.

»Nun, es sind ja vorläufig noch genug da«, meinte Windmüller zuredend. »Die weißen Tauben sind es auch nicht, die Fräulein von Verden beunruhigen – es tut ihr leid, daß Venedig den Fremdlingen nicht zu bekommen scheint, aber es regt sie im großen ganzen nicht auf. Es sind dies die – Träume, die sie von ihrer Mutter hat, und so manche andere Kleinigkeiten, Nebensächlichkeiten eigentlich, für die sie keine Erklärung findet. Sie hat zum Beispiel an der Hand ihrer Mutter im Sarg einen Ring gesehen, sie kann sich aber nicht erinnern, daß er sich in ihrem Besitz befunden hätte –«

»Ja«, fiel Assunta ein, »ein goldener Ring in Form einer feingeschuppten Schlange, der sich spiralförmig um den Ringfinger ihrer linken Hand wand. Eine Schlange mit einem Krönlein auf dem Kopf. Ich habe Donna Vanna diesen Ring nie zuvor tragen sehen, nie gewußt, daß sie ihn besaß. Und sie hatte ihn sicherlich nicht an der Hand, als sie zu ihrer letzten Mahlzeit ging –«

»Das können Sie übersehen haben«, fiel Windmüller ein.

»Ich und etwas von Donna Vanna übersehen!« entrüstete sich Assunta. »Als sie schon an der Tür war, stieß sie mit der Hand an den Pfosten und ich lief noch herzu, weil ich dachte, sie hätte sich weh getan, und habe ihr die Hand gestreichelt. Und dabei hätte ich den Ring, gerade diesen sonderbaren Ring übersehen sollen?«

»Nein, nein, das wäre natürlich unmöglich gewesen«, beruhigte Windmüller, ganz überzeugt von der Wahrheit des Gehörten. »Aber woher sollte Donna Vanna den Ring gehabt haben?«

Assunta zuckte mit den Achseln und sah herab auf den bunten Teppich zu ihren Füßen, und bückte sich, ein Krümchen davon aufzulesen.

»Wer weiß es?« dachte sie dabei. »Der Signor Duca hatte ja so viel alte Sachen in seinen Sammlungen – vielleicht hat sie ihn dort gefunden und sich ihn an den Finger gesteckt zum Scherz, Signor, denn sie trug nur ihren und ihres Gatten Trauringe an der rechten Hand, seitdem sie Witwe war. Es war ja in dem Zimmer, in dem der Signor Duca all den alten Kram aufbewahrte, wo sie starb.«

»Ja, so wird es gewesen sein«, meinte Windmüller langsam, »vielleicht auch, daß Signor Morgan oder seine Frau ihr den Ring gezeigt und zum Scherz probiert haben, ob er ihr paßt –«

Während er diesen Gedanken aussprach, fuhr ihm aber auch schon die Frage durch den Kopf: »Warum hat dann Donna Onesta Gio nicht gesagt, woher der Ring stammte? Warum hat sie diesen unschuldigen Zwischenfall nicht erzählt, warum –«, und das Bild von Gios Traum oder Vision trat vor seine Augen, in die sich der Blick Assuntas jetzt förmlich hereinbohrte. Es war einen Augenblick still, ganz still in dem kleinen »Salon« des Pfarrers, so still, daß es aufdringlich wurde. In diese Stille, in der die beiden sich Aug' in Aug' gegenübersaßen, kam das frenetische Summen einer plötzlich erwachten Brummfliege wie der Bruch eines Bannes, und Assunta lachte kurz und trocken auf.

»Kann sein, kann nicht sein«, sagte sie mit rauher Stimme. »Der fremde Ring ging mir auch im Kopf herum – wo ich doch alle Sachen meiner Donna Vanna so genau kannte und ihren Schmuck unter meiner Obhut hatte! Ohne Liste, bis ich sie bat, eine zu machen – für alle Fälle. Wir haben noch darüber gelacht, aber sie sah ein, daß ich recht hatte und mich damit unangreifbar machte. Also in der Liste stand *der* Ring nicht. Ja, und das Merkwürdige war, – wahrscheinlich, weil ich so darüber nachgedacht habe – – aber Sie müssen mich nicht auslachen, Signor, – ich ging noch am selben Abend herab, da sie schon tot und starr auf dem Ruhebett im Nebenzimmer lag, wohin man sie gelegt hatte, als sie zusammenbrach am Herzschlag, um mit dem Kapuzinerpater die Totenwache zu halten, und nahm den Weg durch das Sterbezimmer, um zu sehen, ob das Licht dort ausgedreht war. Es brannte nicht mehr, aber die Nacht war hell, die Fensterläden waren nicht geschlossen und vom Campiello fiel das Licht der Gaslaterne schräg durch die Fenster – ach – ich hab's mir ja natürlich nur eingebildet, aber da sah ich sie stehen, nicht deutlich, etwas verschwommen, wie durch einen Schleier, und vor ihr der Signor

Morgan, der ihr den Ring an den Finger steckte. Und Donna Onesta war auch dabei und sah zu mit ihren schwarzen Augen in ihrem weißen Gesicht – – wie man sich so etwas nur so lebhaft einbilden kann, nicht?«

»Oh, das ist schon möglich, wenn man sich eine Sache sehr genau vorzustellen versucht«, meinte Windmüller teilnahmsvoll, während es ihm durch den Sinn ging: Sie hat das gleiche gesehen, wie Gio, eher gesehen als diese. »Haben Sie's Fräulein von Verden erzählt?« fragte er interessiert.

»Nicht eine Silbe – behüte!« versicherte Assunta ohne Zögern. »Zu welchem Zweck auch? Ich machte das Licht an – da war das Bild fort. Ich habe das Zimmer nicht wieder betreten.«

Windmüller erhob sich ohne jeden weiteren Kommentar.

»Also muß ich's wohl aufgeben. Sie nach der Ca' Favaro zurückzulocken?« fragte er herzlich, und als sie mit einer ausdrucksvollen Geste antwortete, setzte er hinzu: »Nun, auf alle Fälle freut es mich, Sie wiedergesehen zu haben. Aber wenn auch Fräulein von Verden in der Rita eine ganz gute Dienerin haben mag – Sie werden weder von ihr noch von einer andern zu ersetzen sein.«

»Ich danke Ihnen für Ihre gute Meinung, Signor«, erwiderte Assunta ebenso herzlich. »Die Rita ist keine dumme Person, aber sie zittert vor Donna Onesta, das tut sie. Wenn man ihr Zucker gibt, erleichtert sie gern ihr Herz, dann ist sie eine Schwätzerin –«

Und sie nickte bedeutungsvoll.

»Eine Schwätzerin«, wiederholte sie. »Aber Donna Onesta hält ihre Zunge im Schach!«

Windmüller machte sich über die schwatzhafte Rita eine geistige Notiz und verabschiedete sich dann von Assunta und ihrem Bruder, der ruhig weiter gejätet hatte und den Besuch gastfreundlich bis an das Torgatter begleitete, nachdem dieser das angebotene Glas Wein dankend abgelehnt hatte, da er das Vier-Uhr-Schiff noch erreichen müsse.

Indem Windmüller langsam der Landungsstelle zuschritt, dachte er über den Ring nach. Was sollte nur der Ring in der ganzen Sache? Die Idee, daß er der Sammlung des alten Duca entnommen sein könnte, hat Hand und Fuß, aber welche Rolle hat er gespielt? Warum hat Donna Onesta es Gio nicht gesagt, wie und woher er an die Hand ihrer Mutter gekommen ist? Halt! Wenn der Ring aus der Sammlung des Herzogs Favaro stammt, dann muß er ja in dem Katalog stehen den Morgan mir gestern gezeigt und für die Besichtigung zur Verfügung gestellt hat! Und dann müßte diese Nummer ja fehlen – also kann er nicht daher stammen.

Doktor Windmüller erreichte das Vier-Uhr-Schiff nach Venedig sehr bequem, aber die Schönheiten dieser Fahrt nahm er nur in sehr bedingtem Maße in sich auf, denn sein Geist war in der Ca' Favaro, in der er sich aus den Schatten der Vergangenheit eine Wirklichkeit zu konstruieren suchte. Erst als das Schiff wieder in das große Wasserbassin von San Marco einbog und Venedig in märchenhafter Schönheit vor ihm lag, kam er zur Gegenwart zurück. Er nahm zu Fuß seinen Weg über den Markusplatz und fragte im Vorübergehen bei der Post an, ob ein Telegramm für ihn angekommen sei. Es war keines da, und da er auch nicht erwartet hatte, schon eines zu finden, so ging er den gleichen Weg wie gestern nach der Ca' Favaro zurück. Beim Aufstieg zur zweiten Etage begegnete ihm auf der Treppe eine fremde Erscheinung, eine junge Dame, ein kleines, schlankes Persönchen in einem pastellroten, tadellos geschnittenen Kleid, mit einer sehr kühnen Stumpfnase, etwas vorstehenden, veilchenblauen Augen und einem mokanten Zug um den sonst ganz niedlichen Mund. Sie trug die schwarzen Haare von der Stirn bis zum Genick gescheitelt und in zwei Zöpfen schneckenförmig über die Ohren gelegt. Die an sich schon nicht sehr feinen Züge der jungen Dame wurden durch die Biedermeierschnecken vergröbert, weil die ganze Form ihres Gesichtes der Haartracht widersprach.

Windmüller machte der ihm Begegnenden Platz und grüßte höflich, wofür sie ihm so unmerklich dankte, daß es überhaupt schon kein Gruß mehr war, während sie ihn von oben bis unten überlegen musterte.

»Dumme Gans!« war Windmüllers innere Quittung dafür, als er weiterschritt. »Wenn das, wie ich annehme, die Anne-Marie ist, die gern ins Hotel Danieli wollte, dann freilich wird sie unserer Gio nicht sehr nahestehen. Nun bin ich nur neugierig, wie Gio die Tante auf mich vorbereitet hat.«

Eine Stunde später wußte er es. Als er in das Eßzimmer trat, fielen seine Augen auf eine große, starke Dame in einem entsetzlich geschneiderten, viel zu eng geratenen Sack, die mit den Händen auf den Knien, die Ellbogen nach außen gekehrt, auf dem Sofa neben Donna Onesta saß, während Mr. Morgan, Herr von Wettersbach, Gio und die junge Dame von der Treppe in einer Gruppe beieinanderstanden. Besagte Dame neben Donna Onesta hatte ein wettergebräuntes, gutmütiges Gesicht mit kleinen, hellen, aber sehr warmherzigen Augen darin, einen großen, freundlichen Mund und eine Nase jener Form, die ein tiefsinniger »Dichter« mit den Worten rechtfertigt: »Auf ehrliches Wollen – deutet der Knollen«. Die Haare trug sie, glatt von Gesicht und Genick fortgebürstet, auf dem Gipfel des Kopfes in einem Knoten, der ganz wie ein kleiner Spritzkuchen mit Zuckerguß aussah, denn sie waren schon reichlich mit Weiß gemischt. Als Windmüller diese Details mit einem Blick überflog, kam ihm Gio, einen flehenden Blick in den Augen, entgegen und führte ihn vor das Sofa.

»Tante Nickel«, rief sie hastig und nervös, »ich habe ja ganz vergessen, dir zu sagen, daß wir noch einen andern lieben Gast im Hause haben – hier, Herr Professor Müller – Onkel Müller, den Papa so sehr schätzte und liebte und ich auch – Onkel Müller aus Wien, weißt du –«

Frau von Verden nahm die Rechte von dem Knie und reichte sie zu derbem Druck dem sich verbeugenden Windmüller, der ein Schmunzeln über Gios diplomatische »Vorbereitung« nach dem Grundsatz, daß man »den Ochsen bei den Hörnern fassen soll«, nicht unterdrücken konnte.

»Müller? Müller?« suchte Frau von Verden mit gerunzelter Stirn in ihrem Gedächtnis nach. »Wo hab’ ich denn *den* Namen schon gehört? Pscht, Gio! Laß mal sehen – ach!« machte sie mit einer plötzlichen Erleuchtung, die ihr ganzes Gesicht überstrahlte. »Weiß schon, weiß schon!

»Also, Sie sind der alte Müller? Freut mich sehr, freut mich saumäßig!«

Windmüller freute sich auch. Erstens darüber, daß er wußte, daß Frau von Verdens Wiege im schönen Schwabenland gestanden hatte, wo der Mensch, hoch und niedrig, groß und klein, alles ohne Unterschied »saumäßig« findet, und dann, weil es wirklich einen Müller in der Verdenschen Verwandtschaft gab. Glück muß der Mensch eben haben, und das war ja Windmüllers »Spezialität«. Es wäre ja auch gar nicht möglich gewesen, in Deutschland eine Familie ohne einen verwandten Müller zu finden – die Angst war also ganz überflüssig gewesen.

»Gut konserviert müssen Sie sich freilich haben«. fuhr Frau von Verden strahlend fort. »Meiner Berechnung nach müssen Sie schon ein verflixt alter Knacker sein. Was treiben Sie denn jetzt? Reiten Sie noch immer auf der Idee ’rum, daß der Mensch aus Gasen zusammengesetzt ist und bei jedem angebrannten Streichholz explodieren kann?«

»Immer noch!« bestätigte Windmüller zu Gios Gaudium ernsthaft. »Ich bin damit folgerichtig auf den Weg des Kunsthistorikers geraten und habe in diesem Beruf die Idee bestätigt gefunden. Jeder dieser Gelehrten explodiert umgehend, sobald ein anderer ihm ein Licht anstecken will, mit dem er auf dem Holzweg herumgokelt.«

»Ich habe nicht ganz verstanden – was hat der Signor gesagt?« fragte Donna Onesta ihre Nachbarin.

»Stuß hat er gesagt«, flüsterte ihr Frau von Verden ins Ohr, daß es ein Tauber hätte hören können, und Donna Onesta zuckte mit den Achseln, denn das Wort ›Stuß‹ befand sich nicht in ihrem Lexikon.

»Sie haben ja so recht, gnädige Frau«, murmelte Windmüller und ließ sich von Gio herumziehen, um Fräulein Falkenberg vorgestellt zu werden, deren leichte Aufwärtsbewegung ihrer Stupsnase als Gruß für einen älteren Herrn wirklich eine anerkennenswerte Leistung auf dem Gebiet der Höflichkeit war. Merkwürdigerweise änderte sich ihr Benehmen sofort, als sie sah, mit welcher Herzlichkeit »dieser Müller« von Herrn von Wettersbach begrüßt wurde, mit hocherhobenem Ellbogen reichte sie ihm ihre übrigens sehr hübsche Hand und der unangenehme Zug um ihren Mund löste sich in ein paar Grübchen in den Wangen auf.

»Ja, haben wir uns nicht schon auf der Treppe begegnet?« zwitscherte sie. »Ich erkannte Sie nicht gleich wieder, Herr – Herr Professor – im Hut sehen die Herren gleich so ganz anders aus.«

»Oh – ich hatte den meinigen vor Ihnen doch abgenommen, gnädiges Fräulein«, erwiderte Windmüller mit liebenswürdiger Harmlosigkeit. »Aber Sie scheinen dies und mich selbst nicht bemerkt zu haben.«

»Anne-Marie grüßt mit der Nase nicht nach unten, sondern nach oben«, erklärte Gio mit gutmütigem Spott. »Und da besagte Nase bei ihr überhaupt schon die Wolken sucht –«

»Wirst du wohl still sein, du, mit deiner venezianischen Rassenase«, fiel Anne-Marie hastig ein. »Die Leute so zu verhöhnen! Nehmen Sie mich vor ihr in Schutz, Herr von Wettersbach, denn Sie haben mir selbst gesagt, Sie fänden meine Nase sehr hübsch, viel hübscher als die sogenannten ›klassischen‹ Nasen!«

»Hab' ich das gesagt?« fragte Wettersbach lachend. »Man sieht daraus, was der Mensch manchmal für unverantwortliches Zeug daherredet.«

In Anne-Maries Augen blitzte es auf.

»Tun Sie nicht, als ob Sie es nicht mehr wüßten«, sagte sie bedeutungsvoll. »Wissen Sie es nicht mehr – es war bei dem Kotillon, den Sie mit mir vorigen Winter in München beim Künstlerfest tanzten?

Wettersbach wußte es. Sie hatte ihm das Engagement so nahegelegt, daß er, ohne unhöflich zu sein, gar nicht anders gekonnt hatte.

»Ich trug einen Kranz von roten Rosen im Haar«, fuhr Anne-Marie fort. »Und Sie verglichen mich damit – – nein, die Bescheidenheit verbietet mir's zu wiederholen! Und bei einer Kotillontour bekamen die Herren falsche Nasen, und da sagten Sie – – da sagten Sie –«

»Daß ich Ihre Nase hübscher fände!« platzte Wettersbach heraus. »Na, erlauben Sie einmal, gnädiges Fräulein! Die falsche Nase war eine reine Samengurke, wie meine Hand so lang und mit einer Warze auf der Spitze, und auf Ihre, natürlich ganz reizend naive Frage, ob sie nicht hübscher wäre, als Ihr ein wenig zu knapp geratenes Näschen, hätte ich meinen Schönheitsbegriffen ja einfach ins Gesicht ges– geschlagen, wenn ich ›ja‹ gesagt hätte. Ich erkläre heute noch feierlichst, Ihrer Nase, vor die Wahl gestellt, den Vorzug zu geben!«

»Ah, sehen Sie, nun haben Sie's doch zugegeben!« rief Anne-Marie triumphierend, indem sie einen Kreisel drehte. »Ach ja, dieser Kotillon – – ich träume manchmal noch davon – – es war der schönste meines Lebens!«

»Gnädiges Fräulein haben ein außerordentlich bescheidenes Gemüt«, erwiderte Wettersbach trocken mit einer so steifen Verbeugung, daß eine andere, als eben Anne-Marie, genug gehabt hätte. Er wandte sich daraufhin Gio zu, die der kleinen Szene ernst zugeschaut hatte.

»Sie waren im vorigen Winter in München?« fragte sie nachdenklich.

»Drei Wochen in diplomatischen Geschäften«, erwiderte er. »Es ist eine schöne Stadt.«

»Sie scheinen sich dort sehr gut amüsiert zu haben«, bemerkte sie mit einem Blick auf Anne-Marie, die das Paar scharf beobachtete.

»Ich habe in München mehrere sogenannte Vergnügungen mitgemacht«, beantwortete Wettersbach Gios Frage.« Ich wohnte bei meiner verheirateten Schwester – ihr Mann ist Professor an der Universität – und lernte bei ihr Fräulein Falkenberg kennen, die mir sagte, daß sie Ihre ›intimste‹ Freundin wäre. Ich habe mir erlaubt, von dieser Versicherung das Eigenschaftswort zu streichen –«

»Warum?«

»Weil meine Schwester mir zutuschelte, daß Fräulein Falkenberg – in vollster Naivität natürlich – alles ausplaudert, was gläubige Seelen ihr anvertrauen.«

»Sie hat schon als Kind immer ›gepetzt‹«, sagte Gio lächelnd und ohne Schärfe. »Es ist ihr angeboren und vielleicht nicht so bös gemeint. Darf ich mal neugierig sein?« setzte sie mit ihrer alten Lebhaftigkeit hinzu.

»Können Sie das überhaupt?«

»Doch – manchmal schon. Ich möchte für mein Leben gern wissen, womit Sie Anne-Marie in dem roten Rosenkranz verglichen haben!«

»Vergleiche hinken immer, und darum habe ich mich eines solchen auch enthalten«, erwiderte Wettersbach lachend. »Wenn Fräulein Falkenberg die schnoddrige Redensart, zu der ich aber gepreßt worden bin, als ›Vergleich‹ aufgefaßt und schmeichelhaft gefunden hat, so ist das eine Entlastung meines schlechten Gewissens. Ich sagte ihr, sie überbiedermeierte in dem Kranz alles Dagewesene.«

»Sonst nichts?«

»Sonst nichts. Was soll man denn jemand – einer Dame sagen, die durchaus hören will, daß sie schön ist? Soll man lügen? Soll man offen sein? In solchen Fällen bleibt doch nur der Ausweg einer schnoddrigen Redensart, wenn man sich nicht in den Ruf eines hahnebüchnen Grobians bringen will.«

Gio lachte, aber ehe sie noch etwas sagen konnte, war Anne-Marie mit ein paar raschen, katzenartigen Bewegungen neben ihr.

»Was tuschelt ihr denn da? Darf ich's auch hören?« fragte sie neugierig, mit ihrem zwitschernden Ton, während sie scharf die Gesichter musterte. »Wer ist ein hahnebüchner Grobian?«

»Ein Freund von mir behauptet, jeder Mensch wäre es seiner Neigung nach und die anerzogene Höflichkeit sei entsetzlich anstrengend«, erklärte Wettersbach ruhig, aber mehr zu Gio sprechend. »Im Grund hat er nicht unrecht, insofern als die Welt die Wahrheit meist mit Grobheit zu verwechseln pflegt. Man braucht ja nur die Kinder zu beobachten – die sagen heraus, was sie sich denken, und verlernen's erst, wenn sie heranwachsen.

»Seid klug, wie die Schlangen, und ohne Falsch, wie Tauben, – das steht schon in der Bibel«, zitierte Anne-Marie mit ausdrucksvollem Augenaufschlag.

»Das ist der Ursprung der Vergleiche mit dem Tierreich, über die Mr. Morgan sich bei uns Deutschen so wundert«, bemerkte Windmüller, der eben ein Verhör über seine Fahrt nach Padua von dem Genannten zur Zufriedenheit bestanden hatte und an die Gruppe herangetreten war. »Die Menschen aber hören und merken davon nur den ersten Teil und gehen über die Tauben zur Tagesordnung über. Übrigens Gio, was machen Ihre Tauben?«

»Es ist wieder eine gefallen – der Hausbursche, der sie füttert, fand sie verendet im Schlag droben im Speicher«, erwiderte Gio, indem ein Schatten über ihr Gesicht flog.

»Da muß aber doch etwas anderes mitspielen als das Klima«, meinte Morgan. »Sie sollten den Kadaver des Tieres untersuchen lassen, um festzustellen, was die Ursache dieses Taubensterbens ist.«

»Sie haben recht – darauf bin ich noch gar nicht gekommen«, erwiderte Gio lebhaft. »Wer macht denn eine solche Untersuchung?«

»Oh, ich denke jeder Apotheker. Ich will Ihnen das gern besorgen, falls Ihnen noch eine der Tauben stirbt, denn vermutlich sind die Kadaver der verendeten schon entfernt worden – –«

»Kinder, wann gibt's denn nun endlich mal was zu essen?« rief Tante Nickel vom Sofa her. »Mich hungert's wie einen Seelöwen! Euerm Koch hat wohl die Katze den Braten aus der Pfanne gestohlen?«

Donna Onesta richtete sich bei dieser kunst- und formlosen Mahnung an die allerdings etwas verzögerte Mahlzeit auf. Sie fühlte sich immer noch so sehr als Herrin des Hauses und war es so ungewohnt, in dieser Weise an ihre Pflichten gemahnt zu werden, daß sie es wie eine persönliche Zurechtweisung empfand, aber sie sank mit festgeschlossenen Lippen sofort wieder zurück, als Gio lachend erwiderte:

»Ich werde mal nachschauen, Tante! Sei nicht böse, daß ich's nicht schon früher tat, ich bin eben noch Neuling in den Hausfrauenpflichten!« –

Sie hatte kaum ausgeredet, als der Diener erschien, um zu melden, daß das Essen aufgetragen sei. Das Mahl verlief unter allgemeinen Gesprächen, die von den Teilnehmern ohne Kunstpause über Wasser gehalten wurden, angenehm, heiter und anregend. Nur Gio war still und ernst und beteiligte sich wenig an der Unterhaltung, was Frau von Verden allmählich auffiel.

»Gio, Mädle – dir ist wohl der Mund von der Hitze zugefroren?« rief sie ihrer Nichte mit der ihr eigenen harmlosen Taktlosigkeit zu. Ehe Gio aber, da die Augen aller auf sie gerichtet waren, vor Verlegenheit antworten konnte, sagte Donna Onesta:

»Ich finde, sie ist überhaupt in letzter Zeit – wie soll ich sagen – nicht ganz auf der Höhe –«

»Ja, ein wenig kränklich«, fiel Morgan diskret ein.

»Fehlt dir was mein Schätzle?« fragte Frau von Verden, aufmerksam gemacht. »Ich kann dir was geben: Hoffmannstropfen und Rizinusöl hab’ ich immer bei mir –«

»Tante Nickel, du bist gräßlich!« rief Gio entrüstet. »Gar nichts fehlt mir – ich bin gesund wie ein Fisch im Wasser. Man muß doch nicht immerzu reden – man muß doch auch seine Gäste sprechen lassen!«

»Gio fühlt sich *sehr* als Wirtin und Herrin der Ca’ Favaro«, warf Donna Onesta mit einem Lächeln ein, das etwas Unangenehmes hatte.

»Nicht ohne Ursache, Liebste«, gab Morgan freundlich zurück. »Aber in der Tat, liebe Gio –«

»Mir fehlt nichts«, fiel sie ihm fast heftig ins Wort, dann nahm sie sich zusammen und rief Frau von Verden zu: »Tante, wenn es dir recht ist, so heben wir die Tafel auf.«

Windmüller sah, daß Wettersbach immer noch von Anne-Marie festgenagelt war, nachdem sie ihn während der Mahlzeit schon ganz für sich in Anspruch genommen hatte, und suchte Gio mit den Augen. Sie stand allein auf dem nach dem Campo gehenden Balkon. Nach kurzem Zögern trat er zu ihr heraus. »Ich habe eine Frage an Sie«, sagte er, sich neben sie auf die Brüstung lehnend.

»Ach, wenn doch dieser Besuch nicht gekommen wäre!« rief sie mit zuckenden Lippen.

»Na, na! Es ist ja sehr gut gegangen«, redete er begütigend zu. »Bin ich nicht sofort als der ›alte Müller‹ anerkannt worden?«

»Nein, der Stein, der mir dabei vom Herzen gefallen ist«, sagte sie unwillkürlich lächelnd. »Und ich war so feige, die Bombe erst mit Ihrem Erscheinen platzen zu lassen, denn zum Glück hatte ich den Morgans schon vorher erzählen können, daß Sie in Padua wären, und daher gab’s beim Lunch erst kein langes Fragen.«

»Ich gebe ja zu, daß Ihre Tante etwas – hm – genierlich sein kann, aber im ganzen greift sie in mein Geschäft nicht hindernd ein.«

»Ach, das meinte ich auch nicht«, murmelte Gio. »Aber daß diese Anne-Marie gerade mitkommen mußte – – doch lassen wir das. Was wollten Sie mich fragen?«

»Oh, es fiel mir nur ein, daß ich gehört zu haben glaube, Donna Onesta sei Ihre Vormünderin. Ist dem so?«

»Gott sei Dank, nein«, erwiderte Gio inbrünstig. »Wie kommen Sie denn darauf, Onkel? Ich bin seit einem halben Jahr großjährig.«

»Gewiß – als Deutsche. Aber hier in Italien –«

»Das hat Großpapa geregelt. Ich bin auch hier mündig durch Speziallizenz.«

»Ah – ich verstehe. Der Duca hat mit großer Weitsichtigkeit für alle Fälle gesorgt. Nun gut; aber bis Sie großjährig wurden, wer war da – in Deutschland, wie in Italien – Ihr Vormund?«

»Zunächst meine Mutter und dann ein deutsches Vormundschaftsgericht; hier Großpapas Sachwalter, Cavaliere Castelfranco. Nun möchte ich aber bloß wissen, wer Ihnen gesagt haben kann, daß Donna Onesta meine Vormünderin ist!«

»Vielleicht hat sie sich eingebildet, es als Ihre nächste, italienische Verwandte zu werden«, umging Windmüller die direkte Antwort. »Sie müssen mich schon ein wenig neugierig sein lassen, Gio, das gehört einmal zu meinem Geschäft. Wie wär’s aber jetzt, wenn Sie zurückkehrten zu Ihren Gästen – schon um den armen Wettersbach ein wenig zu erlösen –«

»Woher wissen Sie denn, daß er erlöst sein will?« fiel Gio heftig ein.

»Nun, weil sein Gesicht nicht gerade großen Enthusiasmus über seinen Belagerungszustand ausdrückt«, erwiderte Windmüller lachend. »Gehen Sie voraus – ich komme gleich nach. Apropos, könnten Sie mir nicht Rita mal, heut abend noch, oder besser morgen früh unter irgendeinem Vorwand in mein Zimmer schicken?«

Gio sah ihn an, erst erstaunt, dann begriff sie.

»Das hat keine Schwierigkeit«, nickte sie und ging dann langsam in den Salon zurück, aus dem die Kreutzersonate erklang.

Windmüller aber wendete sich nach der im Dunkel liegenden Zimmerflucht, doch da die Läden nicht geschlossen waren, so fiel genug Licht durch die Fenster, um zur Not den Weg zu finden. Er ging ohne Aufenthalt durch die Reihe Gemächer bis an das Zimmer mit den Raritätenschränken und stand auf der Schwelle einen Augenblick still in der Erwartung, zu sehen, was Assunta, und Gio nach ihr, dort sahen oder zu sehen vermeint hatten. Aber er sah nichts, als die natürlichen Schatten, welche die Gegenstände warfen, und das aus den Ecken hervorkriechende Dunkel der Nacht; indes konnte er sich eines gewissen, plötzlich auf ihm lastenden Gefühles nicht erwehren, das mit der tiefen Stille über ihn kam, die ihm hier entgegentrat und seinen Herzschlag beschleunigte.

»Das kann Autosuggestion sein«, dachte er dabei. »Wer hätte sie nicht schon mit Herzklopfen gehört, diese Stimmen des Schweigens in unbewohnten Räumen, von denen wir wissen, daß der Tod durch sie hindurchgeschritten ist?

Mit einem raschen Entschluß trat er in das Zimmer, öffnete die ihm von Morgan bezeichnete Schublade, nahm das dicke, blau gebundene Heft, den Katalog der Sammlung, heraus und trug ihn in sein Zimmer.

Im Laufe des Abends wurde für den folgenden Morgen ein Ausgang verabredet, um den beiden fremden Damen San Marco und den Dogenpalast zu zeigen, wobei Mr. Morgan die Führung zu übernehmen versprach. Windmüller entschuldigte sich von der Teilnahme, weil seine Zeit knapp sei und er doch nun die Schätze der Ca' Favaro besichtigen müßte. Er bedauerte sehr, Mr. Morgan dabei nicht als Sachverständigen zur Seite zu haben, und erwähnte nebenbei, daß er den Katalog zu sich genommen habe, um sich durch eine Durchsicht etwas vorzubereiten.

»Der Duca hat viel darin korrigiert, ausgestrichen und geändert«, meinte Mr. Morgan.« Ich finde mich schon darin zurecht, fürchte aber, Sie werden wenig Nutzen davon haben, Herr Professor. Es war immer meine Absicht, ihn einmal sauber abzuschreiben – ich hoffe, daß ich im nächsten Winter dazu kommen werde.«

»Sind es alles Familienerbstücke, welche die Sammlung enthält?« fragte Windmüller. »Oder hat der Duca auch durch Kauf einen Teil davon erworben?«

»Dies war zum größten Teil der Fall«, erklärte Morgan. »Die Familienstücke finden sich zumeist unter den Glasplatten der beiden Tische – die größeren freilich sind in den Schränken untergebracht. Der Duca hatte hier seinen Hauptlieferanten für Raritäten, einen Althändler, der neben der Fava wohnt, aber keinen Laden hat, sondern nur eine Art von Magazin, aus dem die Antiquitätenhändler für die Fremden ihre Hauptstücke beziehen. Der Mann durchreist ständig ganz Italien nach seiner Ware – was er hat, ist aber echt, während die andern ja zumeist Fälschungen verkaufen, die freilich selbst den Kenner täuschen können, und in der Hauptsache meinen Landsleuten das Geld aus dem Beutel locken, wofür sie der Regierung auch noch einen Tribut für die Ausfuhr zu entrichten haben.«

»Oder auch nicht – wie es die verschiedenen ›verschwundenen‹ Gemälde beweisen«, meinte Windmüller lächelnd. »Wie heißt denn der Mann neben der Fava? Ein Besuch bei einem Althändler, der in der Tat ›nur echte‹ Sachen führt, könnte mich reizen.«

»Er heißt Zampietro«, erwiderte Morgan bereitwillig. »Die Chance, ihn anzutreffen, ist freilich sehr gering, denn der Mann ist meist auf Reisen.«

»Aber er muß doch jemand haben, der für ihn die Geschäfte in dieser Zeit besorgt.«

»Das tut seine Frau, eine greuliche, alte Hexe, mit der nichts anzufangen ist. Zampietro will nur mit Händlern zu tun haben. Mit dem Duca war es eine Ausnahme, denn erstens war er ein venezianischer Magnat und dann eine alte Bekanntschaft.«

»Womit ich mich freilich nicht rühmen kann«, sagte Windmüller bedauernd.

»Ich auch nicht«, erklärte Morgan lachend. »Ich bin einmal mit einem Versuch bei dem Mann abgeblitzt, und eine Empfehlung von mir würde Ihnen daher auch nichts nützen. Er hat eine prachtvolle Art, einem die Tür vor der Nase zuzuschlagen.«

»Leider reicht meine Zeit nicht hin, die Probe auf das Exempel zu machen«, erklärte Windmüller, fest entschlossen, es dennoch zu versuchen, falls er es für nötig finden sollte, der Spur des Ringes an der Hand von Gios Mutter eventuell dort nachzuforschen. Windmüllers Beruf machte es ihm zur ersten Pflicht, Verdacht aus jedem Wort zu schöpfen – andererseits aber sprach Morgans Bereitwilligkeit, ihm die Adresse des Mannes mitzuteilen dafür, daß er mit dem rätselhaften Ring in keinem Zusammenhang stand. Und doch mußte es damit eine besondere Bewandtnis haben und die Morgans mußten darum wissen; diese Überzeugung hatte Windmüller auf seiner Rückfahrt von Chioggia nach reiflicher Prüfung gewonnen.

»Sag mal, wo hast du denn den alten Müller aufgegabelt?« fragte Tante Nickel ihre Nichte, als sie von dieser zur Nacht in ihr Zimmer geleitet worden war. Gio erklärte ihr mit einem heimlichen Schrecken vor den kommenden Fragen, wie sie ihn zufällig unterwegs getroffen und eingeladen hätte, aus dem Hotel in die Ca' Favaro überzusiedeln, und Frau von Verden gab sich damit zufrieden.

»Der Mann muß meiner Berechnung nach ein Siebziger sein«, behauptete sie aber, nachdem sie einen Gähnkrampf überwunden hatte.

»Muß er?« fragte Gio zweifelnd.

»Eigentlich muß er sogar älter sein«, bekräftigte Tante Nickel ihre Berechnung. »Und der Mensch sieht aus, wie ein Fünfziger.«

»Du wirst dich eben verrechnet haben, Tante«, redete Gio ihrer Verwandten zu. »Er sieht wenig älter aus als damals, wo er bei meinen Eltern zu Besuch war. Ich war gerade fünfzehn geworden.«

»So? Na, da werd' ich ihn wohl mit einem andern verwechseln. Wahrscheinlich war der alte Müller, den *ich* meine und der mit einer Tante deines Vaters verheiratet war, sein Vater. Ich werde ihn morgen danach fragen.«

»Ja, tue das, Tantchen«, sagte Gio erleichtert, denn sie zweifelte nicht, daß Windmüller diese Frage schon beantworten würde. Worauf sie in ihr eigenes Reich hinaufstieg, in dem sich ihre Sehnsucht nach Alleinsein aber zunächst nicht befriedigte, denn oben wartete ihrer schon Anne-Marie »zu einem gemütlichen Plauderstündchen«. Aber Gio setzte alle Höflichkeit als Wirtin beiseite und erklärte energisch, heute nicht mehr zu können – es läge Sirokko in der Luft und mache sie todmüde.

»Na, dann schlafe nur, du altes Murmeltierchen«, erklärte Anne-Marie zu Gios größter Befriedigung. »Ich bin eigentlich auch müde und hatte dir bloß sagen wollen, wie sehr ich überrascht war, Herrn von Wettersbach hier zu sehen. Das heißt, hier im Hause, denn daß er in Venedig war oder herkommen würde, das – hatte mir schon vorher ein kleines Vögelchen verraten. Hm, ja, – man hat so seine Verbindungen, durch die man etwas erfährt – –«

»So?« machte Gio trocken, als Anne-Marie bedeutungsvoll einhielt. »Da Herr von Wettersbach eine Schwester in München hat, bei der du verkehrst, so ist es ja nicht schwer, den Namen des ›kleinen Vögelchens‹ zu erraten. Hat es dir auch gesagt, daß er im Hotel Danieli wohnen würde?«

»Sei nicht boshaft, du Krott, du«, lachte Anne-Marie.

»Ich gehe ja schon!« Aber sie ging nicht, sondern kam noch einmal zurück. »Gio, du mußt doch gesehen haben, daß Herr von Wettersbach sich für mich interessiert.«

»So? Tut er das?«

»Ja, er tut es, wenn du's schon durchaus wissen willst! Seine Schwester hat's mir sicherlich nicht ohne Absicht gesteckt, daß er nach Venedig ginge während seines Urlaubs und – im Hotel Danieli wohnen würde. Zu der Reise habe ich Pate Nickel ja herumgekriegt, aber daß sie standhaft blieb, nicht im Hotel zu wohnen, das hat mich mächtig gefuchst . . . Natürlich, wenn ich gewußt hätte, daß Herr von Wettersbach dir gleich seinen Besuch machen würde, dann hätte ich mich nicht so aufzuregen brauchen. So, nun bist du im Bild und ich hoffe von deiner Freundschaft, daß – daß du ihn recht oft einladen wirst, gelt, Schatzel? Denn sein Besuch bei dir galt doch eigentlich mir! Alle Welt hat mir in München nach dem Kotillon im Künstlerhaus schon gratuliert, und ich werde mir diese gute Partie nicht entschlüpfen lassen, darauf kannst du dich verlassen! Hier, wo so viel Raum im Hause ist und man sich so hübsch verkrümeln kann – zu zweit natürlich –, da wäre so recht die Gelegenheit, eine endgültige Erklärung herbeizuführen – – – Jemine! Männer sind mal so viel schwerfälliger, wie wir, sie müssen schon einen sanften Schubs kriegen, wenn sie begreifen und sich entschließen sollen – – ich hab's mir schon etwas zurechtgelegt, wie ich's machen will – – – wenn's ›gezogen‹ hat, will ich dir das Rezept später ganz gern im Vertrauen verraten – – na, friß mich nur nicht gleich mit deinen Augen mit Haut und Haaren auf! Gute Nacht, Schatz, überleg dir's und sei lieb! Hörst du? Sei lieb! Ich rechne bestimmt auf dich!«

Und mit einer Kußhand schoß sie zur Tür hinaus.

Gio aber warf sich, als sie allein war, auf die Knie vor dem Sofa nieder und brach in Tränen aus, die sie aber sofort zurückdrängte und trocknete.

»Nein«, dachte sie aufspringend, »nein, nein, nein! Das lohnte sich nicht zu weinen! Wenn er darauf hereinfällt, dann verdient er es nicht besser! Und er wird darauf hereinfallen, denn sie ist schon als Kind eine so geschickte Simulantin gewesen –! Und ich darf ihn nicht einmal warnen, ich darf nicht! Tante Nickel? Oh, Sie würde wie ein Bär hineintappen und anfangen: Gio hat mir gesagt – usw. Onkel Windmüller? Ja, der könnte es und der tut's auch, aber – er sieht einem ja mit seinen klugen Augen bis auf den Grund der Seele, und ich darf's doch nicht verraten, daß ich ›ihn‹ so liebhabe, so lieb – –«

Vielleicht hätte es sie doch beruhigt, wenn sie gewußt hätte, daß der gute »Onkel« Windmüller gar keine Sorge darum hatte, den einfachen und guten Menschen, aber sehr gewandten Diplomaten Wettersbach in die Netze einer Sirene fallen zu sehen, die sie mit Schiffstauen spann; freilich ist auch das schon öfter vorgekommen, und somit wäre dieser Trost nur ein sehr zweifelhafter gewesen. Windmüller, der wahrscheinlich schon tiefer geblickt hatte, als die arme, gequälte Gio es in ihrer Unschuld ahnte, nahm sich heute keine Zeit der Sache eine größere Beachtung zu schenken. Allein in seinen Zimmern – denn er hatte es abgelehnt mit Wettersbach eine Flasche Chianti zu trinken – legte er sich methodisch das Erreichte zurecht. Um sich schauend wie jemand, der in tiefsten Gedanken seine Umgebung mustert, die sich zwar in seinem Auge widerspiegelt, aber sich seinem Gehirn nicht einprägt, ließ er den Blick durch den mit alter, verblichener Pracht ausgestatteten Raum schweifen und blieb an dem Bild der venezianischen Patrizierstochter Bianca Capello haften, die mit einem Angestellten des großen Bankhauses Salviati als Sechzehnjährige dem väterlichen Palast entfloh, eine Geschmähte und Verfolgte, die durch einen Pfuhl von Schande und Verbrechen gewatet war. Als Tochter der Republik wurde sie nach Jahren die Gemahlin Francesco I. von Medici und Großherzogin von Toskana, um bei dem furchtbaren Gastmahl zu Poggio a Cajano ihr schwer beladenes Dasein zu enden.

Windmüller trat vor dieses Bild mit einem plötzlich erwachten Interesse. Es zeigte die schöne Bianca als Großherzogin in einem purpursamtnen, goldgestickten und perlenbesäten Kleid, aus dessen emporstehenden Spitzenkragen der weiße Hals »wie Schaum und Schnee« emporstieg. Die linke, schlanke weiße Hand war in ein offenes Schmuckkästchen versenkt, das neben ihr auf dem Tisch stand, die Rechte hielt mit spitzen Fingern dem Beschauer einen Ring entgegen. Einen Ring, in der Form einer spiralförmig sich windenden, goldenen Schlange, deren Kopf ein Krönchen zierte – gemalt mit der minutiösen Genauigkeit der alten Bildnismaler des Cinquecento. Windmüller sah auf diesen Ring wie gebannt, der gewissenhafte Maler hatte jede Schuppe des goldenen Schlangenleibes mit hingebender Treue gegen den Meister, der dieses Miniaturschmuckstück geschaffen hatte, wiedergegeben.

Als er sich endlich von dem Bild losriß, war sein Gesicht sehr ernst und nachdenklich und in seinen Augen flimmerte das Licht, vor dem mancher schon offen und heimlich gezittert hatte.

Er trat an den Schreibtisch, in den er den Katalog der Sammlung des Herzogs Favaro eingeschlossen hatte, setzte sich davor nieder und legte das dicke Heft vor sich hin, das er schnell aber aufmerksam durchflog. Morgan hatte recht: es war vieles in diesem Verzeichnis geändert, ausgestrichen, ergänzt, aber es war doch leserlich in der kleinen, aber klaren Handschrift des Duca, die wie gestochen aussah und an alte Klosterhandschriften erinnerte, mit tiefschwarzer

Tinte auf glattem, weißem Papier. Die Anmerkungen waren mit roter Tinte geschrieben, ebenso die veränderten Nummern. Was ausgestrichen, also ganz entfernt war, bedeckten dicke Striche eines undurchsichtigen Blaustiftes.

Übrigens war der Katalog sehr übersichtlich geordnet; eine Abteilung: »Schmuckstücke« zerfiel wieder in genau spezifizierte Unterabteilungen: »Ketten«, »Anhänger«, »Ringe«, »Nadeln«. Die Abteilung »Ringe« wies über fünfzig Nummern auf, in denen zwei gänzlich gestrichen und die nächsten mit roter Tinte in die unterbrochene Reihe umnumeriert worden waren.

Diese beiden Nummern interessierten Windmüller ganz besonders, nachdem er die stehengebliebenen sorgfältig durchgenommen hatte, ohne auf einen Ring zu stoßen, welcher Gios Beschreibung entsprochen hätte. Zwar fanden sich zwei Schlangenringe – ein beliebtes Muster vergangener Tage – doch fehlte den mit Juwelen besetzten Köpfen das besondere Merkmal: Die Krone. Gleich der vierte der Ringe, Reihenzahl 608, war durchgestrichen samt den folgenden sechs Zeilen der Beschreibung. Am Rande stand mit roter Tinte: Gegen Nr. 56 dieser Abteilung von Cav. Castelfranco ausgetauscht.

Nr. 16, welche gleichfalls durchgestrichen war, hatte eine Beschreibung, die über eine volle Seite einnahm, aber alle Zeilen waren mit derselben minutiösen Genauigkeit unlesbar gemacht, wie alle andern ausgefallenen Nummern des gesamten Katalogs. Zu welchem Zweck diese einer Vernichtung praktisch gleichkommende Methode angewandt worden war, wo doch ein einfaches Durchkreuzen des Textes genügt hätte, war Windmüller unerfindlich, denn *er* war ja selbst Sammler und führte einen Katalog, dessen Veränderungen, sei's durch Tausch, sei's durch Weggabe, ein Zickzackstrich oder ein Durchkreuzen vollkommen erkenntlich machte und dazu noch das Gute besaß, die Notizen über Herkunft und Erwerb des Gegenstandes dem Gedächtnis zu erhalten. Daß auch der Herzog Favaro diese einfache Methode zuerst angewendet hatte, war aus noch sichtbaren, vor der Anwendung des Blaustiftes wegradierten Bleistiftstrichen zu ersehen, – wozu dann noch dieses mühsame und peinlich genaue Verfahren? Eine Notiz, was aus dieser mit einer so langen Beschreibung versehenen Nr. 16 der Abteilung: »Ringe« geworden war, fehlte, und das machte Windmüller sehr nachdenklich. Nach langem, tiefem Sinnen, die Augen angestrengt auf die gleichmäßig tiefblauen Linien geheftet, stand er auf und holte aus seinem wohlverschlossenen Koffer ein kleines Kästchen, das mit verschiedenen Sorten von Radiergummi und mehreren kleinen, Chemikalien enthaltenden Fläschchen angefüllt war und einige Vergrößerungslinsen verschiedener Stärkegrade enthielt. Von diesen letzteren nahm er das stärkste heraus und sah lange angestrengt hindurch, aber die blauen Striche waren so ebenmäßig dick aufgetragen, daß das starke Glas sie nicht durchdrang und kaum hin und wieder einen Buchstaben oder einen Strich desselben zur Not erkennbar machte. Auch das Durchleuchten des Blattes, gegen die elektrische Tischlampe gehalten, brachte nichts Leserliches zum Vorschein: dazu hätte es eines Apparates bedurft, der Windmüller hier nicht zur Verfügung stand. Unwillkürlich faßte seine Hand einen Radiergummi von der Sorte, die Buntstifte wohl angreifen, aber nicht ohne Spuren zu hinterlassen. Überdies stellte Windmüller durch eine kleine Probe mit dem angefeuchteten Nagel fest, daß es sich hier um einen Tintenstift handelte, dessen tiefblaue Farbe durch Überfahren mit einem Pinsel fixiert worden war und damit auch die darunterliegende Schrift derart überdeckte, daß sie von einem chemischen Mittel zugleich mit ihrer Decke fortgenommen werden mußte. Eine nochmalige Untersuchung mit dem Mikroskop ergab nur das Vorhandensein von Erhöhungen da, wo der Schreiber die Feder neu gefüllt angesetzt hatte, aber sonst kein leserliches Resultat; hingegen entdeckte Windmüller am Rand die fortradierten Spuren einer Bleistiftnotiz, die freilich so schwach waren, daß er lange schauen mußte, bis er imstande war, die Buchstaben zu unterscheiden. Und da stand in des Herzogs Schrift, ohne dem bloßen Auge auch nur annähernd sichtbar zu sein: »Meiner Tochter Vanna geschenkt. Favaro.«

Mit vor Anstrengung schmerzenden Augen blickte Windmüller auf, indem er sich die Frage vorlegte: Warum hat der Herzog diese Notiz wieder fortradiert? Oder hat ein anderer das getan? Zu welchem Zweck? Wieder setzte Windmüller das Glas an und wieder wurde die Schrift sichtbar; nun verglich er mit der nebenanstehenden Seite Buchstaben für Buchstaben, und wenn jene, die unter das Glas kamen, auch etwas verschwammen, so konnte er doch ein Resultat seiner Mühe erzielen: der Herzog hatte diese Notiz *nicht* geschrieben, und der Schreiber, der sich seiner Handschrift dabei bediente, hatte, unzufrieden mit dem Resultat seiner Mühe, die Schrift lieber fortgewischt.

Nun war Windmüller ganz überzeugt davon, daß Nr. 16 den Ring und seine Beschreibung behandelte, der Gio an der Hand ihrer toten Mutter befremdete, und daß Morgan es gewesen war, der die Blaustiftlinien gezogen hatte, nicht nur über diesen Absatz, sondern auch über alle andern gestrichenen Artikel, um die Aufmerksamkeit von diesem einen abzulenken.

Aber wozu in aller Welt? Es mußte dann doch in den verdeckten Schriftzügen etwas stehen, was niemand mehr lesen sollte! Und der sonst so zäh-geduldige Windmüller stieß einen Seufzer der Ungeduld aus vor diesem Rätsel, das ihm einfach ein Brett vor die Nase schob, das nicht der feinste Bohrer seines Scharfsinns durchdringen konnte – wenigstens hier nicht, wo keins oder nur wenige seiner mächtigen Hilfsmittel ihm zur Verfügung standen. Daheim, in seinem kleinen, chemischen Laboratorium – – doch, was nützte es, Unerreichbares zum Trost anzuführen. Natürlich gab er die Schlacht noch nicht verloren – aber die Umwege zum Sieg waren zeitraubend und vielleicht mit Fehlschlägen verbunden.

Der kommende Morgen fand ihn, mit Feldzugsplänen ausgerüstet, trotz einer zum Teil durchwachten Nacht, und mit zwei sorgfältig zuvor abgeschnittenen Knöpfen neben sich auf dem Tisch, bei seinem Frühstück im Florentiner Salon. Sein Blick fiel gerade auf das Bild der Bianca Capello, die ihm, mit ihrem subtilen Lächeln um den süßen Mund, den Ring mit ihren weißen Fingern aus dem Rahmen herauszureichen schien.

»Es ist schon recht«, nickte er zu dem Bild hinauf. »Wir werden ja sehen, ob ich Ihre Meinung richtig verstanden habe, Diavolina Bianca!«

Es war noch früh am Tag und Windmüller beeilte sich nicht mit seinem Frühstück, ja er trödelte geradezu damit, immer die Augen auf dem Bild. Da klopfte es an seine Tür und Rita trat herein, ein Buch in der Hand.

»Donna Gio schickt dies dem Herrn Professor und läßt fragen, ob der Signor gut geschlafen hätte.«

»Bitte, sagen Sie Ihrer Herrin meinen Dank – ich käme selbst bald nach«, erwiderte Windmüller freundlich und nahm Annunzios »Cittá morta« anscheinend mit großem Interesse entgegen. Dann fügte er liebenswürdig hinzu: »Ach, da fällt mir ein – ich hätte eine Bitte an Sie, Signorina!«

»Stets zu Diensten, Signor«, war die echt italienischbereitwillige Antwort.

»Sehen Sie – mir sind hier zwei Knöpfe abgerissen – zwei! Und da wir armen Junggesellen mit der Nadel etwas ungewandt sind –«

»Sofort, Signor, sofort!« unterbrach ihn Rita verständnisvoll.« Ich habe mein Nähzeug immer bei mir, für alle Fälle.« Und sie zog ein kleines Etui, Fingerhut, Schere und Faden, aus ihrer umfangreichen Tasche hervor. »Mein Gott, – wenn Donna Onesta schnell etwas genäht braucht, und man tut's nicht auf der Stelle, dann gibt's einen Tanz. Sie bringt die Leute auf Trab, Signor, bestimmt!«

Windmüller hatte indes sein schon vorbereitetes Untergewand herbeigeholt und Rita etablierte sich damit diensteifrig auf dem nächsten Stuhl.

»Dafür ist Donna Gio sicher desto nachsichtiger«, bemerkte er, indem er vor ihr stehenblieb.

»Sicher!« murmelte Rita, den Faden abbeißend, den sie eben eingefädelt hatte.

»Es mag ihr ja natürlich schwer werden, dem großen Haus als Herrin vorzustehen, nachdem Donna Onesta so lange hier regiert hat«, plauderte Windmüller harmlos weiter, »aber schließlich *ist* sie doch die Herrin, und wenn sie vielleicht auch manchmal ungeduldig wird, so darf man ihr das nicht übelnehmen, nicht wahr? Jeder Mensch will doch als das anerkannt werden, was er ist.«

»Ja, ja! Freilich!« nickte Rita. Dann ließ sie die Arbeit in den Schoß fallen und spreizte die Hände aus, was bei Italienern immer ein Zeichen ist, daß er sich aufs Reden einrichtet, wozu er die Hände so gut braucht, wie den Mund. »Aber was kann sie machen? Donna Onesta ist die ältere, ist die Tante! Mit Donna Vanna war es ja etwas anderes, sie war die Erbin des Signor Duca –«

»Nun, und Donna Gio ist ihre Tochter, die Erbin ihrer Mutter –«

»Aber eine Fremde, keine echte Favaro – – sagt Donna Onesta! Sie sagt – aber verraten Sie mich nicht, Signor – sie sagt, Donna Gio hätte kein Recht auf die Ca' Favaro! Nicht, daß ich das glaubte, Gott soll mich behüten! Und die andern im Hause auch nicht. Aber sie ist die ältere.«

»Hm – ja. Aber niemand kann zween Herren dienen, Signorina.«

»Wie soll man es denn machen? Donna Onesta befiehlt und Donna Gio befiehlt –« Achselzuckend hielt sie ein.

»Gewiß, es mag schwer sein für Sie«, meinte Windmüller teilnehmend. »Nun, Sie sind ja klug und werden schon den richtigen Ausweg finden. Wenn ich an Ihrer Stelle wäre, würde ich mich aber lieber zu Donna Gio halten, denn sie ist doch nun einmal die Herrin hier – ihre kleinen Wünsche erfüllen, dafür sorgen, daß sie erfüllt werden. Zum Beispiel gestern früh mit dem Kuchen, den sie gern haben wollte –«

»Ah – das Anisbrot, ich weiß, ich weiß!« rief Rita. »Es hat mir selbst leid getan, daß ich ihr das Anisbrot nicht bringen konnte, aber was soll ich machen, wenn Donna Onesta es am Abend zuvor aufgebraucht hat?«

»So viel davon zurückhalten, als für Donna Gio notwendig ist«, schlug Windmüller vor.

»Zurückhalten? Wenn ich es nicht in den Händen habe?« verteidigte Rita sich mit lebhaften Gesten. »Donna Onesta hat die süßen Sachen alle unter ihrem Verschluß und macht selbst die Platten und Körbchen von den englischen Biskuits und den im Haus gebackenen Kuchen zurecht; die holt man dann aus ihrem Vorzimmer ab. So machte sie es schon für den Signor Duca, damit er immer bekam, was er gern mochte, so blieb es noch, nachdem Donna Vanna als Witwe hierhergekommen war – – unter uns, Signor, Donna Vanna *wollte* Donna Onesta nicht alles gleich abnehmen, zu gutmütig, und so ist es heute noch. Donna Gio weiß gar nicht, wer das feine Gebäck zum Frühstück und Tee besorgt, darum kümmert sie sich nicht. Aber natürlich, unter uns, Signor, – diese Sache ist ja bloß eingerichtet worden, damit der Signor Morgan bekommt, was ihm mundet; er ist ein Leckermaul, der Signor Morgan – ohne ihm zu nahe treten zu wollen – und das Idol der Donna Onesta. Die Sorge für den Signor Duca war ja doch nur der Vorwand, um dem schönen Blonden vorzusetzen, was ihm recht ist!«

»Nun ja«, meinte Windmüller, heimlich ergötzt über die durchschaute kleine und harmlose Strategie. »Das ist ja am Ende begreiflich, wenn eine Frau für ihren Mann sorgt. Wenn Sie nun Donna Onesta darauf aufmerksam machten, was von den süßen Dingen Donna Gio besonders liebt –«

»Aber das weiß Donna Onesta ja selbst! Es ist noch gar nicht lange her, da mußte ich ihr's sagen, sie hat mehr als einmal danach gefragt, was Donna Gio bevorzugt! Und weil immer das Anisbrot herausgesucht war aus der Platte, so hat sie immer welches darauf getan! Gestern hat es zum erstenmal gefehlt! Es war am Abend zuvor verbraucht worden.«

Windmüller dankte Rita für die angenähten Knöpfe, und sie entfernte sich sehr begeistert von dem Gast, mit dem man doch ein Wort reden konnte. Für Windmüller war diese Unterhaltung nur die Einleitung, um Rita »warm« zu machen, um sie ein anderes Mal zu mehr Mitteilungen zu bewegen. Wenn Donna Onesta also für die Befriedigung von Gios Liebhaberei besorgt war, so war das immerhin doch ein Zeichen von gutem Willen zum mindesten, und von – –

Er ertappte sich dabei, daß sein Blick während dieser Betrachtung wieder auf dem Bild der Bianca Capello haftete, auf dem Ring, den sie ihm entgegenzuhalten schien. Mit Gewalt riß er sich davon los, nahm den Katalog des Duca unter den Arm und verließ sein Zimmer, um aber zuvor zum oberen Stockwerk hinaufzusteigen und an Gios Tür zu klopfen. Er fand sie zum Ausgehen bereit, wenigstens lag ihr Hut auf einem Stuhl schon zur Hand.

»Sie haben schlecht geschlafen«, bemerkte er, als er sie bei der Begrüßung scharf ansah.

»Ach – es ist nichts«, meinte sie verlegen. »Das kommt so, wenn Sirokko ist. Es regt mich auf – andere macht er müde. Hat Rita Ihnen das Buch gebracht?«

»Ja, ich danke.«

»Und –«

»Und Sie können mir morgen ein anderes schicken. Ich kannte die ›Cittá morta‹ schon«, erwiderte Windmüller unschuldig. »Jetzt möchte ich Sie noch um etwas anderes bitten – um eine Empfehlung an Ihren Sachwalter und früheren Vormund Cavaliere Castelfranco. Er ist Sammler, wie ich erfahren habe, und da ich es auch bin, so möchte ich ihn gern besuchen, um einen Gegenstand zu sehen, den Ihr Großvater ihm gegeben hat. Sie könnten das gleich erwähnen. Hat das Schwierigkeiten?«

»Ich – ich denke nicht«, entgegnete Gio und sah ihren Gast erwartungsvoll an. Da er aber nur freundlich lächelnd vor ihr stand, ohne zu reden, so wandte sie sich ihrem Schreibtisch zu, wo sie schnell ein paar Zeilen auf einen Bogen Briefpapier warf, diesen in einen Umschlag steckte, adressierte und dann Windmüller gab, der ihn mit einem liebenswürdigen: »Danke tausendmal, liebe Gio!« in die Tasche steckte.

»Sie behandeln mich wie ein Kind!« konnte Gio sich nicht enthalten auszurufen.

»Ich behandle Sie wie jedermann, für den ich eine Aufgabe lösen will«, erwiderte Windmüller ernst. »Ihr Vater wußte auch, daß er keine Fragen stellen durfte, und tat es nicht. Wenn Sie über meine Methoden aber etwas hören wollen, so wird Herr von Wettersbach Ihnen gewiß gern Auskunft erteilen. Wir haben schon einmal sehr ersprießlich zusammen gearbeitet.«

»Herr von Wettersbach!« rief Gio mit zuckendem Mund. »Von ihm werde ich nichts hören – – ich habe strikte Ordre, ihn – andern zu überlassen!«

Windmüller sah Gio scharf an, dann aber lächelte er leicht und nahm Gios Hand in die seine. »Sie können sich darauf verlassen, daß Herr von Wettersbach schon wissen wird, andere – um beim Plural zu bleiben – loszuwerden. Erstens steht ihm dazu seine diplomatische Schulung zur Verfügung, zweitens die schöne Deutlichkeit, die ein Kennzeichen seiner schwäbischen Abstammung ist, und drittens – sein gesunder Menschenverstand. Wer wird sich denn von – Gänsen ins Bockshorn jagen lassen! Die schnattern viel und beißen auch gelegentlich, aber das geht nicht bis auf die Knochen. So – nun verdufte ich. Schönen Dank nochmals – und essen Sie mal erst was Tüchtiges, ehe Sie mit Ihrer Gesellschaft auf die Löwenjagd gehen unter der Leitung Ihres liebenswürdigen Bärenführers. Ich sehe, Sie haben Ihr Frühstück kaum berührt – nur den Appetit nicht unterkriegen lassen, Gio, sonst streiken die Nerven, und wer weiß, ob Sie die nicht brauchen. Hatten Sie heute wieder nicht Ihr geliebtes Anisbrot?«

»Doch«, erwiderte Gio mit einem flüchtigen Lächeln, das aber mit einem dankbaren Blick auf ihren originellen Tröster begleitet war.

»Na, dann essen Sie noch was Ordentliches hinterdrein«, meinte Windmüller mit einer Grimasse. »Für mich wäre das nichts – ich habe einen direkten Widerwillen gegen dieses Gewürz.«

»Ich auch«, erklärte Gio. »Aber meine Tauben sind reinweg versessen darauf, und für sie will ich's haben – als besondern Leckerbissen. Ich fürchte, nicht meine werte Person lockt sie zu mir, sondern dieses Gebäck, und ihnen teile ich's unparteiisch aus, um sie damit zu mir zu gewöhnen nach dem schönen Grundsatz: Durch den Magen ins Herz. Eigentlich ist das unmoralisch, nicht?«

»Wenn Sie durch die tierischen Instinkte einen Menschen korrumpieren wollten, schon!« meinte Windmüller lächelnd. »Aber ich glaube, bei Tieren gehört das zur ›zahmen Dressur‹. Und nun befolgen Sie meinen Rat, sonst findet Mrs. Morgan mit Recht wieder an Ihrem Aussehen etwas auszusetzen!«

»Sie soll sich gefälligst um sich bekümmern«, rief Gio aufgebracht, indem sie sich ein Brötchen zu streichen begann.« Ich bin gesund, wie eine Heidschnucke, aber seit einigen Tagen erschöpfen sich die beiden darin, mich ›leidend‹ aussehend zu finden. Diese zarte Besorgnis ist ganz neu und ärgert mich wütend.«

»Gio, lassen Sie sich nicht durch Vorurteile blenden und hinreißen. Die Gerechtigkeit war eine der schönsten Eigenschaften Ihres Vaters. Prüfen Sie, ob es diese Leute nicht dennoch gut meinen«, mahnte Windmüller freundlich. »Apropos«, setzte er leicht hinzu: »wie sind Sie eigentlich auf die Idee mit den Tauben gekommen?«

»Oh – so, zur Gesellschaft. Ich bin oft recht einsam hier«, erklärte Gio. »Eigentlich hatte ich an einen Hund gedacht, aber der hat hier nicht genug Bewegung, und wer weiß, ob Colombo ihn geduldet hätte. Und weil mir ein paarmal von weißen Tauben geträumt hat, so habe ich mir welche angeschafft.«

»Was für ein hübscher Traum!«

»Nicht wahr? Das hübscheste dabei aber war, daß ich sie immer in Begleitung meiner Mutter sah. Ganze Schwärme davon umflatterten sie, wenn ich von ihr träumte; es sah so lieblich aus, daß ich den Traum als Bild gemalt besitzen möchte.«

»Es wäre in der Tat ein reizender Gegenstand. Und nun aber muß ich wirklich fort. Auf Wiedersehen, liebe Gio!«

Unten im Saal angelangt, stieß Windmüller auf Frau von Verden, die in doppelsohligen Stiefeln, graugrünem Lodenrock und einem grünen Filzhut, in dem Prachtraum herumstapfte, dessen Spiegel ihr Kostüm mit vielfacher Deutlichkeit zurückgaben, ohne daß sie sich's bewußt geworden wäre, damit besser ins Hochgebirge zu passen.

»Na, zum Kuckuck, wo bleiben denn die andern?« fauchte sie den unschuldigen Windmüller an. »Solch eine niederträchtige Trödelei ist mir bis in die Gurgel zuwider! Seit einer Viertelstunde bin ich nun schon da und warte wie ein Huhn aufs Ei. Wo haben Sie denn Ihren Hut gelassen? Ach so – Sie gehen ja nicht mit. Apropos – ich habe Sie gestern mit Ihrem Vater verwechselt, – *der* war der alte Müller, nicht wahr?«

»Unter allen Umständen war er das«, gab Windmüller unumwunden zu.

»Warum haben Sie denn das nicht gleich gesagt?« schnob Tante Nickel ungnädig weiter. »Und Ihre Mutter war demnach eine Verden, was?«

»Ihre Definitionsgabe ist bewundernswert«, umging Windmüller die heikle, direkte Frage. »Haben Sie gut geschlafen?«

»Na, es geht«, erwiderte sie. »Wissen Sie, bis man in einem fremden Bett die richtige Kuhle gefunden hat, in der man fest liegt, muß man sich immer erst hundertmal umdrehen. Und dann ist man solche Säle von Schlafzimmern auch gar nicht gewohnt. Wenn aber jetzt die Anne-Marie nicht bald fertig ist, dann – – Na, Gott sei Dank, da trampelt ja wer die Treppe herunter – verflixtes Gewarte, das!«

Windmüller genehmigte sich nur einen flüchtigen Blick auf die beiden auf der Treppe erscheinenden Hüte: den wurstkesselartigen von Anne-Marie, unter dem das kleine Persönchen aussah, wie eingetrieben, und den weißen, schön geschweiften Strohhut Gios, worauf er lautlos in die Flucht der Südzimmer verschwand.

»Die Virtuosität, mit welcher der weibliche Mensch imstande ist, sich zur Vogelscheuche zu machen, gleichviel, ob der Mode oder dem Praktischen zuliebe, ist anerkennenswert«, dachte er mit leisem Schmunzeln. »Ich möchte eigentlich Donna Onestas Gesicht beim Anblick der Gäste der Ca' Favaro sehen. Was immer auch ihre Eigenschaften sein mögen – sie kleidet sich mit ausgesuchtem Geschmack und – mit fürstlichen Mitteln, evident mit fürstlichen Mitteln. Vermutlich dem schönen Blonden zu Gefallen, dessen Schneiderrechnungen übrigens auch nicht übel sein müssen . . . für mittellose Leute.«

Er deponierte den Katalog wieder auf dem dazu bestimmten Platz und verließ nun seinerseits den Palast. Nach kurzem Weg steuerte er auf ein altes Haus zu, dessen Fensterläden zum Teil geschlossen waren. Windmüller hatte sich nicht getäuscht, das Schild trug den Namen G. B. Zampietro, und ohne weiteres zog er an der Glocke, deren Griff neben der Tür herabhing. Es dauerte eine ganze Weile, bis drinnen schlürfende Schritte hörbar wurden; dann öffnete sich ein kleines Guckfenster in der Tür, worauf diese aufgeschlossen wurde und einen Mann mit langem, grauem Patriarchenbart sichtbar werden ließ. Eine goldgefaßte Brille, über welche scharfe, dunkle Augen hinwegsahen, saß auf der Spitze seiner Hakennase: auf dem blanken Schädel trug er ein schwarzseidenes Käppchen, und seine große, dürre Gestalt umschlotterte ein grünseidener, arg verschlissener, orientalischer Kaftan mit weiten Ärmeln.

»Sie wünschen?« fragte er, nicht eben einladend, in rollenden Baßtönen.

»Verzeihung – kann ich den Signor Zampietro sprechen?« erwiderte Windmüller liebenswürdig, indem er den Hut zog.

»Der bin ich!« donnerte der Grünseidene, bereit, die Tür wieder zuzuschlagen.

»Ah – desto besser. Ich fürchtete schon, Sie nicht anzutreffen«, sagte Windmüller, den Fuß auf die Schwelle setzend. »Ich bin momentan als Gast in der Ca' Favaro und komme mit einer Frage, die nur Sie mir beantworten können, der Sie mit dem Duca, dem Großvater der gegenwärtigen Besitzerin, in Verbindung gestanden sind.«

»Der Duca war mein Milchbruder, Signor«, entgegnete der Antiquar, indem er an sein Käppchen faßte. »Er war mein einziger Privatkunde. Mein einziger. Ich mache sonst keine Ausnahme von dieser Regel!«

»Natürlich nicht – man muß an seinen Prinzipien festhalten«, erklärte Windmüller im Brustton der Überzeugung, worauf Signor Zampietro sein Käppchen lüftete, beiseite trat und eine einladende Handbewegung machte, die Tür hinter seinem Besuch wieder verriegelte und dann eine enge und schmale Wendeltreppe nach dem oberen Stockwerk emporstieg. Oben angelangt, stieß er eine Tür in einen mit Möbeln, Waffen, Bildern und Rüstungen vollgestopften Saal auf und sagte: »Meine Zeit ist knapp, Signor – aber verfügen Sie darüber. Womit kann ich Ihnen dienen?«

»Das Wasser läuft mir altem Sammler beim Anblick Ihrer Schätze im Mund zusammen«, erwiderte Windmüller, indem er liebevoll über ein Stück Genueser Brokat strich, das über der Lehne des ihm angewiesenen Sessels hing.

»Plunder!« machte der Antiquar bescheiden, aber doch mit einem wohlgefälligen Schmunzeln. »Was wollen Sie? Futter für die Americani, die wild darauf sind, ihre funkelnagelneuen Häuser mit altem Hausrat vollzustopfen. Aber ich sehe, Sie sind Kenner, denn dieses Stück Brokat ist eine Probe der besten Genueser Seidenweberei des Cinquecento. Das sollen sie *nicht* haben, die Chikagoer Schweinemetzger. Wennschon sie gut zahlen.«

»Zu gut«, stimmte Windmüller bei, indem er sich setzte. »Doch ich will Sie nicht lange aufhalten und mich kurz fassen. Sie kannten jedenfalls die Sammlung des Duca, nicht wahr?«

»Das will ich meinen«, gab Signor Zampietro unumwunden zu. »Es ist ja auch viel Schund darunter, aber auch sehr viel Wertvolles, namentlich die Familienstücke.«

»Sehr richtig«, stimmte Windmüller bei. »Und das bringt mich auf mein Anliegen. Da hatte der Duca zum Beispiel einen Ring, eine feingegliederte, goldene Schlange, mit einem Krönchen auf dem Kopfe –«

»Ah ja – das Gastgeschenk der Bianca Capello an den Ahnherrn des Duca«, unterbrach ihn Zampietro mit funkelnden Augen. »Ich hätte etwas darum gegeben, den Ring in meinen Besitz zu bekommen, aber natürlich – das war ausgeschlossen. Potztausend! Wenn etwa die Enkelin die Sammlung veräußern will – –«

»Ach, davon ist keine Rede«, fiel Windmüller ein. »Sie denkt nicht daran, soviel ich weiß. Nein, darum kam ich nicht. Ich wollte nur von Ihnen hören, ob es möglich wäre, einen ebensolchen oder ähnlichen Ring zu erhalten und wo?«

»Signor, wenn ich das wüßte, dann hätte ich ihn schon«, versicherte Zampietro. »In der Sammlung des Bargello zu Florenz existiert solch ein Ring; aber erstens ist er natürlich unerreichbar, und dann ist es noch fraglich, ob er die Eigenschaften besitzt, welche der Ring des Duca hat –«

»Eigenschaften? Welche Eigenschaften?« fragte Windmüller aufhorchend.

»Ja, Herr, das ist ein Familiengeheimnis«, erwiderte der Antiquar.« Ich habe den Ring nie in der Hand gehabt – der Duca zeigte ihn mir nur in seinem Kasten und wollte nicht, daß ich ihn anrührte. Als ob er vergiftet wäre, wie ich mir zu bemerken erlaubte, worauf er sagte, daß das Cinquecento im allgemeinen und das Haus Medici im besonderen mit viel subtileren Mitteln gearbeitet hätte. Nun ja – wenn man an die Laboratorien Cosimo I. und seines Sohnes, des Großherzogs Francesco, im Palazzo Vecchio denkt: dort wurden freilich Dinge ausgeklügelt, welche die Municeergruft in San Lorenzo und die Campisanto füllten … Denken Sie nur an die erste Gemahlin des Großherzogs Francesco, die österreichische Großherzogin Giovanna, die eines so natürlichen Todes starb, um der schönen Bianca Capello Platz zu machen auf dem Throne von Toskana! Als man ihren Sarg 1857 öffnete, fand man ihren Körper, der nicht einbalsamiert worden war, unversehrt vor, denn er war einfach gesättigt mit Arsenik! Das war das Ende von dem Märchen des *natürlichen* Todes der Fürstin, die der vom Teufel eingesegneten Verbindung mit der venezianischen Patrizierin, der ›Tochter der Republik‹, im Wege stand! Und diese selbe, mit allen Hunden gehetzte Abenteuerin wußte dem Hause Favaro kein besseres Andenken an ihren Besuch zu hinterlassen, als einen Ring, der wahrscheinlich auch die Eigenschaft hatte, oder noch hat, was weiß ich, wie der Schleier der Kreusa! Der Duca hat zu dieser meiner Bemerkung weder ja noch nein gesagt, sondern den Ring einfach weggeschlossen. Nun, das war auch eine Antwort. Haben Sie den Ring je in der Hand gehalten, Signor?«

»Nie«, erklärte Windmüller, der sehr aufmerksam zugehört hatte. »Und eben darum – ich bin leidenschaftlicher Sammler –«

»Wenn ich je auf solch einen Ring stoßen sollte, werde ich Ihrer gedenken und ihn behalten«, fiel der Antiquar mit der ganz ernsthaft und wohlwollend gemeinten Naivität des Sammlers ein. »Es hat mich geplagt, zu wissen, welche Bewandtnis es mit dem Ring hat, der, als federnde Spirale gearbeitet, an jedermanns Hand passen mußte, wie ja der Schleier der Kreusa sich auch auf jedem Kopf befestigen ließ. Man kann so schlecht von all den Leuten das Maß ihrer Finger wissen, wenn man ihnen einen Ring schenken will – – da erfand man die federnde Spirale. Die Idee, daß die Innenfläche etwa vergiftet, das heißt, mit einem Gift bestrichen wäre, hat der Duca zwar weder bejaht noch verneint, aber ich denke nicht, daß sie richtig ist, Signor. Welches Gift könnte so stark sein, daß es durch die unverletzte Haut tödlich wirkte? Ah, ich weiß, was Sie sagen wollen: Sie wollen mich an die vergifteten Handschuhe der Borgia und der Katharina von Medici erinnern. Ich besitze einen solchen Handschuh. Aber bedenken Sie, daß damit auf die Haut der ganzen Hand gewirkt wurde, während der Spiralring kaum drei Viertel eines Fingergliedes berührt. Ein unsicheres Geschäft, sage ich. Nein, es muß bei dem Ring anderswo sitzen – zum Beispiel in dem Krönchen des Schlangenkopfes – –«

Er hielt ein und nickte bedeutungsvoll.

»Sie meinen –?« fragte Windmüller mit gerade soviel Interesse, als er zu zeigen wagte, um den Mann zu weiteren Mitteilungen einzuladen und doch nicht zu verraten, daß ihm ein Licht aufgegangen war, das sein Herz rascher schlagen machte.

»Ja, das meine ich«, erwiderte der gelehrte Althändler, die Hände behaglich über dem grünen Kaftan haltend. Er war auf sein Steckenpferd gesetzt worden und hatte nun augenscheinlich Zeit genug, sich darauf zu tummeln. »Sehen Sie, Signor, es gibt Gifte, subtile Gifte des Ostens, die ebenso wirksam bleiben, wie der Mumienweizen, der nach Jahrtausenden, ausgesät, keimfähig ist. Das Krönchen auf dem Schlangenkopf des Ringes hat mich nicht ruhen lassen, bis ich seine Bedeutung ergründet hatte. Es ist sehr niedlich, aber auch sehr unpraktisch, weil man sich an seinen scharfen Zacken leicht reißen kann, wenn man mit der andern Hand darüber fährt oder wenn der Ring sich verschiebt und der Kopf auf die Innenfläche der Hand gerät. Verstehen Sie mich?«

Windmüller verstand, aber er schüttelte mit dem Kopf. »Sie sagten selbst, Signor, daß die Medici viel zu subtil waren, um sich durch einen Riß in der Hand dessen, den sie beschenkten, zu verraten«, meinte er lächelnd.

»Pah – was ist ein kleiner Riß in der Haut? Jedermann kann sich einen zuziehen«, meinte Zampietro.

»Ja, wenn die Leute vor dreihundert Jahren und mehr imstande gewesen wären, Blutvergiftungen nachzuweisen – dann hätten sich die Verbrecher freilich gehütet. Herr, ich habe aus jenen Zeiten ein Halsband gesehen, bei dem durch Schließen des Schlosses eine feine Nadel heraus und in das Fleisch der Trägerin fuhr – ja! Piff, paff! Fort war sie! Florentiner Arbeit. Ist im Privatbesitz, dieses Halsband. Kann in dem Krönchen der Schlange nicht auch solch ein feines Nädelchen stecken? Es ist so natürlich, daß man gelegentlich mal spielend darauf drückt, – was sagen Sie dazu?«

»Was soll man dazu sagen? Die Herrschaften der italienischen Renaissance hatten viele Wege, um zum Ziel zu gelangen«, meinte Windmüller vage, indem er aufstand. »Ich danke Ihnen sehr, Signor, für Ihre interessanten Auseinandersetzungen und bedaure, daß ich Ihre Bekanntschaft durch die räumliche Trennung nicht fortsetzen kann, denn Sie handeln nicht nur – en gros natürlich – mit Antiquitäten, sondern Sie machen sich jedes Stück davon geistig zu eigen durch Ihre intime Kenntnis der Epochen. Sie sind ganz einfach ein Gelehrter.«

»Sie schmeicheln mir, Signor«, erwiderte der Althändler bescheiden, aber sein leuchtendes Auge verriet, wie sehr er die Würdigung seiner selbst zu schätzen wußte. »Die Kenntnis der Epochen ist mein Handwerkszeug, das sich schließlich jeder Esel durch Übung aneignen kann. Übrigens, da fällt mir ein: Der amerikanische Gemahl der Donna Onesta Favaro kam auch zu mir wegen eines solchen Schlangenringes! Wenn er Sie zu mir geschickt hat, dann hat er Sie an der Nase herumgeführt!«

»Nein – er hat mich nicht zu Ihnen geschickt; er weiß gar nicht, daß ich nach einem solchen Ring fahnde«, erklärte Windmüller ruhig, trotzdem diese Mitteilung ihm ganz unerwartet kam und das »aufgegangene Licht« zu einem grellen, fast blendenden Schein machte.

»Ja, ja, wir Sammler, Signor, wir Sammler –!« setzte er scherzend hinzu. »Sieh einmal an! Mr. Morgan hat also dieselbe Liebhaberei für diesen Ring gefaßt, wie ich! War es unlängst, daß er bei Ihnen war? Ich will nicht indiskret sein, aber es würde mir Spaß machen, ihn ein wenig zu necken mit unserer Odyssee!«

Signor Zampietro lachte – für einen Spaß ist der Italiener ja immer zu haben. »Es ist ein liebenswürdiger Herr, dieser Americano«, meinte er behaglich. »Lassen Sie einmal sehen – mein Gott, was die Zeit vergeht, – es muß nun schon ein Jahr her sein, daß er bei mir war. Nein, noch kein ganzes Jahr; es war schon später im Herbst.«

»Ah – etwa um die Zeit, als Donna Vanna starb«, nickte Windmüller.

»Ein trauriger Fall, Signor! Wer hätte gedacht, daß sie so jung sterben würde!«

»Ja, wer hätte das gedacht!« wiederholte der Althändler, indem er sein Käppchen abnahm. »Es war nur gut, daß der Duca, mein Milchbruder, diesen Schmerz nicht mehr zu erleben brauchte. Jawohl, ich erinnere mich – der Signor Americano war bald nach dem Tod der Donna Vanna bei mir. Wir sprachen noch darüber – er dankte mir für den Kranz, den ich gesandt hatte.«

Windmüller verabschiedete sich nun, und als er draußen vor dem Hause stand, holte er tief Atem. Aber er hatte jetzt keine Zeit, das Gehörte geistig zu verarbeiten, sich Fragen vorzulegen, auf die er noch keine Antwort gefunden hätte. Er wandte sich nach der Richtung in der der Cavaliere Doktor Castelfranco, Notar und Advokat, wohnte.

Der wohlgepflegte Eingang in dem ehemaligen Patrizierpalast bekundete, daß wohlhabende Leute in guter Lebensstellung hier zur Miete wohnten, und das Vorhandensein eines Portiers bewies, daß auch der Besitzer auf Ordnung hielt. Die breite Marmortreppe war mit Kokosläufern belegt, und als Windmüller geläutet hatte, öffnete ihm ein Diener in einer dunklen, diskreten Livree und fragte höflich nach dem Begehren des Besuchers.

Windmüller zog Gios Brief hervor und bat den Diener, ihn, falls der Signor Cavaliere nicht gerade beschäftigt sei, abzugeben und zu fragen, wann sein Herr ihn in Privatangelegenheit empfangen könnte. Der Mann kam sehr bald mit der Antwort zurück, daß sein Herr den Signor Professor bitten lasse, einzutreten.

Doktor Castelfranco war ein lebhafter, etwas starker, älterer Herr mit grauem Haar, freundlichem Gesichtsausdruck und scharfen, aber gütigen, dunklen Augen; ein Vertreter des besten Typs des gebildeten Venezianers. Die Entschuldigung seines Besuchers, ihn vielleicht zu ungelegener Zeit zu stören, wies er mit lebhaften Gesten ab.

»Wer aus der Ca' Favaro zu mir kommt, ist immer willkommen«, versicherte er liebenswürdig, »ganz besonders aber, wer mich im Namen meiner lieben Donna Gio Verden aufsucht. Ihre Freunde sind auch die meinigen und ich habe immer Zeit für sie.«

Windmüller verbeugte sich und erwiderte die freundliche Begrüßung mit den Worten ausgesuchter Höflichkeit, die ihm durch seinen jahrelangen Verkehr in italienischen Kreisen geläufig war. Er hatte seine Taktik von dem Eindruck der Persönlichkeit des Advokaten abhängig gemacht: vor einem ebenbürtigen oder gar überlegenen Geist hatte er vorgehabt, seinen Namen und den Zweck seiner Anwesenheit in der Ca' Favaro zu enthüllen; aber seine Menschenkenntnis sah in dem Signor Castelfranco auf den ersten Blick wohl einen vornehmen Charakter, einen redlichen Menschen und wahrscheinlich sehr tüchtigen Juristen, aber keinen durchdringenden Verstand, der sich über das Durchschnittsmaß erhebt. Er ließ also seine Karte, deren Namen dem Advokaten wahrscheinlich nichts oder doch nur vage Dinge über ihn gesagt hätte, ruhig in seiner Brusttasche und nahm seine Rolle als Archäologe und passionierter Sammler wieder auf mit der harmlosen Bitte, ihn den Ring sehen zu lassen, den der Duca Favaro mit Castelfranco getauscht hatte, »weil dieser Gegenstand der Beschreibung nach das Seitenstück zu einem andern, in seinem eigenen Besitz befindlichen sein müsse. Daß diese Bitte ihm nur das Mittel zum Zweck war, bedarf keiner besonderen Betonung, denn in dem Katalog war diese Beschreibung ja völlig ausgelöscht – wie die andere auch.

Doktor Castelfranco ging mit der größten Bereitwilligkeit darauf ein, den Ring zu zeigen, und holte sofort aus dem Nebenzimmer einen Kasten, angefüllt mit alten, schönen und seltenen Schmuckstücken, dem er den gewünschten Gegenstand entnahm. Es war ein kostbar und elegant gearbeiteter Siegelring mit antiker Gemme, zu dem Windmüller in der Tat ein Gegenstück besaß, – doch sein erwachtes Interesse ließ ihn den eigentlichen Zweck seines Besuches nicht vergessen. Die neugierigen, aber mit großer Höflichkeit gestellten Fragen Castelfrancos über die Beziehungen seines Besuches zur Ca' Favaro, beantwortete Windmüller wahrheitsgetreu dahin, daß er den Duca nur flüchtig gekannt habe, dafür aber der Familie von Verden nahestände, und knüpfte daran den Ausdruck seiner Trauer über das vorzeitige Hinscheiden der Mutter Gios, worin er der vollen und aufrichtigen Sympathie Castelfrancos begegnete.

»Sie wird mir unvergeßlich bleiben«, schloß er mit großer Herzlichkeit und Wärme. »Daß sie das arme Kind aber so allein zurücklassen mußte, berührt mich besonders schmerzlich, denn ich fürchte, unsere liebe Gio steht recht isoliert in ihrem großen Hause, ohne Ansprache, ohne die ihr so notwendige Freundin. Denn es wird Ihnen nicht entgangen sein, Herr Professor, daß sie Donna Onesta nicht recht zugeneigt ist. Sie sind beide zu verschiedene Charaktere, und ich fürchte, Donna Onesta kann ihre getäuschten Hoffnungen nicht verwinden!«

»Getäuschte Hoffnungen?« wiederholte Windmüller mit gut gespieltem, unschuldigem Interesse.

»Ah, ja – Sie meinen, weil sie darauf gerechnet hatte, Gios Vormünderin zu werden.«

»Auch das«, gab Doktor Castelfranco zu. »Mein Gott, es war eine böse Stunde für mich, als sie hörte, daß sie die Vormundschaft nicht hatte! Nicht nur, daß sie dem Duca diesen ›Mangel an Vertrauen‹ bitter übelnahm, nein, sie beschuldigte mich, daß ich den alten Herrn, meinen langjährigen Freund, in diesem Punkte gegen sie beeinflußt hätte! Es war vergebens, ihr auf mein Wort zu versichern, daß der Herzog niemals daran gedacht hatte, sie zur Vormünderin Gios im Falle des Ablebens ihrer Mutter zu machen, – er hatte überhaupt nicht so weit gedacht, denn wie konnte er ahnen, daß Donna Vanna in verhältnismäßig so jungen Jahren sterben würde! Und wenn er's getan hätte – seine Tochter war nach seinem Tod frei, über ihr Eigentum und die Zukunft ihres Kindes zu verfügen. Vater und Tochter hatten das wohl besprochen – für alle Fälle, wie es richtig ist, und ich hatte das auf ihren Wunsch legal geordnet. Ich weiß nicht, wie Donna Onesta auf diese Idee der Vormundschaft gekommen ist, über die Frau von Verden sicher nicht mit ihr gesprochen hat. Windmüller betrachtete den Ring, den er noch immer in der Hand hielt, mit scheinbar ungeteiltem Interesse.

»Hm! Hm!« machte er, wie einer, der aus purer Höflichkeit das angeschlagene Thema verfolgt. »Ja, ich wunderte mich eigentlich auch, warum gerade Donna Onesta Gios Vormünderin hätte werden sollen. Die Verwandtschaft von mütterlicher Seite schien mir kein vollgültiger Grund. Was meinten Sie mit ›getäuschten Hoffnungen‹, Signor? Der Duca hat seine Nichte doch sicherlich in seinem Testament nicht übergangen?«

»Er hat ihr ein Legat vermacht, über das sie ganz befriedigt schien«, beantwortete Castelfranco bereitwilligst die harmlose Frage. Dann zuckte er mit den Achseln und lachte. »Das war es nicht – aber die Idee, sich einzubilden, daß sie nach Donna Gio die berechtigte Erbin der Ca’ Favaro wäre! Wollen Sie’s glauben, daß ich die größte Mühe hatte, die gute Dame von einem Prozeß abzuhalten, den sie doch verloren hätte und für den sie ja gar nicht die Mittel hat. Doch verraten Sie das nicht an Gio, Herr Professor, denn das alles hat sich hinter ihrem Rücken und ohne ihr Vorwissen abgespielt; ehe sie aus Deutschland zurückkam an die Bahre ihrer Mutter, war der Sturm schon ausgetobt. Übrigens, dank dem vernünftigen Beistande von Mr. Morgan, dessen klarer Yankeeverstand ja sofort erkannte, daß seine Frau im Unrecht war. Ich hätte in diesen sechsunddreißig Stunden nicht in seiner Haut stecken mögen – ich mochte es überhaupt nicht. Doch das ist nur eine ganz private Meinung und eigentlich ohne Berechtigung, denn Donna Onestas beste Seite ist ihre Leidenschaft für ihren Mann. Ja, dieses Paar ist auch eines jener psychologischen Rätsel, deren Lösung eine harte Nuß ist.«

»Ich kann nicht begreifen, wie Donna Onesta sich einbilden konnte, daß sie, über Gio hinweg, die Erbin der Ca’ Favaro sei«, meinte Windmüller.

»Ich habe es zuerst auch nicht begriffen«, gestand Signor Castelfranco. »Da kam sie mit einem Dokument, das sie im Archiv des Hauses gefunden hat und in dem der Doge Favaro bestimmt, daß die Ca’ Favaro immer in *direkter* Erbfolge vom Vater auf den Sohn, beziehungsweise die Tochter übergehen sollte, und erst in Ermangelung von Leibeserben an den, beziehungsweise die Ältesten oder Älteste einer jüngeren Linie zu fallen hätte mit allem Inventar. Sie wollte es nicht einsehen, daß Donna Gio die Erbfolge antreten könnte, ›da sie ja keine Favaro sei‹ und die Urkunde nichts von den Kindern der Töchter sagte‹. Daraufhin wollte Donna Onesta es auf einen Prozeß ankommen lassen.«

»Den sie mit einem gerissenen Advokaten vielleicht gewonnen hätte – dem Buchstaben nach«, meinte Windmüller.

Castelfranco zuckte mit den Achseln. »Der gerissenste Advokat hätte den Prozeß überhaupt nicht geführt«, erklärte er, »denn der Herzog Favaro hat in seinem Testament ausdrücklich bestimmt, daß Donna Gio die Erbin ihrer Mutter ist, und damit – die Klausel ist von mir – etwaige frühere Bestimmungen aufhob, von denen er eine vage Idee hatte, daß sie existierten und zu falschen Deutungen Veranlassung geben konnten. Er hatte das Archiv danach durchsucht, ohne sie finden zu können – natürlich, denn Donna Onesta hatte das Dokument an sich genommen und glaubte damit sehr schlau gehandelt zu haben. Übrigens war die Klausel nur eine Sicherheitsmaßregel, denn das vor nahezu dreihundert Jahren legale Dokument hätte nach den heutigen Gesetzen erneuert werden müssen, um Gültigkeit zu haben. Aber das hatten die Morgans übersehen, und wenn Donna Onesta sich nicht überzeugen ließ, so tat es ihr Mann doch, und wir waren gottlob damit im reinen, ehe Gio in Venedig eintraf.«

Windmüller trennte sich jetzt von dem Ring, legte ihn in den Kasten zurück und erhob sich.

»Wie aber, wenn Gio zum Beispiel ohne Erben stirbt?« fragte er, wie nebenher.

»Ah, wenn Gio ohne Erben sterben sollte, dann ist Donna Onesta wohl zweifellos die nächste, die das Anrecht an die Ca’ Favaro hat«, erwiderte Castelfranco. »Dieser unwahrscheinliche Fall ist nicht vorgesehen worden, schon weil nach menschlicher Berechnung Donna Onesta sie kaum überleben dürfte und sie ja auch keine Kinder hat.«

»Ja freilich – warum hätte man für solche unwahrscheinliche Fälle vorsehen sollen«, murmelte Windmüller mit schlecht verhehltem Ingrimm. »Nun«, setzte er mit einer Verbeugung hinzu, die eine Anerkennung für Signor Castelfranco ausdrückte, »nun, Sie werden Donna Onesta Favaro sicher auch *das* zu verstehen gegeben haben!«

»Dieser Mühe hat Mr. Morgan mich überhoben – ich konnte ihm den klaren Überblick über die Sachlage nur bestätigen«, stimmte Castelfranco mit Genugtuung bei. »Unter uns, Herr Professor: wenn dieser vernünftige Mann mit dem klaren Blick mir nicht zur Seite gestanden wäre, dann hätte Donna Onesta mir noch lange die Hölle heiß gemacht. Das Weib hat gerast und getobt, sage ich Ihnen! Ein Glück nur, daß Gio nicht da war, so sehr man’s bedauern muß, daß sie fern war, als ihre liebe Mutter starb!«

»Nach den üblichen Höflichkeitsformalitäten stand Windmüller wieder auf dem großen Platz, aber sein eben noch lächelndes Gesicht war bitter ernst, als er sich langsam auf den Weg, den er gekommen war, wieder zurückwandte.

»Ein ergebnisreicher Morgen«, dachte er. »Da hätten wir ja ohne jede Daumschraube das Motiv, nach dem die arme Gio bisher vergeblich gesucht hat. Und eine mögliche Lösung des Rätsels dazu! Dieser liebe Castelfranco ist ein braver, redlicher Mann, ein mittelmäßiger Advokat und ein dreifacher Esel. Nun, es war ihm eine sichtliche Erleichterung, sich einmal vor einem Freunde dieses armen Mädels aussprechen zu können, sich über Donna Onesta Luft zu machen, beziehungsweise über den Tanz, den sie mit ihm aufgeführt hat. Woher weiß denn der gute Mann, daß ich ihr das alles nicht wiedererzähle? Weil er instinktiv den ehrlichen Mann in mir wittert? Möglich – aber trotzdem war's sehr unvorsichtig – zum Glück für mich und meine Aufgabe. Nun kommen wir ja auf den Köder, mit dem die rote Furie ihren blonden Phöbus gefangen hat – immer vorausgesetzt natürlich, daß es von seiner Seite keine bloße Liebesheirat war, was man der Perversität wegen nicht annehmen darf. Wie spät ist es? Fast Mittag. Nun, da habe ich noch Zeit, über die Post heimzukehren.«

In tiefen Gedanken, die sein Gesicht immer ernster und um Jahre älter machten, verfolgte Windmüller seinen Weg durch die Länge der Calle della Guerra. Fast hatte er diese erreicht, als sein Blick im Vorübergehen auf ein weißes Emailschild fiel, das den Namen: »Dottore med. Giuliano Salmini« trug, und unwillkürlich blieb er stehen. Salmini – das war der Name des Arztes, der den Totenschein für Frau von Verden ausgestellt hatte. Ihn mußte er ja noch aufsuchen, und er war sich's wohl bewußt, daß dieser Besuch ein sehr heikler war; denn, war der Mann unverständig, so war die Zeit bei ihm verschwendet, war er arrogant, dann erst recht. War er aber klug, dann mußte es schwer sein, aus ihm herauszubekommen, was den Anhalt bot für die Bestätigung einer Theorie, deren Subtilität sie fast ungreifbar machte. Während Windmüller noch vor dem Schild stand und darüber nachdachte, in welcher Weise dem Doktor am besten beizukommen war, wurde die Tür von innen geöffnet und ein mit peinlicher Sorgfalt gekleideter leicht ergrauter Herr erschien auf der Schwelle, bereit zum Ausgehen. Er blieb stehen, um die Handschuhe anzuziehen, und warf dabei einen scharfen Blick auf den andern, dem er auf Schritteslänge gegenüberstand und der auch nicht zurücktrat.

»Wünschen Sie etwas von mir? Ich bin Doktor Salmini. Meine Sprechstunde ist erst um drei Uhr – wenn es aber ein dringender Fall wäre, so bin ich bereit, eine Ausnahme zu machen und Sie zu empfangen«, sagte der Arzt höflich, aber zurückhaltend.

Windmüller zog sofort den Hut. »Sie sind sehr liebenswürdig« erwiderte er ebenso. »Nein, ich bin kein Patient und blieb nur stehen, weil der Name auf dem Schild mir auffiel als derjenige, den meine junge Freundin, Fräulein von Verden, bei der ich in der Ca' Favaro als Gast weile, mir als den geschätzten Hausarzt ihres Großvaters und ihrer Mutter genannt hat.«

»Ah – sehr erfreut!« murmelte Doktor Salmini und reichte seinem Gegenüber die Hand. »Ich schätze es als einen Zufall des Glückes, der mir unerwartet einen Freund der Ca' Favaro in den Weg führt.«

Die Worte waren höflich und entgegenkommend genug, um Windmüller einen Anknüpfungspunkt zu bieten, und er ließ die gute Gelegenheit nicht vorübergehen. Nachdem er sich als »Professor Müller« vorgestellt hatte, versicherte er, daß auch ihm dieser »Zufall« eine schätzenswerte Bekanntschaft vermittelte und Doktor Salmini, der keinen dringenden Ausgang vorzuhaben behauptete, lud den auf so seltsame Weise gemachten Bekannten ein näher zu treten.

Nun war Windmüller sich zwar voll bewußt, daß diese Einladung natürlich nur eine Höflichkeit gegen die Ca' Favaro war, die er eigentlich nicht hätte annehmen brauchen, was auch höchstwahrscheinlich nicht erwartet wurde, aber er tat so, als ob er sie wörtlich nähme und folgte dem Arzt in ein konventionelles Wartezimmer in das obere Stockwerk mit den üblichen Phrasen, währenddem er den Mann auf das einschätzte, für das er ihn auf den ersten Blick hielt: vorsichtig, zugeknöpft trotz aller Zuvorkommenheit und gescheit.

Deshalb sprach er auch sofort von Frau von Verden und ihrem plötzlichen Ende. »Ich hatte keine Ahnung, daß sie herzkrank war, wie Donna Gio mir sagte«, schloß er, die Augen fest auf den Arzt geheftet, und da dieser schwieg, setzte er die direkte Frage hinzu: »War das Leiden schon ein älteres oder hat es sich plötzlich entwickelt?«

Doktor Salmini antwortete nicht gleich, aber er wandte die Augen nicht ab, sondern ließ sie ruhig, wenn auch nicht ohne eine mählich sich vertiefende Spannung auf seinem Besuche ruhen. »Ich glaube das letztere annehmen zu müssen«, sagte er endlich zurückhaltend.

Windmüller nickte. »Mir sind andere, ähnliche Fälle bekannt«, sagte er ernst. »Es ist auch sehr schwer, bei einem Menschen, der nicht unter ständiger, ja täglicher Aufsicht des Arztes steht, zu wissen und zu entscheiden, wann und wie ein solches Leiden entstanden ist.«

»Sehr richtig bemerkt«, erwiderte Doktor Salmini. »Leider urteilt die Laienwelt oft ganz anders und möchte dem Arzt zur Last legen, ein Leiden nicht erkannt zu haben, wegen dessen Symptomen er gar nicht konsultiert worden ist.«

»Ja, wie die Bauern, die den Arzt erst rufen, wenn er nichts mehr tun kann«, pflichtete Windmüller bei. »Und das bringt mich auf ein Anliegen, dessentwegen ich, offen gesagt, beim Anblick Ihres Namenschildes vor Ihrer Tür haltmachte, um mich zu fragen, ob ich den Schritt tun sollte oder nicht. Es handelt sich um meine junge Freundin, Gio Verden, doch bitte ich Sie, die Sache als ganz vertraulich zu behandeln.«

»Das versteht sich von selbst«, sagte Doktor Salmini, als Windmüller einhielt.

»Nun wohl«, fuhr dieser fort, »die junge Donna, deren Vertrauen zu genießen ich den Vorzug habe – sie ist sonst sehr zurückhaltend ihren Verwandten gegenüber – leidet unter der Vorstellung, daß das Ende ihrer Mutter kein – – natürliches war –«

Er hielt ein, weil der Arzt eine Bewegung gemacht hatte, da er jedoch nichts sagte, schloß er: »Und da möchte ich, daß Sie, Herr Doktor, wie von ungefähr oder mit der Begründung, daß Sie sich nach dem Befinden von Fräulein von Verden als Arzt und Freund zu erkundigen kämen, die Rede auf ihre Mutter brächten und ihr – mit überzeugender Begründung – sagten, was Sie für nötig halten, um diese sicher krankhafte Vorstellung zu zerstreuen. Ich weiß nicht, ob ich mich richtig ausgedrückt habe . . .«

»Doch«, fiel Doktor Salmini ein. »Ich verstehe Sie ganz gut. Wie ist Donna Gio auf diese Idee verfallen?«

»Durch das Medium eines Traumes«, antwortete Windmüller, ohne zu lächeln, und auch der Arzt lächelte nicht.

Er kreuzte die Arme und sagte, indem er seinen Besucher unentwegt ansah: »Und Sie, Herr Professor, teilen die Meinung Ihrer jungen Freundin?«

»Sie haben mich doch nicht recht verstanden, Herr Doktor«, erwiderte Windmüller betont. »Ich bat Sie, die unheilvolle Vorstellung Fräulein von Verdens zu entkräften.«

»Und ich wiederhole, daß ich *das* sehr wohl verstanden habe«, entgegnete Doktor Salmini noch mehr betont.

»Mehr noch, ich verstehe Ihr Motiv, da Sie Fräulein von Verdens Freund sind. Meine Frage war aber vielleicht indiskret, und ich bitte sie zu entschuldigen.«

Windmüller machte eine abwehrende Bewegung. »Aber bester Herr Doktor!« rief er, »davon kann doch keine Rede sein. Verstehe ich recht, so wünschen Sie meine persönliche und ganz unmaßgebliche Meinung zu wissen? Ja, das *muß* sie sein, denn erstens war ich nicht hier, als Frau von Verden starb, und zweitens haben Sie als Todesursache einen ›Herzschlag‹ bescheinigt, – das muß mir, dem Laien, genügen!«

»Es *sollte* Ihnen genügen, – aber es muß nicht«, gab Doktor Salmini mit vollkommener Ruhe zurück. »Ein jeder hat die Berechtigung einer Privatmeinung, denke ich!«

»Dann sind Sie toleranter, als die Mehrzahl Ihrer Herren Kollegen«, meinte Windmüller mit einem feinen Lächeln. »Aber wir wollen nicht mit Worten fechten, dazu ist Ihre Zeit zu kostbar. Was mich nun selbst betrifft, so will ich Ihnen nicht verhehlen, daß mir ein oder zwei Punkte in dem plötzlichen Ende der Frau von Verden mindestens der Aufklärung wert scheinen, ohne Ihrem Gutachten damit auch nur im entferntesten zu nahe treten zu wollen.«

Doktor Salmini bog sich weit vor und sah sein Gegenüber gespannt an. »Nun – und diese Punkte sind –«

»Noch nicht spruchreif«, ergänzte Windmüller, und als der Arzt eine Bewegung der Ungeduld oder des unmutigen Zornes machte, legte er die Hand leicht auf seinen Arm. »Wir dürfen ganz getrost annehmen, daß der Schleier dieses Geheimnisses – falls es eines ist – nie völlig gelöst werden wird. Ich bedaure das im Namen der Gerechtigkeit, wünsche es aber auch gleichzeitig im Interesse meiner jungen Freundin. Abgesehen davon aber liegt mir daran, zum Privatgebrauch sozusagen, klar in dieser Sache zu sehen. Es scheint mir zweifellos ganz korrekt, wenn Sie als Todesursache einen ›Herzschlag‹ bei Frau von Verden bescheinigten: die Ursache aber, wodurch er erfolgt ist –«

»Ah!« brach der Doktor los, »nun haben wir den Kern erreicht. Die Ursache! Lieber Herr – diese Ursache hat mir mehr Kopfzerbrechen gemacht, als ich Ihnen sagen kann, und ich gestehe Ihnen offen ein: Ich kenne sie heute noch nicht. Frau von Verden hatte kein organisches Leiden, das einen Herzschlag rechtfertigen konnte: meiner Überzeugung nach konnte ein solches Leiden sich rapid nicht entwickelt haben in der kurzen Zeitspanne, seit ich sie zuletzt gesehen habe. Und doch ist sie zweifellos an einer plötzlich eingetretenen Einstellung der Funktionen des Herzens gestorben. Eine Sektion ist nicht gewünscht worden – ich mußte mich also auf eine sehr genaue Untersuchung der Toten beschränken. Diese ist resultatlos verlaufen und hat keine, nicht die geringsten Verdachtsmomente ergeben. Und dennoch –«

Er hielt ein und machte eine ausdrucksvolle Bewegung.

»Und dennoch –?« wiederholte Windmüller eindringlich.

»Ah – glauben Sie nicht, daß ich die Sache auf die leichte Schulter genommen habe«, verwahrte sich Doktor Salmini. »Mein erster Gedanke war natürlich, daß die Tote irgendein rasch wirkendes Gift genossen haben mußte – durch eigene Unvorsichtigkeit. Das kommt oft genug vor. Ist eine, wenn auch noch so geringe Herzschwäche vorhanden, so kann die Wirkung erschreckend sein. Die gastrische Untersuchung, die ich vornahm, hat zweifellos bewiesen, daß diese Annahme eine irrige war. Frau von Verden starb etwa eine halbe Stunde nach dem Abendessen; das Vorhandensein eines Giftes hätte sich also im Mageninhalt nachweisen lassen müssen. Auch eine äußerliche Verletzung, durch die eine Blutvergiftung hätte erfolgen können, war nicht vorhanden; zudem sind die Fälle einer plötzlichen, tödlichen Wirkung ohne vorherige Krankheit oder Unwohlsein so selten, daß man sie eigentlich aus der Berechnung ausschalten darf. Nur das Beibringen oder Einimpfen eines Toxins kann das zuwege bringen, und dann würde der Stich den Herd verraten, denn, wäre er auch noch so klein, so müßte er doch eine Verfärbung der Haut verursachen. Es ist ferner auch die Wirkung eines so stark wirksamen Giftes durch das Ohr möglich – ich habe nichts unerwogen gelassen und nichts gefunden, was einer dieser Theorien auch nur entfernt hätte einen praktischen Hintergrund geben können.«

»Nun, dann fällt sowohl Fräulein von Verdens Idee als auch mein eigenes Bedenken in nichts zusammen, – desto besser für ihre Ruhe und meine Teilnahme daran«, sagte Windmüller, als Doktor Salmini geendet hatte.

»Ich bin Ihnen dankbar für Ihre Ausführlichkeit und bitte Sie, es nicht falsch zu deuten, wenn ich Sie dazu verleitet habe – durch meinen Übereifer in dieser Sache. Sie haben alles getan, was Sie nur tun konnten, – die Wissenschaft hat eben noch immer nicht alle Rätsel des menschlichen Organismus gelöst, irgend etwas gebietet immer wieder einen Halt und einen Ansporn zu neuen Forschungen. Mir ist ein Fall bekannt von einem scheinbar rätselhaften Ende – analog dem der Frau von Verden – nach welchem die Untersuchung der Toten ergab, daß die betreffende Person sich den Finger mit der scharfen Kante eines Ringes verletzt hatte. Durch die kleine Wunde waren Fremdkörper eingedrungen, und nachdem man den Ring losgefeilt hatte, den die Hinterbliebenen zu behalten wünschten –«

Windmüller brach jäh ab, denn Doktor Salmini war aufgesprungen und lief in großer Erregung durch das Zimmer, mit den Händen gestikulierend, das Gesicht blaß und verstört.

»Aber bester Herr Doktor – was ist Ihnen?« fragte Windmüller, scheinbar ernstlich besorgt, innen aber nicht minder erregt, denn nun wußte er, daß er am Ziele war, daß er durch seine anscheinend harmlose Erzählung eines imaginären Falles den Arzt auf die richtige Spur gebracht hatte.

»Was mir ist?« wiederholte Salmini rauh, indem er vor dem Tisch, an dem er eben noch gesessen hatte, stehenblieb und sich mit beiden Händen schwer darauf stützte. »Mir ist, als ob ich aus der Finsternis urplötzlich in ein blendendes Licht gekommen wäre! Der Ring! Und ich, der ich geglaubt habe, daß nichts unterblieben war –! Doch ich bin Ihnen die Erklärung schuldig für meine begreifliche Erregung, in die Ihre Hypothese mich versetzt hat –«

»Aber verehrtester Herr Doktor – nichts sind Sie mir schuldig«, unterbrach ihn Windmüller abwehrend. »Was immer Sie mir auch sagen wollen – es ist eine freiwillige Gabe, eine reine Vertrauenssache, die ich in keiner Weise berechtigt bin, zu erbitten, geschweige denn zu fordern!«

»Wären Sie ein müßiger Neugieriger, der gekommen ist, mich auf geschickte Weise auszuhorchen, so wären Sie längst schon wieder draußen auf der Straße«, sagte Doktor Salmini mit einer so ehrlichen Überzeugung, daß Windmüller ihm innerlich im Namen seiner eigenen, reinen Absicht die Mittel abbat, deren er sich bedient hatte, um ihn auf die gewünschte Spur zu bringen. »Aber erstens sitzen Sie hier auf meine Veranlassung, und der Grund, weshalb Sie mich später einmal aufsuchen wollten, ist einer, dem ich nur meine volle Zustimmung geben kann. Sie haben ein Anrecht auf das, was ich Ihnen sagen will. Also hören Sie: Frau von Verden trug an ihrer rechten Hand ihren und ihres Gatten Trauring. Diese beiden breiten, schlichten Goldreifen haben sich ohne große Mühe ab- und wieder aufstreifen lassen, – nicht so ein anderer Ring an ihrer linken Hand, eine Art goldener Spirale, ich meine, in der Form einer Schlange. Dieser Ring saß so fest, daß ich den Eindruck hatte, er wäre angenagelt gewesen, gehalten durch ein Hindernis, wie zum Beispiel ein auf der Innenfläche abgesprungenes Teilchen, das sich in der Haut festgehakt hatte. Und ich habe darauf keinen Wert gelegt und es dabei bewenden lassen, ich, der so sorgfältig nach einer Möglichkeit für eine äußere Einwirkung auf die Katastrophe gesucht habe! Wie konnte ich so mit Blindheit geschlagen gewesen sein! Der Ring ging nicht herunter, er ließ sich nicht einmal bewegen, und ich dachte nichts anderes, als daß er eben zu eng geworden war! Und doch muß er, wie in dem von Ihnen erwähnten Fall, der Herd gewesen sein, von dem das Übel ausgegangen ist. Ich muß Gewißheit darüber haben – ich werde eine Exhumierung beantragen –«

»Und damit das erreichen, was ich Gio Verden gern ersparen möchte«, fiel Windmüller ein. »Herr Doktor, lassen wir die Toten ruhen und beunruhigen wir die Lebenden nicht! Wer weiß, welche Konsequenzen ein solcher Schritt nach sich zieht, welche Leiden, moralische Leiden damit der jungen Dame aufgebürdet würden, statt sie davon zu entlasten. Ja, wenn Ihre professionelle Ehre auf dem Spiel stände, dann dürfte ich natürlich nicht abraten; aber niemand hat Ihre Ehre angegriffen, Sie stehen vor sich selbst ganz vorwurfsfrei da. Hätten Sie Frau von Verden noch retten können, wenn Sie wußten, was die Ursache ihres Herzschlages war? Sicherlich nicht, denn sie war eine Tote, als man Sie zu ihr rief. Ist das richtig oder nicht?«

»Zweifellos«, gab Doktor Salmini zu. »Die Tatsache stand fest: trotzdem habe ich alle erdenklichen Wiederbelebungsversuche gemacht bis tief in die Nacht hinein.«

»Also haben Sie alles getan, was vernünftigerweise von Ihnen verlangt werden konnte –«

»Und aus rein humanen Beweggründen im Hinblick auf die Tochter der Toten, die fern von ihrer Mutter ahnungslos war! Herr – im Gedanken an die Waise habe ich gegen jede bessere Überzeugung Belebungsversuche gemacht, über die jeder meiner Kollegen angesichts des zweifellosen Todes mitleidig gelächelt hätte –«

»Nun, so vollenden Sie dieses Werk, indem Sie Gio Verdens Verdacht entkräften«, fiel Windmüller ein, indem er aufstand. »Tun Sie es direkt, kommen Sie mit dem ausgesprochenen Zweck zu ihr. Ich werde sie vorbereiten, denn nachdem ich nun die Ehre Ihrer persönlichen Bekanntschaft habe, finde ich, daß es nicht nötig sein wird, unter einem Vorwand zu ihr zu gehen. Ich denke, Herr Doktor, wir verstehen uns genügend, um uns auf diesem Punkt zu begegnen.«

»Ich denke es auch«, stimmte Salmini zu. »Dennoch aber werden Sie begreifen, daß die kleine und doch so große Unterlassung mit dem Ring schwer auf mir lastet. Ich habe einfach nicht den geringsten Wert darauf gelegt. Aber nun Sie mich darauf gebracht haben – – womit ja freilich nicht gesagt ist, daß er den Herd des Übels verdeckt zu haben braucht –«

»Halt – da fällt mir eben ein, was Sie unter allen Umständen entlastet«, rief Windmüller. »Es ist von diesem Ring die Rede gewesen und festgestellt worden, daß Frau von Verden ihn am Tage ihres Todes zum erstenmal angelegt hat!«

Doktor Salmini zog sein Taschentuch hervor und fuhr sich damit mehrmals über seine Stirn. »Ah – damit nehmen Sie in der Tat eine enorme Last von mir«, sagte er, emsig mit dem Zusammenlegen seines Tuches beschäftigt. »Es ist ein Glück, daß dieser Umstand Ihnen noch eingefallen ist –«

»Oh, ich hätte mich jedenfalls früher oder später seiner erinnert und Ihnen dann Mitteilung gemacht«, versicherte Windmüller treuherzig. »Der Ring – nebenbei bemerkt, ein Familienerbstück – ist mit der Toten begraben worden, einmal, weil er der Trägerin zu eng war und sich nicht abstreifen ließ, und dann aus irgendwelchem Aberglauben. Richtig, ja, das war das Hauptmotiv. Gio Verden hat mir das alles so detailliert erzählt, weil sie ja meines innigen Interesses sicher ist. Es war mir nur im Augenblick entfallen.«

»Oh, das ist begreiflich«, murmelte der Doktor. »Und was nun die Punkte betrifft, die, nach Ihrer eigenen Meinung, für Sie noch der Aufklärung bedürfen –«

»Nicht mehr, verehrter Herr Doktor, nicht mehr«, beeilte Windmüller sich einzufallen. »Ihre Darstellung hat jeden Zweifel in mir zerstreut –« Und diese Versicherung wiederholte Windmüller noch einmal, als er sich in der Haustür mit einem verbindlichen »Auf Wiedersehen« von Salmini verabschiedete.

»Das hat sie«, bekräftigte er die Redewendung in Gedanken, als er nun mit beschleunigtem Tempo dem Markusplatz mehr zustürmte als ging, denn es war inzwischen spät geworden. »Das hat sie – hat sie vollständig und zweifelsohne. Nur in einem andern Sinn, als ich den Doktor glauben machen wollte. Er hat die Brücke, die ich ihm geschlagen habe, willig genug betreten und, um ehrlich zu sein, ich hätt's nicht anders gemacht an seiner Stelle, nachdem er in die gestellte Falle so glatt hineingegangen war. – Ich komme zu spät zum Mittagessen, aber das drückt mich nicht nieder. Und dann werden wir in der Ruhe unseres Kämmerleins den Fall zurechtlegen, und mit uns selbst beraten, was weiter zu tun ist. Ich muß Zeit haben dazu. Zweiundeinhalber Tag haben genügt, das Rätsel zu lösen – aber es ist nicht abzusehen, wie lange ich brauchen werde, um das Wespennest auszuräuchern.«

Nachdem Windmüller auf dem Postbureau hinter dem Markusplatz das erwartete Kablogramm eingehändigt worden war, gab er ein Telegramm an seine Haushälterin in Rom auf: »Auf unbestimmte Zeit hier zurückgehalten. Meine Adresse postlagernd Venedig, Post San Marco, nur für ganz dringende Fälle.«

Die Feder in der Hand hielt er ein und überlegte, ob er Pfifferling kommen lassen sollte, wie es ihm unterwegs in den Sinn gekommen war. Pfifferling war ein verdorbenes Genie; Windmüller hatte ihn als Diener eines jungen Diplomaten kennengelernt, für den er einmal gearbeitet hatte. Hierbei war Pfifferling mit Erfolg als bescheidener Helfer verwendet worden, was ihm den Gedanken in den Kopf setzte, Detektiv werden zu wollen. Auf seine inständigen Bitten hatte ihn Windmüller nach Rom mitgenommen – als Lehrling. Doch da er die in ihn gesetzten Erwartungen nicht rechtfertigte, Windmüller aber den sonst anstelligen und vor allem ihm blind ergebenen Menschen nicht auf die Straße setzen wollte, so behielt er ihn bei sich – als Stiefelputzer, Diener und gelegentlich auch als bescheidenen Mitarbeiter. Unter Aufsicht war er dazu vortrefflich verwendbar, und darum setzte Windmüller auch nach kurzer Überlegung seinem Telegramm die Worte hinzu: »Pfifferling soll mit nächstem Zug nach Venedig reisen und sich dort im alten Palazzo Favaro bei Professor Müller melden.«

Am Telegraphenschalter stand plötzlich neben ihm ein Mann, der unter einem sonst ganz korrekten, aber offenstehenden Paletot die Livree eines Kammerdieners trug:

flaschengrüner Frack mit goldenen Knöpfen, schwarze Atlasweste, Kniehosen und weiße Binde. Seine schwarzen Strümpfe und Schnallenschuhe stellten seine unteren Extremitäten, die zur nicht ganz ungewöhnlichen Klasse der Säbelbeine gehörten, deutlich zur Schau. Das glattrasierte Gesicht des Menschen hatte eine sehr merkwürdige Ähnlichkeit mit einer Spitzmaus und zeigte jetzt einen Ausdruck von Pfiffigkeit, Verlegenheit und gespannter Erwartung, während seine mit weißen Handschuhen bekleidete Rechte den spiegelblanken Zylinder vom Kopf nahm, den ein mit viel Pomade festgepappter Scheitel in der Mitte zierte. In der Linken hielt er eine Reisetasche, deren Vorderseite den freundlichen Wunsch: »Glückliche Reise« trug.

»Zu Befehl«, sagte der Mensch auf deutsch, als Windmüller bei seinem Anblick eine Bewegung machte.« Ich habe die für Herrn Doktor eingelaufenen Briefe, postlagernd Postbureau San Marco, Venedig, nachzusenden, persönlich überbracht und hier auf die Abholung ergebenst gewartet.«

Windmüller drehte sich mit kurzem Kopfnicken um, strich den letzten Satz seines Telegramms aus und schrieb statt dessen: »Pfifferling eingetroffen.«

Dann gab er die Depesche auf und verließ das Bureau, indem er dem bescheiden, aber mit sehr wechselndem Gesichtsausdruck Wartenden einen Wink gab, ihm zu folgen.

»So«, begann er, als sie im Freien angelangt waren, und die jetzt verhältnismäßig menschenleere Straße zum Campo San Lucca, als dem kürzesten Weg zur Ca' Favaro einschlugen, »so, Pfifferling, jetzt sagen Sie mir mal zunächst, wer Ihnen den Befehl gegeben bat, mir hierher nachzureisen.«

»Das war Inspiration, Herr Doktor«, erwiderte Pfifferling geläufig. »Ich dachte –«

»Hundertmal habe ich Ihnen gesagt, daß es keinen größeren Fehler geben kann, als zu ›denken‹«, unterbrach Windmüller sein Faktotum. »Diese Arbeit habe *ich* in meinem Hause übernommen. Ich sollte meinen, daß ein paar recht bittere Erfahrungen in dieser Richtung Ihnen die Lust genommen haben sollten, zu ›denken‹. Also, was haben Sie nun wieder mal gedacht?«

»Ich dachte: wenn der Herr Doktor dich nicht brauchen kann, Telesphor, so kannst du ja mit dem nächsten Zug wieder zurückreisen«, erwiderte Pfifferling mit scheinbar vollständig ungetrübtem Gemüt.

»Na, das war mal ein vernünftiger Gedanke«, lobte Windmüller. »Wann geht der nächste Zug nach Rom ab?«

»Um halb drei Uhr, Herr Doktor. Ich dachte schon, es könnte dazu nicht mehr reichen, als der Herr Doktor den ganzen Morgen nicht auf das Postbureau kamen«, berichtete Pfifferling mit einer so strahlenden Miene, als ob er diese ganze Zeit nicht auf seinen Füßen, sondern auf einer prima Sprungfedermatratze zugebracht hätte.

Windmüller aber tat, als überhörte er den Zusatz, zog die Uhr und murmelte: »Halb zwei – massenhaft Zeit. Und wie kommen Sie zu diesem Maskenkostüm?« setzte er mit einem Blick auf den nun fest zugeknöpften Paletot Pfifferlings hinzu, der den Augen jetzt seine pikfeine Livree verbarg.

»Beim alten Levi Coen im Ghetto gegen ein Faustpfand von dreißig Lire für zwei Lire täglich gepumpt«, berichtete der Unentwegbare mit zufriedenem Schmunzeln.« Ich dachte –«

»Schon wieder!« warf Windmüller streng ein.

»Ich dachte«, fuhr Pfifferling unbeirrt fort, »wenn ich in meinem Zivil in das feine Hotel komme, wo der Herr Doktor logieren, so wäre das dem Herrn Doktor vielleicht nicht recht, weil das Personal sich wundern könnte, mit was für Zivilisten der Herr Doktor Verkehr pflegt. Wenn nun aber des Herrn Doktors Kammerdiener ihm nachgereist kommt, so hat dieser zweifelsohne das Recht, sich in den Gemächern des Herrn Doktors aufzuhalten, auch wenn der Herr Doktor nicht zu Hause sind. Und hier in Italien muß ein richtiger Kammerdiener Atlashosen tragen, wenn er imponieren will. Der Anzug ist ganz neu: er stammt von einem verkrachten Prinzen.«

Windmüller warf einen Blick auf den kleinen, krummbeinigen Kerl mit dem Spitzmausgesicht, – aber er zuckte mit keiner Miene: nur in seinen Augen blitzte es wie ein zubilligendes Lächeln auf, das der andere mit seinem scharfen und ehrgeizigen Blick sofort auffing, denn Windmüller war Pfifferlings Abgott.

»So«, machte der erstere trocken. »Und um nun damit fertig zu werden: was denken Sie sich noch?«

»Hm, – Herr Doktor, ich denke mir, Venedig scheint eine recht schöne Stadt zu sein, wenn die Überschwemmung mal erst vorüber ist. Ich mußte in einem Kahn, Jondel genannt, bis zur Post fahren.«

»Sie Esel – wollen Sie mich zum besten haben?«

»Verzeihung, Herr Doktor, – der Witz ist nicht von mir: ich hörte ihn von einem Komiker im Teatro Metastasio. Der Herr Doktor müssen einmal hingehen – man biegt sich vor Lachen. Ich muß aber gestehen, daß die Kahnfahrt mich doch 'n bißchen nervös gemacht hat, denn ich habe mir die See in der Seestadt Venedig so mehr von außen vorgestellt. Etwa wie in Kiel, wenn der Herr Doktor diesen Ort kennen. Aber wo waren Herr Doktor nicht! Im übrigen aber werden Herr Doktor mir Gerechtigkeit widerfahren lassen und mir die Gedankenfreiheit zugestehen, um die der Marquis Poser schon so hübsch gebeten hat. Ich habe die Rolle als junger Esel mal in Ritzebüttel gespielt und sie haben mir ausgepfiffen. ›Sire, jeben Sie Jedankenfreiheit –‹, sage ich mit Posern. Um so mehr, als ich ja diesmal nicht danebengedacht habe.«

»Woher wollen Sie das wissen, Sie alter Quatschkopf, Sie?« – fuhr Windmüller mehr aus Prinzip, denn aus Überzeugung sein Faktotum an, das ihm mit dem unschuldigsten Gesicht der Welt die Antwort gab:

»Nun, Herr Doktor haben doch eben noch der Aujuste telegraphieren wollen: ›Pfifferling soll mit nächstem Zuge nach Venedig reisen und sich im alten Palazzo – Fa – Fa – Pharao bei Professor Müller melden!‹«

Windmüller blieb stehen und sah ein paar Sekunden stumm auf den freundlich Lächelnden herab, der seinen Reisesack zur Erleichterung in die Rechte nahm.

»Sie haben mir beim Schreiben über die Schulter gesehen. Sie?«

»Zu Befehl, Herr Doktor! Ich, Telesphor Pfifferling, Ihr ergebenster Diener und Schüler.«

Nun mußte Windmüller laut lachen. »Pfifferling, Sie scheinen allmählich doch mit Ihren höheren Zwecken zu wachsen«, meinte er gut gelaunt. »Schreiben Sie sich von mir zur Abwechslung mal eine Eins in Ihre Zensur, denn das haben Sie wirklich gut gemacht. Sehr gut sogar. Ihre ›Inspiration‹ war also eine richtige.

und mit der Livree bin ich auch einverstanden. Ich hätte Ihnen sonst hier eine angeschafft. Also wir gehen jetzt zusammen in die Ca' Pharao, wie Sie den Namen annähernd richtig sich gemerkt haben. Dort bin ich der Herr Professor Müller aus Wien. Kennen Sie diese Stadt?«

»Ist mir persönlich nicht vorgestellt. Aber von der Schule her weiß ich, daß sie die Hauptstadt von Österreich ist und von den Türken belagert wird, was man vom Stephansturm aus ansehen kann.«

»Pfifferling, halten Sie lieber den Mund, wenn im Dienerzimmer die Rede auf Wien kommt, oder antworten Sie nur im allgemeinen auf dahin gerichtete Fragen, damit die Leute keinen Verdacht schöpfen«, ermahnte Windmüller allen Ernstes seinen neugebackenen »Kammerdiener«.

»Keine Sorge, Herr Doktor, m. w. », beruhigte dieser seinen Brotherrn. »Die Italiener meiner ehrenwerten Klasse sind etwas schwach in der Geographie. Ich werde ihnen für Wien Berlin schildern, daß ihnen das Wasser im Mund zusammenlaufen soll.«

»Meinetwegen – nur schwatzen Sie nicht zu viel; lassen Sie sich lieber von den andern erzählen. Sie verstehen ja nun genug Italienisch, um folgen zu können. Also im Palast Favaro bin ich der Herr Professor Müller aus Wien; nur die Besitzerin des Hauses, eine Deutsche, – Fräulein von Verden – weiß, wer ich wirklich bin. Verstanden?«

»Vollkommen«, versicherte Pfifferling. »Also wir arbeiten für Fräulein von Verden. Und was habe ich zu tun?«

»Abzuwarten, was ich Ihnen befehlen werde, mein lieber Pfifferling«, sagte Windmüller und fuhr sachlich fort: »Sie werden bis auf weiteres nur Ihre Ohren im Dienerzimmer offen halten, zum Rapport bei mir natürlich. Es kann nichts schaden, wenn Sie sich bald besonders zu einer gewissen Rita hingezogen fühlen und sich ihr unauffällig anschließen. Verstanden?«

»Sehr wohl, Herr Dok – Herr Professor«, schmunzelte Pfifferling verständnisvoll. »Darf ich mir die Frage erlauben, ob diese Rita verliebter Komplexion ist?«

»Verliebter – was?«

»Komplexion, Herr Doktor. Womit die allgemeine Veranlagung gemeint ist. Also zu deutsch: soll ich ihr den Hof machen? Es ist dies eine meiner Spezialitäten –«

Nun mußte Windmüller wieder lachen. »Sind Sie lieber vorsichtig damit«, ermahnte er.« Ich weiß doch nicht, wie Rita das ›Hofmachen‹ aufnehmen würde. Versuchen Sie es erst lieber mit Respekt.«

»Ich verstehe, Herr Doktor, wenn schon Schiller so schön gesagt hat: ›Komm den Weibern zart entgegen, du gewinnst sie, auf mein Wort; doch wer keck ist und verwegen, kommt bei weitem besser fort!‹«

»Ein sehr zweischneidiger Rat, lieber Pfifferling, der übrigens von Goethe stammt, wenn's Ihnen egal ist.«

»Aha – von Goethen stammt er und Schiller hat'n in Verse gesetzt. Na ja, die zwei haben ja immer unter einer Decke gesteckt«, nickte Pfifferling zufrieden, und Windmüller ging über diesen erstaunlichen Beitrag zur Biographie von Deutschlands größten Dichtern einfach zur Tagesordnung über.

»So«, sagte er, »hier ist der Palast. Und nun nehmen Sie sich zusammen und machen Sie auf eigene Faust keine Dummheiten. Sie wissen, daß ich in diesem Fall kurzen Prozeß zu machen pflege!«

»Sehr richtig, Herr Doktor«, murmelte Pfifferling, in dem er unauffällig zwei Schritt hinter seinem Brot- und Lehrherrn zurückblieb, der beim Betreten der Ca' Favaro den ihm entgegentretenden Majordomo zurief:

»Sitzen die Herrschaften schon lange bei Tisch? So, nun, dann muß ich eilen, daß ich hinaufkomme. Der Mann hier ist mein Diener, der mir infolge eines mißverstandenen Befehls nachgereist ist; wollen Sie, bitte, für ihn sorgen, bis ich Donna Gio von seinem Hiersein verständigt habe?«

»Gut, Signor – er kann das Mittagessen der Dienerschaft noch nachbekommen«, erwiderte der Majordomo, und Windmüller sah Pfifferling mit sichtlichem Eifer den Fleischtöpfen Ägyptens zustreben.

»Ist doch ein famoser Kerl«, dachte er, indem er die Treppe emporstieg. »Wartet der Mensch den ganzen Vormittag auf mich vor dem Postbureau und schleicht dann hinter mich, während ich die Depesche schreibe, ohne daß *ich* es merke! Entweder, ich gehe zurück, oder der Kerl schreitet wirklich vor! Nur darf er nicht zu sehr gelobt werden, denn das verträgt er so wenig, wie die Menschen im allgemeinen.«

Die Tafelrunde der Ca' Favaro war wirklich schon beim Käse angelangt, als Windmüller den eleganten, ovalen Speisesaal betrat.

»Ich bitte tausendmal um Verzeihung«, rief er, noch in der Tür. »Wollen Sie Gnade vor Recht ergehen lassen, liebe Gio, und mir noch etwas zu essen geben? Ja? Sie sind ein Engel an Güte, und ich habe einen Hunger wie ein Steinpflasterleger. Da lasse ich mich vom Sonnenschein verlocken, noch vor Tisch einen kleinen Bummel zu machen, und verpasse darüber die Zeit. Das Rialtoviertel ist aber auch wirklich zu interessant. Ja, und denken Sie, Gio, wem begegne ich zufällig? Meinem Diener mit der Reisetasche in der Hand! Hat das Schaf wie gewöhnlich mich mal wieder mißverstanden und kommt mir nachgereist! Ich denke, ich falle auf den Rücken. Ich werde ihn ja natürlich wieder heimschicken, aber ein paar Stunden Ruhe darf sich der arme Kerl in Ihrem Hause gönnen, nicht wahr, Gio?«

Gio sah ihren Gast prüfend an, aber sie sagte ohne Zögern: »Lieber Onkel, er kann überhaupt hierbleiben, solange Sie da sind. Platz haben wir ja Gott sei Dank hier im Hause, und seine Anwesenheit sichert Ihnen wahrscheinlich einen größeren Komfort und veranlaßt Sie zu längerem Bleiben. Ihren Zimmern gegenüber liegt nach der Loggia zu ein unbenutzter Raum; den kann Ihr Johann haben. Er heißt doch natürlich Johann!«

»Nein – er heißt Telesphor Pfifferling«, erklärte Windmüller zur allgemeinen Erheiterung.

»Aber, das muß ja ein schrecklich dummer Mensch sein, wenn er Sie so mißverstehen kann, um von Wien hierher zu reisen!« bemerkte Donna Onesta, die goldgefaßte Lorgnette auf Windmüller gerichtet. Er hatte es aber natürlich längst gesehen, daß sie ihn scharf beobachtete: es war ihm auch nicht entgangen, daß sie bei seiner Erwähnung des Dieners mit ihrem Gatten einen Blick gewechselt hatte.

»Es ist nicht zu leugnen, Madame«, erwiderte er mit lachendem Achselzucken, »daß Pfifferling das Pulver weder erfunden hat, noch auch bei seiner Erfindung im Nebenzimmer war. Aber dafür putzt er meine Sachen ausgezeichnet, sorgt für meinen Komfort, ohne daß ich ihm alles hundertmal zu sagen brauche, raucht meine Zigarren nicht, weil er das Laster nicht besitzt, und hängt sehr an mir. Wenn man ihm – bildlich geredet – Zucker gibt, dann schwatzt er gern – lieber Himmel, wir haben ja alle unsere schwachen Seiten! So!« setzte er in Gedanken hinzu, »nun haben wir Pfifferling gut und effektvoll eingeführt. Mag sie nun selbst herausfinden, was ›Zucker‹ für den Guten ist.«

Donna Onesta nahm die Lorgnette nicht von den Augen und ließ diese nicht von der eingeschlagenen Richtung abseits schweifen. Sie lachte ihr leises, melodisches Lachen, das sie nicht oft hören ließ. »Also meinen Sie, daß jeder Mensch bei seiner schwachen Seite zu fassen ist?« fragte sie mit dem latenten Interesse, das sie zu zeigen beliebte.

»Ah – das habe ich nicht gesagt«, entgegnete Windmüller. »Das wäre denn doch eine zu kühne Behauptung, die ja die ganze Menschheit für bestechlich, beziehungsweise käuflich erklären würde. Ich meinte nur, daß ein jeder Mensch seine schwache Seite hat – mitunter auch mehrere. Ich hoffe aber doch, daß der größere Teil der Menschheit mit Erfolg den Kampf gegen sich selbst führt.«

»Die große Kunst ist, man darf der Welt nicht verraten, welches unsere schwache Seite ist, damit sie nicht ausgenützt wird«, sagte Donna Onesta lächelnd.

»Und man selbst nicht dadurch zu Fall kommt«, ergänzte Windmüller.

»Ich finde das letztere viel beschämender und trauriger, als das erstere.«

»Aber ich bitte Sie –! Die meisten Menschen wissen ja gar nicht, daß sie eine schwache Seite haben und daß diese ausgebeutet wird«, fiel Morgan ein. »Wir können ja gleich einmal die Probe aufs Exempel machen! Gio, welches ist Ihre schwache Seite?«

»So fragt man die Bauern aus«, entgegnete Gio lachend. »Fragen Sie doch bei sich an!«

»Aniskuchen«, gab Morgan prompt, aber gutmütig neckend zurück, worauf ein halblautes, aber scharfes »Tom!« von Donna Onesta ihn zur Ordnung zu rufen schien, was er mit einem ungeheuchelt erstaunten Blick erwiderte.

Windmüller, scheinbar ganz in seinen Risotto versenkt, war indes beides nicht entgangen; ja, das kurze, scharfe, warnende »Tom!« weckte in ihm einen bisher schlummernden Nerv, der nun zu vibrieren begann und alle seine Instinkte sozusagen auf den Posten rief.

»Aniskuchen –! O ja! Und Anislikör! Ich lasse mein Leben für Anislikör«, zirpte Anne-Marie. »Er ist so süß und krabbelt einem so mollig in den Ellbogen!«

»Ich werde dir was krabbeln«, brummte Tante Nickel. »*Meine* schwache Seite ist der Nachmittagsschlaf, den dieser liebe Müller da durch sein Zuspätkommen auf die lange Bank geschoben hat«, setzte sie mit schöner Offenheit hinzu. »Wenn so viel dazwischengeredet wird, kann er natürlich gar nicht fertig werden. Um vier Uhr soll dann schon wieder auf den Lido hinausgejecht werden, und wenn mir einer sagen will, woher unsereiner zwischendurch sein bissel Nachmittagsschlaf hernehmen soll, dem will ich ’n Denkmal stiften!«

»Ich melde mich dazu«, rief Windmüller lachend, aber immer das Warnungssignal in den Ohren. »Haben Sie nur noch einen Augenblick Geduld, gnädige Frau, und dann führt mein starker Arm Sie hinauf. Sie haben immer noch fast zwei Stunden, sich zu erholen – von dem Heroismus, Ihre schwache Seite so rückhaltlos bekannt zu haben. Worin ich mir erlaube, mich Ihnen anzuschließen.«

»Nun, eine Siesta haben wir alle verdient«, meinte Donna Onesta. »Es ist schade, daß Herr Professor Müller nicht mit uns war.«

»Es ist schade, weil ich dadurch des Vorzuges Ihrer Geselligkeit verlustig gegangen bin«, erwiderte Windmüller mit einer Galanterie, die Gio erstaunte. »Nur ein deutscher Bär, Madame, wenn er noch dazu ein Gelehrter ist, bringt es fertig, der holden Weiblichkeit zu entfliehen.«

»Die holde Weiblichkeit bedankt sich für mein Teil«, rief Frau von Verden ungeduldig. »Und wenn Sie jetzt lieber futtern statt Komplimente steigen lassen wollten –«

Windmüller, der es gewohnt war, seine Mahlzeiten oft stehend einzunehmen, hatte das ihm rasch nachservierte Essen mit einer Schnelligkeit bewältigt, die wirklich keine Mahnung verdiente. Zudem hielt er dafür, daß ein Überschuß an Nahrung die geistigen Fähigkeiten hemmt, und aß deshalb überhaupt nur so viel, als zur Erhaltung der Körperkräfte notwendig ist.

Gio wollte gegen die Beschleunigung von Windmüllers Mahlzeit Protest einlegen, aber er behauptete, satt zu sein, und reichte Frau von Verden nach der Aufhebung der Tafel seinen Arm, um sie hinaufzuführen.

»Herr Professor – ich stehe heute nachmittag zu Ihrer Verfügung, falls Sie nicht vorziehen, nach dem Lido mitzufahren«, rief Morgan ihm nach.

»Sie sind sehr gütig«, erwiderte Windmüller liebenswürdig. »Ja, wahrscheinlich fahre ich mit nach dem Lido. Ein anderes Mal, ja? Jetzt eben geht mir's wie Frau von Verden – die Augen fallen mir zu. Denn auch meine schwache Seite ist der Nachmittagsschlaf!«

Über welches Bekenntnis Gio so große Augen machte, daß Windmüller laut darüber lachen mußte.

»Haben sich gnädige Frau heut morgen gut unterhalten?« fragte er seine Dame, als er mit ihr der Treppe zusteuerte.

»Ja, es geht«, meinte Tante Nickel gähnend. »Wissen Sie, so Kunstgenüsse mit 'ner Hammelherde sind, wie Wilhelm Busch sagt, ein sogenanntes Vergnügen. Ich werd' mal allein hingehen, da hat man viel mehr davon, wenn auch die Morgans umschichtig erklärt haben, daß mir der Kopf noch davon brummt.«

»Ich bin ganz Ihrer Meinung, gnädige Frau«, stimmte Windmüller überzeugt bei. »Auch ich hasse Massenmorde in jeder Form. War Herr von Wettersbach mit bei der Partie?«

»Na, und ob!« erklärte Tante Nickel lachend. »Nicht von der Tasche ist er mir die ganze Zeit gegangen! Natürlich hab' ich das bloß meinen schönen Augen zu verdanken. Den Sack schlägt man und den Esel meint man.«

»Ja, glauben Sie wirklich, daß Wettersbach –?«

»Verschossen ist? Das sieht ein Blinder ohne Brille durch ein Brett.«

»Hm, hm! So, so! Nun ja – warum auch nicht?«

»Nee, warum auch nicht? Meinen Segen hat er, denn er scheint wirklich ein sehr ordentlicher und vernünftiger Mensch zu sein. Und einmal einer, der's nicht nötig hat, auf das verflixte Geld zu sehen, sondern heiraten kann, wen er mag.«

»Ja, die Wettersbachs sind in einer sehr guten Lage, keine Milliardäre, aber für unsere Begriffe reich. Fräulein Falkenberg ist auch eine sogenannte gute Partie, nicht wahr?«

Tante Nickel blieb stehen und pustete. »Verflixte Treppen!« schimpfte sie, und fuhr im selben Atem fort: »Anne-Marie hat keinen roten Pfennig. Der Alte hat seine Pension als Generalmajor und damit basta. Aber sie ist mein Patenkind und ich werde ihr mal was hinterlassen. Viel ist's auch nicht, aber ein Schuft, wer mehr gibt, als er hat. Warum fragen Sie denn? Wollen Sie die Anne-Marie heiraten?«

Windmüller trat eine Stufe abwärts vor ehrlichem Schrecken. »Ich? Der Himmel soll mich behüten – das heißt, ich meine, ich danke untertänigst«, sagte er entsetzt. »Ich fragte eben nur so, weil gnädigste Frau das alte, gute Sprichwort vom Sack und vom Esel zu zitieren beliebten –«

Frau von Verden lachte laut auf. »Ach so!« meinte sie belustigt. »Nee, lieber Freund, da haben Sie daneben gedacht! Anne-Marie? 's ist mir noch nicht im Traum eingefallen, daß Wettersbach die Anne-Marie meinen könnte –«

»Das habe ich mir bisher auch nicht eingebildet«, fiel Windmüller ein. »Da Sie sich aber als ›Sack‹ bezeichneten, so nahm ich an –«

»Ja, Spatzen!« brummte Tante Nickel und setzte ihren Weg fort. »Anne-Marie ist doch bloß meine Pate und Gio ist meine Nichte. Jedenfalls meine Blutsverwandte, die mir nähersteht. Ich hab' das Mädel gern.«

»Ich auch«, erklärte Windmüller. »Ich will sie aber nicht etwa heiraten«, setzte er rasch hinzu, des vorangegangenen Verdachtes eingedenk.

»Nun, nun! Ein Mummelgreis sind Sie ja noch nicht, aber immerhin doch schon ein alter Knacker«, bemerkte Frau von Verden mit schöner Offenheit.

»Erlauben Sie«, wehrte sich Windmüller, scheinbar pikiert. »Erst trauen Sie mir zu, Absichten auf Fräulein Falkenberg zu haben, und direkt darauf sprechen Sie mir diese Berechtigung Gio gegenüber ab!«

»Ja – wissen Sie – die Anne-Marie kommt mir oft gar nicht mehr jung vor. Ich weiß, sie ist nur zweiundzwanzig Jahre alt, und doch – – der Kuckuck soll diese Sorte von Jugend verstehen, die wie ein Jubelgreis redet, nichts bewundert, außer sich selbst, sich für nichts mehr begeistern kann, na – usw. Wollten wir eigentlich davon reden?«

»Nein. Wir waren einig darin, Gio gern zu haben –«

»Richtig. Wir, und – ein anderer. Ich habe nichts dagegen.«

»Ich auch nicht. Und ich wollte, wir wären erst so weit. Aber man darf solche Dinge nicht beschleunigen wollen, sondern ihnen ihren regulären und psychologisch bedingten Gang lassen, weil das Menschenherz ein Organ ist, mit dem nur sein Besitzer allein fertig werden kann – und ein sehr, sehr heikles Organ dazu.«

Tante Nickel blieb stehen, denn sie waren inzwischen vor ihrer Tür angelangt.

»Ich bin ganz Ihrer Meinung«, versicherte sie, und gab ihm die Hand. »Sie brauchen keine Angst haben, Müller, – ich habe nie nach Kuppelpelzen Verlangen getragen, nie!«

»Also wären wir ganz einig über Gios Glück. Und wenn wir, Sie und ich, uns auch noch verbinden wollten zu Gios sonstigem Wohlergehen, zu ihrer persönlichen Zufriedenheit und Sicherheit –« Windmüller hielt ein und sah Frau von Verden an, die schon die Hand auf der Türklinke hatte und sichtlich bei dem eindringlichen Ton stutzte, mit dem er zu ihr redete.

»Wie meinen Sie das?«

»Schlafen Sie jetzt ruhig«, erwiderte er mit mehr betontem Ernst. »Wir reden schon noch weiter darüber und beraten ein wenig über Gios Wohlergehen in *diesem* Hause. Die Hauptsache ist jetzt für mich, daß ich Ihrer Hilfe sicher bin, nicht wahr?«

»Aurora Nebelhorn will ich heißen, wenn ich ein Wort davon verstehe«, versicherte Tante Nickel ganz glaubhaft. »Was wollen Sie denn nun eigentlich sagen? Raus mit der Katze aus'm Sack – wobei und womit soll ich Ihnen helfen?«

»Als ob Ihr scharfer Verstand das nicht schon erraten hätte«, entgegnete Windmüller mit einem schnell unterdrückten Lächeln, worauf er ihr ins Ohr tuschelte: »Wir wollen – mit vereinten Kräften – Gio zur Herrin in diesem ihrem Hause machen! Sie sind doch dabei?«

»Allemal! Aber –«

»Wir reden davon, wenn Sie ausgeschlafen haben. Gute Ruhe!«

»Danke, gleichfalls«, murmelte Tante Nickel und verschwand in ihrem Zimmer, wo sie hinter der Tür stehenblieb, zunächst die Hände in die Seiten stemmte, die Augenbrauen hochzog und nachdachte. Ein Schmunzeln, das über ihre Züge glitt, vertiefte sich zum Lächeln und ging dann in ein breites Lachen aus. »Spiritus, merkst du was?« murmelte sie, und legte sich aufs Sofa. »So so! Der Gio soll ich die Kastanien aus dem Feuer holen helfen? Ha – warum denn nicht? Man kann sich die Finger dabei verbrennen, das ist schon richtig – aber wenn man sich die richtigen Handschuhe dazu anzieht – – ich möchte bloß wissen, woher der alte Müller das weiß, daß ich's mit solcher Virtuosität verstehe, jemandem den Marsch zu blasen!« – Und lachend schlief sie ein, die gute Tante Nickel.

Windmüller aber lachte weder, noch legte er sich zu der eben von ihm noch als seine schwache Seite bekannten Mittagspause nieder, denn erstens war's ihm verzweifelt ernst zumute, und dann war ihm jetzt nichts ferner als der Schlaf.

In seinem Zimmer angelangt, trat er zunächst vor das Bild der Bianca Capello und betrachtete lange und aufmerksam den Ring, den sie dem Beschauer entgegenhielt. Für Windmüller war es zweifellos, daß eben dieser selbe Ring an der Hand von Gios Mutter begraben worden war, und daß er die Eigenschaft besaß, die der Althändler Zampietro geschildert hatte. Das zu beweisen wäre heute noch möglich gewesen und wurde ihm, Windmüller, eigentlich auch von seiner Berufspflicht vorgeschrieben: bewaffnet mit dem Material, das er heut morgen gesammelt hatte, kostete es ihm jetzt nur noch einen Gang auf die Questura. Dann würde die Verhaftung »des Ehepaares Morgan« erfolgen, die Exhumierung, der Prozeß mit allen seinen schmutzigen und jammervollen Details, seiner Aufwühlung der Vergangenheit, dem Verlesen der Korrespondenzen – – dem Urteil – – Windmüller sah sich im Geist mit in den Schranken stehen, und auf der Zeugenbank sah er das blasse Gesicht Gios mit großen, rostbraunen Augen voll Entsetzen und Todesnot – – »Nein«, sagte er sich, »das soll ihr erspart werden. Es gibt ideale Menschenpflichten, die allen andern vorangehen. Und es gibt Strafen, die in gewissen Fällen eine höhere Sühne leisten als die der irdischen Gerechtigkeit. Und die Rache war der Schuld in diesem Falle ja auf dem Fuße gefolgt – Gios Mutter war einem Trugbild, einem verhängnisvollen Irrtum geopfert worden, und der Lohn der dunklen Tat war – nichts!«

Windmüller sah sich um, als hätte ein Echo das Wort »nichts«, das er nur gedacht hatte, wiederholt. »Nichts –« mit einem Fragezeichen dahinter. Doch das stammte von ihm selbst, er hatte es schon hinter dieses fürchterliche »Nichts« gesetzt, als er das Haus des Advokaten verließ. Wird Donna Onesta sich mit diesem ›Nichts‹ begnügen, wird sie nicht weiter gehen, um zum Ziel zu gelangen, nun sie ganz sicher ist, daß solche Dinge sich ohne Aufhebens tun lassen?«

Windmüller ertappte sich heut zum zweitenmal, daß er nur Donna Onesta in den Kreis seiner Betrachtung rückte und Tom Morgan außerhalb des Brennpunktes ließ, ohne ihn darum aus dem Auge zu lassen. Gewiß, er hielt »sie« für die treibende Kraft und ihn für den Täter, wenn nicht den Urheber, doch diese Ansicht hatte er seit heute mittag wesentlich geändert. Es gab manches, das Tom Morgan nicht wußte. Für den harmlosen Hörer war die Sache ja auch ganz harmlos: Tom Morgan hatte Gio mit ihrer Vorliebe für Anisbrot geneckt, und seine Frau hatte ihm eine Warnung zukommen lassen, weil die meisten Menschen solche Neckereien nicht lieben. Windmüller aber war *kein* harmloser Hörer; sein geübtes Ohr war für alle Nuancen der menschlichen Stimme und Sprache sehr empfänglich – das warnende »Tom« Donna Onestas hatte für ihn Untertöne enthalten, deren Meinung zu ergründen jeder Nerv in ihm bebte. Tom Morgan kannte diese Meinung nicht, sonst hätte er seine Frau nicht so erstaunt angesehen, und dann hatte es auch Windmüller scheinen wollen, als ob ein leiser Schrecken sich diesem Erstaunen beigemischt hätte. Das konnte bedeuten, daß Mr. Morgan etwas unter dem Pantoffel stand, aber andererseits hatte er doch die Macht besessen, ausgleichend, beziehungsweise beruhigend auf seine Frau einzuwirken, wie es Windmüller aus der Korrespondenz von Vanna Verden und aus den mündlichen Mitteilungen des Cavaliere Castelfranco erfahren hatte. Das noch ungelesen in seiner Brusttasche steckende Kablogramm aus Washington fiel ihm hier ein; er zog es hervor und übersetzte die Chiffren mittels des zwischen ihm und seinem Agenten verabredeten Schlüssels, was folgendes Resultat ergab: »Tom Morgan gilt hier als ein von den Damen maßlos verzogener, aber von Charakter anständiger Mensch. Durch die Feigheit einer von ihm verehrten Dame der großen Welt, die ihn vor einen andern schob, wurde er, da er die Dame nicht Lügen strafen wollte, gezwungen, W. zu verlassen. Soll in Rom eine reiche, italienische Erbin geheiratet haben. Vater durch Minenkrach gänzlich verarmt.«

»Eine reiche italienische Erbin«, wiederholte Windmüller, indem er seine dechiffrierte Bleistiftkopie erst mit Radiergummi auslöschte und dann noch sorgsam zerriß.

»Hat er nun vor oder nach dem Eheschluß die Wahrheit erfahren? Hat er aus Anstand nicht zurücktreten wollen, beziehungsweise das Erwachen mit Anstand getragen? Liebt er seine Frau wirklich und um ihretwillen? Tut Gio ihm in gewissem Maße unrecht mit ihrem Mißtrauen, weil er ihr persönlich unsympathisch ist, weil sie ihn in ihrer Vision den Ring an die Hand ihrer Mutter stecken sah? Lachend, während Donna Onesta ›gierig zusah‹! Ha – es würde mich reizen, dieses Rätsel zu ergründen – privatim, da ich für die Sache, Gios wegen, es nicht tun kann. Hm! Ich kenne Charaktere, die sehr ›anständig‹ waren, solange sie das nötige Kleingeld im Portemonnaie hatten, dann einer großen Versuchung rettungslos erlagen und nun verzweifelte, aber fruchtlose Anstrengungen machten, ans Ufer der ›Anständigkeit‹ zurückzuschwimmen. Vielleicht ist der Wille dazu schon viel wert vor einem höheren Richter – wer weiß es? Hm – wie spät ist es? Schon drei Uhr. Herein! Donnerwetter!«

Dieser letztere Ausruf galt Pfifferling, der sich in der ganzen Pracht seiner Kammerdiener-livree ins Zimmer schob und den Eindruck seiner unbeschreiblich komischen Persönlichkeit erst voll und ganz einwirken ließ, ehe er sagte:

»Haben der Herr – em – Professor Befehle für mich?«

»Donnerwetter!« machte Windmüller noch einmal. Nicht, daß er an der Livree auszusetzen hatte – sie wäre in Deutschland für einen einfachen Professor stark übertrieben gewesen: in Italien fiel sie nicht auf.

Machen Sie mal ein recht dummes Gesicht«, befahl Windmüller, und Pfifferling kam dem Befehl mit einer Virtuosität nach, die schon an sich seine Intelligenz verriet. »Gut«, lobte sein Herr und Lehrer, »ganz gut – nur nicht übertreiben! Haben Sie das Gesicht unten gezeigt?«

»Befehl, Herr Dok – Professor«, grinste Pfifferling.« Ich dachte mir so – auf alle Fälle, denn die Steigerung von der Dummheit zum Verständnis ist physikalisch eher möglich, als das Gegenteil.«

»Darin haben Sie recht, Pfifferling«, erwiderte Windmüller lachend. »Ich habe Sie hier als ein Individuum mit äußerst beschränktem Untertanenverstand eingeführt –«

»Ist eine meiner Spezialitäten«, murmelte Pfifferling mit bescheiden niedergeschlagenen Augen.

»Sie haben«, fuhr Windmüller fort, »natürlich immer in der Rolle, die Sie hier spielen – nur eine schwache Seite: Sie schwatzen gern. Also lassen Sie sich nur hübsch nötigen und erzählen Sie dann den Leuten – Dienstboten, wie Herrschaften – über mich und sich Dinge, daß die Balken sich biegen, nur nicht, wer ich eigentlich bin. Verstanden? Vor Fräulein von Verden, der Besitzerin dieses Hauses, der ich Sie gleich vorstellen werde, brauchen Sie nicht zu schnurren. Sie weiß Bescheid. Erfahren werden Sie ja inzwischen auf eigene Faust von Belang noch nichts haben, wie?«

»Ich weiß Bescheid, wer im Hause ist«, erwiderte Pfifferling. »Donna Gio – das ist ja doch Fräulein von Verden – ist die Besitzerin, aber die Herrin ist ihre Tante, Donna Hornistra –«

»Onesta!«

»Onesta. Danke ergebenst. Onesta, ja, und sie ist mit einem Amerikaner verheiratet, der wie ein Abiturient aussieht. Dann ist eine andere Dame da, mit der Herr Professor vorhin die Treppe heraufbarmauzelten – ich stand zur Probe hinter dem Vorhang. Scheint ein ganz guter Posten zu sein, solange keiner auf den dummen Gedanken kommt, in die Falten hineinzuboxen oder mit'n Stock hineinzupieken –«

»Bravo! Und da haben Sie gehört, was ich mit Frau von Verden gesprochen habe?« unterbrach ihn Windmüller.

»Jedes Wort«, versicherte Pfifferling mit Nachdruck. »Ich ging nämlich mit vier Stufen Distanz hinterdrein – immer im Schatten. Meine Schuhe haben natürlich Gummisohlen, mit denen man zwar schlecht rennen, aber unhörbar gehen kann. Zum Rennen, wenn's nötig ist, kann man die Schuhe aber ausziehen, falls man Zeit dazu hat.«

Windmüller konnte mit einem gewissen Ingrimm nicht umhin, Pfifferling inwendig das Zeugnis auszustellen, daß er mit Erfolg bestrebt war, gewisse Scharten in seiner späten Detektivlaufbahn auszuwetzen. »Gut«, sagte er nur kurz und sehr trocken. »Weiter!«

»Oh, ich dachte mir nur so: diese deutsche Tante muß ihre schönen Seiten haben, wenn man sie äußerlich auch nicht sieht, weil Herr Professor ihr sozusagen Zucker gegeben haben zur Mitwirkung an einer Palastrevolution«, rapportierte Pfifferling mit schiefem Kopf. »Herr Professor wollen mich aber natürlich nur prüfen, ob ich recht verstanden habe, denn Herr Professor wußten selbstredend, daß ich hinter dem Herrn Professor dreingeisterte!«

»Es ist in diesem Fall ganz gut, daß Sie es getan haben«, umging Windmüller diese heikle Frage. »Für die Zukunft haben Sie mir aber nur dann zu folgen, wenn ich es befehle. Verstanden?«

»Vollkommen!« erwiderte Pfifferling und stand stramm.

»Desto besser«, nickte Windmüller. »Denn für den Fall, daß Sie den Befehl etwa für dehnbar oder gar nicht für ernst gemeint halten sollten, so wären wir unrettbar geschiedene Leute. In diesem Fall also hat Ihr Übereifer nichts geschadet und ihre Auffassung meines Gespräches mit

Frau von Verden hat ungefähr das Richtige getroffen. Sie weiß übrigens nicht, wer ich bin; nur Fräulein von Verden weiß es. Vergessen Sie das nicht.«

»Befehl! Sie wird angeschnurrt«, beeilte sich Pfifferling zu versichern.

»Ich glaube kaum, daß sie Ihnen dazu Gelegenheit geben wird. Sie gehört nicht zu der Sorte, die hintenherum die Dienstboten über ihre Herrschaft aushorcht. Sonst noch etwas?«

»Befehl! Fehlt in der Liste noch die Kusine mit den Zopfschnecken. Name noch nicht erfahren, Leute unten wußten ihn nicht auszusprechen«, rapportierte Pfifferling weiter. »Nicht beliebt bei den Dienstboten, diese Kusine. Muß von vorn und hinten bedient werden, nichts wird ihr recht gemacht. Tja! Vor der italienischen Tante scheinen sie drunten alle auf dem Galopp zu sein. Fräulein von Verden ist gut, bestens, lieb, aber eine Halb-Italienerin. So viel hab' ich nun schon herausgekriegt. Die Herrschaften wurden mir nämlich unten beim Essen sozusagen vorgestellt – mit Ausnahme vom Herrn Professor. Ja, und noch etwas – es mag ja nichts dran sein, aber es kann auch andererseits – – und dann würden Herr Professor mit Recht sagen: Pfifferling, Sie Schafskopf, warum haben Sie das nicht erwähnt? Also *ich* erwähne: Gerade wie ich den Gang herüberkam aus meinem Zimmer, das ganz nett und bequem zwei Ausgänge hat: einen ins Haus, den andern auf den Hof durch die Veranda, da trat aus den Zimmern der gnädigen Frau Tante, der italienischen nämlich, der Herr Gemahl heraus, der Americano, wie ihn die Leute nennen. Er nickte in das Zimmer zurück mit so einem Lächeln – ich kann's nicht nachmachen, weil ich 'ne andere Vieh-senomie habe, ungefähr so –« und Pfifferling verzog sein Spitzmausgesicht mit kautschukähnlicher Gewandtheit zu einem Grinsen, für das Mr. Morgan sich wahrscheinlich bedankt hätte, »so – und warf noch 'ne Kußhand zurück. Aber kaum war die Türe zu – Herr Professor, mein Ehrenwort darauf – da sah der Mann zwanzig, dreißig Jahre älter aus, einfach nicht mehr derselbe: wie mit einem Schlag verwandelt! Er zog das Schnupftuch raus und wischte sich den dicken Schweiß von der Stirne und lehnte sich an die Wand, wie einer, der den Tatterich hat. Und stand dort und japste, die Augen starr geradeaus gerichtet, und torkelte dann die Treppe hinunter. Ich dachte mir: der ist plötzlich schwer krank geworden, aber ich mochte mich nicht rühren –«

»Das war Ihr Glück«, fiel Windmüller ein, der mit gespannter Aufmerksamkeit zugehört hatte. »Im übrigen: halten Sie die Augen offen und rapportieren Sie jede Kleinigkeit, die Ihnen auffällt. So, und nun kommen Sie mit mir zu Fräulein von Verden!«

Damit verließ er, von Pfifferling gefolgt, das Zimmer und stieg die Treppe zum oberen Stockwerk empor. Doch noch ehe er die Tür von Gios Salon erreicht hatte, ging diese auf und Donna Onesta trat heraus mit zurückgeworfenem Kopf und fest zusammengepreßten Lippen, gegen die sie mit der linken Hand ein zusammengeballtes Taschentuch preßte. Ihre großen, dunklen Augen waren geradeaus gerichtet, ohne zu sehen, und fast wäre sie an Windmüller vorübergegangen.

»Oh –!« machte sie zurückschreckend, als sie an ihn streifte. »Sie, Herr Professor? Wollen Sie zu Gio? Ich rate Ihnen ab – sie ist nicht bei Laune heut!«

»In der Tat?« fragte Windmüller mit gut gespieltem Erstaunen. »Nun, das kommt ja wohl vor, daß man einmal weniger gut aufgelegt ist, als das andere Mal, nicht wahr? Ich will's riskieren.«

»Ich kann aber jetzt nicht mit Ihnen gehen – rufen Sie sich Rita als Ehrendame«, entgegnete Donna Onesta heftig.

Windmüller schüttelte lächelnd den Kopf. »Danke vielmals«, meinte er. »In meinem Alter darf ich mich wohl von einer Ehrendame dispensieren. Im übrigen habe ich meinen Diener bei mir, dessen Anwesenheit Gio vielleicht über meine gefährliche Nähe beruhigt.«

Donna Onestas Augen fielen jetzt auf Pfifferling, der zwei Schritte hinter seinem Herrn stand und ein so dummes Gesicht machte, daß jener es fast zu viel fand. Sie musterte ihn mit einem raschen, aber durchdringenden Blick und ließ diesen dann auf Windmüllers Gesicht haften, das ein freundliches, aber nichtssagendes Lächeln zeigte, während er sich die Hände rieb.

Sie zuckte mit den Achseln und wandte sich der Treppe zu. »Es ist nicht Sitte bei uns, daß ein Herr eine unverheiratete Dame, auch wenn sie verwandt sind, allein besucht«, sagte sie über die Schulter weg. »Aber Gio setzt sich ja über alle und jede Sitte hinweg! Ich wasche meine Hände!«

»Das einzige, was einem übrigbleibt, Madame«, erwiderte Windmüller wehmütig.

Nun wandte sich Donna Onesta noch einmal um und trat mit einem raschen Schritte vor ihn hin.

»Wollen Sie mich zum besten haben?« fragte sie und sah dabei aus wie eine zum Sprung bereite Löwin.

»Wer? Ich? Aber – aber ich bitte Sie, Madame«, stammelte Windmüller mit einem solch meisterhaften Ausdruck des Erstaunens und der Überraschung, daß Donna Onesta zurücktrat und mit den gleichsam als Entschuldigung gemurmelten Worten: »Ich bin etwas nervös und bildete mir ein – – Schirokko, Herr Professor, Schirokko!« – ihren Weg nach unten nahm.

Windmüller wechselte mit Pfifferling einen Blick, ehe er an Gios Tür anklopfte. »Das war die italienische Tante«, murmelte er.

»Ich hab' mir's gedacht. Traut Ihnen nicht, diese Tante«, gab Pfifferling ebenso zurück.

Windmüller lächelte zufrieden. Pfifferling schien sich wirklich »machen« zu wollen. Doch die Fähigkeiten hatte er ja immer gezeigt, und wenn man ihm die Eigenmächtigkeiten abgewöhnen konnte und ihn gehörig geduckt hielt und seine Neigung zur Überhebung nicht ins Kraut schießen ließ – –

»Hier, liebe Gio, stelle ich Ihnen Telesphor Pfifferling vor, der mir auf eigene Faust nachgereist ist, weil er sich einbildet, daß ich ohne ihn nicht fertig werden kann«, sagte Windmüller, als er vor seiner jungen Wirtin stand und auf deren Zügen die Spuren von Erregung und Verdruß las.

»Gnädiges Fräulein wollen verzeihen – gerade umgekehrt ist es«, versicherte Pfifferling, indem er Gio einen Kratzfuß machte, daß ihr liebes Gesicht sofort über und über lachte. »Mehr, wie dich anblasen, daß du auf den Rücken fällst, kann er nicht, dachte ich mir, und da hab' ich's halt gewagt. Natürlich hab' ich nicht gewußt, daß ich mit meiner werten Person dem gnädigen Fräulein auf der Tasche sitzen würde –«

»Machen Sie sich nichts daraus – wir haben Platz genug hier im Hause«, fiel Gio beruhigend ein. »Und übrigens verstehe ich Ihr Wagnis ganz gut, denn wenn der Herr Doktor Ihnen die Ehre erweist, sich Ihrer Hilfe zu bedienen, so muß Ihnen das ein gewaltiger Sporn sein!«

»Sporn? Quarkspitzen – pardon, wollte sagen, Sporn is nischt! Für'n Herrn Doktor laß ich mich in Stücke hauen und wenn's auch gar keinen Zweck hätte«, versicherte Pfifferling im vollsten Feuer, auf das Windmüller sofort Wasser goß.

»Erst lassen Sie sich mal belehren, mein Lieber, und dann wollen wir weiterreden«, sagte er scharf. »Das edelste Roß muß erst an der Longe gehen, ehe man ihm den Sattel auflegt – was natürlich hier bildlich gemeint ist –«

»Versteh' schon, versteh' schon, Herr Doktor«, plinkerte Pfifferling mit den Augen. »Aber so'n Vollblüter wie ich, der denkt halt manchmal, jetzt kann er's, und wenn ihn dann der Teufel reitet, dann rutscht er. Das ist auch eine Para – Para – Parapappel, sozusagen.«

»Jawohl – sozusagen«, lachte Windmüller. »So, und nun schrammen Sie ab, Pfifferling, denn ich habe mit Fräulein von Verden zu reden. Ja, ja«, fuhr er fort, als er mit Gio allein war und diese sich ausschütten wollte über den drolligen Kerl, »ja, ja – man muß manchmal wider Willen über ihn lachen, was eigentlich nicht der Zweck war, weshalb ich ihn zu mir nahm. Nun, lassen wir Pfifferling, in dessen weitem Herzen Sie wahrscheinlich schon Platz genommen haben. Gio, ich komme Ihnen zu sagen, daß der Zweck, weshalb ich Ihre Einladung annahm, insofern ein verfehlter ist, als meine Nachforschungen über die Umstände des Todes Ihrer lieben Mutter ergebnislos waren. Das Wort ›verfehlt‹ ist natürlich nur in dem negativen Sinn gemeint, denn im positiven wird es Ihnen ja natürlich zur größten Beruhigung dienen, daß ganz natürliche Ursachen dem Ihnen so teuren Leben ein allzu frühes Ziel setzten. Es wird keinen Zweck haben, Ihnen den Gang meiner Nachforschungen zu detaillieren – genug, daß ich zu dem Resultat gelangt bin, das ich Ihnen mitzuteilen nicht länger zögern wollte. Aber Gio – ich bringe Ihnen gute Kunde und Sie – sehen so enttäuscht aus«, schloß er, indem er beide Hände des jungen Mädchens ergriff und ihr forschend in die Augen sah, die mit einem eigenen Ausdruck in seinem Gesicht zu lesen suchten, dem Gesicht, das er so in seiner Gewalt hatte!

»Enttäuscht?« wiederholte sie mit fremder Stimme. »O nein, nein – oder doch? Das wäre ja – das wäre ja furchtbar schlecht von mir, nicht wahr, furchtbar, bodenlos schlecht?«

»Nein, Gio; Sie haben sich nur dermaßen in einen Verdacht verrannt, daß Sie ihn naturgemäß nicht auf das erste Wort fallen lassen können«, sagte Windmüller mild und mit dem Ton des von Herzen kommenden Verständnisses, das so wohl tun kann. »Aber das ist nur ein psychologisch ganz erklärlicher Übergang, der Ihnen selbst sehr bald wie eine fremde Hülle vorkommen wird, mit der Ihr Inneres nichts gemein hat.«

»Und – und mein Traum unten in dem Zimmer, wo sie starb?« fragte Gio leise.

»Ein Reflex Ihrer von dem Schrecken, der Reise und der traurigen Heimkehr überreizten Nerven«, sagte Windmüller fest.

»Sie haben aber zuerst auch daran geglaubt!«

»Man soll nichts verwerfen, ehe man es nicht auf seinen Wert geprüft hat, liebe Gio. Wollen Sie mir das Vertrauen, das Sie in mich gesetzt hatten, jetzt entziehen?«

»Nein, nein!« rief sie mit flehendem Blick. »Ach Gott, was werden Sie von mir denken! Ich bin Ihnen ja so dankbar, mein Herz ist so voll, so voll, und dennoch – – – ach! Und nun werden Sie mich verlassen und meine Antipathie gegen diese Leute wird mir wieder so schreckliche Gedanken eingeben –«

»Aber es fällt mir gar nicht ein, Sie zu verlassen, Gio!« versicherte Windmüller, und zwang sich zu einem leichten Ton und freundlichen Lächeln, während die junge, einem wunderbaren Kompaß vergleichbare Seele ihm eine Ehrfurcht einflößte, vor der er am liebsten das Knie gebeugt hätte.« Im Gegenteil, ich bitte Sie noch um Ihre Gastfreundschaft, weil ich meine Arbeit in der Ca’ Favaro nicht für beendet betrachte –«

»Ah –!«

»Das Stichwort für das, das ich noch gern für Sie tun möchte, haben Sie selbst mir eben gegeben: Ihre Antipathie gegen – nun ja, – gegen ›diese Leute‹, wie wir sie denn besser als mit ihrem Namen nennen wollen. Mit dieser Antipathie, gegen die man nichts kann, weil solche Dinge seelische Regungen sind, die einen durchaus unerforschten Ursprung haben, – also mit dieser Antipathie können Sie mit jenen hier einfach nicht weiter unter demselben Dach und an derselben Tafel existieren, wenn Sie die Lage nicht in absehbarer Zeit zu dem Gipfel der Unerträglichkeit steigern wollen.«

»Aber was soll denn dagegen geschehen?« fiel Gio lebhaft ein. »Soll ich, als die Klügere nachgeben und das Feld räumen?«

»Unter keinen Umständen dürfen Sie das tun, schon um des Prinzips willen nicht«, erklärte Windmüller energisch. »Sie sind die Herrin dieses Hauses, daran darf nicht gerüttelt werden.«

»Das ist auch meine Ansicht, aber es ist sehr ermüdend, sie Tag für Tag zu verfechten. Wäre ich nicht meines Vaters Tochter und hätte ich nicht so viel venezianisches Patrizierblut in mir, das mit merkwürdiger Zähigkeit am Hause seiner Ahnen festklebt – ich hätte längst die Büchse ins Korn geworfen und jenen das Nest gelassen, das sie durchaus nicht aufzugeben gedenken, trotzdem sie doch sehen müssen, daß sie mir keine willkommenen und gerngesehenen Gäste sind, wie ich's sehe, daß sie mich als Wirtin beanstanden. Wenigstens tut Tante Onesta das, denn um gerecht zu sein und um auch dem Teufel das Seine zu geben, ›er‹, der süße ›Tom‹, macht unter meiner Nase nicht mit, sondern gibt mir meinen Platz. Daß auch dies mich bei ihm reizt, liegt vielleicht an mir – ich könnte diesen Menschen schütteln, wenn ich ihn neben meiner alten Tante sehe, die sich einbildet – – aber davon wollten wir ja nicht reden.«

»Nun, Gio, ich bin der Meinung, daß ein Ende mit Schrecken besser ist, als ein Schrecken ohne Ende«, sagte Windmüller, »aber diese Meinung bedarf in Ihrem Fall der Einschränkung. Sie würden sich nicht nur in Venedig, sondern in Ihren gesamten italienischen Kreisen verfemen und ins Unrecht bringen, wenn Sie ›diese Leute‹ einfach an die Luft setzten. Halt – ich weiß, was Sie sagen wollen, denn es steht auf Ihrem Gesicht, daß Sie auf die italienischen Kreise pfeifen –«

Gio mußte unwillkürlich lächeln.

»Nun ja – so ungefähr war es schon, was ich dachte, aber im Grund ist das nicht wahr«, bekannte sie ehrlich. »Meine italienischen weitschichtigen Verwandten sind meist sehr nette Leute, und es sind auch viele sehr gute Leute darunter, an deren freundlicher Meinung mir wirklich gelegen ist.«

»Ja, das wollte ich Ihnen vorhalten«, fiel Windmüller ein.« Ich freue mich, daß Sie mir damit zuvorkommen, denn Einsicht predigen, ist eine harte Arbeit, wo Vorurteile bestehen. Also: Sie dürfen sich um die gute Meinung Ihrer italienischen Verwandten und deren weitschichtigen Kreise nicht bringen, geschweige denn um die Ihrer venezianischen Mitpatrizier. Und zwar schon aus reiner Klugheit und weil Sie ja doch über kurz oder lang als Frau eines Diplomaten mit den Kreisen der römischen Noblesse in rege Berührung treten werden, in denen Ihre Verwandten, wie ich sehr wohl weiß, eine Rolle spielen –«

»Onkel Windmüller – was faseln Sie denn da?« unterbrach ihn Gio und sprang auf. Sie war blaß geworden, aber ihre Augen sprühten.

»Oh – ich setze nur den Fall; man muß doch an alle Möglichkeiten denken«, erwiderte Windmüller mit solcher Seelenruhe und solcher Unschuldsmiene, daß Gio sich ganz verlegen wieder setzte.

»Nun also«, fuhr er sachlich fort, »um es kurz zu machen: Sie haben ganz recht, wenn Sie sich durch eine Verletzung der Gastfreundschaft und der verwandtschaftlichen Pflichten nicht ins Unrecht setzen wollen. Wenn die beiden Morgans die Ca' Favaro verlassen, so müssen sie es *freiwillig* tun. Und um das zu bewirken, möchte ich noch ein wenig Ihr Gast bleiben, meine liebe Gio. Wenn Ihnen der Zweck meines Aufenthaltes nämlich recht ist!«

»Recht! Ein Denkmal würde ich Ihnen setzen, wenn Sie das zuwege brächten!« rief Gio. »Wie wollen Sie es denn anfangen?«

Windmüller lächelte fein. »Nein, liebe Gio – davon dürfen Sie nichts wissen, um ganz außerhalb jeden Verdachtes einer Konspiration, auch vor Ihrem eigenen Gewissen, zu bleiben –«

»Ich verstehe. Aber genau betrachtet, konspiriere ich doch schon insofern mit Ihnen, als Sie mir gesagt haben –«

»Ah – das war notwendig bei einer so klugen Person, wie Sie es sind. Hand aufs Herz: hätten Sie mir geglaubt, wenn ich Ihnen gesagt hätte, daß ich zum Beispiel der Antiquitäten wegen gern noch ein paar Tage bei Ihnen bleiben möchte? Oder – oder Ihretwegen –?«

»Dem Liebhaber von Antiquitäten hätt' ich ein wenig geglaubt, nie aber dem berühmten Doktor Windmüller, der weder seiner Liebhaberei, noch auch einer sentimentalen Anwandlung für ein junges Mädchen, das ihm noch dazu zugemutet hat, einem Schatten nachzuforschen, irgendeine andere Berufspflicht aufgeopfert hätte«, sagte Gio und sah fest ihren Gast an.

»Ich glaube auch nicht, daß eben dieser berühmte Doktor Windmüller die Rolle des Komödienonkels in dem Lustspiel: ›Die zärtlichen Verwandten‹ übernehmen, *freiwillig* übernehmen würde, wenn – er nicht seine besonderen Gründe dafür hätte, die er für gut hält, für sich zu behalten.«

Windmüller zuckte mit keiner Miene unter Gios forschendem Auge. »Mein liebes Kind«, sagte er, »wir sind alle Menschen. Ihr ›berühmter‹ Doktor Windmüller ist auch nur einer, und dieser alte Esel ist so gewohnt, positive Resultate herauszuarbeiten, daß er mit einem negativen mal immer gleich glaubt, daß er dafür eine Entschädigung schuldet. Ferner hat eben dieser berühmte Doktor Windmüller in seiner Inwendigkeit einen sonderbaren Muskel, Herz genannt, das für die Leute, die er darin eingeschlossen hat, manchmal so anschwillt, daß es seinen Verstand zurückdrängt, und – – – nun ja, Sie liebes Menschenkind, es ist schon mal so!« schloß er gerührt, denn Gio war aufgestanden und hatte wortlos beide Arme um seinen Hals geschlungen und ihre junge, weiche Wange an seine gedrückt – – wie man eben einen lieben, alten, wirklichen oder Wahlonkel umarmt, wenn einem das Herz voll zum Überfließen ist.

»Sie sind doch der einzige, der mich liebhat«, sagte sie mit der ganzen souveränen Harmlosigkeit ihrer strahlenden Jugend zu dem Mann, der ihr dem Blut nach ganz fern stand, mit dem sie nichts verknüpfte, als das Gefühl ihrer Dankbarkeit für einen Dienst, den Windmüller professionell ihrem Vater geleistet hatte.

Aber freilich, Windmüller konnte in »Fälle«, deren Subjekte ihn interessierten und erwärmten, mehr hineinlegen, als seinen Verstand – – –

»I bewahre«, widersprach er mit Überzeugung, aber mit heimlicher Wehmut. »Wer wird denn so reden, Gio! Da ist Ihre Tante, ja, Tante Nickel, hinter deren wurstpellenartigem Gewand ein sehr liebreiches Herz für Sie schlägt: ein bissel wunderliches Herz vielleicht, aber doch ein sehr warmes, wenn man die rechte Tür dazu findet. Na, und dann –«

»Und dann? Aha, weiter geht die Liste nicht, Onkel Windmüller, denn Sie werden doch nicht etwa behaupten wollen, daß Anne-Marie Falkenberg mich ›lieb‹ hat –?«

»N–ein, das hätte ich nicht behaupten wollen«, gestand Windmüller ein. »Nicht, daß ich dieser Anne-Marie zu nahe treten möchte. – – Nun, um wieder auf unser eigentliches Thema zurückzukommen –«

»Onkel – Sie wollen mir entschlüpfen! Wer hat mich, außer Ihnen und Tante Nickel, von der ich's gern glauben will, noch lieb?«

Und Gio sah ihn mit so glänzenden, erwartungsvollen Augen an, daß er sich Gewalt antun mußte, um den Namen nicht zu nennen, der ihm auf der Zunge lag.

»Ich werde mich in acht nehmen! Damit mir etwa wieder ›Faselei‹ vorgeworfen wird!« sagte er lachend.

Und Gio wandte sich rasch ab und fragte nicht weiter.

Nach einer kleinen Pause nahm sie ihren Platz wieder ein, ruhig und besonnen, wie es ihre Art war, aber in ihre Augen war ein Licht gekommen, und um ihren Mund war der herbe Zug verschwunden, der Windmüller wehe getan hatte.

»Also, ich freue mich Ihres Bleibens und weiß von nichts«, begann sie. »Sie haben ja, wie immer, recht. Und da ich in Ihren Augen seit dieser Stunde wohl kaum noch etwas zu verlieren habe, nachdem ich Ihnen mein ganzes scheusaliges Innere gezeigt, Sie gekränkt und umarmt und geschunden habe – moralisch –, so will ich Sie auch noch mit der Frage schockieren: haben Sie nicht auch ein Rezept zum Hinausgraulen sogenannter Freundinnen?«

»Das wäre eine Preisfrage, der ich meine nächste Nachtruhe opfern werde«, ging Windmüller auf ihren halb ernsten, halb scherzhaften Ton ein.

»Und nun die Angelegenheit, wegen welcher ich Sie aufgesucht habe, erledigt ist, möchte ich noch ein wenig neugierig sein. Das ist ein Charakterfehler, der mir aber zu den schönsten Erfolgen verholfen hat, und den ich darum nicht zu bekämpfen suche.

Ich traf vor Ihrer Tür Donna Onesta, die mich vor Ihrer Mißstimmung warnte, aber mir schien, als ob sie selbst nicht recht – hm – aufgelegt wäre, um es milde auszudrücken. Hat es einen Zusammenstoß mit ihr gegeben? Verzeihen Sie meine Indiskretion, aber wenn man Material sammelt –«

»Ich fürchte, die Indiskretion muß dabei auf meiner Seite sein«, erwiderte Gio nach einer Pause. »Es geht mir sehr gegen den Strich, darüber zu reden. Muß es sein?«

»Liebe Gio – Gott behüte, daß ich Sie zu einer Mitteilung verlocken möchte, die Ihnen widerstrebt«, erwiderte Windmüller. »Sagen Sie mir nichts – ich kann Sie ja so gut begreifen. Es interessiert mich auch – persönlich gar nicht, sondern nur im Hinblick auf den Fall, mit dem ich beschäftigt bin – es interessiert mich, was Donna Onesta mit Ihnen geredet hat, weil sie etwas irritiert aussah, als ich sie draußen traf. Nun verbietet Ihr Zartgefühl Ihnen, über die Unterredung zu sprechen, da ich aber daraus ersehe, daß mir dadurch vielleicht wertvolles Material entgehen würde, so versuche ich auf andern Wegen, davon mir mehrere zur Verfügung stehen, hinter den Extrakt dessen zu kommen, was Sie mir verschweigen müssen. Ist das klar?«

»Wie Tinte! Unsere Unterredung hat keine Zeugen gehabt, die Sie befragen können.«

»Woher wissen Sie das? Zeugen sind wie die Pilze, die aus dem Boden herausschießen, auf dem man eben noch gestanden hat. Aber nehmen wir an, Sie haben recht. Glauben Sie jedoch, daß eine so schwer gereizte Person, wie Ihre Tante, ihrem Herzen nicht Luft machen wird, nicht schon gemacht hat? Liebe Gio, das zu erfahren, ist keine Hexerei, aber natürlich verliere ich durch die Umwege Zeit. Ich habe gesprochen!«

»Aber das ist ja unheimlich!« platzte Gio nach einer Pause heraus.

»Das hat Ihr Vater auch behauptet, als er aus Anstand mit einer Mitteilung nicht herausrücken wollte, durch die ich dann schließlich seinen Fall doch zum glücklichen Ausgang leiten konnte«, erwiderte Windmüller mit unbeirrter Ruhe und Freundlichkeit.

»Haben Sie Donna Onesta irgendein Versprechen gegeben, mit *niemand* über Ihre Unterredung zu sprechen?«

»Nein, im Gegenteil, ich *muß* mit Doktor Castelfranco darüber sprechen, wenn – wenn –« Gio hielt ein und sah Windmüller verdutzt an, dessen Ausdruck ein ganz unbeschreiblicher war. »Aber Doktor Castelfranco bindet schließlich seine Pflicht des Amtsgeheimnisses –«

»Und Doktor Windmüller auch«, vollendete er lächelnd.

»Nun natürlich! Daß ich darauf auch immer vergesse!« rief Gio aus, indem sie die Hände zusammenschlug. »Daran sind Sie selbst aber schuld, weil ich in Ihnen so gar nicht den Mann sehen kann, vor dem die Verbrecher einen Mordsrespekt haben. Aber nun Sie mich so liebreich wieder einmal mit der Nase darauf gestupft haben, nun sehe ich keinen Grund zur Zurückhaltung mehr. Tante Onesta wollte Geld von mir und ich mußte es ihr vorläufig abschlagen. Sonst, wenn sie etwas von mir will – nun ja, es kommt oft vor, wenn Sie es schon durchaus wissen wollen, – werde ich zu ihr befohlen; was mir heut die Ehre ihrer Gegenwart in meinen Räumen verschafft hat, weiß ich nicht. Es war mehr als sonst, was sie haben wollte – leihweise natürlich –, aber ich konnte es ihr nicht geben, denn ich habe solche Summen nicht bei mir. Cavaliere Castelfranco verwaltet mein Vermögen, und ich nehme von den Zinsen immer nur so viel, als ich für den Haushalt nötig habe, zu mir. Mein Guthaben für dieses Quartal ist erschöpft, weil Tante Onesta vor vier Wochen schon eine ›Anleihe‹ bei mir gemacht hat, und ich könnte von dem Kapital nur nach Rücksprache mit Castelfranco so viel flüssig machen, als sie fordert. Nun, sie hat das für eine leere Ausflucht erklärt und mir nicht geglaubt. Ich sei doch majorenn; wozu ich dann diesen alten ›Schnüffler‹ fragen müsse? Ja, weil ich ihm versprochen habe, ihn zu Rate zu ziehen, wenn ich einer größeren Summe außerhalb meiner Einkünfte bedarf. Ich bin ihm sehr dankbar für die Mühe, die er sich meinetwegen macht, denn ich verstehe nichts von diesen Dingen. Aber – offen gesagt – ich habe keine Lust, Tante Onesta diesmal das Geld zu geben, und ich bin ja auch nicht so reich, um nicht irgendwo die Grenze ziehen zu müssen. Es ist ganz gut, wenn sie zu der Überzeugung kommt, daß sie nicht unbedingt und sooft es ihr gefällt auf meine Börse rechnen darf. Es war vielleicht eine Feigheit, mich hinter Castelfranco zu verschanzen, ich schäme mich eigentlich auch darüber, aber – – Onkel Windmüller, lachen Sie mich nicht aus, – aber ihre Augen hatten den Ausdruck, mit dem ich sie in meinem Traum zusehen sah, wie Tom Morgan meiner Mutter den Ring an den Finger steckte!«

Windmüller nickte. »Gierig‹, sagten Sie, glaube ich.«

»Ja, – gierig, mörderisch. Wir waren ganz allein hier und ich hatte Furcht. Oh, ich schäme mich jetzt darüber! Was kann sie mir denn tun? Übrigens hat sie meine Ausflucht durchschaut, darauf möchte ich wetten! Aber mag sie doch. Diese Komödie mit den ewigen ›Anleihen‹ ist mir gerad' jetzt über.«

»Donna Onesta sagte nicht, wozu sie die Summe braucht?« fragte Windmüller nach einer Pause.

»Nein. Und ich will's auch gar nicht wissen, – es interessiert mich nicht«, erklärte Gio energisch. »Schließlich, – was braucht man denn groß fragen, wenn man doch Augen hat zum Sehen? Ich weiß es, Tante Onesta hat, und weiß sehr genau, daß man sich damit nicht kleiden kann, wie sie es tut. Der Rest ist leicht an den Fingern abzuzählen.«

»Vielleicht«, meinte Windmüller zerstreut, stand auf, ging ein paarmal im Zimmer auf und ab und blieb dann vor Gio stehen.

»Nun passen Sie einmal recht auf, was ich Ihnen sagen werde«, begann er mit gedämpfter Stimme. »Ich halte Ihre Tante Onesta für eine durchaus nicht ungefährliche Person; ich glaube, daß sie, in die Enge getrieben, ganz skrupellos in der Wahl ihrer Mittel sein würde, um sich herauszuschlagen. Nun ist es aber meine Absicht, sie in die Enge und damit aus Ihrem Hause herauszutreiben, damit Sie darin endlich einmal frei atmen können – so viel will ich Ihnen jetzt schon verraten. *Wie* ich das machen werde, darüber möchte ich lieber nicht mit Ihnen reden, damit Sie mit gutem Gewissen darüber schlafen gehen können. Aber Gio, – wenn man eine Schlange in den Schwanz kneift, dreht sie sich um und beißt, und zwar den, der ihr zunächst steht, nicht den, der sie gekniffen hat. Und weil uns nun das gute, alte Sprichwort lehrt, daß Vorsicht die Mutter der Weisheit ist, so wollen wir auch danach handeln. Vermeiden Sie, bis die Luft rein ist, jedes – hören Sie, Gio, *jedes* Alleinsein mit Donna Onesta und ihrem Gatten. Sitzen Sie in Ihrem Zimmer nur bei verschlossenen Türen und wenn Sie durch das Haus gehen, so tun Sie es nur in Begleitung. Pfifferling zum Beispiel steht Ihnen dazu ganz zur Verfügung. Vielleicht könnten Sie ihm am besten einen Raum in Ihrer unmittelbaren Nähe anweisen. Habe ich mich klar ausgedrückt?«

»Na, ich danke!« rief Gio, die mit immer größer werdenden Augen zugehört hatte. »Es fehlte jetzt nur noch, daß Sie mir anempfehlen, nur ›selbstgelegte‹ Eier zu essen und nur mein Waschwasser zu trinken! In meinem eigenen Hause!«

Windmüller antwortete nicht gleich. Er sah Gio an und überlegte, und dann kam sie ihm zuvor.

»Sie müssen meine Tante allerdings für sehr gefährlich halten«, sagte sie in gänzlich anderm Ton. »Wissen Sie aber auch, daß Sie *mir* damit recht geben? Und was fürchten Sie für mich, daß es solcher Vorsichtsmaßregeln bedarf? Heraus damit und wenn's noch so schlimm ist – lassen Sie mich nur nicht im dunkeln sitzen!«

»Liebe Gio – wenn ich wüßte, was ich zu fürchten habe, so wäre die Sache ganz einfach«, entgegnete Windmüller. »Ich habe Ihnen nur Vorsichtsmaßregeln gegen etwaige sehr unangenehme Begegnungen mit Ihrer etwas heftig veranlagten Tante anempfohlen. Wenn Sie sie nicht bei sich empfangen, nicht zu ihr gehen und immer, wenn Sie durch das Haus gehen, wo sie eventuell ihre Gelegenheit abpassen könnte, jemand hinter Ihnen denselben Weg nimmt und somit als unbequemer Dritter da ist, so verhindern wir damit eine Ihnen jedenfalls sehr unangenehme Szene. Verstehen Sie mich nun besser?«

»Doch – jetzt ist mir die Sache ganz klar«, gab Gio zu. »Das hat Grund und Fuß, denn Tante Onesta *wird* es versuchen, mich noch einmal zu bearbeiten. Aber wird es ihr nicht auffallen – –«

»Ah, wir dürfen es natürlich nicht auffällig machen«, fiel Windmüller ein. »Es muß das alles ganz unauffällig aussehen – liebe Gio, ich habe doch nicht erst nötig, Ihnen zu sagen, wie Sie das machen sollen! Ja, wenn's für unabsehbare Zeit wäre! Aber ich rechne darauf, meine Aufgabe schnell und möglichst geräuschlos zu erledigen –«

Hier ging die Tür auf und Anne-Marie Falkenberg wirbelte in das Zimmer, ihren mit Rosen verzierten Wurstkessel auf dem Kopf.

»Aber Gio, wo bleibst du denn?« schrillte sie in den höchsten Tönen. »Um vier Uhr sollte Aufbruch sein – ich warte und warte, keine Seele läßt sich sehen. Donna Onesta hat Migräne, Tante Nickel schnarcht, daß man es bis San Marco hören kann, und du sitzest hier mit dem lieben Herrn Professor, als ob's noch lange Zeit wäre! Aber so rühre dich doch wenigstens, Herz, – was soll denn Herr von Wettersbach denken, wenn er im Café am Lido stundenlang auf mich – das heißt, auf uns warten muß?«

»Würdest du so freundlich sein, die Tür zuzumachen, an der du, wie mir scheint, auch vergessen hast anzuklopfen«, entgegnete Gio scharf.

»Herrje –! Du bist ja in einer reizenden Laune!« quietschte Anne-Marie, welche diesen seelischen Zustand damit von sich auf ihre »Freundin« abschob, wie das launische Menschen gern zu tun pflegen.

Sie warf aber die Tür mit dem Fuß ins Schloß und machte Gio dann einen boshaften Knix. »Haben Eure Hoheit sonst noch was zu befehlen? Was sagen Sie dazu, Herr Professor, daß einem zugemutet wird, bei seiner Freundin anzuklopfen! Haha! Das nächste Mal wird man sich am Ende noch melden lassen müssen! Übrigens habt ihr so leise miteinander getuschelt, daß ich dachte, Gio wäre allein und eingeschlafen, und da wollte ich sie dann doch gründlich wecken!«

Windmüller erlaubte sich an dieser Absicht zu zweifeln, aber er zweifelte nicht daran, daß Anne-Marie hinter der Tür gehorcht hatte – umsonst, wie er indes überzeugt war, denn die

Türen in der Ca' Favaro waren sehr stark und solid, die Fenster standen offen und sie hatten nicht laut gesprochen.

Anne-Marie war sicherlich ohne anzuklopfen hereingeplatzt, um dadurch von dem Gespräch wenigstens die letzten Worte aufzuschnappen, was sie durch den stechenden Blick verriet, den sie während ihrer Tirade auf Windmüller geheftet hielt.

»Nun, dieses Wecken hätte für einen Siebenschläfer genügt«, meinte Windmüller schmelzend. »Wir sprachen natürlich gerade von Ihnen – wovon hätten wir auch sonst reden sollen? Und siehe da –«

»Gio, du wirst mir noch beichten müssen, was ihr über mich geredet habt!« rief Anne-Marie scherzend, aber mit trotzdem schlecht verhehltem Mißtrauen. »Du hast gewiß angefangen! Wie kommt ihr überhaupt dazu, euch im Flüsterton über mich zu unterhalten?« setzte sie mit unbewußter, aber großartiger Überhebung hinzu.

Aber Gio antwortete nicht. Sie war ans Fenster getreten, wo ein Grüppchen ihrer weißen Tauben eng aneinandergeschmiegt auf dem äußeren Sims saß und hatte eine derselben zwischen ihre Hände genommen, weil sie zitternd mit offenem Schnabel und mit aufgerichtetem Gefieder dasaß, die roten Augen schon gebrochen.

»Du, dein Schweigen ist sehr verdächtig«, fuhr Anne-Marie nach einer kurzen Pause fort. »Und überhaupt, höflich ist es nicht gerade, daß du mir den Rücken drehst, das verkörperte schlechte Gewissen!«

Nun wandte sich Gio um, den gesenkten Blick auf die Taube geheftet, die in ihren Händen eben verendete.

»Das ist schon die zweite heut«, sagte sie mit unsicherer Stimme und streichelte den kleinen, gefiederten Körper. »Jetzt hab' ich nur noch fünf übrig. Fünf von zwölf.«

Windmüller nahm ihr die Taube aus der Hand und drückte sie dabei leise.

»Jetzt wird es aber Zeit, daß wir einmal nachsehen lassen, was die Schuld trägt an diesem Sterben«, sagte er. »Ich werde das besorgen.«

»Mr. Morgan wollte es tun«, versicherte Gio betrübt. »Rita hat ihm die heut früh verendete Taube gebracht.«

»So? Nun doppelt hält allweil besser«, meinte Windmüller. »Wenn die Resultate beider Untersuchungen übereinstimmen, so werden wir das Übel ja um so sicherer bekämpfen können. Sie kommen am besten mit mir herunter, Fräulein Falkenberg, falls Ihnen daran liegt, Ihre Frau Pate zu größerer Eile zu ermuntern.«

»Ich möchte lieber Gio etwas auf den Trab bringen, indem ich ein Hühnchen mit ihr pflücke«, rief Anne-Marie.

»Kommen Sie immerhin! Gio hat für Ihre Hühnchen jetzt keinen Sinn.«

»Gott, sie sieht wirklich aus, als ob sie heulen wollte! Wegen solch einer dummen Taube –«

Anne-Marie Falkenberg ist sich nie ganz klar darüber geworden, wieso sie damals so rasch aus Gios Zimmer kam. Nur so viel wußte sie bestimmt, daß dieser alte, ekelhafte Professor sie kurzerhand die Treppe hinabschleifte, sie in ihr Zimmer schob und die Tür hinter ihr zumachte.

»Das hätte gerade noch gefehlt, Umstände mit diesem Geschöpf zu machen«, dachte Windmüller. In seinem Zimmer angekommen, zögerte er einen Moment, dann aber schlug er die tote Taube, die er noch in der Hand hielt, in ein Stück Papier ein, ergriff seinen Hut und wollte herausgehen, als es diskret anklopfte und Pfifferling hereintrat.

»Haben der Herr Doktor Befehle für mich?« –

»Natürlich habe ich Befehle. Wollte gerade in Ihr Zimmer gehen. Aber so ist's recht: immer hübsch aufpassen und zur Stelle sein, ehe ich notwendig habe, Sie zu suchen«, erwiderte Windmüller. »Gehen Sie mal gleich herauf zu Fräulein von Verden und melden Sie sich bei ihr. Sie wird Ihnen im oberen Stock ein anderes Zimmer geben. Dort haben Sie aufzupassen und *unauffällig* Fräulein von Verden zu folgen, wenn sie hinabgeht. Begegnet ihr auf dem Weg bis in die unteren Zimmer oder sonstwo im Hause Donna Onesta, die italienische Tante, oder deren Mann, dann treten Sie rasch vor und melden Fräulein von Verden irgend etwas, zum Beispiel, daß ich sie zu mir bitten lasse oder dergleichen. Fällt Ihnen nichts ein, dann fallen Sie meinetwegen hin und machen daraus so viel Aufhebens, daß die Tante verhindert wird, mit Fräulein von Verden zu sprechen. Ich setze Ihrer Erfindungsgabe nach dieser Richtung hin keine Schranken, vorausgesetzt, daß ich nicht genötigt wäre, Sie fortzuschicken, im Falle Donna Onesta Klage führte. Die Hauptsache, um die es sich handelt, ist die, daß Fräulein von Verden mit Donna Onesta oder deren Mann nicht allein bleiben darf. Auch haben Sie, wenn Fräulein von Verden nicht in ihren Zimmern ist, aufzupassen, wer hineingeht, und eventuell, was er oder sie darin tut. Verstanden?«

»Annähernd, Herr Doktor. Weiß Fräulein von Verden, daß ich –«

»Ja, sie weiß es und ist damit einverstanden.«

»Sehr wohl, Herr Doktor. Wenn es der Herr Doktor aber nicht ungütig nehmen wollen: die italienische Tante scheinen eine verflucht kluge Dame zu sein. Wenn ich ihr nun öfter in die Quere komme, wird sie dann nicht Lunte riechen?«

»Sehr richtig vorbedacht, Pfifferling. Aber wenn die Lunte nicht zu aufdringlich riecht, dann tut das nicht so viel. Es wird auch voraussichtlich höchstens einige Tage notwendig sein, Fräulein von Verden vor unangenehmen Unterhaltungen zu schützen.«

Pfifferling kniff die Augen zusammen und faltete seine Hände über dem Magen. »Wenn's weiter nichts ist –!« sagte er mit unbeschreiblichem Ausdruck.

»Nur nicht renommieren, Pfifferling, erwiderte Windmüller. »Sie werden Ihre Aufgabe vielleicht doch nicht so einfach finden, namentlich wenn Sie auch ein Auge darauf haben, daß Fräulein von Verden nicht zu ungewöhnlichen Zeiten und auf ungewöhnlichen Wegen belästigt wird.«

»Aha«, machte Pfifferling, jetzt mit weit offenen Augen. »Spiritus, merkste was? Mein Spiritus merkt was. Ich werde mir mal die Türschlösser von Fräulein von Verdens Wohnung ansehen, wenn sie ausgegangen ist. Italienische Türschlösser sind für die Katze, Herr Doktor. Ich habe aber ein halbes Dutzend Türsperrer mitgebracht, Herr Doktor. Für alle Fälle, denn man kann nie wissen –«

»Das war ganz klug, Pfifferling. Sie können Fräulein von Verden immerhin davon anbieten, auch für etwaige geheime Zugänge – – – diese alten Paläste haben Ein- und Ausgänge, von denen ihre Besitzer oft keine Ahnung haben.«

»Weiß schon, weiß schon, Herr Doktor. Haben der Herr Doktor sonst noch Befehle?«

Windmüller machte eine verneinende Bewegung und Pfifferling ging ab, und zwar direkt hinauf in den oberen Stock.

»Es ist ganz gut, daß er heut schon da ist«, dachte Windmüller, indem er sein Paket mit der Taube wieder aufnahm. »Vier Augen sehen mehr wie zwei. Nun aber muß ich gehen, damit ich zurück bin, wenn sie nach dem Lido aufbrechen.«

Trotz der dazu bestimmten Stunde, die nun schon um fast fünfundvierzig Minuten überschritten war, schien dieser Ausflug – mit Ausnahme von Anne-Marie Falkenberg – mit dem Vieruhraufbruch von allen übrigen Teilnehmern nicht ernst genommen worden zu sein, was ja auch eigentlich ganz »italienisch« war.

Als Windmüller das Haus verließ, stieß er mit einem Herrn zusammen, der anscheinend eben läuten wollte. Es war ein Mann in mittleren Jahren, der, als er Windmüller sah, mit der erlesenen Höflichkeit grüßte, die der Italiener dem sozial über ihm Stehenden nie versagt. Nun folgte der den Gruß ebenso höflich, aber zurückhaltender erwidernde Windmüller einem seiner berühmten »Impulse«, die ihm schon zu so vielen Siegen verholfen hatten, das heißt, statt an dem ihm Fremden vorüber seines Weges zu gehen, blieb er stehen und fragte mit ruhiger und sicherer Autorität: »Sie wünschen –?«

»Ich möchte mit der Besitzerin dieses Palastes sprechen«, beeilte sich der Fremde zu erklären. »Sie ist doch anwesend?«

»Nein«, erwiderte Windmüller ohne Zögern, weil er glaubte, daß Gio besser jetzt unbehelligt blieb. »Sie ist auf alle Fälle heut nicht mehr zu sprechen. Aber wenn Sie mir Ihr Anliegen anvertrauen wollen – ich bin ein intimer Freund des Hauses und sehr gern bereit, zu vermitteln.«

»Ah, desto besser«, entgegnete der Fremde. »Schließlich werden Sie, mein Herr, als Mann die Sache sicherlich besser beurteilen und verstehen – – aber ich fürchte, hier zwischen Tür und Angel sozusagen – –«

Windmüller führte ihn in ein Wartezimmer, das zur ebenen Erde neben der unteren Halle lag. Niemand hatte sie gesehen.

»Gestatten Sie«, sagte der Fremde, nachdem er Platz genommen und Windmüller die Tür nach der Halle geschlossen hatte, indem er seine Karte überreichte. »Da Sie mit den Angelegenheiten des Hauses vertraut sind, wird Ihnen mein Name ja bekannt sein.«

»Agostino Agostini, Perugia«, las Windmüller, der diesen Namen zum erstenmal hörte. »Ah«, sagte er, und suchte scheinbar in seinem Gedächtnis, »Sie sind der Herr, welcher – hm lassen Sie einmal sehen –«

»Der diesen Palast kaufen will«, fiel Signor Agustini bereitwilligst ein.

»Ganz recht, ganz recht«, machte Windmüller, liebenswürdig. »Sie haben – ahem – schon vor einiger Zeit, wenn mir recht ist – –«

»Ja«, nickte Signor Agostini. »Schon vor einiger Zeit. Sie werden ja wissen, mein Herr, daß die Dame mir auf meine Annonce, in der ich ein weitläufiges Gebäude zur Errichtung einer Spitzenfabrik suchte, den Palast zum Kauf anbot unter der Bedingung, daß ich ihn erst in einem halben Jahr übernehmen könnte, weil sie das Haus mit einer Verwandten, die Mitbesitzerin ist, teilt und die letztere es nicht früher räumen könnte. Gut. Diese Bedingung verschlug mir damals, also vor zwei Monaten, nichts, sie paßte mir sogar recht gut. Natürlich kann ich aber die Katze im Sack nicht kaufen und wollte herreisen, um mir das Haus zu besehen, worauf die Dame mir die Pläne schickte nebst einer Bescheinigung, daß das Haus sich baulich in tadellosem Zustand befände. Das genügte mir für den Augenblick auch und befestigte in mir den Wunsch, den Palast zu kaufen, zu welchem Ende ich in etwa einem Monat, von heut an gerechnet, herkommen wollte. Nun haben sich die Dinge aber durch geschäftliche Zwischenfälle so verschoben, daß ich das Haus nur nehmen kann, wenn es gleich zu haben wäre. In diesem Falle würde ich sogar den ursprünglich geforderten Preis zahlen. Ja. Und nun bin ich hergereist, um das Haus mit einem Experten zu besichtigen, ehe die Sache spruchreif ist, denn wenn auch den Grundrissen nach das Gebäude meinen Anforderungen entspricht, so kann mir doch niemand verdenken, wenn ich es erst sehen will.«

»Natürlich«, sagte Windmüller zustimmend, innerlich aber total im dunkeln. »Nein, das kann Ihnen niemand verdenken, verehrter Herr! Die Sache ist nur die – –, wann hatten Sie die letzte Mitteilung der – der Dame?«

»Sie schrieb mir vor vierzehn Tagen – halt! Ich habe den Brief, ihre Briefe ja bei mir – zum Ausweis«, und Signor Agostini zog eine Brieftasche hervor, der er drei oder vier ineinandergelegte Bogen mit einer sehr charakteristischen Handschrift entnahm, die Windmüller unbekannt war. Der Spitzenfabrikant reichte ihm den zuoberst liegenden Brief. In diesem teilte Donna Onesta Favaro-Morgan dem Signor Agostini mit, daß der Verkauf des Palastes sich wahrscheinlich eher, als sie zuerst glaubte, realisieren ließe; genauere Angaben müsse sie sich noch vorbehalten ihrer Mitbesitzerin wegen, deren Widerstand gegen den Verkauf sie sich aber zu besiegen getraute, falls Signor Agostini geneigt wäre, eine Anzahlung zu machen, die sie natürlich verrechnen würde.«

Windmüller, der diesen erstaunlichen Brief, ohne ein Zeichen der Verwunderung oder Überraschung zu zeigen, halblaut gelesen hatte, sah bei diesem letzten Satz auf, worauf Herr Agostini einen leisen Pfiff ausstieß.

»Da muß sie sich einen anderen suchen!« rief er und setzte hinzu: »Anzahlung auf etwas, das ich nicht gesehen habe! Ich habe das der Dame geschrieben. Sehr höflich natürlich – wie man einer so großen Dame schreibt. Aber wie gesagt, geschäftliche Zwischenfälle haben mich dazu bestimmt, einen Monat vor dem Termin selbst herzukommen, und wenn ich alles in Ordnung, das heißt, meinen Erwartungen entsprechend finde, so bin ich auch geneigt, gleich eine Anzahlung zu leisten.«

Windmüller reichte den Brief etwas zögernd zurück, denn er hätte gern dies kostbare Dokument behalten.

»Ja, bester Herr Agostini, es tut mir leid, Ihnen sagen zu müssen, daß Sie umsonst gekommen sind«, begann er mit der Geläufigkeit, die Übungssache bei ihm war, wenn es sich im Interesse seiner Klienten darum handelte, zu »spinnen«. »Sie hätten, was ich Ihnen zu sagen habe, jedenfalls in den nächsten Tagen erfahren und sich eine Reise ersparen können, die Sie aber schließlich auf eigene Verantwortung unternommen haben. Donna Onesta Favaro-Morgan ist nicht die Besitzerin dieses Palastes – ist es nicht *mehr*, um mich an den Wortlaut ihrer Briefe zu halten. Die derzeitige Besitzerin aber denkt nicht daran, den Palast zu verkaufen.«

»Denkt nicht daran!« wiederholte Signor Agostini verdutzt. »Donnerwetter, das sind ganz neue Nachrichten!«

»Nicht so ganz«, erwiderte Windmüller. »Natürlich«, setzte er rasch hinzu, »natürlich hat Donna Onesta in dem guten Glauben, daß der Palast ihr über kurz oder lang gehören würde, an Sie geschrieben. Aber es ist nicht dazu gekommen. Und wie die Sachen jetzt liegen, ist, wie gesagt, keine Aussicht auf einen Verkauf. Nicht die entfernteste.«

»Zum Teufel!« machte Signor Agostini ärgerlich. »Nun kann ich wieder auf die Häuserjagd gehen. Die Lage des Hauses hätte mir sehr gut gepaßt, sehr gut; die andern zwei Häuser, die man mir in Venedig offeriert hat, liegen nicht halb so günstig, abgesehen von den Räumen. Nehmen Sie allein diese Eingangshalle! Wie geschaffen ist sie für das Kistenlager! Wäre keine Aussicht auf Verkauf, wenn ich – nun sagen wir zehntausend Lire dem Preise zuschlage?«

Windmüller schüttelte mit dem Kopf. »Ich gebe Ihnen mein Wort, daß die Ca' Favaro ihrer Besitzerin nicht feil ist«, erklärte er mit einer solch überlegenen Ruhe, daß Signor Agostini aufsprang und nach seinem Hut griff. »Nun, dann brauchen wir unsere Zeit nicht länger zu verschwenden«, rief er, die Briefe Donna Onestas, die noch auf dem Tische lagen, zusammenraffend. »Man soll sich nur nicht mit Frauen auf ein Geschäft einlassen – irgendwo hat man da immer das Nachsehen.«

»Nun, nun!« wehrte Windmüller lächelnd ab. »Gegen Veränderung der Dispositionen sind wir Männer ja auch nicht gerade versichert. Falls Sie Autographensammler sind, dann werden diese Briefe einer schönen und hochgebildeten Dame Ihnen einige wertvolle Nummern sein.«

»Danke«, meinte Agostini trocken.« Ich sammle keine Autographen. Wenn Donna Onesta Favaro-Morgan etwa ihre Briefe zurückhaben will –: hier sind sie mit meinem Dank für die verschwendete Zeit.«

»Ich werde die Botschaft ausrichten«, erwiderte Windmüller und nahm die Briefe gleichgültig in Empfang, um jeden Verdacht, als wünsche er sie zurückzuerhalten, zu vermeiden. »Aber«, setzte er verbindlich hinzu, »ich bin überzeugt, daß Sie in den nächsten Tagen ganz sicher von Donna Onesta gehört hätten.«

»Nun, wenn Sie es sagen, dann wird es schon so sein«, beeilte sich Signor Agostini den kleinen Ausbruch seiner schlechten Laune wiedergutzumachen. »Sie sind jedenfalls der juristische Beirat der Dame.«

»Oh, ich bin nur der Freund der Besitzerin dieses Hauses, nach der Sie fragten«, entgegnete Windmüller bescheiden. »Aber ich bin momentan damit beschäftigt, ihr Konto mit Donna Onesta zu regeln, – also kommt es fast auf dasselbe heraus.«

»Ja natürlich, natürlich«, murmelte Agostini. »Jedenfalls war es dann wohl gut, daß ich Sie getroffen habe, mein Herr – es wäre mit der Dame vielleicht nicht so glatt gegangen. Es ist vielleicht auch nicht höflich, ihr die Briefe zurückzuschicken –«

Windmüller schob die Blätter ohne Hast, aber endgültig in seine Brusttasche. »Sie werden mir ganz nützlich für die – Abrechnung sein«, meinte er verbindlich lächelnd, und als Agostini jetzt die Erleuchtung kam, daß er sie wahrscheinlich auch besser als Belege aufbewahrt hätte und das aussprach, meinte er: »Oh, ich will Sie Ihnen gern zurücksenden, wenn sie ihren Dienst getan haben. Ihre Adresse ist ja wohl auf dieser Karte? Ganz recht. Perugia! Nun, ich wünsche Ihnen, baldigst einen befriedigenden Ersatz für die Ca' Favaro zu finden.«

»Danke vielmals. War mir eine besondere Ehre. Ergebenster Diener!« Und Signor Agostini verließ den Palast mit einem langen, bedauernden Blick in die große Halle, die in seinen Augen so ein ideales Kistenlager abgegeben hätte.

Windmüller aber, der ihn hinausbegleitet hatte, stand still, bis der Spitzenfabrikant nach links verschwunden war, und wandte sich dann nach rechts.

»Es arbeitet alles ineinander, um sich zur Kette zu schließen«, meditierte er. Nun hätten wir ja eigentlich alles erforderliche Material beisammen, um daraus den Besen zu binden, mit dem die Ca' Favaro ausgefegt werden kann, aber ich bin so neugierig, was sie mit Gio vorhat. Eine Wiederholung der Tragödie Donna Vannas? Sicherlich nicht. Einmal, weil sie Doktor Salmini mißtrauen würde, und dann war ja das Material dazu ein Unikum, das mit begraben werden mußte, weil der Ring seinen Stachel in dem Finger zurückgelassen und gewaltsam nicht entfernt werden konnte, ohne die Tat an den Tag zu bringen. Er hat ja selbst Doktor Salminis Wachsamkeit getäuscht, der die dunkeln Geheimnisse des Cinquecento nicht studiert und infolgedessen auch keinen Verdacht geschöpft hat. Also in etwa Monatsfrist sollte dieser Agostini die Ca' Favaro kaufen, und wenn er sich jetzt zu einem Vorschuß auf die Zahlung entschloß, schon bald. Mithin war es die höchste Zeit, daß ich in der Ca' Favaro meinen Einzug hielt. Und um der ältlichen Löwin die Krallen auszureißen, um sie dauernd unschädlich zu machen, muß ich wissen, was sie vorhat, um die Ca' Favaro bald verkaufen zu können. Die Verbindung Donna Onesta - Agostini ist, dank meiner rechtzeitigen und unvorhergesehenen Dazwischenkunft und eigenmächtigen Erklärung, definitiv abgeschnitten. Aber sie ist in meinen Händen – die Waffe, welche mir in die Hand gedrückt hat, ›der über den Waisen und den Unschuldigen wacht‹ –«

»Pardon, lieber Windmüller, wenn ich Sie in Ihren Betrachtungen störe, die Sie veranlassen, bei jedem Schritt stehenzubleiben«, – mit diesen Worten unterbrach der Freiherr von Wettersbach den Gedankengang Windmüllers, der dem jungen Diplomaten, ein wenig zerstreut, aber herzlich die Hand drückte, worauf dieser fortfuhr: »Jetzt pendle ich schon seit vier Uhr vor dem Palast auf und ab, wie eine Schildwache, in der, wie es scheint, sehr kindlichen Erwartung, daß man dort verabredetermaßen um diese Zeit nach dem Lido aufbrechen wird, und jetzt ist es fünf Minuten nach fünf und keine Seele sichtbar. Ist das nun italienisch oder ist etwas passiert, was die Partie überhaupt verhindert?«

Windmüller lachte. »Lieber Wettersbach – erstens ist es wirklich ›italienisch‹, sintemalen Donna Onesta mit von der Partie sein sollte, zweitens hat es Tante Nickel verschlafen, und drittens liegt die Gondel, mit der die Herrschaften zum Dampfer wollten, am Kanal *hinter* der Ca' Favaro –«

»Donnerwetter!« unterbrach ihn der Diplomat. »Und ich dreifacher Esel renne hier vorn auf dem Platze herum und würde morgen früh noch rennen, wenn Sie nicht gekommen wären!«

»Ich glaube, die Herrschaften sind noch daheim«, beruhigte Windmüller den sichtlich Aufgeregten, wenn Sie mit ihnen fahren wollen, müssen Sie schon hineingehen und sich melden lassen, falls Sie nicht vorziehen, mit mir zu gehen und den Dampfer mit Ihren guten Beinen vor ihnen zu erreichen. Tante Nickel wird ja wohl indessen unter Fräulein Falkenbergs Antrieb fertig geworden sein. Sie war schon halb in Krämpfen, daß man *Sie* so lange warten ließ!«

»Was? Tante Nickel?«

»I nein. Anne-Marie Falkenberg.«

Wettersbach murrte etwas in sich hinein, das Windmüller zwar nicht verstand, aber seinem Werte nach zu schätzen wußte.

»Und Sie sind sicher, daß man vom Kanal aus noch nicht aufgebrochen ist?«

»So gut wie sicher. Ich hatte zwar einen Besuch, habe diesen aber im Empfangszimmer neben der Halle erledigt und hätte es sicher gehört, wenn die Herrschaften herabgekommen wären. Tante Nickel pflegt nicht eben leise zu sprechen, und Anne-Marie Falkenbergs Organ –«

»Der Kuckuck hole es«, unterbrach ihn Wettersbach weniger höflich als deutlich.« Ich gehe mit Ihnen, denn die Gondel wird so schon voll sein.«

»Anne-Marie Falkenberg –« nahm Windmüller das Gespräch wieder auf.

»Wenn Sie mich jetzt nicht mit Anne-Marie Falkenberg ungeschoren lassen, brenne ich Ihnen durch«, unterbrach ihn der Diplomat, halb lachend, halb ärgerlich. »Ich habe so schon genug von ihrer Gegenwart und verzichte auf die Beschwörung ihres Geistes, den sie nicht einmal hat. Was drücken Sie denn da so fest an Ihr Herz?«

»Eine tote Taube. Aber nicht, um sie mir braten zu lassen, sondern um durch die Untersuchung ihres Innern festzustellen, woher das Sterben der Tauben Gio Verdens herrührt. Sehen Sie – es ist eine besonders schöne Rasse und ihre Besitzerin ist sehr betrübt, eine nach der andern vor ihren Augen verenden zu sehen.«

»Und dazu finden *Sie* Zeit! Ausgerechnet Sie! Ich meine zur Feststellung der Taubenkrankheit!« rief Wettersbach mit einem prüfenden Blick auf seinen Begleiter. »Sie sind eben der Mann der unbegrenzten Möglichkeiten, wie unsere Kreise Sie nennen. Oder – haben diese Tauben etwas mit Ihrem Aufenthalt in der Ca' Favaro zu tun? Blödsinnige Frage, das! Als ob Sie's *mir* sagen würden!«

»Doch, – mit aller Ehrlichkeit: diese Taube ist nichts als ein kleiner Liebesdienst für meine sehr liebe Klientin. Dafür muß man schon die Zeit finden«, erwiderte Windmüller herzlich. »Ich wollte, ich könnte überhaupt mehr für sie tun, persönlich, als Freund, unabhängig von dem für mich zwingenden Gebote der Sühne heischenden Gerechtigkeit. Sagen Sie mir – doch nein, es ist hier weder der Ort, noch haben wir die Zeit, darüber zu sprechen – –«

Wettersbach blieb stehen. »Ich bin ganz zu Ihrer Verfügung«, sagte er mit seiner charakteristischen Ruhe. »Wenn Sie so lange warten können, bis ich mich am Dampfer bei den Herrschaften wegen Nichtteilnahme an der Partie entschuldigt habe, so bitte ich Sie, inzwischen in meinem Zimmer – Nummer 11 – auf mich zu warten.«

»Mein lieber Wettersbach, es ist rührend von Ihnen, eine Gesellschaft aufgeben zu wollen, um vielleicht etwas ganz Gleichgültiges zu hören«, begann Windmüller nach einer kurzen Pause, aber der Diplomat unterbrach ihn kurz und energisch.

»Unsinn –! Wenn das ein anderer sagte als Sie! Also entweder der halbe Brocken, den Sie mir eben hingeworfen haben, ist Ihnen schon leid, oder Sie geben mir die andere Hälfte auch. Sie wissen ganz gut, daß ich ohne Herrn und Frau Morgan, Frau von Verden und Anne-Marie Falkenberg bisher gelebt habe und ohne sie weiterleben kann.«

»Dieser Wagen hat aber noch ein fünftes Rad –«

»Zu dem ich das sechste vor den andern allen ganz sicherlich nicht demonstrieren würde, ganz abgesehen davon, daß jemand anders bei jedem Wort, das man reden *möchte*, schon dazwischenfährt. Ich bin also absolut abkömmlich und könnte ebensogut meinen Urlaub auf dem Montblanc zubringen.«

»Ich sehe, wie der Hase läuft«, meinte Windmüller mit einem leisen Lächeln. »Nein – der ›halbe Brocken‹ ist mir nicht leid, und überdies – Ihre Sehnsucht nach dem Montblanc halte ich für verfrüht. Aber ich kann nicht zu Ihnen kommen, denn ich halte meine Gegenwart in der Ca' Favaro momentan für unerläßlich. Verstehen Sie?«

»Ich verstehe«, erwiderte Wettersbach prompt. »Wie aber –«

»Nun, Sie kommen eben zu mir in die Ca' Favaro, wo ich eine Reihe sehr hübscher Zimmer bewohne und dort ganz ungestört bin. Und dabei fällt mir ein, daß es am Ende besser ist, Sie gehen nicht zum Dampfer, sich zu entschuldigen, sondern direkt zu mir in die Ca' Favaro. Es läßt sich das dann durch ein Mißverständnis oder das Verfehlen der Partie erklären, besser erklären, als wenn Sie erst sagen, Sie können nicht kommen und dann zu mir gehen.«

Wettersbach erklärte sich einverstanden mit diesem Vorschlag und begleitete Windmüller zu der Apotheke, welche die chemischen Untersuchungen besorgt, ohne das angeregte Thema weiter zu verfolgen. Nachdem die Taube abgegeben worden war, gingen beide Herren denselben Weg gemeinsam zurück zur Ca' Favaro und nach einigen gleichgültigen Bemerkungen sagte Wettersbach: »Ich hatte gar nicht gewußt, daß Fräulein von Verden sich Tauben hält –«

»Doch. Weiße Tauben.«

»Ja, gerade weiße Tauben. Also, ich hatte das nicht gewußt und habe seit gestern das unabweisbare Bedürfnis, ihr einen Flug weißer Tauben zu schenken. Was der Mensch manchmal für blödsinnige Ideen hat, nicht wahr?«

In der Ca' Favaro wurde Windmüller auf seine Frage berichtet, daß die Herrschaften alle vor etwa zehn Minuten mit der Gondel fortgefahren seien. Auch Mr. Morgan? Jawohl: er sei zu Fuß fünf Minuten vor der Abfahrt angekommen und habe in der Halle gewartet. Der Diener betonte das letztere so eigentümlich, daß Windmüller ihn groß ansah und ihn fragte, ob er etwas dagegen hätte, daß Mr. Morgan in der Halle warte. Tonio wurde darauf etwas verlegen und meinte: »weil es doch zum erstenmal gewesen wäre, daß der Signor Morgan Donna Onesta hätte allein herabkommen lassen, und sie hätte ihm auch Augen gemacht, Augen –!«

»Ja, lieber Mann, was gehen denn Sie und mich die Augen an, die Donna Onesta ihrem Gemahl macht?« fragte Windmüller halb lachend, halb zurückweisend, worauf Tonio rot wurde, während die beiden Herren die Treppe hinaufstiegen.

»Diese italienischen Dienstboten sind gottvoll«, meinte Wettersbach unterwegs. »Wo würde sich ein deutscher Diener unterstehen, dem Gast eines Hauses *unaufgefordert* zu erzählen, was Ihnen der Kerl eben mitzuteilen nicht umhin konnte!«

»Der italienische Diener nimmt eben teil an seiner Herrschaft und macht kein Hehl daraus«, erwiderte Windmüller. »In Deutschland hätte es auch mindestens fünf Mark gekostet, zu hören, was Tonio mir freiwillig zum besten gegeben hat. So viel ist's auch wert.«

»Aber, lieber Windmüller –«

»Lieber Wettersbach, es ist ein Detail, gewiß, aber aus dem Mosaik der Details muß ich zumeist das Gemälde zusammensetzen, das die Leute, wenn's fertig ist, als die einfachste Sache von der Welt berührt.«

Wettersbach nickte stumm. Windmüller hatte ihn einmal zum Mitarbeiter gemacht, und er erinnerte sich jetzt gewisser Einzelheiten der Methode des in seinem Genre großen Mannes.

»Ja, lieber Wettersbach, und ich frage Sie heute wieder, ob Sie mich mit Ihrer schätzbaren Hilfe unterstützen wollen?« beantwortete Windmüller diese Erinnerung, als ob sein Begleiter sie ausgesprochen hätte.

»Ich?« fragte dieser und blieb stehen.

»Noch eine Treppe höher, bitte«, entgegnete Windmüller, und schweigend stiegen sie zum zweiten Stockwerk hinauf.« In wessen Interesse wünschen Sie mich als Mitarbeiter?« sagte Wettersbach, als er in Windmüllers Salon stand.

»Das werden Sie längst erraten haben. Im Interesse meiner Klientin, Gio Verden.«

»Und in ihrem Auftrage?«

»O nein. Wenn ich einen Fall übernehme, dann lasse ich mir meine Hilfskräfte nicht vorschreiben – ich wähle sie nach eigenem Ermessen.«

»Das dachte ich. Ich denke aber nicht, daß ich –«

»Lieber Wettersbach, die Minuten sind kostbar, wir dürfen sie nicht mit Worten verschwenden«, unterbrach ihn Windmüller kurz und scharf.

»Ich habe jetzt auch nicht die Muße, was ich sagen will, mit Komplimenten und Entschuldigungen für meine ›Indiskretion‹ einzuleiten, sondern ich frage Sie kurz und bündig: Lieben Sie Fräulein von Verden?«

Wettersbach fuhr zurück; er war blaß geworden und auf seiner Stirn schwoll eine Zornesader an, vor der jeder andere den Rückzug angetreten hätte.

»Herr Doktor, das überschreitet Ihre Grenzen«, sagte er mühsam.

»Schön. Reden wir von etwas anderm, Herr Legationssekretär«, erwiderte Windmüller mit Seelenruhe.

»Im Gegenteil – stehen Sie mir Rede, was diese – diese unerhörte Frage mit dem ›Fall‹ zu tun hat, dessentwegen Sie meine Mitarbeit wünschen«, entgegnete Wettersbach scharf.

»Alles hat sie damit zu tun«, antwortete Windmüller ebenso. »Ich kann Sie, Sie, den Freiherrn von Wettersbach, im Hause Fräulein von Verdens nur in der Eigenschaft des Mannes verwenden, dessen Namen sie demnächst tragen wird.«

Des Diplomaten Zornesader verschwand von seiner Stirn. Schweigend wandte er sich ab und ergriff seinen Hut, den er beim Eintritt in das Zimmer niedergelegt hatte.

»Dann werden Sie sich nach jemand anderm umsehen müssen«, sagte er gepreßt. »Ich habe keine Hoffnung, oder wenigstens keine bestimmte Hoffnung, die von Ihnen geforderte Eigenschaft je zu besitzen.«

»Lieber Wettersbach«, entgegnete Windmüller sanft, »Sie haben vergessen, mir meine Frage zu beantworten. Ich füge ihr jetzt gleich eine zweite hinzu: Ist es Ihre Absicht, Gio Verden zu heiraten?«

Diesmal wurde Wettersbach nicht mehr zornig. Zwar legte er seinen Hut noch nicht fort, aber er machte auch keinen Schritt weiter der Tür zu, und nach einem kurzen Kampf mit sich selbst erwiderte er rauh:

»Ad 1) Ja, ich liebe Fräulein von Verden, seit ich sie vor einem Jahr, als sie zu Besuch in Deutschland war, kurz vor dem Tod ihrer Mutter, kennenlernte. Ad 2) Ich bin mit der Absicht nach Venedig gekommen, um ihre Hand zu bitten, aber ihr Benehmen mir gegenüber –«

»Lieber Freund, sie kann Ihnen doch nicht um den Hals fallen«, unterbrach ihn Windmüller ungeduldig; lachend aber setzte er hinzu: »Sie bildet sich ein, daß Sie wegen Anne-Marie Falkenberg nach Venedig gekommen sind.«

»Ich? Aber das ist ja – das ist ja ordentlich beleidigend!« prallte Wettersbach förmlich zurück.

»Ja, das finde ich auch«, gab Windmüller mit Überzeugung zu. »Kurz und gut«, fuhr er geschäftsmäßig fort. »nun diese Frage in Ordnung erledigt ist, nehmen Sie Platz, lieber Freund, und lassen Sie mich Ihnen auseinandersetzen, um was es sich handelt« –

»Halt. So schnell reisen wir denn doch nicht«, widersprach Wettersbach, dessen Ader wieder anzuschwellen drohte. »Ich finde –«

»Ja, ich finde, daß Sie heute ebenso widerborstig, wie schwer von Begriffen sind«, unterbrach ihn Windmüller mit allen Zeichen der Ungeduld. »Und darüber verstreicht die kostbare Zeit! Also –: Ich habe allen Grund, Ihnen meine Versicherung zu geben, daß Gio Verden Ihre Gefühle erwidert und Ihnen sicher sehr gern auf Ihren Posten als Legationsrat nach Rom folgen wird – – was? Davon wissen Sie noch nichts? Ist mir in Wien als bombensicher mitgeteilt worden. Von wem? Na, vom Botschafter, der es wissen könnte. Ist in diesem Moment aber Nebensache. Herrgott, Mann, setzen Sie sich endlich doch einmal und glauben Sie mir, wenn ich Ihnen sage, daß Sie umsonst nicht bei Gio Verden anklopfen brauchen, wenn es Ihnen sonst Ernst ist, woran ich nicht zweifle. Na, Gott sei Dank, er sitzt! Sitzen Sie auch fest, lieber Wettersbach?«

»Bombenfest«, versicherte der Diplomat, in dessen Augen ein sehr schönes, strahlendes Licht aufleuchtete.

»Uff!« machte Windmüller und ließ sich auf einen Stuhl dicht neben Wettersbach nieder. »Nichts für ungut, lieber Freund.«

»Ich nehme Ihnen nichts übel. Ich war ein großartiger Esel, daß ich vorhin –«

»'s ist schon recht – ich widerspreche auf keinen Fall. Ich weiß, was sich schickt«, fiel Windmüller gemütlich ein, um gleich ernst fortzufahren: »Also – unterm Amtssiegel: Ich halte Gio Verdens persönliche Sicherheit für gefährdet und frage Sie, ob Sie mir im gegebenen Fall helfen wollen, dafür einzutreten!«

Wettersbach war in die Höhe gefahren, aber er setzte sich sofort wieder und sagte ruhig: »Sie brauchen mich nicht fragen. Ich bin da.«

»So ist's recht. Ich wußte es, daß Sie dasein würden. Nun hören Sie: Donna Onesta hat unter Mithilfe ihres Gatten oder ohne dieselbe, was nicht anzunehmen ist, Gios Mutter, Frau von Verden, in einer sehr subtilen Weise getötet, weil sie der Meinung war, die Erbin der Ca' Favaro nach ihrer Kusine zu sein. Persönliche Rachsucht hat ihr geholfen, diese Tat zu vollbringen, die ihr die erhoffte Erbschaft aber nicht eingetragen hat, denn Gio ist die Erbin. Ich habe das alles erst heute früh zu einem kompletten Fall zusammenstellen können und keinen Augenblick gezögert, Gio zu sagen, daß ihre Ahnung sie getäuscht hat und ihre Mutter eines natürlichen Todes starb. Ist mein Motiv für diesen frommen Betrug Ihnen klar?«

»Ja«, nickte Wettersbach. »Sie wollten Gio Verden das nachträgliche Leid und die seelische Belastung dieses – Mordprozesses ersparen. Ich hätte an Ihrer Stelle ebenso gehandelt.«

»Dessen war ich sicher«, sagte Windmüller einfach und drückte herzlich die Hand, die Wettersbach ihm impulsiv reichte. »Nun also weiter. Zwei Punkte sind mir ganz klargeworden. Erstens – die Morgans müssen sobald als möglich dieses Haus verlassen, abgesehen davon, daß ihr Verhältnis zu Gio kein erquickliches ist. Zweitens – Donna Onesta hat erst nach ihrer zwar vorschnellen, aber sonst fast ungreifbar subtilen Tat erfahren, daß sie dennoch die Ca' Favaro erben kann, falls Gio ohne persönliche Erben stirbt. Nun, soweit meine Kenntnis der dunkelsten Seite des menschlichen Charakters reicht – und sie ist ziemlich ausgedehnt –, so glaube ich nicht, annehmen zu dürfen, daß Donna Onesta vor diesem Hindernis haltmachen wird. Wenn Gio fast ein Jahr nach dem Tod ihrer Mutter bis heut die Herrin der Ca' Favaro geblieben ist, so kann das meine Annahme nicht erschüttern, sondern beweist nur, daß diese gefährliche Frau vorsichtig ist und ihre Gelegenheit abwartet. Es wäre mir natürlich unmöglich, persönlich über die Sicherheit Gios hier in diesem Hause zu wachen; was ich also nur tun zu können vermeinte, war die Entfernung der Morgans, und nach sorgfältiger Ausarbeitung meines Feldzugsplanes hatte ich vor, morgen zur Attacke überzugehen, und zwar mehr mit Terrorisierungsmitteln, als durch tatsächliche Beweise, die nur eine Exhumierung, und diese auch nur bedingungsweise, liefern könnte. Nun aber hat der sogenannte Zufall mir – gerade eben vorher, als Sie mir drunten nachkamen – die Beweise schwarz auf weiß in die Hand gegeben, daß Donna Onesta in absehbarer Zeit zu handeln gedenkt, daß in einem Monat die Ca' Favaro in ihrem Besitz sich befinden soll. Lieber Freund – die dicken Perlen des Angstschweißes, die Ihnen auf der Stirn stehen, habe ich mir längst schon abgewöhnt. Ja – die sinistere Meinung dieser so rechtzeitig in meine Hände gefallenen Beweise kann ja nur die eine Deutung haben: Donna Onesta gedenkt als Leidtragende sehr bald ihre junge Kusine zur Familiengruft in San Stefano zu geleiten, oder Gio einem unbekannten Grab anzuvertrauen. Wenn sie klug ist – und ich halte sie dafür, so wird Donna Onesta den letzteren Ausweg wählen, um die Ca' Favaro zu einem sehr annehmbaren Preise dem Geist der Neuzeit zu Industriezwecken zu überlassen.«

»Sie fürchten, daß –« Wettersbach blieb das Wort in der Kehle stecken. »Daß Gio spurlos verschwinden soll?«

»Ja, das fürchte ich«, vollendete Windmüller ernst.

Wettersbach sprang auf, ergriff seinen Stuhl und schmetterte ihn zu Boden, daß nur ein so solides Möbel es ohne wesentlichen Schaden aushalten konnte.

»Und wir leben im zwanzigsten Jahrhundert!« sagte Windmüller ingrimmig. »Das heißt, wir bilden uns ein, daß das zwanzigste Jahrhundert besser ist, als die sogenannte gute alte Zeit oder die Tage der Renaissance, daß unsere Gesetze die Taten, die das Licht scheuen, wenn auch nicht unmöglich, so doch zu den Seltenheiten machen. Ein sehr verhängnisvoller Irrtum. Die lange, ewig lange Chronik der Verbrechen, die wir täglich in den Zeitungen lesen, sind nur ein Teil von denen, die heraus- und zur Aburteilung kommen, die übrigen bleiben unentdeckt und ungerochen. Vielleicht einige wenige aus demselben Grund, aus dem ich Vanna Verdens vorzeitiges Ende ungerochen sein lassen will. Ich weiß, es ist illegal, von meinem eigenen Standpunkt aus verwerflich – aber wenn ich mir später etwa Vorwürfe machen will, dann werde ich mir Gios Bild vor Augen rufen und werde mein Rechtsbewußtsein damit zum Schweigen bringen.«

»Und was gedenken Sie jetzt zu tun? Was soll – was kann ich dabei helfen?« fragte Wettersbach.

Windmüller hatte während seiner letzten Worte die Briefe hervorgezogen, die ihm durch Signor Agostini so einfach und kampflos in die Hände gespielt wurden, wie er es nie für möglich gehalten hätte, diese kostbaren Dokumente zu erhalten.

»Lieber Freund – lassen Sie mich nur eben rasch diese Briefe durchlesen. Bis die Bewohner dieses Hauses zurück sind von ihrem Ausflug, muß unser Feldzugsplan in seinen rohen Umrissen fertig sein. Dort stehen die Zigarren – bedienen Sie sich bitte!«

Aber Wettersbach hatte keinen Appetit auf Windmüllers berühmte gute Zigarren – in ihm vibrierte jeder Nerv von dem Gehörten, trotzdem er selbst schon Situationen miterlebt hatte, die nicht alltäglich waren. Aber keiner der Beteiligten hatte seinem Herzen so nahegestanden, als die junge Herrin dieses Hauses, die gewinnen zu müssen er sich klar war, seit er ihr zum erstenmal in die schönen, klaren, rostbraunen Augen geschaut hatte. Warum war er auch damals so zaghaft gewesen mit seiner Werbung! Ach – nicht, weil er an sich selbst, an seinen Gefühlen für Gio Verden gezweifelt hatte, aber sie stand in seinen Augen so hoch, daß er daran zweifelte, ob sie zu ihm jemals herabsteigen könnte. Wolf Wettersbach hatte keine Vergangenheit, deren er sich vor den reinen Blicken Gio Verdens hätte schämen brauchen, denn die innere Reinlichkeit war ihm ebenso Bedürfnis, wie die äußerliche, was nicht immer zusammenzugehen pflegt: trotzdem aber war er zaghaft, Gio mit seiner Werbung zu nahen, weil sie ihm wie ein Heiligenbild vorkam, das unmöglich seine Augen zu ihm herabsenken konnte. Und so hatte er die Zeit verstreichen lassen, und der Tod von Gios Mutter, der sie über Nacht zurück nach Venedig rief, hatte vorläufig seiner Werbung die Schranken gesetzt, welche das Zartgefühl für die Trauernde von ihm forderte. Und jetzt endlich, nachdem die Frist verstrichen war, die er sich selbst gestellt hatte, war er gekommen und hatte Gio kühl und ablehnend gefunden. Er strich sich mit der Hand über die Stirn und sah sich nach Windmüller um, der während seiner, Wettersbachs, retrospektiver Meditation die vier kurzen, geschäftsmäßig klaren Briefe gelesen hatte, sie zurück in seine Rocktasche beförderte und sich nun eine Zigarre ansteckte, mit der im Munde er in ein tiefes Nachdenken versank, allem Anscheine nach total auf Wettersbachs Anwesenheit vergessend, der auf dem unbeweglichen Gesicht und in den geradeaus gerichteten Augen des großen Mannes vergeblich den »Feldzugsplan« im voraus abzulesen versuchte, ehe er ihn in Worten zum Ausdruck brachte. Aber Wettersbach, der als ein gewandter Diplomat galt und nach Ansicht seiner Vorgesetzten eine glänzende Karriere vor sich hatte, der in seinem Beruf gelernt hatte, halbe Worte zu verstehen und Ungesprochenes in den Mienen und den Augen zu lesen, er fand sich hier vor einem total unleserlichen Blatt und war auch, durch seine lokale Unkenntnis des Terrains und der Menschen nur in sehr beschränktem Maße imstande, selbst Pläne zu machen, die den Zweck verfolgten, Gio den Nachstellungen ihrer mörderischen Verwandten zu entziehen.

Indessen, in Erwartung dessen, was Windmüller plante, war es doch vielleicht nicht ganz eitle Mühe, selbst über die Lösung nachzudenken. In der tiefen Stille, die zwischen den beiden Männern herrschte, konnte man die Fliegen summen hören; die Schritte der Vorübergehenden in der Straße, auf welche die Fenster hinausgingen, klangen geradezu aggressiv in das Schweigen hinein, das für Wettersbach zuletzt etwas beklemmendes, Sinisteres bekam, daß er fast zusammenfuhr, als zwei von Gios weißen Tauben plötzlich mit ihrem eigenartigen Flügelschlag vom Dach herabgeflogen kamen, sich auf den Sims des einen offenen Fensters setzten und mit ihren roten Augen ins Zimmer äugten, um einen Leckerbissen zu heischen –

Gio! Er sah nur einen Ausweg, sie unverweilt der drohenden Gefahr zu entziehen – –

»Nein, das geht nicht, lieber Wettersbach«, sagte Windmüller, als ob er es ausgesprochen hätte, was er für den einzigen Ausweg hielt. »Es ist schon richtig, daß Sie hier in irgendeiner Kirche eine sofortige Trauung erlangen könnten, aber ohne die gesetzliche Zivilehe ist sie ja doch ungültig. Natürlich kann die bürgerliche Trauung nach der erforderlichen Frist des Aufgebotes nachgeholt werden. Aber erstens müßten Sie sich doch zuvor mit Gio ins Einvernehmen setzen, und zweitens müßte sie von ihrer persönlichen Lage ein Bild erhalten, daß sie in diesen Schritt bei Nacht und Nebel einwilligt. Woran ich trotzdem zweifle, denn Gio hat Mut und würde erst ihre lieben Verwandten selbst kaltstellen. Schlimmstenfalls wäre ja auch Tante Nickel da, um mit ihr abzureisen.«

»*Daran* habe ich gedacht«, fiel Wettersbach ein. »Die Idee an eine sofortige Trauung, um Fräulein von Verden unter meinen Schutz zu stellen, habe ich gleich als unhaltbar wieder fallen lassen aus sehr naheliegenden Gründen.«

»Die sofortige Abreise mit Tante Nickel bedürfte aber auch eines für beide Teile plausiblen Grundes, denn Tante Nickel wird sich nicht wie eine Schachfigur schieben lassen, sondern sehr eingehend nach dem Warum und Wieso fragen, und Gio wird auch nicht ohne weiteres mit ihrer Tante abreisen; aus dem wahren Grund aber erst recht nicht. Denn Gio, die sehr lebhafte und lobenswerte Begriffe von ihrem Hausrecht hat, ist darin schon so oft angestoßen worden, daß es gar nicht eines so tragischen Kulminationspunktes bedarf, um sie zu einer sehr energischen Tempelaustreibung zu bringen. Aber ich möchte nicht, daß sie weiß oder je erfährt, was gegen sie im Werke ist – aus rein menschlichen Gründen möchte ich das nicht und glaube mich eins mit Ihnen in diesem Wunsche, nicht wahr?«

»Sicherlich. Ich würde alles darum geben, ihr diese Wissenschaft fernzuhalten, die sie überdies notwendigerweise auf die Wahrheit über ihre Mutter führen müßte«, erwiderte Wettersbach. »Die Frage ist nur die: Wird es möglich sein, sie im unklaren zu halten?«

»Das muß eben versucht werden. Ich denke schon, daß es sich machen läßt, wenn man mit dem nötigen Hochdruck arbeitet. Klopfte es nicht? Herein!«

Es hatte in der Tat geklopft und Pfifferling schob sich durch die Türspalte in das Zimmer, wo der unerwartete Anblick Wettersbachs ihn sofort strammstehen ließ. Windmüller aber winkte ihm, näher zu treten.

»Heraus mit Ihrem Rapport – der Herr Baron gehört zu uns«, sagte er, und Pfifferling begriff sofort. »Es ist alles in Ordnung, Herr Doktor«, berichtete er laut. »Niemand hat versucht, das gnädige Fräulein in ihrem Zimmer oder im Hause zu sprechen, bis sie mit den Herrschaften zusammen fortjondelte. Zimmer vom gnädigen Fräulein haben alle gute, neue Patentschlösser. Extrazugänge habe ich nicht finden können: der Alkoven neben dem Schlafzimmer hat so eine Tapetentür in den Verbindungsgang nach dem Ostflügel, aber die ist innen mit einem Haken geschlossen von der italienischen Sorte – für die Katze. Denn da die Tür nach innen aufgeht, braucht man sich von der andern Seite bloß dagegen zu lehnen, um sie aufzusprengen. Das täte ich mir zutrauen. Ich habe mir erlaubt, einen von den Türsperrern anzuschrauben. 's ist bloß Gerumpel in dem Alkoven, Hutschachteln und ein Garderobenständer. Den habe ich davorgeschoben. Die Stube gegenüber dem Eingang zur Wohnung des gnädigen Fräuleins habe ich schon. Die Rita fragte, warum ich denn ausziehe, aber ich tat wie Tülpe und sagte, ich weiß von jar nischt, mein Name ist Hase.

Wenn ich nur man jut drin schlafen könnte, denn von der Nachtfahrt wäre ich müde, wie'n Packträger.«

»Ja, lieber Pfifferling, ich fürchte, Sie werden sich Ihren Schlaf schon noch etwas verkneifen müssen, denn heute nacht –«

»Bin ich Nachtwächter in wollnen Socken«, fiel Pfifferling ein. »Verstehe schon, Herr Doktor. Das von der Müdigkeit war auch nur 'n Blender. Habe im Eisenbahnwagen geschlafen, zwar wie die Katze auf der Mauer: hart und mit einem Auge offen, aber dennoch. Es langt schon noch für eine lumpige Nacht.«

»Gut. Gehen Sie jetzt hinab und melden Sie mir sofort, wenn die Herrschaften zurückkommen.«

»Zu Befehl!« – Pfifferling verschwand, aber ehe Windmüller noch seine Beziehungen zu ihm erklärt hatte, war er schon wieder da, und zwar ohne zuvor angeklopft zu haben.

»Die italienische Tante kommt eben allein die Treppe 'rauf«, berichtete er flüsternd. »Ob die andern mitgekommen sind, weiß ich nicht. Gehört hab' ich nichts –«

»Nachsehen und rapportieren«, befahl Windmüller kurz. »Das wäre ja eine gefundene Gelegenheit«, meinte er.« Ist sie allein, so wollen wir uns bei ihr melden lassen –«

»Wir?« unterbrach ihn Wettersbach, nicht eben sehr erbaut. »Ja, wenn es mit Mr. Morgan zu konversieren gälte –«

»Ich spreche immer im pluralis majestatis von mir«, erklärte Windmüller lachend. »Nein, ich denke Ihre Kavaliersinstinkte zu schonen und mit Donna Onesta allein fertig zu werden. Mit ihrem Mann eventuell auch. Sie stelle ich als Hilfstruppe zur Reserve, für den Fall, daß –«

»Herr Morgan!« meldete Pfifferling diskret und pompös zugleich, indem er die Tür weit aufriß und den Amerikaner eintreten ließ, hinter dessen Rücken er seinem Herrn eine Geste machte, die Windmüller sehr richtig dahin verstand, daß die Morgans allein zurückgekehrt waren.

»Wie, schon wieder daheim?« rief er überrascht. »Die Herrschaften haben die Partie nach dem Lido also aufgegeben?«

»Nur meine Frau und ich«, erwiderte Morgan, indem er Wettersbach die Hand reichte, was jener aber nicht sah, da er sich schnell bücken mußte, um die brennende Zigarre aufzuheben, die Windmüller herabgefallen war.

»Meine Frau fand, daß ihre Kopfschmerzen draußen zunahmen, und zog es vor, ins Haus zurückzukehren, während Gio mit ihren Gästen nach dem Lido abfuhr, den Fräulein Falkenberg durchaus nicht aufzugeben geneigt schien. Ich meinte, Sie hätten auch herausgewollt, Herr Baron!«

»Ein Mißverständnis«, erwiderte Wettersbach kühl.

»Oh, in der Tat? »fragte Tom Morgan mit der latenten Höflichkeit, die der gute Ton nun einmal fordert. »Ich habe Sie unten bei den Sammlungen gesucht, Herr Professor«, fuhr er fort, indem er auf dem Stuhl Platz nahm, den Windmüller ihm heranschob. »Da ich bisher noch keine Gelegenheit hatte, Ihnen als Cicerone zu dienen, so suchte ich von dieser sofort zu profitieren.«

»Sie sind wirklich zu gütig, Mr. Morgan, mich durch die Sammlungen des Duca führen zu wollen, trotzdem Sie diesen Räumen, wie Sie selbst sagten, der traurigen Erinnerungen wegen, die sich für Sie daran knüpfen, lieber fernbleiben. Ich rechne Ihnen diese Überwindung meinetwegen ganz besonders hoch an –« –

»Aber ich bitte Sie, Herr Professor!« fiel Morgan abwehrend ein, doch Windmüller ließ sich nicht beirren.

»Nein, nein – ich kann Ihre Gefühle ja so gut verstehen«, versicherte er mit Emphase.

»Sie werden mich für ein recht sentimentales Wesen halten«, sagte Morgan mit einem mißglückten Lächeln. »Es gibt aber Dinge, über die man Zeit braucht, hinüberzukommen. Wenn Sie, wie ich, die arme Frau hätten urplötzlich tot zusammenbrechen sehen –«

Er hielt ein, mit einemmal um Jahre älter aussehend.

»Also wußten Sie nicht, daß der Ring ein tödliches Gift enthielt?« fragte Windmüller, indem er sich vorbeugte, langsam und mit einer Betonung, daß Wettersbach den Atem anhielt und sich halb zum Sprung aufrichtete.

Tom Morgan aber tat nichts desgleichen. Er lehnte sich in seinen Stuhl zurück und sah Windmüller wie erstaunt an, aber er konnte es nicht verhindern, daß jede Spur von Farbe aus seinem Gesicht wich.

»Der Ring?« fragte er. »Welcher Ring?«

Windmüller deutete auf das Bild der Bianca Capello.

»Sein minutiöses Konterfei wird genügen, Ihr Gedächtnis aufzufrischen«, erwiderte er ruhig, indem er sich gleichfalls im Stuhl zurücklehnte. »Im übrigen möchte ich nur bemerken, daß das Wie und Warum des Todes von Frau von Verden seit heute vormittag als ganz geschlossenes Aktenstück in meinen Händen ist.«

Wieder hielt Wettersbach den Atem an und richtete sich halb auf, aber Tom Morgan rührte sich nicht von der Stelle. Im Gegenteil, er kreuzte die Arme über der Brust und sein bisher farbloses Gesicht bedeckte eine tiefe Röte, die langsam wieder daraus verschwand.

»In der Tat«, sagte er ruhig, aber mit fremder Stimme. »Und was folgern Sie daraus?«

»Folgern?« wiederholte Windmüller mit derselben überlegenen Ruhe. »Die Folgerungen eines kompletten Falles pflege ich den zuständigen Behörden zu überlassen. Ich klage Sie und Ihre Gattin nur an, gemeinschaftlich Frau von Verden getötet zu haben, um sich – wie Sie *irrtümlich* annahmen – in den Besitz dieses Hauses zu bringen.«

Tom Morgan sah über Windmüller hinweg durch das offene Fenster, vor dem Gios Tauben unruhig hin und her strichen. Und von den Tauben fiel sein Blick zurück auf Windmüller.

»Also hat meine Frau doch recht gehabt, als sie Ihnen mißtraute«, sagte er trocken.

»So? Hat sie das getan? Nun, sie hat ja allen Grund dazu, einem jeden zu mißtrauen, der ihr in der Ca’ Favaro entgegentritt.«

»Vielleicht. Wir sind darin nicht einer Meinung gewesen. Ich habe Sie bis zu dieser Stunde für den gehalten, als den Gio Sie eingeführt hat. Meine Frau aber hielt dafür, daß Sie von Ihrer Nichte hierherbestellt worden sind und Ihre Begegnung mit Gio keine ›zufällige‹ war –«

»Donna Onestas Gewissen hat in diesem Fall geirrt«, fiel Windmüller ein. »Gio hat meine Gegenwart hier zwar gewünscht, aber erst unsere rein zufällige Begegnung hat darüber entschieden. Sie können mich auch ruhig weiter für einen Archäologen halten, ich bin ein solcher und noch manches andere nebenbei, wie es zu meinem Beruf gehört. Sie sprachen bei unserer ersten Begegnung die Vermutung aus, daß Sie mich schon einmal gesehen hätten; ich stehe heut nicht mehr an, Ihnen recht zu geben. Mein Name ist Franz Xaver Windmüller.«

»Ah!« machte Morgan mit einem tiefen Atemzug. »Ich verstehe!«

»Das freut mich ungemein, denn es wird unsere Verhandlungen wahrscheinlich wesentlich erleichtern«, erwiderte Windmüller mit unerschütterlicher Ruhe. »Übrigens«, setzte er betont hinzu, »übrigens ist der Ausdruck: ›Verhandlungen‹ insofern ein ganz wesenloser, als ich natürlich mit Ihnen nicht verhandeln, sondern Ihnen Bedingungen stellen will. Sie verstehen den Unterschied, nicht wahr?«

»Vollkommen«, erwiderte Morgan mit derselben Ruhe.

»Das ist zur Vermeidung von Mißverständnissen immer gut«, fuhr Windmüller fort. »Nun also, ich frage Sie nicht, ob meine Anklage von Ihnen bejaht oder verneint wird – das ist nicht meines Amtes, sondern das des Kriminalgerichtes. Mir genügen die erdrückenden, schwer belastenden Beweise Ihrer und Ihrer Frau gemeinsamer Schuld, die seit heut mittag in meinen Händen vereint sind – wohlverstanden nur *die* Beweise, welche sich auf den Tod von Gios Mutter beziehen. Wenn Sie und Donna Onesta trotzdem bis zu dieser Stunde in Freiheit geblieben sind, wenn Gio selbst noch nichts davon weiß, daß ihre geheimen, vagen und quälenden Befürchtungen nur zu gerechtfertigt waren, so hat mich dabei der Wunsch geleitet – mit dem ich mich mit Baron Wettersbach eins weiß –, dem armen Kind diese furchtbare Wissenschaft und die seelischen Qualen des Kriminalprozesses zu ersparen, der Europas sensationssüchtigen Presse ein Lesefutter liefern würde, das ja auch in Ihrem Vaterland ein sehr dankbares Publikum fände. In Anbetracht dessen und weil ich noch heut mittag nicht mit Unrecht die Befürchtung hegte, daß auch Gios Leben in der unmittelbaren Nähe ihrer lieben Verwandten ein Begriff sei, für den ich keinen Pfennig geben würde –«

»Das ist nicht wahr!« fiel Tom Morgan heftig ein.

»Lassen Sie mich ausreden!« rief Windmüller so scharf und schneidend, daß der Amerikaner zusammenfuhr und sich wieder schwer in seinen Stuhl zurücklehnte. »Also in Anbetracht der angeführten Gründe hatte ich mich dahin entschieden, Sie und Donna Onesta gegen sofortiges Verlassen der Ca' Favaro und der ferneren Bedingung alsbald nachfolgender Auswanderung frei ziehen zu lassen. Inzwischen aber ist eine Verschiebung eingetreten, die mich zwingt, diese Bedingungen vertragsmäßig festzulegen, wenn Sie nicht vorziehen sollten, lieber der Gerechtigkeit ihren Lauf zu lassen. Bitte, mißverstehen Sie das nicht als eine Lücke in der Kette meiner Beweise – ich habe gegen Sie und Donna Onesta Material genug, um Sie beide zweimal köpfen zu lassen. Denn es sind noch keine zwei Stunden her, daß ich den Beweis erhalten habe, daß Gios Leben in diesem Hause nur noch eine Frage der Zeit ist – *war*, vielmehr, denn ich bin da, um darüber zu wachen!«

»Und ich sage noch einmal: Das ist nicht wahr!« brach Tom Morgan los mit leiser, unterdrückter Stimme, tiefe Glut auf dem eben noch blassen Gesicht, helle, unverkennbare Entrüstung in den großen, dunkeln, zu tief liegenden Augen. »Es ist nicht wahr!« wiederholte er, mit der Faust auf dem Tisch, »es ist nicht wahr! Sie mögen über mich denken und von mir glauben, was Sie wollen und meinetwegen auch müssen, Herr Doktor Windmüller, aber ich hoffe, Sie werden mich nicht für einen solch elenden Feigling halten, der seine Frau im Stich läßt. Also sage ich nicht ein Wort gegen Ihre Anklage, was Donna Vanna Verden betrifft. Nicht ein Wort. Aber ich leugne mit aller Entschiedenheit, daß Gio ein Haar auf dem Haupt gekrümmt worden wäre, solange *ich* in der Ca' Favaro bin! *Sie* hat mich nicht leiden mögen – nun, ich will mich darüber nicht auslassen, nicht die Gründe für diese Antipathie suchen; erwidert ist sie von mir

nicht worden. Aber auch wenn dies der Fall gewesen wäre, so hätte ich nie zugegeben, daß sie –
– nie! Nie! Nie!«

»Also ist doch die Sache zwischen Ihnen und Donna Onesta erörtert worden«, meinte Windmüller langsam und betont.

Morgan richtete sich steif auf und sah ihm gerade ins Auge. »Sie werden nicht von mir erwarten, daß ich etwas sage, was meine Frau belasten könnte«, sagte er völlig beherrscht und kühl. »Ich habe meine Frau nicht genannt und bitte, sich genau an den Wortlaut meiner Aussage zu halten, die ganz allgemein war.«

»Nun, das macht Ihnen alle Ehre, wie ich gern zugestehen will«, begann Windmüller nach einer kleinen Pause, aber Morgan fiel ihm kurz und scharf ins Wort.

»Lassen Sie das. Es gehört nicht zur Sache!« rief er herb.

»Nein, vielleicht nicht«, gab Windmüller zu. »Es ist ja auch nicht meine Sache, nach mildernden Umständen zu suchen oder sie hervorzuheben. Ich halte mich also an den Wortlaut: Sie leugnen Ihre Mitwisserschaft –«

»Ich leugne die Existenz eines solchen infamen Komplotts«, fuhr Morgan dazwischen, doch ohne Heftigkeit, völlig beherrscht. Windmüller machte eine zustimmende Bewegung.

»Gut. Ich nehme das zu Protokoll«, sagte er trocken.

»Gestatten Sie mir aber eine Frage: Kennen Sie den Spitzenfabrikanten Agostino Agostini in Perugia?«

»Nein«, erwiderte Morgan ohne Zögern erstaunt. »Ich höre seinen Namen zum erstenmal. Ist er – ist er ein Gläubiger meiner Frau?«

»Davon hat er nichts gesagt«, erwiderte Windmüller noch trockener als vorher. »Wobei ich bemerken möchte, daß die Beantwortung von Fragen Ihrerseits eine besondere Liebenswürdigkeit meinerseits und eigentlich gesetzwidrig ist. Doch dies nur nebenbei. Da Sie Ihrer Aussage nach zwar diesen Signor Agostini nicht kennen, so dürfte Sie dennoch die Korrespondenz interessieren, welche Donna Onesta mit ihm geführt hat. Ich werde sie Ihnen vorlesen. Lieber Wettersbach, wollen Sie, während ich meine Augen anderweitig verwende, Herrn Morgan inzwischen in den Ihrigen behalten?«

Morgan lehnte sich ostentativ in seinen Stuhl zurück. »Wenn das Davonlaufen zu meinen vielen schönen Eigenschaften gehörte, dann wäre ich längst in Jericho«, sagte er bitter. »Ich habe leider die Gabe von der schlimmen Fee erhalten, Suppen, die ich mir und die mir von andern eingebrockt worden sind, selbst auszufressen.«

Windmüller dachte an das Kablogramm in seiner Tasche, dessen Wortlaut sich ungefähr mit diesem Ausruf deckte, während er Donna Onestas Briefe hervorzog und einen nach dem andern langsam mit halblauter Stimme vorlas. Wenn er behauptet hatte, daß er mit der Lektüre seine Augen »anderweitig« zu verwenden hatte, so war dies sicher nichts als eine Ermahnung für Wettersbach, in der Wachsamkeit nicht nachzulassen, denn er selbst beobachtete über das Briefblatt hinweg Tom Morgan scharf genug und las in dessen Mienen ein solches Gemisch von Erstaunen, Entsetzen und Unglauben, daß seinem Dafürhalten nach schon ein höchst routinierter Schauspieler dazugehört hätte, diese Gefühle im schnellen Wechsel hervorzubringen.

»Das – hat – meine – meine Frau geschrieben? Onesta?« fragte Morgan wie betäubt, als Windmüller den letzten Bogen, den belastendsten, hinlegte.

»Darf ich die Handschrift sehen?«

Windmüller stand auf, legte den Bogen vor Morgan auf den Tisch hin und hielt das Papier fest, – eine Vorsichtsmaßregel, über welche dem Betroffenen eine dunkle Röte in die Stirn stieg. Aber er sagte nichts, sondern beugte sich über das Blatt, das er langsam durchlas. Dann lehnte er sich wieder in den Stuhl zurück und trocknete sich die Stirn, auf der sich dicke Schweißtropfen gesammelt hatten.

»Nun?« fragte Windmüller. »Erkennen Sie die Handschrift an? Leugnen Sie noch, von *diesem* Komplott etwas gewußt zu haben?«

»Auf beide Fragen antworte ich mit ›Ja‹«, erwiderte Morgan klar, fest und ruhig. »Die Handschrift meiner Frau ist so schwer nachzuahmen, ist so eigentümlich, daß der kleinste Defekt mir aufgefallen wäre. Darf ich fragen, wie – doch nein, ich darf ja nicht fragen –«

»Wie ich zu den Briefen gekommen bin?« fiel Windmüller ein, der seine Augen nicht von Morgans Gesicht gelassen hatte.

»Oh, ich sehe keinen Grund ein, warum ich Ihnen das nicht sagen sollte –« Und er erzählte kurz und getreu seine Begegnung mit Agostini.

»Auf den ersten Blick erschien das Komplott plump genug«, schloß er, »aber bei näherer Beleuchtung ist nicht einzusehen, daß Donna Onesta viel dabei riskierte. Etwas natürlich schon, aber das ist unvermeidlich. Durch ihre Angabe als ›Mitbesitzerin‹ der Ca' Favaro hatte sie sich nicht bloßgestellt, denn was ich dem Agostini gesagt habe und was ohne weiteres von ihm akzeptiert wurde: daß die Ca' Favaro durch Übereinkunft ganz in den Besitz der andern ›Mitbesitzerin‹ übergegangen sei, konnte auch sie im Notfall als Ausrede gebrauchen. Ferner war der Agostini erst in Monatsfrist – nach dem drei Tage alten Datum des letzten Briefes – zur Besichtigung der Ca' Favaro nach Venedig bestellt, und dann sollte er Donna Onesta zweifellos als Alleinbesitzerin vorfinden. Daß Geschäftsverbindungen Herrn Agostini heute schon nach Venedig führten, wäre etwas fataler gewesen, aber ich denke, wir dürfen getrost annehmen, daß Donna Onesta auch für diesen Fall vorbereitet war und ihm das gesagt hätte, was ich ihm mitgeteilt habe. Und noch einiges dazu . . . Jedenfalls aber stand mein Dazwischentreten außerhalb jeder Berechnung!«

»Gott sei Dank, ja!« – sagte Morgan heiser.

Windmüller legte ihm die Hand auf die Schulter und schüttelte ihn leicht. »Nun, Mann, heraus mit der Wahrheit! Wenn Sie sie nie im Leben gesprochen haben – jetzt ist der Augenblick da! Was sollte mit Gio Verden geschehen?«

Morgan schüttelte die Hand von seiner Schulter ab und sprang auf, daß er Aug' in Aug' vor Windmüller stand.

»Ich weiß es nicht«, rief er energisch, »aber ein anderes weiß ich! Nach – nach Vanna Verdens Tod habe ich meiner Frau gesagt, daß sie und ich geschiedene Leute sind, falls Gio Verden auch nur versuchsweise ein Haar gekrümmt wird. Wenn diese Briefe, die Sie mir zeigten von ihr stammen, dann bin ich frei. Verstehen Sie mich? Frei bin ich! O natürlich, Sie können Ihre Absicht ändern und mich mit ihr auf die Anklagebank setzen – ich werde dort auf keine Frage antworten, die Donna Onesta belasten könnte. Diese gesammelten Briefe werden ja belastend genug auch für mich sein, falls sie mir nicht die ganze Schuld allein aufladen. Aber auch das würde mich frei machen, wenn auch auf anderem Wege. Was immer jetzt für mich kommen mag; ob Sie mich gefangen geben und verurteilen oder mich laufenlassen – Onesta Favaro hat das Tischtuch zwischen uns beiden zerschnitten, wie ich es ihr gedroht hatte! Ich werde sie, soweit es an mir liegt, nicht mehr wiedersehen, diese furchtbare Frau mit ihrer grauenhaften, verbrechenbelasteten Liebe für mich – –!«

Und mit einem Schauer des Ekels warf er sich zurück in den Stuhl und vergrub das Gesicht in beiden Händen.

Windmüller wechselte mit Wettersbach einen Blick, in dem viel Verständnis lag. »Mr. Morgan, reißen Sie sich zusammen«, sagte er scharf.

»Ihre Privatangelegenheiten zu erörtern, ist jetzt nicht der Augenblick – wir kommen wohl noch später darauf zurück. Sie sagen, Sie wüßten nichts von diesem Komplott gegen Gio Verden, Sie hätten verboten, ihr auch nur versuchsweise ein Haar zu krümmen. Wie kamen Sie darauf, dieses Gebot an Ihre Frau zu erlassen?«

Morgan hatte sich bei Windmüllers ersten Worten schon mit Gewalt zusammengenommen.

»Ich werde nichts sagen, was meine Frau belasten könnte«, erklärte er müde.

»Nun, es ist nicht schwer zu erraten, was die Veranlassung war zu diesem außergewöhnlichen Verbot, durch dessen bloße Erwähnung Sie Ihre Frau in der Erregung ausgiebig belastet haben«, erwiderte Windmüller ironisch.

»Es war die Bestimmung, daß Donna Onesta die Ca' Favaro erbt, wenn Gio Verden ohne Leibeserben stirbt. Bei der intimen Kenntnis Ihrer Frau war diese Verwarnung jedenfalls sehr angebracht, aber ich darf Sie nicht freisprechen von dem Leichtsinn, es dabei bewenden zu lassen. Einem sogenannten ›zahmen‹ Tiger muß man auch überall mit den Augen folgen. Vielleicht haben Sie das getan – vielleicht auch nicht, sondern der Furcht Donna Onestas vor Ihrem Verlust getraut. Es ist dies momentan nicht von wesentlicher Bedeutung, da Gio Verden ja noch – die Besitzerin der Ca' Favaro ist. Wenn Sie uns aber keinen Fingerzeig geben können, inwiefern wir für Gio von Ihrer Frau zu fürchten haben, und Sie ziehen vor, sich auch hierin in Ihr nicht belastenwollendes Schweigen zu hüllen, dann begehen Sie *das* Verbrechen, von dem weder Ihr Gewissen, noch auch eine weltliche Jury Sie freisprechen würde.«

»Bei Gott – ich bin ahnungslos«, versicherte Morgan ohne Bedenken.« Ich habe nie, nicht das geringste bemerkt, das mich auf den Verdacht hätte bringen können, daß meine Frau gegen Gio etwas im Schild führt. Und ich war wachsam nach – nach der ersten Erfahrung, wachsam wie ein Hund, dem von der Bewachten mit Fußtritten, moralischen natürlich, vergolten wurde. Das hat mich wohl oft gekränkt, nie aber davon abgebracht, denn ich hatte ja an Gio Verden eine Schuld abzutragen. Erstens weil ihre Mutter gut und freundlich zu mir war, und dann . . . doch, es ist ja gleich, weshalb ich es tat. Nein, ich weiß nichts, wahrhaftig nichts. Es ist ja am Ende jetzt auch bedeutungslos geworden, nun Sie die Briefe an den Mann Agostini haben und vermutlich damit heut noch reinen Tisch machen werden.«

»Vermutlich«, gab Windmüller nachdenklich zu. »Reinen Tisch schon – aber nicht reines Haus, denn wenn wir einen Skandal vermeiden, namentlich aber Gio in Unkenntnis der Lage lassen wollen, so bleibt noch eine lange Nacht zugunsten Donna Onestas . . . doch sie wird vergehen, da wir ja unserer drei zum Wachen da sind. Ich schließe Sie ein, lieber Wettersbach!«

»Und ich bitte Sie darum.« Es war Wettersbachs erstes Wort, seit Morgan im Zimmer war.

»Ich kann Ihnen die Mühe ganz abnehmen«, sagte dieser, indem er aufstand.

»Mitnichten – ich habe nicht die Absicht, Sie mit Donna Onesta gemeinsam Ihre letzten Stunden in der Ca' Favaro verleben zu lassen, ganz abgesehen davon, daß Sie selbst es eben nicht gerade gewünscht haben«, entgegnete Windmüller sachlich, und Tom Morgan setzte sich wieder, dunkle Röte im Gesicht.

»Ich habe das in der ersten, furchtbaren Erregung gesagt und wohl auch so gemeint, aber jetzt, wo ich dachte, Gio Verden wirklich einen Dienst leisten zu können – – – doch Sie trauen mir natürlich nicht mehr.«

»Das gehört zu meinem Beruf; es wäre unverzeihlich von mir, wenn ich mit offenen Augen den Bock zum Gärtner machen wollte«, erwiderte Windmüller ruhig. »Jedem das Seine, Mr. Morgan! Nicht, daß ich an einen Zauber glaubte, den Donna Onesta noch auf Sie ausübt, falls sie das je getan hat, aber Ihre, wie ich es anerkenne, sehr hochgespannten Begriffe von Ehre, mit Ihrer Persönlichkeit diejenigen zu decken, die sich dahinter verschanzen, könnten Sie zu Handlungen verleiten, die zu verhindern ich hier bin. Sie werden bis auf weiteres die Güte haben, in diesem Zimmer zu bleiben – in Herrn von Wettersbachs unanfechtbarer Gesellschaft. Ihren guten Willen können Sie trotzdem beweisen, indem Sie Ihrer Frau einen Brief nach meinem Diktat schreiben. Ich zwinge Sie aber nicht dazu – paßt der Wortlaut Ihnen nicht, so zerreißen wir das Elaborat wieder. Zur Sache möchte ich dabei bemerken, daß ich mit Überführten – hm – nicht solche Umstände zu machen pflege, woraus Sie ersehen mögen, daß ich Ihnen mildernde Umstände zuzubilligen geneigt bin. Dort ist der Schreibtisch, Mr. Morgan.«

Wettersbach sagte Windmüller später, er hätte die Selbstüberwindung bewundern müssen, mit der Morgan sich bezwang, ohne ein Wort der Entgegnung aufzustehen und sich an den Schreibtisch zu setzen: wie ein Blinder tastete er sich tatsächlich an dieses Möbel und die Feder in seiner Hand flog so, daß Sekunden vergingen, ehe er schreiben konnte.

»Datieren Sie ohne Ortsangabe«, diktierte Windmüller. »Die Überschrift überlasse ich Ihnen – Sie verzichten darauf? Wie Sie wollen. Also schreiben Sie: ›Das Spiel ist aus. Die Briefe, welche Du ohne mein Vorwissen dem p. Agostini in Perugia geschrieben hast, befinden sich in der Hand des Professors, der in der Tat nicht nur ein Archäologe, sondern in erster Linie ein sehr bekannter Kriminalist ist. Um Gio zu schonen, will er Dich und mich für frei erklären, solange Du keinen Versuch mehr machst, Dich Deiner Nichte zu nähern, andernfalls aber wird er *schonungslos* gegen Dich wegen Mordes und versuchten Mordes vorgehen. Ich habe die Ca' Favaro nach Ablegung dieses Versprechens verlassen, Dir bleibt die Nacht, Deine Sachen zu packen und morgen mit dem Frühzug um 9.30 Uhr nach Florenz abzureisen, wo Du im Hotel Luna von mir hören wirst. – – Thomas S. Morgan.‹ Ist Ihnen dieser Wortlaut recht?«

»Vollkommen«, erklärte Morgan ohne Bedenken.

»Nun gut. Unterstreichen Sie noch das Wort ›schonungslos‹ recht auffällig. Hier ist ein Briefumschlag – adressieren Sie genau. So ist's recht. Diesen Brief wird Donna Onesta in ihrem Zimmer finden, wenn sie schlafen geht, beziehungsweise sich mit den übrigen zur Nacht zurückzieht. Sie, Herr Morgan, werden dann das Haus verlassen – ich werde dafür sorgen, daß es unbemerkt geschieht – und Herr von Wettersbach wird Sie zur Bahn bringen. Wohin Sie mit dem Nachtzug um 11.40 Uhr abreisen, ist mir gleichgültig – ich würde Sie im geeigneten Fall sehr bald wiederfinden. Während wir unten beim Abendessen sitzen, können Sie – mit Herrn von Wettersbachs Hilfe – das Notwendigste in eine Reisetasche packen – und zu diesem Zweck durch die Tapetentür hinter der Truhe in meinem Schlafzimmer in Ihre Wohnung gelangen, ohne daß Sie bemerkt werden. Für das übrige werde ich sorgen.«

Und indem Windmüller Wettersbach ein Zeichen machte, ging er der Tür nach dem Korridor zu.

»Ich habe noch eine Bitte, Herr Doktor«, sagte Morgan, als jener schon die Hand auf der Klinke hatte.

»Ja. Ich höre.«

»Würden Sie die Güte haben«, fuhr Morgan leise fort, »morgen in der X.schen Apotheke vorsprechen, wo ich die weiße Taube hintrug, die heut früh verendete, um sie untersuchen zu lassen? Gio hat diese Tiere sehr lieb – und ich – ich möchte das Bewußtsein mitnehmen, ihr wenigstens den kleinen Dienst erwiesen zu haben, die Ursache der Krankheit der Tauben festgestellt zu wissen. Ist es zuviel verlangt?«

»Ich werde daran denken«, erwiderte Windmüller kurz und ging heraus.

Als die Tür hinter ihm zugefallen war, ließ Morgan sich auf den Stuhl zurückfallen: Wettersbach aber stand von dem seinen auf.

»Mr. Morgan«, sagte er ernst, »es war nicht meine Sache zu sprechen, solange Windmüller das Wort hatte. Er liebt das nicht und hat von seinem Standpunkt aus vollkommen recht damit. Trotzdem er mich zu Ihrem Wächter ernannt hat und ich auch nicht im Sinne habe, sein Vertrauen zu täuschen, so stehe ich doch nicht an, Ihnen zu erklären, daß ich Sie für schuldlos halte.«

Tom Morgan schüttelte mit einem dankbaren Blick, aber mit einem bitteren Lächeln den Kopf.

»Sie sind sehr gütig«, sagte er nach einer Pause, »sehr gütig, aber Sie verschwenden Ihre Sympathie an einen Unwürdigen. Ich bin *nicht* schuldlos, denn ich habe die Schuld mit allen mir zu Gebote stehenden Mitteln zu verbergen mich bemüht, mich zum Hehler und Mitschuldigen herabgewürdigt. Vielleicht hätten Sie das für die Frau, die Ihre Gattin ist und Ihren Namen trägt auch getan, trotzdem ein fürchterlicher Aufwand von Heuchelei und Niederträchtigkeit dazugehört – doch davon will ich nicht reden. Glauben Sie, daß ein Mensch das noch einmal in seinem Leben überwinden und gutmachen kann? Daß er noch einmal ein anständiger Mensch, ein Gentleman vor sich selbst werden kann? Ah – das glauben Sie nicht –«

»Doch, das glaube ich bestimmt«, fiel Wettersbach ein.

»Herrgott, Mann, keine Nacht ist doch so lang und so dunkel, daß ihr nicht ein Morgen folgte, und unser oberster Richter ist doch unser eigenes Gewissen, dem wir genug tun können und müssen! Jede Genugtuung aber trägt in sich den Keim der Wiedergeburt.«

»Und würden Sie – Sie! einem solchen wiedergeborenen Menschen Ihre Hand geben können?« fragte Morgan traurig.

»Ich bin kein Pharisäer – bilde mir wenigstens ein, keiner zu sein«, erwiderte Wettersbach. »Und um mir selbst und Ihnen das zu beweisen – hier ist meine Hand!«

Morgans Gesicht überflog eine tiefe Röte und seine Augen streiften verlangend die ihm hingereichte Hand – aber er legte die seine nicht hinein.

»Nein«, sagte er und trat zurück, »so groß die Versuchung ist, von Ihrer Großmut Gebrauch zu machen, so muß man doch erkennen, wo einem die Grenzen gesteckt sind. Später, wenn wir einander noch einmal begegnen sollten und Sie sind nicht andern Sinnes geworden, und ich habe das Bewußtsein, dem Gentleman in mir genug getan zu haben, dann werde ich gern Ihren Händedruck annehmen. Meine Hand ist jetzt noch nicht rein, wennschon ich das Bewußtsein hege, sie nur indirekt, im guten Glauben befleckt zu haben, das Instrument zum Ende von Frau von Verden gewesen zu sein. Soviel darf ich schon zu meinen Gunsten sagen, obwohl ich mich dabei immer noch einer unverantwortlichen Fahrlässigkeit anklagen muß, von der ich mich keinesfalls freisprechen will. Eine andere Anklage steht mir nicht zu, und jedes Gericht würde mich von einer Aussage entbinden.«

Wettersbach nickte zustimmend.

»Sei es so«, entgegnete er. »Ich würde an Ihrer Stelle kaum anders sprechen, kann aber auch nur ungenügend urteilen, da Windmüller mir keine Details mitgeteilt hat. So bin ich vollständig im dunkeln darüber, wieso er mit dem Hinweis auf diesen gemalten Ring Sie in die Lage bringen konnte, in der Sie sich jetzt befinden. Das Bild dort muß sehr alt sein, soviel ich beurteilen kann.«

Morgan schauerte zusammen und bedeckte das Gesicht mit den Händen.

»Der Ring war wohl noch älter als das Bild, und die Schlange hat doch noch gebissen«, sagte er heiser. »Ich habe es nicht für möglich gehalten, und das ist mein Vorwurf . . . Adam, der sich vom Weibe verführen ließ und das Paradies dadurch verlor, wird immer ungerechtfertigt bleiben . . . Doch was soll das? Mein Paradies war schon dahin, als ich Onesta Favaro unter dem Irrtum heiratete, daß ein Gentleman nicht zurücktreten darf, wenn seine Lady ihn nicht freigibt.«

Als Windmüller aus seinem Zimmer auf den Korridor trat, kam Pfifferling ihm wie von ungefähr entgegen.

»Die Herrschaften sind eben heimgekehrt«, meldete er, ohne sich weiter fragen zu lassen. »Ich meine, die drei Damens«, fügte er erläuternd hinzu.

»Gut. Haben Sie irgend jemand im Hause gesagt, daß Mr. Morgan bei mir ist? »fragte Windmüller leise.

»Keiner Katze hab’ ich was davon gesagt«, erwiderte Pfifferling ebenso. »Wie werd’ ich denn? Herr Doktor haben mir ja ein Zeichen gemacht, als ich ihn hereinführte! Übrigens hat mich auch niemand gefragt.«

»Desto besser. Und wenn jemand Sie fragt, ob Sie Mr. Morgan gesehen haben, so wissen Sie nichts. Verstanden?«

»Sehr wohl. Es hat ihn niemand gesehen, denn er kam aus den Gesellschaftszimmern hier die Treppe herauf, ohne jemand zu begegnen.«

»Sehr gut. Er wird später mit Herrn von Wettersbach fortgehen, ich werde Ihnen noch sagen, wann. Dann haben Sie aufzupassen, daß man die Herren nicht sieht, wenn sie das Haus verlassen.«

»Hm!« machte Pfifferling nachdenklich. »Wenn sie spät fortwollen, dann sind die Haustüren geschlossen. Der Portier sagte mir, um neun Uhr wird zugemacht – für den Fall ich etwa noch herauswollte, um mir Venedig bei Mondschein zu betrachten, wollte er mir aber den Schlüssel zum kleinen Patentschloß der vorderen Tür geben und das große Schloß nicht verschließen. Ein sehr rücksichtsvoller Mann, der Herr Portier.«

»Sehr«, nickte Windmüller. »Lassen Sie sich also den Schlüssel geben, lassen Sie die Herren heraus und sagen Sie dem gefälligen Portier morgen, Sie hätten ihn nicht gebraucht, wären zu müde gewesen. Sie können dann auch bei Ihrem Essen einfließen lassen, daß Herr von Wettersbach längst wieder fort ist. Mein Schlafzimmer machen *Sie* für die Nacht zurecht und lassen das Stubenmädchen nicht herein, sobald ich zum Essen hinuntergehe. Das wäre vorläufig alles.«

Windmüller trat nach diesen Worten in sein Schlafzimmer, machte hastig Toilette zum Abendessen und ging dann in den anstoßenden Salon, wo Wettersbach und Morgan am Tisch sich gegenübersaßen im Dämmerlicht des Abends.

»Im Finstern brauchen Sie nicht zu bleiben, wenn Sie auch hungern müssen, während ich essen gehe«, meinte er mit einem raschen Blick auf die beiden Männer. »Wir werden die Tür nach der Antikamera und dem Korridor abschließen – so – und die Läden schließen. Dann können Sie ruhig Licht machen. Die Schlafzimmertür bewacht vorläufig Pfifferling vor dem etwaigen Eintritt eines Bediensteten – ich werde Ihnen sagen, sobald Donna Onesta zum Abendessen herabgegangen ist; wenn die Dienstboten beim Essen sind, dürfte der rechte Moment für Mr. Morgan gekommen sein, seine Effekten herauszuholen. Ich komme erst wieder herauf, wenn die Damen sich zur Nacht zurückgezogen haben.«

Es dauerte noch eine ganze Weile, nachdem der Gong erklungen war, bis Donna Onesta aus ihrer Wohnung trat, worauf Windmüller, der schon in der Tür seines Schlafzimmers gewartet hatte, nach dem verabredeten Zeichen ihr folgte und sie am Fuß der Treppe einholte.

»Guten Abend, Donna Onesta, – war es hübsch auf dem Lido?« fragte er verbindlich.

»Oh, ich war gar nicht dort«, erwiderte sie überrascht. »Ich hatte Kopfschmerzen und kehrte an der Riva wieder um – mit meinem Mann natürlich, der mich nicht allein zurückfahren lassen wollte. Haben Sie ihn nicht gesehen? Er wollte Ihnen doch die Sammlungen zeigen.«

Windmüller schüttelte mit dem Kopf.« Ich bin seit fünf Uhr nicht mehr aus meinem Zimmer gekommen«, sagte er und öffnete die Tür zum Salon.

»Das ist sonderbar. Dann muß er noch ausgegangen sein; er war jedenfalls bis jetzt nicht oben, sich umzuziehen, und ich glaubte, er hätte sich mit Ihnen verspätet«, bemerkte dann Donna Onesta, und scharf setzte sie hinzu: »Für einen Archäologen scheinen Sie recht wenig Interesse an den Sammlungen meines Onkels zu nehmen!«

»Scheint es Ihnen so, Donna Onesta?« fragte Windmüller unschuldig. »Sie unterschätzen mich, Madame. Ich habe mich sogar sehr eingehend mit einem gewissen Stück der Sammlung beschäftigt.«

Donna Onesta schien fragen zu wollen: mit welchem? aber die Tür stand offen und sie trat, gefolgt von Windmüller, in den Salon, in dem Gio mit ihren Gästen schon saß.

»Ist Tom nicht hier?« war ihr erstes Wort.

»Wo ist Herr von Wettersbach?« fuhr Anne-Marie gleichzeitig auf Windmüller los.

»Vermutlich ist er in seinen Kleidern«, erwiderte er ruhig. »Woher soll ich wissen, wo er ist? Bin ich denn der Hüter des Herrn von Wettersbach?«

»Sie sind ein abscheulicher Mensch«, zirpte Anne-Marie giftig. »Herr von Wettersbach war nicht auf dem Lido und Tonio sagte uns, er wäre gleich nachdem wir fortgefahren waren, mit Ihnen in die Ca' Favaro gekommen!«

»Ja, nachdem er eine Stunde vergeblich auf die Herrschaften gewartet und geglaubt hat, die Partie wäre aufgegeben worden«, erklärte Windmüller an Gios Adresse.

»Nun, und dann –?« fragte Anne-Marie.

»Nun, und dann wird er wohl wieder weggegangen sein, wenn er sich nicht irgendwo in der Ca' Favaro versteckt hat, um mit Begeisterung ihren Gesprächen zuzuhören, mein gnädiges Fräulein«, war Windmüllers lachende Antwort.

»Daran bist du schuld, Pate Nickel, mit deinem ewigen Nachmittagsschlaf«, wandte sich Anne-Marie nun heftig an die alte Dame.

»Pscht! Man sachte mit die jungen Pferde«, befahl diese seelenruhig. »Wenn ich dir nicht passe, dann packe deinen Koffer und fahre heim. Ich werde mir doch hoffentlich noch die Augen wärmen dürfen, wenn ich müde bin, dumme Pute!«

»Ich begreife nicht, wo Tom bleibt!« fiel Donna Onesta nervös ein. »Wir werden mit dem Essen natürlich noch warten, Gio, nicht wahr?«

»Wieso?« wehrte Tante Nickel sich sofort energisch nach der andern Seite. »Wenn der junge Mann sich verspätet, dann wird er ohne Schaden doch wohl nachexerzieren können, während mir alter Schachtel das späte Gefuttere sowieso wie ein Stein im Magen liegt, daß mich die ganze Nacht der Alp drückt. Ist Herr Thomas Morgan der Herr im Hause?«

Gio war feuerrot geworden, denn wenn sie auch für den Mann ihrer Tante nichts übrig hatte, so empfand sie die Bemerkung ihrer Tante doch als höchst taktlos und wunderte sich sehr, wie diese noch dazu Windmüller so triumphierend ansehen konnte. Doch ehe sie imstande war, zu antworten, wurde die Frage dadurch gelöst, daß Tonio meldete, es sei serviert, und mit einem »Na, gottlob, endlich!« sprang Frau von Verden mit erstaunlicher Elastizität auf, ergriff Gios Arm und ging mit ihr voran in den Speisesaal, indem sie ihr zuraunte:

»Mach doch kein solches Gesicht, wie die Katze, wenn's blitzt, altes Mädel! Freu dich doch, wenn einer mal deinen Blutegeln den Star sticht!«

Das dreifache zoologische Zitat mit seiner anatomischen Unmöglichkeit erleuchtete Gio zwar über die gute Absicht ihrer Tante, aber die Ausführung begeisterte sie nicht gerade, und die flammensprühenden Augen Donna Onestas, ihr festgeschlossener Mund waren drohende Zeichen eines zu erwartenden, schweren, häuslichen Gewitters. Ein beruhigendes Zeichen Windmüllers, das er beim Niedersitzen an der Tafel Gio machte, ließ die verwunderte Frage, ob er denn mit Tante Nickel im Bunde sei, in ihr aufsteigen. Die Mahlzeit war, entsprechend der vorherrschenden elektrischen Ladung der Gemüter, nicht eben der Gipfelpunkt der Gemütlichkeit, trotzdem Windmüller, unterstützt von Tante Nickel, eine eigentliche Gesprächspause nicht aufkommen ließ.

»Gio – ich habe eine Bitte«, ließ Anne-Marie sich nach dem zweiten Gang vernehmen.

»Ja –?« Gios Antwort entbehrte etwas des freundlichen Entgegenkommens, nachdem sie den ganzen Nachmittag Anne-Maries schlechte Laune hatte ausbaden müssen.

»Ich möchte heute abend so schrecklich gern zur Serenata fahren!« Anne-Marie genehmigte nun einen schmeichelnden Ton anzuschlagen, aber ehe Gio antworten konnte, fuhr Tante Nickel dazwischen.

»Ich streike!« erklärte sie energisch. »Ja, das könnte mir noch fehlen! Na, maule nur nicht gleich, Anne-Mieze, – ich habe dir vorweg gesagt, ich reise nur unter der Bedingung mit dir, daß ich nicht den ganzen Tag herumgehetzt würde! Jedes Nilpferd will seine Ruhe haben!«

»Das hätte ich mir denken können«, entgegnete Anne-Marie ungezogen, um sofort mit schiefem Kopf in schmeichelnden Tönen fortzufahren: »Mrs. Morgan – ist ihr Kopfschmerz jetzt besser?«

»Nicht sehr, aber ich bedaure, Fräulein Falkenberg«, war die stark von oben herab gegebene, lässige Antwort.

»Oh, dann fährt der liebe Herr Professor sicher mit uns, Gio, wenn du ihn bittest!« setzte Anne-Marie unabgeschreckt ihre Versuche fort.

»Der liebe Herr Professor bedauert nicht einmal, – er freut sich, verhindert zu sein«, erwiderte Windmüller mit lachender Schadenfreude.

»Natürlich!« machte Anne-Marie mit einem höhnischen Sitzknix an Windmüllers Adresse. »Na, Gio, dann zeigen wir, daß wir moderne Mädchen sind, und fahren allein!«

»Gio mag jenseits der Grenze eine moderne Deutsche sein, hier ist sie eine venezianische Patrizierin, die sich den Sitten ihres Landes zu fügen hat«, nahm Donna Onesta sich hochmütig der »Ehre« des Hauses Favaro an.

»So ist es«, sagte Gio mit mehr Bereitwilligkeit, als sie sonst den Etikettefragen ihrer Tante gegenüber zu zeigen pflegte. »Donna Onesta hat recht, Anne-Marie. Wir können morgen abend zur Serenata, wenn Tante Nickel sich am Nachmittag ausgeruht hat.«

»Ach – ihr gönnt mir alle mein Vergnügen nicht, – ich hätte es mir schon denken können«, brummte Anne-Marie übellaunig. »Wer weiß, was morgen wieder dazwischenkommt!«

Windmüller dachte sich, daß »dieser Engel vielleicht ahnungsvoller sei, als er sich's träumen lasse«, aber er sagte es natürlich nicht. Nach diesem Zwischenfall lahmte die Unterhaltung stark, und alle waren froh, als auch die letzte Konfektschale herumgereicht und die Tafel aufgehoben ward. Nachdem Tonio auf Donna Onestas Frage, ob Mr. Morgan inzwischen zurückgekehrt sei, verneinend geantwortet hatte, entschloß sie sich nach kurzem Zögern, mit in den Salon zurückzukehren und den Kaffee einzunehmen. Anne-Marie zog sich schmollend mit einem Album in eine entfernte Ecke zurück, und Windmüller benutzte den Moment, um Gio mit einer Frage nach dem Namen des Malers eines im Nebenzimmer hängenden Gemäldes dorthin zu locken.

»Kind, ich habe eine Botschaft an Sie«, flüsterte er ihr zu.

»An mich?« fragte sie verwundert.

»Ja. Um's kurz zu machen, damit unser Tete-a-tete nicht auffällt: Wettersbach wird morgen mit einer großen, mit einer Lebensfrage zu Ihnen kommen. Zu Ihnen ganz allein. Darf er kommen, liebe Gio?«

Es muß noch einmal betont werden: Windmüller war trotz seines Berufes ein Idealist in einer tief verborgenen Kammer seines Herzens. Er wäre imstande gewesen, in einen gerührten Jubelhymnus auszubrechen über das wunderbare, heilige Licht, das ihm aus Gios Augen unverhohlen entgegenleuchtete, als sie nach einer kurzen Pause so leise antwortete, daß er sich herabbeugen mußte, um es zu verstehen:

»Ja – er darf kommen. Ich habe fast ein Jahr auf ihn gewartet!«

Der Abend schleppte sich wie mit bleiernen Sohlen fast schweigend hin. Donna Onesta setzte sich in nervöser Unruhe einmal an den Flügel, brach aber nach wenigen Takten ab und sprang wieder auf.

»Ich kann nicht spielen. Wo nur mein Mann bleibt?« rief sie, und faßte sich an den Kopf.

»Herrje, er wird ja kommen«, beruhigte Tante Nickel sie gutmütig. »Das passiert in den besten Familien, daß ein Ehemann mal über die Stunde fortbleibt. Nur nicht ängstlich, sprach der Hahn zum Regenwurm.«

»Und verschlang ihn «, vollendete Anne-Marie boshaft.

»Es muß ihm etwas geschehen sein!« behauptete Donna Onesta.

»I woher denn!« widersprach Tante Nickel. »Sing uns ein Lied, Gio! Was? Heiser bist du? Na, dann nicht. Müller, erzählen Sie uns einen Schwank aus Ihrem Leben!«

Auch das hätte Windmüller trotz seiner sich zuspitzenden Erwartung des Kulminationspunktes dieses Abends mit seiner wohlgeschulten Selbstbeherrschung zuwege gebracht, doch nahm Anne-Marie ihm die »Arbeit« ab, indem sie sich an den Flügel setzte und aus der »Lustigen Witwe« zu klimpern begann. Je schlechter ein Mensch spielt, desto lieber läßt er sich bekanntlich hören, und darum arbeitete sich Anne-Marie auch selbstgefällig durch das ganze Potpourri hindurch, ehe sie ihre Hörer erlöste. Donna Onesta, die mit italienischer Höflichkeit und gemarterten Ohren zugehört hatte, sprang nach dem letzten lauten, aber stark vergriffenen Akkord auf.

»Ich muß um Entschuldigung bitten, wenn ich mich zurückziehe«, sagte sie nervös. »Nun, ich bin ja nicht die Herrin dieses Hauses –«, dies mit einem funkelnden Seitenblick auf die halb schlafende Tante Nickel.

»Genieren Sie sich ja nicht«, meinte diese, sich gleichfalls erhebend. »Ich gehe auch in die Klappe!«

Und so brach man gemeinsam auf, Tante Nickel voraus an Windmüllers Arm.

»Hab' ich's ihr nicht fein gegeben?« tuschelte sie ihm mit unverhohlenem Stolz ins Ohr.

»Fein!« stimmte er zerstreut zu.

»Na eben – wenn man aus solch einer Diplomatenfamilie ist!« murmelte Tante Nickel strahlend. »Immer den Ochsen bei den Hörnern fassen, das ist meine Diplomatie!«

Nachdem die Damen in ihren Zimmern verschwunden waren, kam Pfifferling auf Windmüller zu.

»Ich habe den Schlüssel«, rapportierte er leise. »Der Herr Portier ist ausgegangen. Die Rita ist eben zu der italienischen Tante geklingelt worden, die Philomena zu der deutschen Tante, die Gina zu dem Fräulein und die Centa zu dem gnädigen Fräulein. Der Herr Majordomo ist mit seiner Frau, der Köchin, in seiner Wohnung nach dem Hofe heraus, der Gondolier, was zugleich der zweite Diener ist, und der Tonio sind auch nicht mehr unten. Also wäre die Luft sozusagen gerade rein, falls etwa die Herren jetzt heraus wollten –«

Windmüller überlegte einen Augenblick.

»Gut«, sagte er dann. »Ich werde sie holen.«

Es war bei aller Opferwilligkeit doch ein Seufzer der Erleichterung, mit dem Wettersbach Windmüllers endliche Wiederkehr begrüßte, – Morgan saß apathisch hinter den geschlossenen Läden am Fenster, Mantel, Hut, Schirm und Reisetasche neben sich.

»Schnell!« sagte Windmüller, als er eintrat. »Es ist zwar noch lange Zeit zum Zug, aber der Moment zum Fortgehen ist gerade günstig. Alles bereit, Mr. Morgan? Schön, und – und Gott befohlen. Wenn Sie *mich* brauchen, bin ich in Rom zu finden, brauche ich *Sie*, werd' ich das Finden schon besorgen.«

Er ging voraus, schlüpfte lautlos auf dem dicken Läufer bis an die Schlafstubentür der Morgans und horchte dort – Donna Onesta sprach drinnen mit Rita. Dann winkte er Wettersbach, der seinerseits Morgan ein Zeichen machte, und ungesehen und ungehört stiegen die vier – Pfifferling voran – die Treppe hinab. Als Pfifferling die Haustür öffnete, raunte Windmüller Wettersbach zu:

»Gio erwartet Sie morgen vormittags. Kommen Sie nicht zu spät!«

Und ehe der erstaunte Diplomat die Botschaft noch recht erfaßte, war die Tür schon hinter ihm geschlossen.

Oben angelangt, trat Windmüller wiederum leise vor die Tür des Schlafzimmers der Morgans und nickte befriedigt: Donna Onesta unterhielt sich noch immer mit Rita. Nun zog er den von Tom Morgan nach seinem Diktat geschriebenen Brief aus der Brusttasche seines Rockes und beauftragte Pfifferling, ihn bei Donna Onesta abzugeben.

»Wenn sie fragt, wer ihn gebracht hätte, so sagen Sie einfach: ein Bote, und machen dann, daß Sie herauf- und auf Ihren Posten kommen«, schloß er und zog sich dann hinter seine eigene Schlafstubentür zurück, wo er dann hörte, wie Pfifferling anklopfte, wie Rita öffnete und ihm den Brief abnahm, worauf er mit einer Eile verduftete, die darauf schließen ließ, daß er sich aus dem Befragtwerden über Wer und Woher nichts machte.

Nun begab sich Windmüller seinerseits auf seinen Posten, das heißt, er schob die von Wettersbach oder Morgan wieder zurechtgerückte Truhe von der Tapetentür zurück und öffnete diese leise. Das Zwischengelaß, die Garderobenkammer der Morgans, war dunkel, doch belehrte Windmüller ein schmaler Lichtschimmer gegenüber, daß der gleichfalls durch eine Tapetentür getarnte Zugang zu dem andern Schlafzimmer nicht geschlossen, sondern nur angelehnt war; überdies waren die beiden Frauenstimmen nun so deutlich hörbar, daß Windmüller keine Anstrengung brauchte, um jedes Wort zu verstehen.

»Wie kommt der Diener des Professors dazu, diesen Brief abzugeben?« hörte er Donna Onesta fragen.

»Er hat es nicht gesagt«, erwiderte Rita schnell.

»Warum hast du ihn nicht gefragt?«

»Ich habe gar nicht daran gedacht.«

Nun entstand eine Pause, in der Windmüllers scharfes Ohr das leise, aber scharfe Geräusch, von dem Aufreißen des Briefumschlags verursacht, deutlich unterschied und dann machte ein Schrei ihn fast zurückfahren – kein lauter Schrei, mehr ein furchtbarer Laut, wie das vor Wut und Schmerz erstickte Fauchen des in die Falle geratenen Tigers. Nichts weiter. Endlich die zaghafte, entsetzte Stimme Ritas:

»Signora –! Signora –! Was ist Ihnen?«

Nun kam der Laut noch einmal, aber furchtbarer, mit einer Art von Röcheln, das mit einem unbeschreiblichen »Ah –!« schloß, und dann eine ganz fremde, rauhe Stimme:

»Fort! Hinaus mit dir! Ich will allein sein!«

»Signora – Donna Onesta –!«

»Hinaus –! Fort sage ich, oder –«

Und das rasche Öffnen und Schließen der Tür bewies, daß Rita dem Befehl mit einer Eile nachkam, die einer trotz aller Neugierde entsetzten Flucht aufs Haar glich.

Windmüller konnte Rita diese Flucht nicht verdenken; er beneidete sie auch nicht um ihre wahrscheinlich sehr bald notwendig werdende Hilfe beim Packen, und unparteiisch wie er war, begriff er auch sehr gut die niederschmetternde Wirkung, welche der Brief Tom Morgans auf Donna Onesta ausüben mußte. Aber diese Wirkung war von Windmüller beabsichtigt worden; er versprach sich mehr davon, als wenn *er* vor die »letzte Favaro« getreten und ihr gesagt hätte, was in dem Brief stand, und noch einiges mehr, was mit großer Deutlichkeit für Donna Onestas Auffassungsgabe zwischen den Zeilen zu lesen war. Mehr noch: sich voll der Gefährlichkeit dieser skrupellosen Frau bewußt, mußte er zuförderst ihren Gatten entfernen, durch dessen Auffassung der Zusammengehörigkeit sie immerhin noch einen unheilvollen Einfluß auf ihn ausübte. Daß Tom Morgan ihm sozusagen in die Arme lief, hatte die Sache wesentlich erleichtert und Windmüller die Überzeugung verschafft, daß er insoweit unschuldig an der Tat, wie an der Intrige gegen Gio war, daß es genügt hätte, ihn unter Zubilligung mildernder Umstände vor Gericht für die erstere mit einem leichten Strafmandat abzufinden, von der letzteren aber freizusprechen. Der Mangel an Widerstand, den er bei seiner Entfernung bewiesen hatte, war für Windmüller ein deutlicher Beweis, daß es Tom Morgan vor seiner Frau graute.

Windmüller begriff das sehr gut, denn er selbst sah in Donna Onesta eine unbekannte Gefahr für Gio; er wußte nicht, wodurch sie Gio vernichten wollte. Den Gedanken, daß sie ihre Nichte verschwinden lassen wollte, hatte er als irrig aufgegeben, nun er die Überzeugung hatte, daß Morgan ihr Komplice nicht war, – was sie aber im Schild führte, das war ihm noch dunkel. Vermutlich hatte die Ca' Favaro so gut wie viele andere venezianische Paläste, geheime Gelasse, in denen man vom Mittelalter bis in die Tage der späten Renaissance, und auch nachher noch, unbequeme Personen für immer verschwinden lassen konnte, ohne daß auch nur ein Hahn nach ihnen krähte. Es war sehr gut möglich, daß Gio in solch einem Gelaß verschwinden sollte, und wenn das bisher nicht geschehen war, so hatte wahrscheinlich die passende Gelegenheit gefehlt, das Opfer zu der bewußten Stelle zu locken.

Windmüller hielt Donna Onesta aber nicht nur für eine zielbewußte Verbrecherin, sondern auch für eine entschlossene und desperate Furie, die sich sicher nicht damit begnügen würde, lautlos durch das geöffnete Tor zu entweichen; er fürchtete von ihr eine letzte Anstrengung, ehe sie die Schlacht für verloren gab, er wußte, ihr Gehirn würde fieberhaft anfangen zu arbeiten, sobald sie sich von dem erhaltenen Schlag einigermaßen erholt hatte. Und darum begann er mit dem Augenblick, da er drinnen den wutdurchzitterten Schrei gehört hatte, seine zielbewußte Nachtwache, bei der die Wachsamkeit ihn nicht einen Augenblick verlassen durfte, schon weil er ja nicht wußte, ob Donna Onesta nicht ein anderer Ausgang zur Verfügung stand als der offizielle über den allgemeinen Korridor, kein ihm unbekannter Eingang zu Gios Wohnung da war, durch den sie in der Stille der Nacht zu dem armen Mädchen gelangen konnte, das ahnungslos der drohenden Gefahr, droben den seligen Traum der jungen Liebe träumte.

Lange nachdem Rita entflohen war, hörte Windmüller Donna Onesta in ihrem Schlafzimmer auf und ab gehen. Nicht ihren Schritt hörte er, aber das leise Rascheln und Knistern ihres seidenen Kleides, er hörte ihren röchelnden Atem wie das Fauchen eines zornigen Panthers, er hörte sie abgebrochene Sätze reden, deren Worte er nicht verstand. Näher zu treten wagte er nicht, denn wenn auch der knisternde Reisekorb, auf den Gio ihn aufmerksam gemacht hatte, von der andern Seite seiner Tapetentür fortgerückt war, so mußte man doch damit rechnen, daß Donna Onesta die Garderobe betrat, und eine Konfrontation mit ihm zu Tätlichkeiten führen könnte, die er vermeiden mußte, wenn Gio geschont und in Unwissenheit über die Vorgänge im Hause gelassen werden sollte.

Nach einer Weile trat dann die von Windmüller erwartete Reaktion ein: Donna Onesta hatte sich offenbar physisch erschöpft, und er hörte, wie sie sich auf das zur Seite ihres Garderobeneinganges stehende Bett warf, daß die Sprungfedern der Matratze ächzten. Und dann wurde es still.

»Sie denkt jetzt nach«, reflektierte Windmüller, der auch die Möglichkeit einer Attacke auf sich selbst durch die Garderobe nicht für ganz ausgeschlossen hielt, einen Überfall im Schlaf. Die Tapetentür bot ja nur wenig oder keinen Widerstand durch ihr jämmerliches Schloß, nur die schwere Truhe auf seiner Seite wäre eine Kraftprobe gewesen, schließlich aber kein unüberwindliches Hindernis für eine verzweifelte Person, denn es lag nahe, daß mit seiner, Windmüllers Vernichtung, die Chancen für Donna Onesta wieder stiegen. Wer hätte ihr seinen Tod nachweisen können, falls sie es geschickt anfing?

Das Licht erlosch in Donna Onestas Schlafzimmer nicht. Windmüller hörte sie von Zeit zu Zeit sich auf dem Bett rühren, aber das war alles. Stunde um Stunde verging, ohne daß ein Anzeichen für eine Veränderung der Lage gesprochen hätte; Rita wurde nicht zur Hilfe des Packens gerufen, und wenn der wachsame Mann auf seinem Nachtposten nicht längst dazu geschult gewesen wäre, im Dunkeln ohne ein Nachlassen der Sinne mit ungeschmälerter Aufmerksamkeit unbeweglich zu sitzen, so wäre die Aufgabe eine fast übermenschliche gewesen.

Und dann endlich begann der Tag zu grauen – die schlimmste Stunde, den Schlaf fernzuhalten. Aber wenn Windmüller den Schutz und die Stille der Nacht für die Wege des Verbrechens fürchtete, so hatte er auch gelernt, die Stunden dreimal zu fürchten, die der eigentlichen Morgendämmerung vorangehen. In diesem Zwielicht, das dem Wachenden wie mit einem leisen, unnennbaren Grauen durch die Adern schleicht, wenn noch kein Vogel erwacht ist, wenn die Fledermäuse schlafen gehen, die Sterne anfangen zu erblassen und das Schweigen durch die Luft zieht, dann pflegt der Schlaf des Menschen am tiefsten zu sein. Und das ist die Stunde, wo das Verbrechen wacht und mit leisen Sohlen den Schlaf beschleicht – – –

Darum schüttelte Windmüller die drohende Lähmung der Sinne dieser Stunde mit doppelter Energie von sich – aber nichts rührte sich. Durch die Spalten der zwei geöffneten Türen, drei Schritte von Donna Onestas Bett, hätte er hören müssen, wenn sie sich erhoben hätte, mochte es noch so leise geschehen sein. Schlief sie? Konnte sie schlafen, erschöpft vom Denken? Gewiß, das war möglich, und Windmüller war versucht, sich vom Augenschein zu überzeugen. Seine Schuhe hatte er längst ausgezogen und er war gewohnt, leise wie ein Schatten zu gleiten – dennoch zögerte er. Endlich, als das Morgengrauen dem werdenden Lichte wich, als drunten auf der Straße die ersten Schritte der frühaufstehenden Venezianer vorüberklapperten, als die ersten Morgenglocken vom Campanile jenseits des großen Kanals herüberklangen, da hörte er Donna Onesta sich rühren, und die verräterischen, aufschnellenden Federn der Matratze ihres Bettes verrieten, daß ihre Belastung von ihnen genommen wurde. Windmüller hörte sie hin und her gehen, hörte das Plätschern des Wassers in dem Becken des Waschtisches, und dann trat sie in die Garderobe, öffnete einen Schrank und ging wieder in das Schlafzimmer zurück. Und wieder wurde alles still.

Nun gab Windmüller seinen Posten auf. Er reckte seine Glieder, schloß unhörbar die Tapetentür und trat durch die nur angelehnte Tür in den Korridor. Als er leise an den Türen der Morganschen Wohnung entlangging, hörte er drinnen Schubladen aufmachen und schließen, hörte auch sonst mit Gegenständen klappern, aber nichts bewies, daß Donna Onesta beabsichtigte, ihre Räume zu verlassen, oder daß sie sie auf einem, Windmüller unbekannten Weg verlassen hatte. Da ging er in sein Schlafzimmer zurück und machte bei angelehnter Tür seine hastige Morgentoilette, und als er kaum damit fertig war, erschien Pfifferling.

»Es hat sich die ganze Nacht nichts gerührt«, meldete er lakonisch und sichtlich mit dem Schlaf kämpfend. »Habe das gnädige Fräulein eben in ihrem Zimmer singen gehört.«

»Gut«, machte Windmüller aufatmend. Dabei aber war er doch beunruhigt. Was sollte Donna Onestas Ruhe bedeuten? Warum machte sie keine Anstalten zum Packen?

»Gut«, wiederholte er zerstreut. »Pfifferling, machen Sie die Augen auf! Glauben Sie, daß ich geschlafen habe? Gießen Sie sich einen Krug kaltes Wasser über den Kopf und lassen Sie sich drunten einen ordentlichen Topf heißen Kaffees geben. Dann können Sie mir mein Frühstück herauf in meinen Salon bringen.«

»Befehl!« murmelte Pfifferling und verschwand, worauf er den Kopf noch einmal zur Tür hereinsteckte. »Die Rita kommt runter«, flüsterte er.

Windmüller nickte und richtete es so ein, daß er in den Korridor hinaustrat, als Rita gerade vorbeiging.

»Ah!« machte er. »Guten Morgen. Haben Sie einen Augenblick Zeit?«

»Nachher, Herr Professor«, sagte sie nervös. »Ich muß jetzt Donna Onesta helfen und ihr Frühstück holen und das Gebäck für Donna Gio von ihr in Empfang nehmen und herauftragen –«

»Ah ja. Und ihr beim Packen helfen.«

»Beim – beim Packen, Signor? Will Donna Onesta verreisen?«

»Ich denke, ja«, erwiderte er, nickte ihr zu und ging wieder in sein Zimmer, wo er sofort seinen nächtlichen Posten an der Tapetentür einnahm. Aber umsonst. Donna Onesta mußte in einem ihrer Salons sein und die Schlafstubentür geschlossen haben, denn es war nichts zu hören. Dafür kontrollierte er Rita, wie sie die Treppe hinabstieg und mit dem Frühstück für Donna Onesta wiederkam, es hineintrug und dann mit der Kuchenplatte für Gio wieder im Korridor erschien, wo Windmüller sie von seiner Salontür aus abfaßte. Er beauftragte sie mit einem Gruß für Gio und ließ dieser seinen Besuch melden, und sein alles bemerkendes Auge stellte dabei fest, daß *nur* Anisbrot auf dem silbernen Tablett lag, das Rita in den Händen hatte. Diese Aufmerksamkeit für Gio gab ihm zu denken: sollte Donna Onesta einen letzten Appell an die Großmut ihrer Nichte vorhaben?

»Donna Onesta ist wohl schon recht in der Unruhe der Abreise?« fragte er wie nebenher.

»Aber nein – sie hat nichts vom Packen gesagt«, erklärte Rita befremdet. »Es kann nicht sein, daß sie verreisen will – sie würde mich doch sonst dazu brauchen. Herr Morgan ist noch nicht da«, setzte sie flüsternd hinzu.

»Nein?« fragte Windmüller unschuldig. »Hat Donna Onesta Ihnen einen Auftrag für Donna Gio gegeben?«

»Ja – einen Gruß, und das Anisbrot wäre heut besonders gut, weil Mandeln darin wären, und Donna Onesta ließe Donna Gio in etwa einer halben Stunde bitten, zu ihr zu kommen, sie hätte ihr etwas Wichtiges mitzuteilen«, berichtete Rita bereitwilligst.

»So? Oh, dann werde ich lieber doch gleich mit Ihnen hinaufgehen, um Donna Gio später nicht aufzuhalten«, erklärte Windmüller, der nun keinen Grund sah, seinen Wachtposten nicht für kurze Zeit aufgeben zu dürfen, und er folgte Rita auf dem Fuße.

Gio empfing ihn mit einem strahlenden Lächeln, mit leuchtenden Augen, den rosigen Widerschein des inneren Glückes auf den Wangen – eine ganz andere Gio Verden als die, welche ihm mit dem unausgesprochenen, furchtbaren Verdacht in den Augen, mit den allzu zarten Linien ihres Gesichtes vor wenigen Tagen erst im Klosterhof San Stephano begegnet war, und angesichts dieser wunderbaren Veränderung schwur Windmüller sich hoch und heilig, daß sein Geheimnis den Seelenfrieden dieses jungen Herzens niemals trüben sollte.

»Und nun sagen Sie mir – sagen Sie mir –«, begann sie stockend und mit flehenden Augen, sobald Rita sich zurückgezogen hatte.

»Nichts da – Wettersbach wird Ihnen das alles viel schöner und viel besser sagen, sobald er kommt, und er wird sehr bald kommen«, fiel er ihr ins Wort.

»Ich kam nur, um Sie zu bitten, keinesfalls zu Donna Onesta hinabzugehen und sie nicht hier bei sich zu empfangen. Versprechen Sie mir das, Gio?«

»Oh, mit tausend Freuden«, versicherte sie ernst. »Wir waren ja darüber schon gestern einig. Es ist ja doch nur das alte Lied – Geld, Geld!«

»Vielleicht braucht sie welches zu ihrer Abreise –«

»Onkel Windmüller! Nun, in diesem Fall kann ich ihr geben, was ich habe, aber glauben Sie wirklich –?«

»Ich bin dessen sicher. Aber geben Sie ihr's nicht selbst, Gio! Ja, und übrigens – Tom Morgan ist schon fort – im voraus, um Quartier zu machen!«

Gio mußte sich setzen, so überrascht war sie.

»Schon fort!« wiederholte sie. »Also darum kam er gestern wohl nicht zum Abendessen. Und so ohne Sang und Klang – nun, ich muß dann aber doch sagen, er hätte sich bei mir verabschieden können, ohne daß es seiner Schönheit und Würde geschadet hätte.«

»Sie waren schon hinaufgegangen, als er schied. Er hat mich beauftragt, Ihnen zu sagen, daß er sich – in Ihrer Schuld fühlt, daß er immer Ihrer Mutter dankbar bliebe für ihre Güte, die sie für ihn hatte«, erklärte Windmüller ernst.

»Gio, Sie haben dem Mann unrecht getan, – er ist nicht, wofür Sie ihn gehalten haben. Er hat das wirklich tief empfunden, und sein letzter Gang war in Venedig, Ihre gestern früh verendete Taube zur Untersuchung zu tragen, ›weil Sie an den Geschöpfen hängen und sie liebhaben‹. Das waren seine eigenen Worte, die ich für keine Heuchelei halte. Tom Morgan wird Ihnen wahrscheinlich nie mehr unter die Augen treten, aber ich empfehle Ihnen, milder über den Mann zu denken. Er hat das Glück, Donna Onestas Gatte zu sein, schwer büßen müssen, glauben Sie mir.«

Gio antwortete nicht gleich. Windmüllers Worte wogen schwer bei ihr, aber ihre Antipathie, genährt durch einen schrecklichen Verdacht, war zu tief in ihr eingewurzelt, als daß sie nicht einen harten Kampf hätte kämpfen müssen, dessen Entscheidung zugunsten Tom Morgans Windmüller auch nicht im Handumdrehen erwartete. Er hatte im Namen der Gerechtigkeit seine Saat gesät und wußte, daß jedes Samenkorn Zeit braucht, um keimen zu können. Gio stand mit großen, fragenden Augen ernst und blaß vor ihm, doch da er nichts weiter hinzusetzte, so wandte sie sich stumm ab und brockte von dem Anisbrot, mehr mechanisch als bewußt, Stückchen ab und streute sie den fünf letzten ihrer Tauben hin, die schon erwartungsvoll auf dem Fenstersims saßen.

»Warum ist Mr. Morgan allein abgereist? So viel darf ich doch wohl wissen?« fragte sie endlich.

»Er hielt es für angezeigt. Seine Frau hat wohl auch zu packen«, erwiderte Windmüller ruhig. »Damit erklärt sich, warum Donna Onesta Sie sprechen will – ich fürchte, sie wird dies warme Nest nicht so ohne Kampf aufgeben wollen, trotzdem meine Argumente dafür recht dringend und zwingend waren. Sie hat jedenfalls noch einen Appell an Ihre Großmut, beziehungsweise Ihre Pflichten gegen Ihre Verwandten im Sinn. Und darum –«

»Um Gottes willen!« fiel Gio ein. »Sie wird eine entsetzliche Szene machen. Nein, ich kann sie nicht mehr sehen, ich kann nicht – mir zittern die Knie, wenn ich nur daran denke!«

»Sie sollen sie nicht mehr wiedersehen«, erklärte Windmüller betont.« Ich werde dafür sorgen, Gio, sehen Sie mich nicht so fragend an. Ich möchte lieber nicht sagen, mit welchem Flammenschwert ich Ihr Paradies von diesen Parasiten befreit habe. Ihre Ahnungslosigkeit muß Ihre Rechtfertigung vor sich selbst und vor der Welt bleiben.«

»Ich verstehe«, nickte Gio. »Nein, ich will weder fragen, noch Sie fragend ansehen – ich sehe ja ein, daß Sie recht haben. Ich verspreche auch, nicht darüber nachzudenken, welches Ihre Argumente waren, die wie ein Flammenschwert über Nacht gewirkt haben, denn wenn ich es täte, dann würde ich Donna Onesta vielleicht ebenso unrecht tun, wie ihrem Mann. Ich muß mich erst darein finden, daß ich ihm unrecht getan haben sollte – unrecht getan habe, da Sie es sagen. Einem andern hätte ich nicht geglaubt, nur scheint mir, daß immer noch genug bleibt, wenn er ohne Abschied, Knall und Fall das Haus verlassen konnte. Doch, wie gesagt, ich will darüber nicht grübeln. Ist es wirklich besser, mich im dunkeln zu lassen?«

»Nach meinem besten Wissen und Gewissen – ja«, erwiderte Windmüller fest.

»Nun, so muß ich es Ihnen danken. Sie bleiben auch dabei, wie Sie mir gestern sagten, daß mein – mein Traum –«

»Ein Traum war. Ja, dabei bleibe ich.«

»Wohl! Diese Versicherung ist wohl das Höchste, das Sie für mich getan haben, wofür mein Dank erst mit mir selbst enden kann. Herrgott – sehen Sie! Sehen Sie!« unterbrach sie sich und deutete auf die Tauben, denn zwei lagen auf dem Rücken, die Krallen gestreckt, Brocken des Anisbrotes noch im Schnabel – tot! Und die drei andern drehten sich im Kreise, flogen ein Stück auf und fielen aus der Luft bei den andern nieder, und der weiße Kater stand mit gesträubtem Fell davor und stieß ein jämmerliches »Miau!« nach dem andern aus.

»Jetzt sind Sie alle dahin, meine weißen Tauben«, sagte Gio mit entsetzten Augen, tonlos. »Was hat das zu bedeuten?«

»Das hat zu bedeuten, daß ich ein Esel war«, murmelte Windmüller grimmig. Und dann tat er, was Gio nicht begriff: er zog eine Zeitung aus seiner Rocktasche, breitete eins der großen Blätter aus und packte die noch zuckenden Tauben, alle fünf, darin ein; dann machte er aus dem andern Blatt eine Art Tüte und schüttete das Anisbrot von dem Kuchenteller hinein, nahm beide Pakete auf den Arm und blieb damit vor Gio stehen.

»Trösten Sie sich, mein Liebling«, sagte er mild und freundlich. »Trösten Sie sich – ein anderer, der Sie sehr liebhat, wird Ihnen die Tauben ersetzen. Er fragte mich gestern, ob ich meinte, daß er Ihnen weiße Tauben schenken dürfte – nehmen Sie sie ruhig – sie werden einen Ölzweig im Schnabel haben, der den Frieden für Sie mit sich führt. Gott befohlen einstweilen!«

Und damit ging er herab in sein Zimmer, wo er seine Pakete auf einen Stuhl warf und sich dann mit der Hand vor die Stirn schlug.

»Die Nachtwache hätte ich mir sparen können«, dachte er bitter. »Entführung, Verlies – an alle Teufeleien habe ich gedacht, – nur an den weißen Tauben bin ich vorbeigegangen, mit Blindheit geschlagen! Und habe selbst in meiner ersten Nacht von weißen Tauben geträumt! Und mir eingebildet, ich stünde über der Schulweisheit, die das Hereinragen höherer, unerklärter Gewalten in unser Dasein leugnet. Nun, Donna Onesta, werden wir zwei doch Auge in Auge miteinander abrechnen müssen, auch wenn's Lärm macht!«

Er sah auf seine Uhr – es war noch recht früh am Tage, aber doch spät genug, um schon alle Läden in Venedig offen zu finden. Ein Klingelzeichen brachte Tonio bald herbei, und diesen beauftragte Windmüller mit der Abholung der beiden Gutachten über die gestern verendeten Tauben, die von ihm und Morgan an zwei verschiedenen Stellen abgegeben worden waren.

Bis Tonio zurück war, blieb Windmüller untätig, falls man es so nennen kann, da er die Bewegungen Donna Onestas überwachte. Die aus ihrem Zimmer heraustretende Frau von Verden kam ihm sehr gelegen. Zwar kündigte sie ihm an, daß sie zum Frühstück hinuntersteigen wollte, aber er zog ohne Umstände ihren Arm in den seinen und führte sie zu der Treppe des oberen Stockwerkes.

»Frühstücken Sie oben bei Gio«, sagte er liebevoll zu ihr. »Ich werde Ihnen das Frühstück hinaufschicken lassen. Und bleiben Sie hübsch bei ihr, ja? bis ich Sie holen komme. Besonders aber wanken und weichen Sie nicht vom Platz, falls Donna Onesta heraufkommen sollte, was ich zwar nicht hoffe, aber man kann doch nicht wissen, ob sie es nicht auf einem andern als diesem Wege tut. Es gehört zu unserm Komplott.«

»Nee!« wunderte sich Tante Nickel formlos.

»Ja«, widersprach Windmüller. »Kann, glaube ich, ungemütlich werden, die Donna Onesta. Ist heut in besonders ungemütlicher Stimmung. Nicht wahr, Sie helfen Gio gegen diese unbequeme Verwandte. Wir sind ja einig darüber, daß Gio sich hier wohler ohne sie fühlen würde!«

»Na, ob!« versicherte Tante Nickel. »Sie soll nur kommen, und ich werde schwäbisch mit ihr reden, daß sie sich wundern soll, das alte Reff, das aufgedonnerte!«

»Ja, ja, tun Sie das nur, gnädige Frau! Sie und ich, wir werden Gio schon noch heraushauen, wie? Sagen Sie Gio nur, daß *ich* Sie hinaufgeschickt – pardon – gebeten habe –«

»'s kommt auf eins heraus«, meinte Tante Nickel trocken, nickte Windmüller zu und stieg hinauf.

Als Windmüller, froh über diese Hilfstruppe, sich umwandte, kam Anne-Marie aus ihrem Zimmer, den Hut auf dem Kopf.

»Werden Herr Professor uns heut gnädigst mit Ihrer Gegenwart beehren? Wir gehen heut nach dem Frühstück in die Akademie«, sagte sie schnippisch.

»Aber natürlich, mein gnädigstes Fräulein«, erwiderte er überhöflich. »Ich soll Ihnen sagen, Sie möchten nur einstweilen vorausgehen und die Herrschaften vor Tizians ›Assunta‹ erwarten. Gio hat nämlich ein unvorhergesehenes Geschäft zu erledigen, wozu sie Ihre Frau Pate und mich braucht – etwas Amtliches, wissen Sie, einen Kontrakt usw. Falls Sie den nur kurzen Weg über den Campo Morosini und die eiserne Brücke nicht kennen, kann Tonio oder eins der Mädchen Sie führen.«

»Das muß ich sagen! Die dummen Geschäfte konnte Gio sich auch aufsparen, bis sie keine Gäste mehr hat«, begehrte Anne-Marie auf. »Man kommt ja hier rein nicht von der Stelle! Wären wir nur ins Hotel gegangen! Was muß Herr von Wettersbach nur von uns denken? Er wollte doch gleich nach neun Uhr in der Akademie sein und sich mit uns vor der ›Assunta‹ zusammenfinden.«

»Nun, dann lassen Sie ihn nur ja nicht warten und unterhalten Sie ihn gut, bis wir kommen«, meinte Windmüller mit nackter Schadenfreude. »Wissen Sie was? Ich werde Ihnen die Gondel bestellen, dann haben Sie's bequemer – und sind früher zum Tempel heraus und aus dem Weg«, setzte er inwendig hinzu.

»Nein, Sie tun ja, als ob Sie der Herr im Hause wären«, erwiderte Anne-Marie spöttisch. »Aber es wird wirklich so am besten sein. Ihr braucht euch dann auch nicht zu beeilen«, versicherte sie gnädig, und stieg die Treppe hinab.

»Ja, freilich – die hätte mir gerade hier gefehlt heut morgen«, dachte Windmüller befriedigt, und da Pfifferling eben sichtlich gestärkt aus den Küchenregionen erschien, so schickte er ihn gleich wegen der Gondel wieder zurück mit der Weisung, das Frühstück für Frau von Verden heraufzutragen.

Nach einer Weile flog Rita, durch die Glocke zu Donna Onesta gerufen, durch den Korridor, und als sie gleich darauf wieder erschien, faßte Windmüller sie ab.

»Sie sollen gewiß Donna Gio rufen«, redete er sie an. »Ja, ich dachte es. Nun, ich will Ihnen den Weg ersparen: Donna Gio frühstückt oben mit Frau von Verden und wird kommen, sobald sie fertig ist. Bestellen Sie so, wie ich es Ihnen sage.«

»Aber –« Windmüller zeigte einfach auf Donna Onestas Tür und Rita verstand, daß sie diesem fremden Gast zu gehorchen hatte. Windmüller konnte sehr eindrucksvoll aussehen, wenn er wollte.

Er wartete draußen im Gang, bis Rita wieder erschien. »Haben Sie's ausgerichtet?« fragte er wohlwollend.

»Ja«, nickte Rita. »Sie sagte, es wäre recht.«

»Nun, sehen Sie wohl?« erwiderte er, und Rita verzog sich. Dann kam Pfifferling mit der Frühstücksplatte für Frau von Verden vorbei, und, nachdem er den Befehl erhalten hatte, oben das Weitere zu erwarten, erschien Tonio und übergab Windmüller zwei verschlossene Briefumschläge, die, wie er sagte, bei den beiden Apothekern bereitgelegen hätten.

Windmüller trat, nachdem er dem Mann gedankt hatte, in sein Zimmer, dessen Tür er offen ließ, und erbrach die Umschläge, welche die gewünschten Analysen enthielten. Er überflog ihren Inhalt kurz – in der Hauptsache enthielten beide den gleichen Befund, nur war der von Morgan beauftragte Chemiker eingehender. Windmüller steckte die beiden Zettel in die Brusttasche zu den Briefen Donna Onestas an Agostini, kreuzte den Korridor und klopfte an die Tür der Morganschen Wohnung, durch die Rita ein- und ausgetreten war. Nach einer kurzen Pause, in der er ein Zögern las, ertönte drinnen das »Herein«, das ihm erlaubte einzutreten; er wäre zwar auch ohne diese Einladung hineingegangen, aber die Macht der Gewohnheit zur Höflichkeit herrscht auch dann vor, wenn man entschlossen ist, sich darüber hinwegzusetzen.

Donna Onesta saß an ihrem Schreibtisch in einem weißen, langschleppenden, losen Morgenkleid, wohlfrisiert wie immer, aber auf dem ungepuderten und ungeschminkten Gesicht die Spuren der durchfieberten, leidenschaftgeschüttelten Nacht, die sie um zehn Jahre älter erscheinen ließen. Welk und furchendurchzogen, grau die Haut, die Schläfen eingefallen, nur die unnatürlich roten Lippen brannten wie das Scharlachrot einer Geranie, und in ihren Augen flammte das verzehrende Feuer einer ungezähmten, hungrigen Erwartung.

»Sie!« rief sie zornig auffahrend beim Anblick Windmüllers. »Sie! Der sogenannte Herr Professor, der Spion, der Bluthund meiner heuchlerischen, unnatürlichen Nichte! Wie können Sie sich unterstehen, unangemeldet hier einzutreten? Was haben Sie mit meinem Mann gemacht?«

»Ich hatte nicht nötig, etwas mit ihm zu machen«, erwiderte Windmüller gelassen. »Er hat sich meinen Argumenten ohne jeden Widerspruch gefügt, denn Tom Morgan ist mürbe geworden und übersättigt mit Ekel vor seinem Leben.«

»Wo ist er?« fragte Donna Onesta, sich schüttelnd.

»Ich weiß es nicht. Es hat für mich gar kein momentanes Interesse, wo er ist. Hoffentlich ist er auf dem Weg, wieder ein anständiger Mensch zu werden, was er bei Ihnen um ein Haar verlernt hätte«, entgegnete Windmüller hart. »Ich bin aber nicht zu Ihnen gekommen, um mich von Ihnen ausfragen zu lassen, sondern um Ihnen zu sagen, daß ich Sie unfehlbar und ohne Gnade und Barmherzigkeit den Gerichten ausliefern werde, wenn Sie binnen einer Stunde nicht dieses Haus ohne Aufsehen verlassen haben!«

Donna Onesta versuchte zu lachen, aber es wurde nur ein Mißklang daraus.

»Leere Drohungen«, sagte sie achselzuckend. »Ich bin so leicht nicht einzuschüchtern.«

»Nun, dann werden Sie bald eines Bessern belehrt sein«, gab Windmüller unentwegt zurück. »War Mr. Morgans Brief nicht deutlich genug? Ich sollte es doch meinen, ich, der den Inhalt dieses Briefes Wort für Wort kennt!«

Nun fuhr sie von ihrem Stuhl in die Höhe.

»Sie sind ein – ein Unverschämter«, brauste sie auf. »Wissen Sie, was das ist? Verletzung des Briefgeheimnisses, das Sie mir teuer werden bezahlen müssen.«

»Kaum«, meinte Windmüller kopfschüttelnd. »In Anbetracht dessen, daß Mr. Morgan diesen Brief nach meinem Diktat geschrieben hat – ah, sehen Sie, Donna Onesta, das gibt der Sache einen ganz andern Hintergrund. Dazu kommen noch die Belastungszeugen in meinem Besitz: Erstens die vier Briefe, die Sie dem Agostini geschrieben haben. Zweitens das Anisbrot, das Sie heut früh Ihrer Nichte zum Frühstück schickten und das so vorzüglich war, daß fünf damit gefütterte Tauben sofort davon vor meinen Augen starben, Donna Onesta! Damit haben Sie sich selbst den Strick gedreht. Das war eine Tat blinder Rachsucht und, abgesehen von ihrer Roheit so unklug, wie ich es nicht für möglich gehalten hätte von Ihnen, die in subtilster Weise begonnen hatte. Daß Sie sich damit verrechneten, war auch Ihre Schuld, weil Sie nach dem Schein urteilten. Ja! Sie dachten, Gio bevorzugt das Anisbrot, aber sie hat damit nur ihre Tauben gefüttert, die eine um die andere verendeten, langsam, aber sicher. Daß das Anisbrot daran schuld war, hat die Analyse ergeben, die Mr. Morgan veranlaßte und die sich auch in meinen Händen befindet. Wenn ich nicht herkam – nicht gerufen von Gio, dann wären Sie nach der gänzlichen Ausrottung der Tauben wohl dahintergekommen, daß Sie Ihr subtiles, aber sicher wirkendes Gift verschwendet hatten. Der Agostini und Ihre Schulden standen vor der Tür, ein zweiter Ring wie der, den Sie Ihrer Kusine Vanna Verden an den Finger stecken ließen, war nicht mehr da, aber ich bin überzeugt, daß Sie noch andere Mittel in Bereitschaft hatten, um in den Besitz der Ca' Favaro zu gelangen. Wegen des heutigen Tellers voll Aniskuchen billige ich Ihnen aber eine hochgradige geistige Verwirrung und Überreizung zu, denn dieser Kuchen war ja durch ein Kind als von Ihnen zurechtgemacht nachzuweisen. Oder sollten Sie Rita zum Schweigen, beziehungsweise zu einer falschen Aussage bestochen haben? Das würde Ihren Fall freilich schwer belasten. Alles in allem: wenn ich nicht so sichere Mittel hätte, Sie zu überwachen und meine eiserne Faust auf Ihrem Nacken zu halten, wäre es unverantwortlich von mir, Sie einfach laufenzulassen, nur weil ich Gio schonen und das arme Mädchen nicht durch den Schmutz Ihres Prozesses schleifen will! Also – in einer Stunde, von dieser Minute an gerechnet, sind Sie ohne Aufsehen aus dem Hause, um mit dem nächsten Zug Venedig zu verlassen, oder die Gerechtigkeit hat ihren Lauf. Es ist mein letztes Wort, und mein erster Schritt außerhalb Ihres Zimmers geht zum Telephon, um für alle Fälle die Karabinieri bereit halten zu lassen. Sie haben Zeit genug, das Notwendigste zu packen – der Rest soll Ihnen nachgeschickt werden. Guten Morgen!«

Als die Tür hinter ihm zufiel und er wieder auf dem Korridor stand, schüttelte er sich – er hatte doch schon manch eine menschliche Bestie unbarmherzig im Bewußtsein des Rechtes »stellen« und in den Winkel drücken müssen, aus dem es kein Entrinnen mehr gab, und immer wieder faßte ihn »der Menschheit ganzer Jammer« an, immer wieder schüttelte ihn neu das Grauen.

»Tu' ich recht, sie laufenzulassen?« fragte er sein amtliches Gewissen, und sein Herz gab die Antwort: »Ja, ich tue recht. Besser, die da drinnen entweicht der rächenden, irdischen Gerechtigkeit, als das arme Kind dort oben geht durch eine Hölle, die ihr vielleicht unheilbare Wunden schlägt und ihr ganzes Leben verbittert. Ihre Ahnungslosigkeit hat wahrscheinlich jetzt schon durch die Szene mit den Tauben einen Stoß erhalten, dem nur die Erwartung ihres Glückes noch das Gleichgewicht hält. Ich wollte, Wettersbach zögerte aus Konvenienzrücksichten nicht zu lange.«

Gute und menschenfreundliche und liebreiche Wünsche tragen ihre Erfüllung in sich. Als Windmüller bei der nach unten führenden Treppe vorbeiging, stieg Wettersbach herauf.

»Ich hörte, Sie wären zu Haus, und kam deshalb direkt herauf, ehe ich mich melden lasse«, sagte er etwas atemlos. »Es ist ja noch heillos früh, aber Sie sagten selbst – – und ich konnte auch faktisch nicht länger warten. Ich hatte das Gefühl, also ob die Roste Venedigs mich nicht mehr trügen. Sie werden das natürlich sehr lächerlich finden –«

»Im Gegenteil«, unterbrach Windmüller ihn, »Sie kommen mir wie ein Gottgesandter. Morgan ist fort?«

»Ja. Fahrplanmäßig. Unter uns – der arme Kerl tut mir leid.«

»Mir auch, lieber Wettersbach. Aber so ist's einmal im Leben: Wie man sich das Bett macht, so muß man liegen.«

»Hm – ja. Und sie – seine Frau?«

»Ich habe ihr eben ein Ultimatum gestellt, denn sie schien es austrotzen zu wollen. Treten Sie hier in meinen Salon und warten Sie einen Augenblick – ich will gerade noch schnell etwas besorgen!«

Damit schob Windmüller den Diplomaten mit sanfter Gewalt durch die Tür hinein und sprang mit jugendlicher Elastizität die Treppe zum oberen Stockwerk hinauf. Das war nämlich das Wundervolle an Windmüller, daß er es nie eilig genug haben konnte, wenn er jemand, den er in sein Herz geschlossen, Gutes zu bringen hatte. Mit einem Gesicht, das nichts von dem furchtbaren Ernst der letzten zehn Minuten verriet, öffnete er ohne weiteres Gios Tür und steckte den Kopf herein.

»Verzeihung, Frau von Verden, »wenn ich Ihnen Gio für einen Moment entführe«, rief er. »Lassen Sie sich nur ja nicht in ihrem Frühstück stören! Bitte, Gio, kommen Sie!«

Das junge Mädchen erhob sich von ihrem Platz gegenüber ihrer Tante und trat heraus in den Korridor, indem sie Windmüller fragend und etwas beunruhigt ansah. Aber er ließ sie nicht zu Worte kommen.

»Es ist nichts Schlimmes«, meinte er freundlich. »Haben Sie die Güte, in meinen Salon zu gehen – ich will dem Pfifferling nur etwas sagen. Gehen Sie nur voraus, ich komme schon nach.«

Gio aber stand wie festgewurzelt, als sie in Windmüllers Salon sah, daß sie dort nicht allein war.

»Aber nein!« sagte sie in der ersten Überraschung. Das war weder geistreich noch sinnig, und dennoch verstand Wettersbach es nicht nur, sondern es schien ihm sogar zu genügen.

»Ja, Gio, ich bin gekommen um – um –«

Es ist merkwürdig, wie wenig Worte die Liebe braucht, um sich zu verstehen. Gio nickte mit einem glückseligen Lächeln.

»Ja, Wolf – ich habe dich erwartet«, sagte sie leise mit der wundervollen Zuversicht des Verstandenwerdens.

»Ich hab's gefühlt, und darum hab' ich's gar nimmer aushalten können und bin so unirdisch früh gekommen«, versicherte er halb entschuldigend, halb siegesbewußt, und dann brauchten die beiden überhaupt keine Worte mehr und verschwendeten auch keine, denn im seligen Schweigen sagten sie einander genug.

Draußen auf dem Korridor aber stand der getreue Eckart ihrer Liebe Posten, die Uhr in der Hand, grimmige Entschlossenheit im Gesicht, denn kein Mensch war zu Donna Onesta gerufen worden.

»Sie will es darauf ankommen lassen; sie glaubt nicht an das Äußerste«, dachte er. »Nun, so soll sie denn eines anderen überzeugt werden. Es ist ja auch jetzt nicht mehr so schlimm, nun Gio es nicht mehr allein auszufechten braucht. Ich habe getan, was ich tun konnte. Und nun wird der arme Kerl, Tom Morgan, doch noch daran glauben müssen. Hat sie eine andere Teufelei im Sinn? Denn eine Flucht durch einen andern Ausgang als diesen, wäre doch Torheit, wenn ihr ein relativ rühmlicher Abzug zur Verfügung steht. Will sie noch ein Ultimatissimum haben?

Nein, Madame, das gibt's nicht – nun wird Schluß gemacht. Noch zehn Minuten – O Himmel – Tante Nickel! Auf die hatte ich ganz vergessen –«

Dieser halblaute Ausruf galt der auf der oberen Treppe erscheinenden Frau von Verden, die mit allen Zeichen sichtlicher Entrüstung herabkam.

»Na, hören Sie mal, Müller, Ihre Momente scheinen Sie ja auch mit der Elle zu messen!« rief sie schon von weitem. »Sitze ich altes Kamel oben wie eine Schleiereule und warte wie die Katze auf'm Dach! – Keine Seele kommt, und ich darf mich mit dem verschlafenen Kater amüsieren. Wenn Sie aber denken, daß Sie und Gio Schindluder mit mir treiben können –«

»Aber Gio konnte wirklich nicht kommen und ich auch nicht«, unterbrach Windmüller eine weitere blumenreiche Auseinandersetzung. »Sie sind ein Muster von Geduld, gnädige Frau, die Ihnen dafür auch reich belohnt werden soll. Wollen Sie die Güte haben, in meinen Salon zu treten? Gio wartet darin – gewissermaßen – auf Sie!«

Damit machte er auch schon die Tür auf und schob Tante Nickel ohne weiteres herein.

»So, und nun zu Donna Onesta«, sagte er grimmig. »Von allen in die Enge Getriebenen, mit denen ich bisher zu tun hatte, ist sie doch eine der Hartnäckigsten, weil sie in ihrer souveränen Überlegenheit der großen Dame nicht begreifen will, daß auch für ihresgleichen jenseits der Grenzen des Gesetzes die Vergeltung wohnt.«

Er sparte sich für dieses Mal die Zeremonie des Klopfens. Rasch und entschlossen mit dem Recht der Autorität trat er über ihre Schwelle. Sie saß noch vor ihrem Schreibtisch, den Rücken ihm zugewendet, und drehte sich auch nicht um. Ihren Kopf an die hohe Lehne ihres Sessels gelehnt, saß sie gerade und aufrecht da; ihre Rechte mit der Feder in der Hand ruhte auf einem Blatt Papier, das vor ihr auf der Schreibunterlage lag. In der Haltung ihres Kopfes, in der Linie ihres rassigen Profils aber lag ein unnennbares Etwas, das der scharfe und geübte Blick Windmüllers sofort erfaßte, und mit ein paar raschen Schritten stand er neben ihr –

lang=EN-US style='font-size:14.0pt;font-family:"Gentium Book Basic";layout-grid-mode: line'>Donna Onesta Favaro war tot.

Ein kleines, geschliffenes Kristallfläschchen lag umgeworfen neben ihrer rechten Hand auf dem Schreibtisch; der Stöpsel war herausgefallen und ein paar verschüttete, noch nasse Tropfen auf der lederbezogenen Platte verbreiteten einen vagen, aber beklemmenden Duft, wie von bitteren Mandeln – – dasselbe Gewürz, das auch den für Gio bestimmten Aniskuchen besonders anziehend machen sollte.

Da begriff Windmüller, daß der letzte Streich, den Donna Onesta geführt hatte, doch nicht so ganz sinnlos und plump gewesen war – –

Auf dem Blatt aber stand mit ihrer großen, charakteristischen Schrift:

»Wenn eine Favaro das Haus ihrer Väter verläßt, dann geschieht es nicht durch die Hintertür, sondern mit allen ihr gebührenden Ehren durch das Hauptportal und durch das Spalier der ihrem Auszug Aufwartenden.

Tom soll – –«

Weiter war sie nicht mehr gekommen. Wahrscheinlich hatte sie nach dem ersten Satz den Inhalt des Fläschchens zu sich genommen und hatte dann noch einem Nachgedanken Worte geben wollen. Da hatte sie, vom Tod überrascht, den Kopf zurückgeworfen, und der letzte Augenblick hatte auf ihrem Gesicht einen Ausdruck festgehalten und versteint, als ob ihre brechenden Augen etwas gesehen hätten, das dem Blick der Lebenden von der ewigen Barmherzigkeit vorenthalten wird, sich in ihren verglasten Augen aber noch vage widerspiegelte.

Wer je den Kopf der Medusa von Rubens gesehen hat, wird wissen, was damit gemeint ist.

Da drückte Windmüller mit kaltgewordenen Fingern diese Augen zu und ging leise hinaus. – – –

Den beiden Glücklichen, die ihm bei seinem Eintritt in seinen Salon Hand in Hand mit strahlenden Augen entgegentraten, legte er die Hände mit überströmendem Gefühl auf die Schultern. »Gott segne euch, meine Lieben«, sagte er bewegt. »Die Stunde der Frist, die ich jener drüben gestellt habe, ist euch zur Stunde eures ungetrübten Glückes geworden. Meine Aufgabe, liebe Gio, habe ich hier gelöst, wennschon der Ausgang, das Ende, ein anderes ist, als ich erwartet habe. Wahrscheinlich ist es aber logisch vom Standpunkt Donna Onestas aus, die wohl längst unsere Begriffe von Gesetz und Moral verlassen hatte. Tom Morgan ist gegangen mit der stillen Hoffnung, noch einmal umkehren zu können, Donna Onesta hat die Pforte des Todes gewählt. Sie werden ihr nicht nachtrauern, Gio, – dazu haben Sie keine Ursache, aber Sie werden ihr, der Verlorenen, vielleicht zu vergeben lernen, wie es das schöne Vorrecht derer ist, die ›reinen Herzens sind‹.« –

In der Chronik der Ca' Favaro, in welcher zum unvermeidlichen Nachspiel solcher Tragödien, wie die eben geschilderte, die Behörden manches Blatt ausfüllten, wobei Windmüller der jungen Herrin des Hauses getreulich zur Seite stand, sind nur noch ein paar Zwischenfälle nachzutragen, unwesentlich an sich und doch ergänzend.

Als Wettersbach nach Erledigung der ersten Formalitäten, welche dem Tod Donna Onestas folgten, die Ca' Favaro verließ, um in sein Hotel zurückzukehren, kam ihm auf der Treppe Anne-Marie Falkenberg entgegen, zornbebend darüber, daß kein Mensch ihr in die Akademie nachgefolgt war, daß sie stundenlang vergebens auf ihren Kavalier gewartet hatte. Erst gegen Mittag begann es ihr leise zu dämmern, daß ihr Erzfeind Windmüller sie einfach kaltgestellt und an der Nase herumgeführt haben könnte. Zorn- und racheschnaubend war sie endlich zu Fuß heimgekehrt und beim Anblick Wettersbachs brach sie auf der Stelle los:

»Also hier sind Sie! Hier! Hat man Ihnen denn nicht gesagt, daß ich in der Akademie bin? Auf Sie dort warte? Wie kommen Sie denn überhaupt hierher, statt gleich in die Akademie zu gehen? Wollten Sie uns abholen? Gewiß hat der elende Grobian, dieses alte Fossil von einem Professor, Sie hierhergelockt und festgehalten –!«

Doch ehe Wettersbach auf dieses Dutzend Fragen noch eine Antwort geben konnte, trat sie sich im Treppensteigen auf das Kleid und fiel der Länge nach zu seinen Füßen hin. Wettersbach, dessen harmlose Seele nicht für einen Moment auf den Gedanken kam, daß dieser Fall ein lange und geschickt eingeübter Trick sein konnte, beeilte sich, mit einem zwar unmutigen, aber dennoch teilnehmenden: »Alle Wetter noch einmal, das kommt von den verflixten engen Humpelröcken!« die kleine Person aufzuheben, wobei sie sich so schwer und steif machte, daß er sie festhalten mußte, um einen zweiten, unfreiwilligen Fall zu vermeiden. Sein Erstaunen war daher ehrlich und gerechtfertigt, als sie sich an seine Brust lehnend, mit einem hingebenden Seufzer »ohnmächtig« wurde, vorher aber noch die Worte hauchte:

»Nehmen Sie mich hin – ich bin die Ihrige!«

Schnell gefaßt ließ er beide Arme herabsinken und sagte trocken:

»Na, das ist hübsch von Ihnen, gnädiges Fräulein! Da sind Sie also die erste, die mir gratuliert, denn ich habe mich eben mit Gio verlobt!«

»Waaas?« fuhr Anne-Marie auf, ihre »Ohnmacht« total vergessend.

»Gelt, das ist mal eine nette Überraschung?« fragte Wettersbach strahlend. »Ja, darum reist man nach Venedig!«

»Warum haben Sie denn das nicht gleich gesagt?« fuhr sie auf ihn los.

»Nun, erlauben Sie mal!« verwahrte er sich, halb empört, halb lachend. »Für solch einen indiskreten und strohdummen Quatschkopf werden Sie mich doch hoffentlich nicht gehalten haben? Oder doch? Na, nichts für ungut, da ich begreiflicherweise heut ganz geneigt bin, die berühmten Millionen, Sie sogar inbegriffen, zu umschlingen. Auf Wiedersehen am Nachmittag, Fräulein Falkenberg!«

»Ja, hat sich was!« zischte sie ihm nach. Verlobt! Mit Gio verlobt! Nun, die soll's von mir zu hören bekommen, diese elende Heuchlerin! Auf Wiedersehen! Ich bin am längsten in dieser alten Bude von einem venezianischen Palast gewesen!« –

Einen Monat später, am Vorabend ihres stillen Hochzeitstages, stand Gio mit ihrem Verlobten auf dem Balkon der Ca' Favaro und sah den Wolken zu, die am Nachthimmel von einem starken Schirokko getrieben, wie ein Walkürenheer phantastisch über den hoch am Himmel stehenden Mond vorüberjagten.

Drinnen saß als Ehrendame die gute Tante Nickel auf dem bequemsten Lehnsessel und tat so, als ob sie an einem guten, braven, deutschen, grauwollenen Strumpf strickte, der sie im kommenden Winter daheim vor den Unbilden der Kälte schützen sollte, aber eigentlich machte sie ihr Nickerchen, wogegen sie zwar mit rühmenswerter Energie ankämpfte, aber der Sieg war nicht auf ihrer Seite. Ihrem – Windmüller gegebenen – Versprechen treu, hatte sie Gio nicht mehr verlassen, ihr bei der Aussteuer geholfen, und sich mit gefreut, als Wettersbach seine Ernennung zum Legationsrat an der Botschaft in Rom meldete.

»Den beiden da draußen ist's auch ganz recht, wenn ich nicke«, dachte sie, »lieber Himmel, ich bin ja auch mal verlobt gewesen! Das waren andere Zeiten, tja –! Den Mondschein durfte ich mir schon gar nicht mit meinem lieben, guten, alten Max allein besehen; nicht weil der Mond überhaupt nicht geschienen hätte, sondern weil sich so was damals ›nicht schickte‹. Saumäßig dämliche Einrichtung das! Als ob der Mond was Unanständiges wäre. Herrje – Gio!« unterbrach sie ihre rückschauenden Beobachtungen mit lautem Ausruf.

»Gio! Wolf! Zum Kuckuck, sitzt ihr den beide auf den Ohren? Na, endlich! Ich wollte euch bloß sagen, daß heut nachmittag auch vom alten Müller ein Hochzeitsgeschenk gekommen ist. Den Windmüller meine ich natürlich – ich kann mich an den ›Wind‹ immer noch nicht gewöhnen. Er hat ein Bild geschickt – ein Tierstück, glaube ich. Ich hab's auf zwei Stühle unter dem großen Wandleuchter drinnen im Saal stellen lassen!

Das Bild hatte für die beiden glücklichen Menschen aber eine unendlich tiefe bewegende Bedeutung. Es erinnerte sie an die Zeit, die allen unvergeßlich geblieben war und in dieser verklärten Wiedererweckung auch unvergeßlich bleiben sollte. In weiter Ferne sah man auf dem Bild Venedig liegen, halb verschwommen die Umrisse seiner Türme im Schleier der ersten, opalartigen Morgendämmerung, die im Osten aber schon eine blendende Flut rosiggoldnen Lichtes der Sonne vorausschickte, deren Strahlen hinter dem Gewölk hervorbrachen. Und in diesem Lichtstrom schwebte ein Flug weißer Tauben zur Höhe . . .

Auf der unteren Breitseite des dunklen Rahmens stand mit in Silber eingelegten Lettern: »Aus dem Himmel entsendet, die Unschuld zu schützen, kehrten sie zurück ins ewige Licht.«

Gio, die mehr als nur eine Ahnung von der Wahrheit hatte, welche Rolle die weißen Tauben in ihrem Leben spielten, stand vor dem schönen und eigenartigen Bild, das den Namen eines bekannten römischen Malers trug, in tiefer Bewegung; Wettersbach aber, der mehr, der alles wußte, las den tieferen Sinn mit noch nachträglich in ihm vibrierender Erregung daraus.

»Welch schöner und poetischer Gedanke, in den Tauben die himmlischen Geister zu verkörpern, die nach vollbrachter Mission zum ewigen Licht zurückkehren«, sagte er leise.

»So erinnern sie mich an meinen Traum, den ich hatte«, erwiderte Gio. »Ein Traum, auf den ich fast vergaß über meinem Glück . . . Sag, ist er nicht ein wunderbarer Mann, unser Windmüller?«

»Das ist er«, gab Wettersbach bereitwilligst zu. »Der Mann der unbegrenzten Möglichkeiten, dem, wie wir sehen, auch die höchste Poesie vertraut ist. Ohne ihn, ohne sein Eingreifen, stünden wir wahrscheinlich heut nicht – oder im besten Falle heut noch nicht am Vorabend unserer Hochzeit. Und sein Blick glitt über das lichtverklärte Bild der himmelwärts ziehenden »Schützer der Unschuld« herab auf das wunderliebliche, zu ihm aufblickende Gesicht seiner Braut, und leise ihre Stirn küssend, flüsterte er ihr zu:

»Gio – meine weiße Taube!«